主编 凌翔

当代

海风拂面

高寒 著

天津出版传媒集团

天津人民出版社

图书在版编目 (CIP) 数据

海风拂面 / 高寒著 . -- 天津：天津人民出版社，
2020.10
（当代著名作家精品书系 / 凌翔主编）
ISBN 978-7-201-16458-8

Ⅰ.①海… Ⅱ.①高… Ⅲ.①长篇小说—中国—当代
Ⅳ.① I247.5

中国版本图书馆 CIP 数据核字（2020）第 181569 号

海风拂面
HAIFENG FUMIAN

出 版	天津人民出版社	
出版人	刘 庆	
地 址	天津市和平区西康路 35 号康岳大厦	
邮政编码	300051	
邮购电话	（022）23332469	
电子信箱	reader@tjrmcbs.com	

责任编辑	岳 勇
特约编辑	吕 妍
封面插图	吴泽荣
装帧设计	陈 姝
主编邮箱	jfjb-lx2007@163.com

印 刷	唐山楠萍印务有限公司
经 销	新华书店
开 本	710 毫米 ×1000 毫米 1/16
印 张	23
字 数	285 千字
版次印次	2020 年 10 月第 1 版 2020 年 10 月第 1 次印刷
定 价	68.00 元

虚构而真实的吟唱
——关于《海风拂面》

　　现在的长篇小说出版越来越容易了，作家们热衷写长篇的浪潮一波高过一波。原因当然有很多，比如市场受宠，比如有分量容易出影响，等等。只是太多的作家习惯于从新闻里找素材，从影视里找冲突，从畅销里找元素，远看貌似都很贴近现实，走近一看，原来还隔着一层保鲜膜。这层膜，就是作家是否有在小说世界里投射下自己的心灵之光，建立起自己的心灵根据地。莫言是这么谈他自己的长篇创作："作家应该关注的，始终都是人的命运和遭际，以及在动荡的社会中人类感情的变异和人类理性的迷失。"对于一个作家来说，无论是乡土还是城市，对于他最重要的记忆，不只是其城市建筑和风景，更多的是行走在建筑和风景里的那些人、那些事、那些情感。比如一座楼的繁华与孤寂，一个家族的光荣与落魄，一个背影的挺拔与悲凉，一段岁月的锦绣与沧桑。高寒的长篇《海风拂面》就给了我这种感觉，它仿佛是在闽南这块土地上"长"出来的。如果把长篇小说比作一曲古音的话，那么"南音"就是这部《海风拂面》的"韵调"，既有浓郁的闽南风情，又充满了缠绵深沉的旋律，令人沉醉。

　　小说以狮城、鳌村、锦村三个地方为故事据点，以蔡氏、王氏祖孙三代人为主要叙述对象，为我们呈现了一部长达六十年的闽南家族发展演变史，同时也是一首反映时代前进变化的交响乐章。小说里的养浩楼是我印象最深刻的一个地理符号。一座楼，既有着日常生活的光影和气息，更有着不为人知的人事和世情，同时也见证着时代的变迁与发展。米兰·昆德拉说，小说是对陷入尘世陷阱的人生的探索。时代的浪潮波涛汹涌，闽南人如一叶叶扁舟般在浪潮里不由自主地浮沉，他们热爱生活，却又容易陷入泥淖；他们憧憬未来，却又迷失方向。他们崇尚传统，又不免墨守成规；他们敢于冒险，又往往剑走偏锋；这种矛盾交织的心理，让他们走了不少弯路，也吃了不少苦头，但始终不改的是他们"爱拼才会赢"的人生哲学和"明天会更好"的美好追求。我们能清晰地感受到，当生命中所有的经历过往，被现实的高炉一次次锻造和锤打后，获得的将是思想上的丰富与心灵上的成熟，仿佛秋霜过后的满目金黄。

对于主人公蔡岚来说，闽南人的奋斗史太像一本厚重而精彩的书，年少时在熹微的晨光里捧读，青年时在正午的艳阳下细读，中年时在悠长的黄昏下闲读，每一段光阴都有不同的感悟在其中。在阅读过程中，我一直有种感觉，在蔡岚这个虚构的角色世界里，很大程度地倒映着高寒自己现实生活的重重印记——闽南人、闽南风、闽南情和闽南韵。一部小说的诞生，有时不仅仅源于创作者本身的遭际或困惑，更多的是她透过生活缝隙捕捉到的那些触动与感受，从而在作品里迸发出她火山般的激情。在高寒的笔下，正是闽南这块土地上的人和事、物和情，为小说中本来面目模糊的虚构人物，注入了具有强烈标识性色彩的感染力，这些人物不仅在小说里自由呼吸自在生活，也在一颦一笑间拥有了掌控我们悲喜的能力。透过蔡岚这张虚构的面孔，我仿佛能听到高寒内心真实的吟唱，如一曲南音绕梁，不绝如缕。

《福建文学》编辑：林东涵

在家族奋斗史的书写中展现时代变迁的历史画卷

——评高寒长篇小说《海风拂面》

　　读《海风拂面》确实很震撼，高寒在这部二十余万字的长篇小说中几乎写尽了一个城市半个多世纪的发展演变史。

　　小说中的狮城是一个典型的闽南小城，高寒从这个小城市还是一个嘈杂的小镇开始写起（主人公蔡岚八岁之前，估计是二十世纪六十年代），一直写到改革开放三十多年后，狮城成了一个繁华的城市，其中的历史事件丰富多彩，矛盾纠葛错综复杂，人物命运跌宕起伏，发展变化日新月异，活色生香地展现了这个闽南小城风云变幻的壮阔历程和闽南人与时俱进、艰苦拼搏的精彩奋斗史，是一部书写了我国改革开放历史进程的充满现实主义色彩的大气之作！

　　高寒的叙事方式颇见机杼，她对狮城半个多世纪发展变化的书写是通过一个闽南侨眷家族的命运遭际来展开的。这种叙事方式既可浓缩一个时代发展变化的宏伟气象，又可以通过这个家族的分枝散叶让人物的命运纠葛向四面八方铺展，使小说的内涵既有了历史的长度又有了生活的广度。特别是，她巧妙地通过这个家族的第三代蔡岚，几乎是旁观者的眼睛来观照一个家族的时代变迁，因为她本身就是这个家族的成员之一，所以这种叙事视角就显得十分亲切自然；又因为她后来选择当了医生，走了一条与兄弟姐妹不同又与市场经济有一定距离的人生道路，得以冷静观察其身边亲人生活经历的起伏变化，使小说事件的展开给人一种客观真实的感觉，而且还可以通过其视角的变化把人物命运写得起伏跌宕，有力地推动了情节的发展。我想，也许正是这种叙事策略，使这部小说很有可读性，情节此起彼伏，环环相扣，一波未平，一波又起，吸引你欲罢不能，非一口气读下去不可。

　　小说书写的虽然只是一个侨眷家族的故事，但这个家族三代人的命运遭际是跟半个多世纪的风云变幻紧密联系在一起的，通过一个家族三代人的奋斗历程表现一个大时代的历史变迁，为时代立传，是这部小说的最大亮点。一个家族三代人，叙述时长达六十余年，因此这部小说出现的人物众多，仅有名有姓的人物就有二十余人，主要人物如外婆、蔡岚母亲、小舅、小姨、蔡雯、蔡霜的形象都比较鲜明。特别是这个家族的第一代外婆，第二代蔡岚的母亲、小舅、小姨，第三代蔡岚大姐蔡雯等几个主要人物在数十年的时代变迁中，分别经历了侨汇断绝、家族没落、"文革"被遣、走私被抓、倒会跑路、赌博破产、工厂倒闭、楼市爆冷等无数次的冲击折腾，有的甚至一夜间倾家荡产负债累累，但她们依然顽强崛起重新打拼出了一片新天地。高寒是个讲故事的能手，二十几个人物几乎每个人都有一段精彩的人生发展故事，不管是第一代外婆在侨汇断绝后靠打零工单身独力抚养子女撑起一个家庭，还是第二代小舅因倒买倒卖被判刑坐牢，出狱后顺应市场靠牛仔裤生意发家并且把生意做到了国外，抑或是第三代蔡雯遭遇丈夫嗜赌、机器被偷、倾家荡产后从头再来起死回生，都典型地生动地体现了闽南人"爱拼敢赢"的性格特征和审美取向。也许从这个家族中走出去的三代人各有不同的理想和追求，在早期的政治风浪和后来的经济大潮中也各自在波峰浪谷中上下颠簸几起几落，但拼搏进取永不言败却是他们始终不渝的生命追求。

　　小说的地方特色也非常鲜明，闽南生活气息扑面而来。恩格斯1888年在给女作家玛•哈克奈斯的信中说："现实主义的意思是，除细节的真实外，还要真实地再现典型环境中的典型人物。"也就说，典型人物是在典型环境中孕育和成长起来的，高寒也是这样做的，她让人物活跃在这片风起云涌的闽南土地上，那些充满闽南方言俚语的对白就不说了（当然，这些方言俚语还可以表述得更准确一些，更易于让其他地方的读者接受），单从地域环境的叙写来说就体现出了鲜明的闽南气象，如狮城侨眷的生活，闽南沿海与台湾地区的关系，镇区与农村的联系，改革开放初期猖獗的境外物品走私，之后小城服装业和商品经济的快速崛起，等等，都让经历过这一历史进程的读者感同身受，栩栩如生。特别是外婆的养浩楼更是闽南侨乡的鲜明标志。这种鲜明的地域特征和生活气息与作家的生活积累密切相关，我想高寒正是对她生于斯长于斯的闽南小城的生活非常熟悉也非常热爱，并且亲历了这个城市发展变化的历史进程，有深刻的生命体验和潜心思考，才能在不到半年的时间里演绎出这么一部颇为厚重的长篇小说，深情书写了一个闽南家族半个多世纪的奋斗发展史，也生动地展示了一个大时代波澜壮阔的历史画卷！

　　但在这些精彩的故事中，我也有一种不满足感，感觉在这种急遽变化的时代矛盾冲突中，几个主要人物的性格特征还应该更加闪亮和出彩，给我们留下更加深刻甚至刻骨铭心的印象。我想，也许是作家的生活积累太过丰厚，想表现的历史事件太过错综复杂又不忍割舍，导致其重于叙事而不够注意情感挖掘和心理刻画；而且虽然每个人都有故事，但这些故事几乎都是平行发展的，其间少有交集、纠葛和碰撞，人物命运的起落转换太快，有些可以深入挖掘的矛盾冲突一带而过，因此人物命运起伏中所蕴含的人性弱点和痛感，未能得到充分和深刻的揭示；再加上其笔下的人物形象较多，也分散了笔力，这些都可能影响到人物性格的张力和光彩，也会在一定程度上消减蕴藉于作品之中的反思精神和批判力量。

当然，这部作品带给我们的惊喜和审美价值是突出的，是一部不可多得的富有地域特色和闽南风情的长篇小说，也是一部深入书写现实生活，反映时代变迁的现实主义力作。我在这里看到了高寒深入生活书写时代的人文情怀，也看到了一个作家用心把握生活，认真进行文学创作的生命追求。

"实现中华民族伟大复兴，是一场震古烁今的伟大事业，需要坚忍不拔的伟大精神，也需要振奋人心的伟大作品。"习近平总书记在中国文联十大、中国作协九大开幕式上的重要讲话指出，"中国不乏生动的故事，关键要有讲好故事的能力；中国不乏史诗般的实践，关键要有创作史诗的雄心。"改革开放以来，闽南，特别是泉州一直是经济发展和文化发展的热土，泉州人在经济发展大潮中的筚路蓝缕、爱拼敢赢，涌现出了许多可歌可泣、生动感人的精彩故事；泉州海上丝绸之路的辉煌历史，民营经济的强势崛起，城乡变化的翻天覆地，则呈现出了史诗般的伟大实践，都亟须我们的作家去挖掘，去讲述，去书写，去创作。近几年来，泉州的许多作家也不辱使命，不忘初心，创作出了不少精彩的篇章。如今，高寒在其家乡石狮建市三十周年之际，以独特的书写给我们奉献了这样一部充满现实感的大气之作，体现出了作家为人民抒怀、为时代立传的精神，值得我们予以充分的关注和点赞。

戴冠青

二〇一八年三月十二日于寸月斋

一

　　小时候，蔡岚总觉得去外婆家是人生最幸福的一件事，没有之一。

　　外婆家在狮城观音亭附近，是临街的骑楼。两层的坝土楼，带着护脚架，二十世纪三十年代建造的南洋风格的建筑物。外婆的骑楼跟别人不同之处是，二楼顶上还凸起一块形似雄鹰展翅的匾额，上面用彩色瓷片拼着三个字，"养浩楼"，这三个字就管辖着下面四栋房子，即房子的名称。

　　但从记事起，外婆只拥有右边两栋。左边两栋早在抗战时期，就被外婆卖掉，这也直接引发了一个悲剧，乃至家族的衰败：外婆把左边两栋卖掉后，把钱存进银行，没想到随着国民党节节败退，法币大肆贬值，银行也纷纷倒闭，外婆存进银行的钱就这样不见踪迹，化为泡影。外公听说后，大病不起，很快就过世了。也难怪他想不开，他九岁时，父母双亡，沦为乞丐，有一顿没一餐的，是躲在运载煤炭的船舱里偷偷逃到吕宋（菲律宾的别称）的，在船舱里，煤炭吃了、自己的尿也喝了，硬是挺过去，终于到了吕宋。一人在人地生疏的地方孤军奋战，后来白手起家，把赚到的钱寄回来，建了这四座连体的骑楼。

　　外公的英年早逝，直接导致这个本来富庶的华侨家庭一下子失去顶梁柱，生活没有来源，陷入困顿之中。本是华侨妇女的外婆带着两男三女五个未成年的子女在艰难的岁月里开始讨生活。其中的艰辛，是一部饱含血泪的奋斗史，也是一个时代的缩影。她因此获得子女的尊敬、热爱。

蔡岚觉得这个世界，她最依恋的人是外婆。她不知外婆姓啥，听别人称呼她乌荷。她认为这应该不是外婆真实的名字。她也不知道外婆是哪里人。不知是忌讳，还是其他什么原因，反正从小到大，从没听别人谈论过。仅有一次，她问过母亲，母亲反而很不解地看了她许久，然后很不耐烦地说："我什么也不知道，我们这代人只关心肚子问题。"看着女儿执拗的眼神，她无可奈何地透露仅有的线索："我只听她说过，她印象中家门口就是一条小溪或小河，出门走下几层石阶，就是水。"

蔡岚不禁更好奇了："水乡？枕水人家？那她应该是江浙一带的。她怎么跑到闽南来了？那时还能跨地区结婚？够超前的！"

"死查某儿（对女孩的昵称、爱称），你还有心情开她玩笑！她挺可怜的，也不知自己是怎样来的，应该是被父母送掉，或被人贩子贩卖到这里的。"

"她怎么嫁给外公的？"

这下子，母亲恼火了，拉下脸来不作回答。蔡岚像不小心踩到地雷，赶快闭嘴了。

后来，她从父亲口中得知，外婆原来是给一大户人家做佣人的，后来这户人家的女儿嫁给一个华侨，嫁妆中有随嫁女。可是这场门当户对的婚姻持续时间不长，所谓红颜薄命，婚后一年，富家女死于难产，大人小孩都没有保住，只有这个陪嫁的女佣人留了下来，后来就长久地留了下来，并为男主人生了五个子女。这个随嫁女就是蔡岚的外婆。

听了这个故事，蔡岚简直有石破天惊的感觉，她一下子被外婆的故事吸引住了。奈何她不敢打听，也无从打听，家里人对这些往事讳莫如深，或者认为根本不值一提，准备让这一切随风而逝。

蔡岚只认识相片上的外公，这相片悬挂在养浩楼二楼大厅的墙壁上。

那个人对于蔡岚是完全陌生的，他相貌英俊，但严肃得近似生硬、冷酷，时光停留在他人生辉煌的巅峰时刻。蔡岚一直不太敢端详那张照片，外公眼光鹰一般的锐利，或者说阴鸷，使得她没有勇气直视。外婆容貌端庄秀丽，是典型的婉约的江南女子，当然，前提是母亲的话要真实可信。蔡岚有时会端详着外婆，然后浮想联翩地杜撰外公、外婆曲折离奇的爱情故事。而现实是，外公在吕宋也娶了番仔婆（吕宋籍的老婆），和番仔婆也有生育，而且数目还不少。

蔡岚极少听母亲提起外公，母亲提起她父亲永远只有一句话："他太凶了，动不动打人，特别讨厌我，一生气，巴掌就甩过来。我这偏头疼的毛病就是他打的。"语气永远是埋怨、不满、愤懑不平的。

蔡岚有时便趁机深入地打听："那他对外婆好吗？"

母亲总是一脸糊涂："不知道，那时我太小，根本不懂这些。我想，你外婆怕他。"

"何以见得？"

"因为他打孩子时，你外婆从来不敢劝阻。"

"这就是理由？"蔡岚简直不愿相信。她问得连她母亲也犯迷糊，无从回答。

外公过世后，外婆只好再次成为佣人，她再次进入大户人家去帮工，晚上还要带几户人家的衣服回来浆洗。晒干之后，再一户一户分派回去。

一九四八年底，左边那户人家决定举家迁往台湾，可能是有愧于当年用甜嘴蜜话说服外婆低价把那两栋房子卖给他们，导致此后的损失与悲剧，临行前主动提出要帮外婆改变生活境况，让外婆把大女儿、大儿子托付给他们，跟他们一起跨过海峡去打拼。外婆心动了，说服儿女的理由很简单："我们不能困死在一个地方。我听说台湾粮食很多、水果很大，到那里至少不会饿死。"外婆悲伤又无奈地嘱咐儿女："你们在那里混下去有饭吃了，记得帮我一把，把弟弟妹妹养大成人。"离开大陆时，大姨二十岁、大舅十八岁。

外公自从九岁去吕宋，就回来过三趟；第一趟是明媒正娶富家女，第二趟回来娶外婆，并住了三年，生下大姨、大舅，第三趟回来已是十年后，且再也没有回去，这期间生了蔡岚的母亲王家瑜，还有小姨王家璧、小舅王海滨。

二

八岁之前，蔡岚他们租住在外婆家附近。所谓附近，就是基本上不到一百米的距离，地点经常换，但围绕养浩楼在移动，就像圆规，养浩楼就是那只扎进地表、按兵不动的脚。所有家当不超过两板车，半天就可以搬完安顿好。选择靠近外婆家的目的是为了走动方便，也让外婆帮忙看管孩子。那时她父亲在狮城医院当医生，母亲在新华小学当代课老师，所以全家住在狮城。

那时的狮城还是一个小镇，有小镇的繁华，也有小镇的宁静。镇区中心地带均由两层骑楼组成，纵横交错，所以叫作八卦街。卖烟酒食杂的叫糖房街，卖鱼肉蔬菜的叫卖鱼街，卖衣服布匹的叫布衣街，有观音亭的叫观音街，有城隍庙的叫城隍街，有清珍饭店的叫清珍街……街的中心是钟鼓楼、百货大厦。镇区外围则有五谷墟、牛墟和一些国有企业或工厂，如煤炭厂、水产站、冰冻厂、印刷厂、砖瓦厂、打铁社、农机社、竹编厂……整个小镇麻雀虽小，五脏俱全。蔡岚觉得生活在这小镇里，无比惬意，单是那两层的百货大厦，就让她永远走不倦看不厌。

那时蔡岚非常喜欢到外婆家玩，除了有零用钱、有零食，还有很多神秘的人、神秘的事，甚至神秘的气息。

从灰暗逼仄的木梯爬上二楼，马上就能听到屋后紧挨的那户人家高嗓门的喊叫声，有女主人叫女儿干活的骂骂咧咧的声音、有女儿们不耐烦的哭哭啼啼的应答声。各种声音通过楼梯口那扇小窗传过来。蔡岚不懂得那户人家做什么生意，神神秘秘的，好像是卖香、爆竹、纸钱之类的迷信用品。但据蔡岚观察，这户人家经济状况很不错，虽然她分不清那户人家一大堆参差错落的女儿，但她们打扮得花枝招展的，从这点，蔡岚便可以猜测他们应该做着比较赚钱的生意。

蔡岚也不懂得那户人家生养了几个儿女，经常听到那女主人扯着喉咙喊着"娥阿、珍阿、丽阿……"。蔡岚搬来小凳子，从小窗子偷偷往那边窥视，虽然是三层小楼，仍然又拥挤又凌乱。

蔡岚曾不解地问外婆："吵死了，为何不把窗子堵起来？"

外婆说："他们占用我们的土地，那块地本是你外公买下的。"

"这跟留下这扇窗户有关系吗？"

"怎么没有？他们的一言一行都在我们眼皮底下。"

蔡岚还是听不懂，但她不敢多嘴。反正每次登上楼梯，就能听到后面传来的各种声音，这也是一种百无聊赖中的乐趣，一种窥探别人隐私的刺激。

外婆家右边一层的房子租给一大户人家居住，那户人家家境显然不如屋后那家，但同样生猪仔似的，有一大堆子女，好像男孩更多，一个个柱子似的顶天立地，白天都看不见人影，晚上才回家睡觉，蔡岚便分不清他们的长幼了。

他们的家完全无法探头偷看，里面更拥挤更凌乱，几乎都是床铺，床上堆满被单、衣服。到处乱扔的东西，让人搞不懂是生活用品还是垃圾。

女主人高高胖胖，不像屋后那家女主人那么泼辣强悍，她经常坐在护脚架下与人闲聊，好像并不为这一大堆日益长大成年的子女发愁。她坐的是一张早已磨得油光发亮的竹矮凳，凳子装不下她硕大的屁股，但她稳如泰山地坐着，常常一坐就是几个小时。

蔡岚明白女主人为何宁愿坐着聊天也不收拾家，因为无从收拾，就干脆不收拾。这是生活态度也是生活智慧。蔡岚很喜欢这种杂乱无章，觉得生活在这样的环境里一定很方便很随意很率性，因为她父母亲一个比一个洁癖，起床后没有叠被单会骂，小凳子没有正正方方摆在固定角落里会骂，吃饭后碗筷没有立即冲洗擦干会骂，不小心弄几滴水到地上也挨骂……她都被骂得胆小如鼠、自卑敏感了。

最神秘的当数左边那两栋骑楼，在外婆家二楼大厅左边有扇门，长年紧紧地关着。这应该就是左边房子也是外婆家的最有力证据。

左边骑楼居住的是兄弟妯娌两户人家，只是那个弟弟去了香港，留下妻儿，请哥哥嫂子帮忙照顾。这个弟媳千娇百媚，养尊处优，全依仗大伯大嫂照料，过着饭来张口的闲适生活，她不像是他们的弟媳，倒像是他们的女儿。

蔡岚见过那个女人，那时她三十多岁，确实娇嫩欲滴，她的儿子五六岁，白白嫩嫩的，是标准的小公仔。最可疑的是她的大伯，五十多岁了，还英俊潇洒、修长挺拔，总是打扮得像华侨，整天晃晃悠悠、无所事事的，是纯粹吃侨汇的人。她的大嫂是标准的老妈子，又老又丑，整天忙得蓬头垢面，照顾自己的丈夫子女，还要照顾他们母子。在那家里，好像谁都可以鄙视她、指使她。她也逆来顺受，只懂得埋头干活，好像触犯天条，从天庭打入凡间，受苦受难、赎罪还债来的。

不知是小道消息还是根据自己的观察、猜测、判断，蔡岚认为这户人家隐藏着一个天大的秘密，就是大伯与小婶子。

蔡岚曾问过母亲："你不是说这户人家都去台湾了，大姨、大舅就是跟他们走的？怎么还有人居住？"

母亲义愤填膺的样子："这是那一家的亲堂，说是对方的世事请他们代理，就理直气壮住进来了。这人呀，厝（房子）敢占，人也敢占，无法无天。"蔡岚牢牢抓住母亲这句话，认为这句话最有力地证实了自己的猜测。

左边总是悄无声息的，但越安静，越诡异；越正常，越不正常。蔡岚每次到外婆家，各种触须就悄悄地探头探脑，她常处于一种神秘的亢奋之中。

最接地气的当属街道对面二楼那户人家了。他们住着两栋二楼的空间，算是楼上人家了，但这户人家却是最接地气的。据蔡岚观察，她认为自己关注的这四户人家，这家经济状况最差。男主人在煤炭厂上班，有一大溜的子女，个个面黄肌瘦、黑不溜秋、衣衫褴褛，明摆着告诉外人他们是煤炭厂的家属。他们整天吵吵闹闹、叽叽喳喳，好像以此为乐，用以打发漫长无聊的时光。这家女主人是家庭妇女，瘦骨嶙峋得已经分不清是美还是丑，扎着两条长长的辫子，因营养不良，也因年龄问题，枯黄干涩。蔡岚弄不明白她扎辫子是爱美还是为了省钱。她也整天扯着嗓门叫骂子女，一副苦大仇深又尖酸凶狠的样子。

这户人家的小孩，跟蔡岚一样穷极无聊，当她偷偷观察他们时，发现自己也正处于被监视之下。吃饭时段，蔡岚的触须更能感到来自那边的贪婪的眼神，每每这时，她就不敢与他们的眼光遥遥对接，觉得愧疚不安，也不敢张扬。她知道自己的幸福、富足是建立在他们的饥饿、痛苦之上的。蔡岚记得有一次外婆炖了一锅鸡蛋灌小肠，她吃得快乐似神仙时，他们实在按捺不住了，齐声喊："吃阑鸟、吃阑鸟！（睾丸）"外婆听了赶紧把东西端进屋里，让蔡岚躲在厨房里吃。

怀着这份额外的负罪感，蔡岚就非常痛恨这些盲目制造孩子的家长，图一时之快却换来长久的拖累。就比如她，也是无端受到牵连，如果母亲不再生下妹妹、弟弟，那她该多轻松、逍遥？这不，她就逃不了这种命运：父母去上班，姐姐去上学，她只能毫无选择地在家里当小保姆。

三

外公一死，吕宋的一切顷刻间化为乌有，好像从来就不曾存在似的，一下子生生地断了，一片空白。那些与母亲有一半相同血缘的兄弟姐妹，不曾谋面，也永远没有谋面的机会。他们一家顿时没有了华侨的光环，成为平民百姓。

本来一家子居住的养浩楼，宽敞、宁静又阔绰，在断了侨汇之后，只好隔成许多独立的空间，然后一间一间地租出去，一间月租五元。大多是外地或乡下来的，有教书匠、相命先生、理发师、编蒸笼的惠安师傅、炸油条的老人……养浩楼成了大杂院，杂乱、逼仄、灰暗。

外婆带着三个子女挤一间房子，其他全用来收房租，维持生计。外婆除了给人家当佣人，还到粮站缝补米袋，那是计件算工钱的，她还给房客收拾房屋、洗衣服，一个月收取两块钱的短工费。蔡岚的母亲上学之余帮忙带弟弟妹妹、煮饭，还要上山挖猪菜。

日子熬着过，在苦水里熬着过。非常漫长，一天无数个小时似的。

蔡岚的母亲初中一毕业就没有机会继续学习了，外婆说："我们这样的家境，本是没机会念书的，你这么爱念书又会念书，让你念到初中，已经是牙关都咬出血来了，家里能变卖的东西都当光了。"蔡岚的母亲不敢再吭声，不敢再提任何要求，她流着泪接受母亲的安排，跟着教书先生去小学代课。她的老师都感到很遗憾，认为她能上个高中，就是上大学的料了。班主任来家访，想动员外婆再克服三年，看到他们家的家庭状况，就缄默了。蔡岚母亲倒是认命，但第二年的安排，她就难以接受：外婆请媒婆帮忙介绍了对象，见了一次面后就逼她出嫁，以改善生活情况。她死活不从，泪水哭干了，还是无法改变外婆的决定，最后她屈从于"父母之命媒妁之言"的亘古定律。她不愿结婚的理由是年龄问题。确实，这一年，她才十八岁。

母亲与父亲完全是婚后才开始认识、了解的。父亲出生于鳌村一个大家族，严肃沉默、清高孤傲，两人生活经历、性格、年龄相差都太大，婚后生活并不和睦，所以母亲一辈子对外婆都颇有怨言，总认为外婆误了她终身、害了她一辈子。但她又明白外婆也是迫不得已，对外婆的处境、遭遇也很同情、理解，所以怨归怨，母女关系还是很亲密。

在父亲、母亲的帮助下，小姨、小舅也顺利读完初小，两人毕业后都毅然走出校园，那时小学毕业生已是不低的文凭。

小姨学会编竹篮、竹筐，去竹编厂当临时工，小舅到五谷墟掌秤当会计。再后来，小姨自由恋爱，嫁给供销社一名职工，家里买煤油肥皂等生活日用品的任务分派给她，她的美貌让那位站柜台的小伙子忘乎所以，俩人在短暂的交往中，擦出火花。小姨丈家在狮城乡下一个叫锦村的地方，他本人是退伍军人、正式安排工作的国家干部，那时物资奇缺，实行配给制，凭票据购买，所以这份工作非常吃香，是热乎乎的香馍馍。小姨嫁过去后就不再当临时工了，安心住在锦村，等待生儿育女。

锦村是个美丽的乡村，村庄道路非常平坦，一条小溪南北横贯而过，北边是村落，稀疏的屋舍错落有致地摆列着，南边是一望无际的水稻田。

小溪两旁种满犹如华盖的龙眼树，平均分派给家家户户，自家照看、自家收成。村民在屋前屋后开辟点小菜园或搭个架子，于是瓜果飘香，自给自乐。小姨丈说锦村不仅环境幽美，还民风淳朴，适宜居住，就动员准备赖在养浩楼的小姨，让她住到锦村去。小姨想到住到锦村，至少可以偶尔送点粮食、蔬菜给娘家，也未尝不是好事，就乐呵呵去了。

那时，穷人家嫁女儿难度并不大，只要女儿长得好看，总有不贪图嫁妆的好人家。娶儿媳就困难多了。媒婆一看外婆家连一件像样的家具都没有，便懒得光顾。后来，租在养浩楼的惠安剃头师傅对外婆说："我有个侄女倒是很乖巧、懂事，也很会吃苦，十二三岁就能帮衬（帮忙）父母，插地瓜苗、挑粪、割麦样样农活都会干，是序大查某儿（长女），家里太穷，二十三岁在农村算是被耽误了，不知你们可会嫌弃？"

外婆高兴极了："不嫌弃，只要查某儿（姑娘）愿意跟着我们吃苦，我们高兴还来不及呢。"

这个名叫雪琼的惠安姑娘就这样被她伯父带到养浩楼了。过后，有人取笑外婆，说娶不起本地查某（女人），就随便捡个惠安女回来。惠安查某，安字出头，碜死（土得掉渣）呀！

外婆一听生气了，跑到她家问到她脸上去："我们雪琼哪一样不如本地查某儿（姑娘）了？脸蛋、身材、性子、干活呀？"问得对方哑口无言，从此没有人敢笑话外婆。

完成三个子女的婚姻，外婆算是功德圆满，她抬起胸膛生活，不再帮佣，不再打零工，收点房租，开开心心地带孙子、孙女。算是苦尽甘来。

四

蔡岚特别眷念童年那段时光，特别是租住在外婆家附近、可以随时跑到外婆家玩耍的那段时光。

他们本来可以住在外婆家的，但她父亲不愿意，这也是她父母吵架的源头。她父亲认为结婚后住在女方家，有点入赘的感觉，另一方面，外婆家太嘈杂凌乱，从富裕家族走出来的他确实无法接受这种环境，但他当时急于表达自己的观点、态度，在措辞上用了比较尖刻的词汇，他说："猪圈不如。"这四个字严重伤害了母亲的情感与自尊，俩人大吵之后，疙瘩就死死留在母亲心里了。父亲妥协的办法是就近而居，便于来往和照顾。

蔡岚和父亲不同。父亲爱干净、清静、独立，蔡岚喜欢热闹、嘈杂，这热闹、嘈杂一定是人制造出来的，也就是说她喜欢往人堆里钻，人多的地方事儿就多，生活就丰富、有趣，她的童年生活也跟着丰富、有趣，就算左邻右舍的聒噪声都富含生活的内容与质感。

蔡岚喜欢外婆家，也喜欢跟着外婆上街，她觉得那就是所谓的大千世界，丰富多彩，让人眼花缭乱。就是一个黑乎乎、黏稠稠的酱油店也无比吸引人，其实那一个个大缸小罐永远那样排列，竹子刻成的勺子永远那样悬挂，但那咸咸的味道就有沁人心脾的美妙。时隔多年蔡岚才恍然大悟，那时她之所以迷恋酱油店，不是迷恋那黑褐色的液体，而是迷恋那种甜甜的黏黏的酱油花生。这是童年最美味的东西，没有之一。

当然，这个多姿多彩的大千世界，也潜伏着危险，最让蔡岚感到惊魂失魄的，是有一次她跟着外婆去菜市场，那一架架酱醋、一摊摊的蔬菜、一案板一案板的猪肉、一筐筐的鱼虾，让她目不暇接，她一不小心把自己丢在令人垂涎欲滴的货物之中，只好自作聪明地寻找出口，走出菜市场，才发现是一片陌生的街景，她迷路了。哇哇大哭是唯一解决问题的办法，她一哭，自然有人来关注她，在告知外婆是乌荷后，她被热心人送回了家。过后她才知道，菜市场原来有两个出口，她从南边进去北边出来，所以越走越远。

那次的迷路让她心有余悸，她问外婆："狮城四周是不是有围墙围着，世界就这么大？走丢了是不是在这圆圈里绕着转？"

外婆断然摇头道："憨查某儿！不是的，不然怎么会有吕宋、有惠安？"

这次历险记，让蔡岚开始锻炼自己认路的本领，从此她识别道路特别敏锐。

外婆家附近有许多同龄的小孩，可以一起跳绳、跳舞、捉迷藏、玩游戏、唱歌谣，蔡岚觉得那段时光就像生活在天堂。

后来，父亲终于在医院要到一间宿舍。蔡岚不懂得医院领导为何忽然开恩，因为她曾听父母私下悄悄说过，什么成分不好只能靠边站之类的。总之，他们有房子住，不用在外租房子，不必从拮据的生活费中挤出几块钱来交房租了。他们举家搬到医院后院那座漂亮的楼房里。生活一下子从极度热闹到极度冷清。

宿舍是一座两层的坝土楼，一个露天的双向楼梯通往二楼，蔡岚他们住在二楼最西边。一条长长的走廊连着一间间宿舍，宿舍铺着木地板，涂着绿色油漆，墙壁雪白雪白，宿舍狭长狭长的，母亲用布帘隔成里外两间，大人小孩都有地方睡觉了。厨房在一楼，是公共厨房，几户人家挤在一起烧饭，一块木板或一张破桌子，外加一个煤球炉，就是全部家当，大伙烧完都端到各自宿舍吃。遇到煮点好吃的，会一家分一点儿，给眨巴着眼睛、差点流口水的小孩。宿舍楼后面有一口水井，供应整栋楼使用。

生活条件大幅度改善了，但蔡岚还是不喜欢住在那里，也不喜欢那段生活，压抑、沉闷、单调是它的特色。印象中，那段生活灰蒙蒙、静悄悄、冷冰冰，少了色彩、声音、气味。她唯一记得一个生活细节，就是每天早上站在露天的楼梯口刷牙漱口，水往下面喷吐，有点气势、奢侈，一种高高在上的优越感。

五

离外婆家远了，父母的吵架没有减少，反而更频繁。后来，有一天母亲回养浩楼，就不再回医院宿舍了。他们被父亲勒令不能去外婆家找母亲。这是什么强盗逻辑？他们四个孩子都不敢抗议，只好沉默地接受。

有天晚上，父亲很严肃地进行家庭分工：他自己承担买米、买菜、买煤炭等采购任务，蔡雯承担煮饭、洗衣服的任务，蔡岚则承担带妹妹弟弟、洗碗筷、收拾家庭卫生的任务。他们从小非常怕父亲，除了接受，连打听事情原委的勇气都不敢。没有母亲，每天说话的次数都少了，家里经常静得死气沉沉。

不仅自家的氛围不对劲，整个医院宿舍楼的氛围也不对劲，大家噤若寒蝉，见了面都赶紧躲闪，父亲经常很迟才回来，回家后的他不仅疲惫不堪还寒气逼人。蔡岚认为他是工作忙，因为她知道父亲很厉害，是医术很高的医生。

有一次，经不住弟弟吵闹，她带弟弟去值班室找父亲，才发现值班室氛围也不对劲，大伙不是在研究病例，而是在学习检讨。她不敢打听原因，只是深知事情严重，回来后告诉姐姐，姐姐非常严肃地告诉她不能乱说。他们知道，父亲一定遇上了麻烦。姐弟四人唯有更加听话、安静，以免惹父亲生气。生活在几乎没有语言的状态下进行。

有一天晚上，父亲忽然说："我们回老家去。小的安静地坐在一旁，大的帮忙收拾行李。"

为什么？何时走？要不要通知母亲？什么时候回来？对于这一连串至关重要的问题，仍然交予沉默。很快，家成为绿色地板上的一包包行李。狼狈、寒碜又荒凉。

第二天一大早，父亲神色慌张地出去。干什么？四个孩子只敢用迷茫的眼神提问。蔡雯和蔡岚随便煮点粥，撒点盐巴，姐弟四人默默吃了，就待在家里等父亲。傍晚时分，父亲回来，指挥他们搬行李下楼。

一辆马车载着一家子人和家当，在苍黄的暮色中朝着鳌村方向行进。父亲抱着弟弟蔡雷，蔡雯抱着蔡霜，蔡岚独自坐着。她多么希望怀里也有一样东西抱着，紧紧抱着，互相取暖，才不至于这么空虚，哪怕小猫、小狗。

慢慢的，他们在哒哒哒的马蹄声中一步步远离狮城。道路是尘土飞扬的土路，两旁是高大的茂密的木麻黄，一朵土黄色的残阳无力地挂在树梢上。慢慢的，天暗下去。完全暗下去。一切都被黑暗吞没。

没有人送行，也没有向任何人辞行告别。仿佛天地之间没有其他生灵。母亲的缺席，使这次仓皇的回乡之旅显得更为沉重、悲凉。一路沉默。唯有沉默。

外婆离他们远了，养浩楼离他们远了。

赋闲在家几个月，父亲终于找到一个合适的人选，和她交换了工作岗位，调到鳌村卫生院工作。那时大伙都投身火热的运动中，调动工作反而简单得稀里糊涂。这位和他交换工作的中年妇女，本是鳌村人，嫁到镇区，一直调不进去，这下终于如愿以偿，夫妻团圆。

随着父亲工作的调离，生生砍断了一家人重返镇区的可能性。养浩楼更远了。

六

养浩楼逐渐冷清下去了。红卫兵四处"闹革命"，教书匠走了，剃头师傅走了，相命先生更是早就溜得无影无踪了……只留下一楼右边那户人家。

蔡岚母亲也改行了，她从街道革委会领活来家里做，缝制红袖章。外婆也不敢闲着，除了帮忙照看孙子、孙女，她一有空就打下手，以自己的积极战战兢兢掩盖一个天大的危险，以期所有人都忘了她心中最大的隐痛。连同她也被这火红的时代感染了，忘记了小我。蔡岚母亲又做回了女儿，不用为柴米油盐烦恼，不必被琐屑杂事困身，她们母女心里渴望着相依为命过段平静的日子。

最早冲进养浩楼"闹革命"的是对面二楼那些煤炭般的男孩。他们对那锅鸡蛋灌小肠还耿耿于怀、咬牙切齿。他们说蔡岚外婆是地主阶级、剥削阶级，压迫穷人、榨取穷人的血汗，坐享其成，奢侈享受，还挖空心思讲究享乐，比如别人饿肚子时，她居然花样百出，用鸡蛋灌小肠。打砸之后，他们开始翻箱倒柜，发现外婆没有值钱东西，认为外婆提前藏匿了。开始批斗，批斗了还是没有批斗出想象中的财物，忽然想起外婆有一双儿女去了台湾，于是把她定为"特务嫌疑"，戴着高高的纸帽，押上街头示威游行。游行回来后，外婆仍去粮站干临时工：缝米袋、捡花生仁。减少了房租收入，她必须出去打工赚钱补贴家用。

一九七一年的一天。工作组深夜趁人入睡闯进养浩楼，查出被小舅妈缝在棉被里的三千元，这三千元简直就是一个天文数字，工作组人员二话不说把小舅带走，说他在五谷墟大搞"倒买倒卖"，而且罪大恶极，关了起来。

外婆去找工作组说情："求求你们可怜我们吧，他一走，他的三个孩子加在一起才九岁，我们拿什么养活他们？"

工作组口气强硬地训斥她："你难道不知道你儿子有罪吗？我们调查后发现，他月收入居然高达五百元！现在省里的高级干部一个月的工资也不过五十七元。这人赃俱获、罪行累累的，我们怎样可怜你们？我们没有追究你包庇儿子，你还敢和我们求情来了。据人民群众反映，你儿子特别精明，总是在家里偷偷鼓捣生意，赚了很多钱，你们过着极端奢侈腐败的生活。"

外婆含着泪说："冤枉呀！孩子小的时候，我们过的日子比黄连还苦，吃野菜、树根，有时连野菜、树根都没有，就打井里的水来充饥。如今，儿子长大成人了，好不容易才吃上几顿饱饭，我非常惜福，从来不懂什么是奢侈腐败呀！"

工作组人员口气更不友善了："你还敢狡辩，难道说人民群众冤枉你了？告诉你，群众的眼睛是雪亮的。我们不会冤枉一个好人，也不会让坏人逍遥法外。赶快走吧，不然你儿子罪加一等。"

外婆看到无法通融，灰溜溜回家来。

小舅妈也去探望，在她苦苦哀求下，工作组人员大发慈悲，让她见到人。小舅告诉她："这个牢坐定了，可能还会坐穿，你带着两个查某儿去改嫁吧，儿子留给我妈养，给我们王家做种。树倒猢狲散，也许可以找条活路。"

小舅妈回来后，试图上吊自杀，打算扔下三个孩子都不管。好在蔡岚母亲和外婆提高警惕，及时发现，她才又活了下来。过后，她眼泪一擦，把孩子留给外婆看管，回惠安娘家去拜师傅，学裁剪、缝纫。她说："人活着，就要穿衣服，总不至于搞运动就成野人，不穿衣服了？我去学样手艺，可以在家里偷偷给人家做（缝制）衫裤（衣服）。"外婆也非常赞赏，她极力赞成："有道理，人道是手工吃袂空（有手艺就不愁生计问题）。我还可以帮忙缝纽扣、裤脚。"

后来，小舅被送到闽北大山里去劳动改造。工作组按一千判一年的标准，随意判了他三年。

因为家庭成分如此之恶劣，街道革委会不让蔡岚母亲缝制红袖章了，理由：这是又红又专的工作，她不配。她再次失业。

这年接近年关时，蔡岚的姑姑与伯母去了养浩楼，动员她看在四个孩子的份上回来好好过日子。蔡岚的母亲终于被她们说服，在她们的簇拥下，在除夕的前夜，回到了鳌村。

她到来时，四个孩子坐在一张四方形的矮木桌前吃饭，一片安静，灰暗的煤油灯照着稀拉拉的稀饭，和一碟咸咸的酱菜瓜。

四个孩子看到母亲回来，不敢直接表达喜悦之情，特殊的家庭环境，使他们显得过于沉闷木讷。依然一片沉默，静水流深般的沉默。他们已经近两年没有见到母亲，仿佛已经不知道母亲这个词代表着家、温暖、幸福。

这年春节，蔡岚他们过得特别开心、快乐、富足，因为他们又有了母亲，每个孩子还有一套崭新的衣服。母亲用赚来的钱提前偷偷给他们缝制了漂亮衣服。她可能也想象不出这些孩子是否长高、长大，只是凭想象进行缝制，但这些衣服特别合身。蔡岚觉得：从来没有这样合身过，所以她把这一年的新衣服深深地刻在脑海里。她是一件灯芯绒上衣，黑底浮着红色、黄色小花，绿色裤子；弟弟是一套绿色军装，他也喜欢得不得了，穿得无比自豪、威武；蔡雯、蔡霜俩人像穿制服，均是红黑相间的格子上衣，非常经典的苏格兰方格子，配咖啡色裤子。这一年，他们姐弟穿着新衣服出门，赢来无数赞美、欣赏的眼光与声音，过得幸福极了。蔡岚不记得其他人穿什么鞋子，她记得自己是一双丁字形的黑色皮鞋，这是她平生第一双皮鞋，在当时也是罕见的、稀有的货，这双皮鞋无疑给那身漂亮的衣服增色不少。总之，她觉得这身行头让自己无限风光，底气爆棚。这年春节成为蔡岚记忆中最幸福的节日。

七

母亲回来后，蔡岚他们又可以去养浩楼外婆家了。这简直是特赦。

正月初二一大早，蔡雯和邻居几个同龄孩子一起浩浩荡荡就步行出发了，蔡岚及时发现这个秘密，偷偷跟在后面，等他们发现背后这个尾巴时，已经甩不掉了，只好让她跟着。当然免不了一番威胁与吓唬："走不动不能哭、掉队了会被狼叼走、不能吵着要买东西、饿了渴了都要忍着。"蔡岚唯有一一应允。

十公里的路程，他们走了两个多小时，一路兴高采烈、嘻哈打闹，像脱笼的鸟儿，快乐得不识愁滋味了。

狮城是蔡岚的出生地，又是生活了七八年的地方，如今她步行回来了，她感到特别的亲切，也感到一种陌生的刺激。过年的气息还是无法冲淡一种特别紧张的氛围。蔡岚穿着新衣服，穿过大街小巷，像是庄严的阅兵。

到了镇区，一群人分头散去，各自去找各自的亲戚，约好午饭后再集中，在钟鼓楼底下会合。队伍临时选出来的领头人说得头头是道："这是中心地带，对谁都公平。先到的人至少有地方逛，不至于等得慌。"

终于又来到了养浩楼，外婆喜出望外。蔡岚也感到特别的幸福。外婆在她眼里就是慈祥、温暖、富足这一类词的代言人。小舅不在，她们不敢问，这是大伙都极力回避的忌讳。舅妈和三个小表弟表妹都在，对于她们的到来也很热情、很欢迎。

蔡岚发现外婆这两年明显老了，但外婆的亲切、热情不变，外婆的厨艺也不变。吃了外婆炒的米粉，和表弟表妹玩了一会儿，她们就向外婆辞行，临行前，外婆塞给她们一人两块钱。

兜里揣着两块钱，走在路上，人像要飘起来了。一夜暴富可能就是这种感觉、这种心态。大伙陆续来到钟鼓楼下，不仅有吃饱喝足的满足，还有发了横财的喜悦。

打道回府。这是统一的口径和决定，但如何回去，大伙分歧很大，一部分人仍然主张使用两条腿，省下两毛钱；另一些人则认为应该改善一下、享受一番，坐马车回去。两派争论了许久，最后走路派占了上风，毕竟钱来之不易，两毛钱可以买好几样零食，想想明天、后天、大后天……嘴里含着糖果、橄榄、冰糖葫芦的滋味，拿出两毛钱，会心疼死的。

走路。他们的队伍向前走。仍然谈笑风生、叽叽喳喳。

走到一半路程，最小的那个女孩哭了，呼天抢地地哭起来，说自己死也不走了，再走下去她就花不到兜里的两块钱了。

咋办？队伍停在路边，商量了一个又一个方案，最后一致通过：每人花一毛钱坐马车。等了好久，终于有了一辆空的马车经过，大伙谈好价格爬上去，无比兴奋，嘻嘻哈哈拉起歌来，哒哒哒的马蹄声给他们伴奏着。原来生活可以如此美好！

傍晚时分，鳌村在望了。

八

母亲回来后，小姨家也可以去了。这年暑假，蔡雯和蔡岚都争着要去锦村。结果蔡岚取胜，得到特赦。母亲的理由是蔡岚平时比较乖、勤快、干活认真，期末成绩也好，去小姨家可以帮忙干活、带表弟妹。其实，之所以留下蔡雯，是因为蔡雯不仅可以帮忙家务，还可以和她一起到地里去刨地瓜。就是农民收成后，土地抛荒着，土地里偶尔还有点地瓜根；还可以帮她赚钱，那时母亲从抽纱厂领针线活到家里做，蔡雯已经可以帮忙做些线路简单的活儿。那是外贸商品，到底销往哪个国家，她们不知道，只知道做桌子的垫、披沙发的扶手，接待外宾用的，所以马虎不得。那时抽纱厂在全县都赫赫有名，鳌村有三分之二的家庭妇女干着抽纱厂的活儿，这针线活儿一时成为很多家庭主要的经济来源。

母亲带着蔡岚先来到外婆家，她回娘家看望外婆，帮外婆打扫卫生、整理房间，然后把蔡岚留在外婆家，下午又赶回鳌村去。蔡岚待到傍晚，小姨丈要回家时拐过来载她走。

小姨丈的自行车在当时算是最高档的，凤凰牌、双骨、大后架。蔡岚坐在后架上，心儿随着坑坑洼洼的田间小路颠颠摆摆、荡荡悠悠。弯弯曲曲的羊肠小路延伸在稻田之间，也延伸到蔡岚的心里。

小姨丈家就在村口、小溪旁，三条光滑的青石板横跨在小溪上，就成了进村的小桥。跨过小桥，右边一个篱笆围成的小院就是小姨丈的家。小姨丈的家是崭新的石条房，平屋、丁字形，掩映在树木、藤架之中。蔡岚觉得好像走进童话世界里，兢兢战战的惊喜、意外。

到小姨家的第一餐就让蔡岚真正体会为什么锦村是狮城的产粮基地。大米颗颗晶莹剔透、温润可爱，像珍珠一样。稻米的香味更是诱人，蔡岚从来不懂得稻米的清香原来就是这个味。因为粮食丰富，小姨煮了一大铁锅，吃稀饭或吃捞饭，随便选择。蔡岚他们一家是纯销户，口粮是国家规定的，小孩十八斤，普通居民二十四斤，父亲有工作是二十八斤，还要粗细搭配，凭着粮簿到粮站购买。可能是缺少油水，大人小孩食量都很大，于是粮食总是不够吃，一个月只能吃上一顿干饭，那就是小弟蔡雷到月的日子。所谓到月，即每个月中与他出生同日的那一天，比如小弟是六月初三出生，那么每个月的初三，就是他的到月，必须敬床母（管床的神）。拿什么敬床母？最简单、省钱的办法就是煮咸饭。因为有饭吃，蔡雷的到月就成为他们期待的日子。到小姨家，居然每个晚上都可以吃干饭，简直奢侈到做梦都不敢相信。

蔬菜瓜果现摘现炒，一顿一个样，好几天都可以不重复。熟透了摘下来，自家吃不完就挨家挨户送过去。别人家种的蔬菜瓜果熟了，吃不完也会回赠过来。有的吃不完就晒干或腌起来。这也让蔡岚无限欢喜与向往，他们家就是一棵葱、一根苗都是要花钱买的，哪能这样随手一摘？

让蔡岚感到不可思议的是，每家每户都在稻田里挖一个坑，用木板、树枝围起来，上面爬满丝瓜藤，下面就是厕所。蔡岚刚开始很不习惯，也很害怕，几次之后，也觉得新鲜有趣了。问了小姨才知道，这是在储粪料。

门口的小溪简直就是他们的天堂、乐园，孩子们在水里嬉戏、洗澡、捉鱼虾泥鳅，爬到龙眼树上去吃龙眼、逮鸣蝉、捉小鸟。大人在小溪里洗衣服，挑水去灌溉，有的还洗菜淘米。溪水清澈冰凉、潺潺流淌。蔡岚觉得小溪是锦村的灵魂，有了它，锦村才是锦村。

村里人很好客，来了一个孩子，大人小孩都很好奇、兴奋，走过路过都会进来看看，聊几句再走。蔡岚被过多的赞誉之词弄得飘飘然，以为自己真的很美，有时不得不偷偷跑到小姨房里，照照镜子。左邻右舍也会赠送瓜果，说是给客人吃。遇到附近村落放电影、演戏，大人、小孩都会来邀请蔡岚一同去看。蔡岚简直受宠若惊，以为天堂也不过如此。更主要的是这里特别宁静、简单、淳朴，没有任何政治的气息，真的是世外桃源。

最让蔡岚激动的是小姨居然把表妹亦珺两件比较宽大的衣服给了她。会针线的小姨还在衣服的领子、胸口绣了花，简直美上了天。暑假快结束时，小姨丈说父母捎话来让他载她回去。

蔡岚坐在小姨丈的自行车后架上，荡着两条细腿，心里空荡荡的不舍、惆怅、依恋。

带着小姨赠送的大米、蔬菜、瓜果回到家，大伙都很高兴。蔡岚也有衣锦还乡的感觉。从此，锦村留在她的记忆里、生命里。

九

不是冤家不聚头，父母就是典型的冤家。母亲回来了，不再动辄跑回娘家，一走就是整月、整年的，也不再扬言要出家、要自杀。人倒是认命似的安顿下来，但两人的关系还是没有改善，夫妻之间一燃就爆，三天一小吵、五天一大吵，家还是战场。谁也不懂他们的火气怎么那样旺，他们之间有什么不共戴天的仇恨。蔡岚甚至没有看过父母在一起好好说过一句话，商量一件事，开过一个玩笑。反正他们要么互不理睬、整天绷着脸、各干各的事，要么就是吵闹打架，抄家伙。

一天，小姨丈来了。他用自行车驮来一袋地瓜、一袋大米。母亲拿出当摆设的绿色咖啡杯，这是她的嫁妆，是她非常珍惜的东西，泡了一杯白糖水请小姨丈。这是家里接待稀客的标准。白糖也是稀罕物，是要凭票证到供销社买的。小姨丈抿了一口，算是礼节，就放下了。客人来了，作为小孩，他们是很腼腆的，或蚊子似的叫一声，或红着脸笑一笑，就溜走了，谁也不敢赖在面前听讲话。母亲与小姨丈聊些什么，谁也不知道。虽然母亲一再热情地挽留，小姨丈还是走了，没有留下来吃午饭。

父亲下班回到家，看到小姨丈送来的东西，脸马上阴沉下来，随即就吵上了。吵的理由是什么，他们小孩谁也不懂，好像挺严重的，父亲随手抓起一张小木凳，就朝母亲扔过去，小木凳从母亲耳边擦过，砸到墙壁上，墙上掉下一大块灰土。母亲看着墙壁，突然失控地号啕大哭。这天，母亲一直躺在床上痛哭，发疯发狂似的拍打着床板痛哭："我这辈子到底造什么孽，他要这样待我？我前世踏破他家的皇金瓮子（装遗骨、骨灰的罐子，也指祖坟祖墓）呀？……"

蔡岚坐在木地板上，跟着母亲痛哭。母亲一整天没有起床煮饭，他们也没吃。晚上，蔡岚躺在母亲身旁，看着母亲核桃似的眼睛，心疼极了，暗暗下定决心：一定要对母亲好一点，再好一点，再好一点，替父亲弥补她。

这场家庭暴力之后，父母又进入"老死不相往来"的冷战中。

冷战期间，父亲采取的手段是阴沉着脸，一言不发，让家庭氛围处于高压状态之中，母亲则是打骂孩子来出气，当然打骂孩子是需要理由的，最站得住脚的理由是通过考察孩子的学习来实施。每天晚上，忙完家务，母亲就检查作业，做正确，就过关，皆大欢喜，避免皮肉之苦；做得不对，她会讲解一遍，如果听不懂，仍然犯错，那就竹鞭子伺候。打之前，还会有个仪式，其他孩子都站在一旁当观众，把门闩上，杜绝旁人阻扰，然后开始打，总是越打越狠，火气越打越大，竹鞭没有打折是不会停下来的。最后，基本就演变成一屋子的哭声、喊声，歇斯底里成一屋的凄风苦雨。

父亲一般不参与、不出场，他也知道妻子在发泄，他总是采取缄默。有一次，他对蔡岚说："查某儿更要读书，读个正式工作，将来才不用整天围着灶台转。查某儿要有经济地位，才有家庭地位、社会地位。"蔡岚听后还是不明白，父亲是认可母亲暴力的教育手段，还是看不起没有正式工作的母亲。

这一幕，几乎每个晚上都准时上演，成为家里一个保留节目。为了躲避皮肉之痛，蔡岚开始发愤读书，成绩尽量保持在班级前三名。她很不明白，其实蔡雯并不笨呀，甚至可以说是很灵活的，可为何越打成绩越差？很简单的问题，她就是听不懂。她替大姐着急，但又帮不上忙。唯一能做的就是帮她做点家务，让她多出时间去学习，奈何，即使她把三餐的碗筷都抢过来洗了，擦桌椅、扫地板也包揽了，大姐的成绩还是上不去。大姐越挨打性格越大胆、泼辣，为了平衡晚上所受的痛苦，她白天更喜欢往外跑，玩得更疯更野。作为陪衬与看客的蔡岚，却越来越内向、文静、沉默。

十

第二年，暑假之前，小姨就发出邀请，请蔡岚放假到锦村，帮她干家务、带表妹表弟。母亲自然没有拒绝，可能也不好拒绝，毕竟蔡岚已是家里一个小劳动力。蔡岚心里甭提多激动，她又可以到锦村了。

锦村依然不变，依然宁静、依然美丽、依然热情。依然世外桃源般令人陶醉。

表妹亦珺、亦璟、表弟亦玮带她参观村里的小学，学校袖珍型的，像私家宅院。蔡岚想象不出，在这种学校学习是什么感觉，有没有学习压力，会不会竞争？如果鳌村的小学也是这种规模，母亲是否就会放松对他们的督促，他们是否可以免受每天晚上那可怕的折磨与煎熬？蔡岚想不出来，也没空想这些，他们在空无一人的学校里捉迷藏、冲关、跳绳。

他们还去逛街，锦村的街其实不算街，就是零星几家小店铺，集中在一块，出售些基本的日用品、普通的食品，还有品种不多的零食。他们对这新来的小客人很热情，除了一致赞美她长得漂亮，就是拿出零食想请她。蔡岚不敢接受，亦珺却说："拿着吧，不然他们会不高兴。不要紧的，他们有时遇到麻烦，会让我爸帮忙。"于是他们就坦然接过零食，高高兴兴地吃着走回家。回来让小姨看到，她也不会生气，好像司空见惯的小事。这让蔡岚很是惊讶，在鳌村，她从没有过这种待遇，她想，母亲也断然不会心平气和让她如此轻快、活泼。

龙眼树还是华盖似的遮天蔽日，他们仍然坐到树杈上，放开肚皮吃龙眼。但这年的龙眼大丰收，是吃不完的，他们便帮忙摘龙眼，一筐一筐地抬到屋顶上去暴晒。小姨说龙眼干很燥热、很滋补，可以当补品送人，特别是送给坐月子的女人，人家更是喜欢得不得了。补不补是另外一回事，蔡岚首先是觉得好吃、稀罕，在家里，他们一年就吃一回：六月初七"天门开"（闽南一习俗节日）买五果供天公（玉皇大帝），其中一种水果就是龙眼。

小姨丈周末才回来，这时，不仅小姨特别高兴，他们小孩也非常高兴。小姨丈性情很好，涵养也很高，总是和颜悦色，对小姨非常温柔体贴，一回来就帮忙干农活，所以他在村里威望很高、名声很好。他一回来，村里人更喜欢来串门，有的只是看望他、找他聊聊天，有的是有事来求他。小姨丈像村里的大人物、大能人。也许小姨丈的英俊斯文、谈吐风度，是村里男人所缺乏的，所以小姨丈在男人堆里，显得鹤立鸡群，不仅年轻媳妇，就是阿婶阿婆，这时也喜欢找个理由来逛逛。小姨丈一贯对谁都是热情洋溢的。小姨便忙着迎来送往，很自豪、幸福的模样。

他们小孩高兴的是，小姨丈会变魔术似的掏出一大把一大把的硬币，让他们拿去买零食。他们把硬币放入陶瓷的储蓄罐里，嘴馋了，就拿在手里用力摇晃，硬币就一个个掉出来，然后一窝蜂跑到小街上去挑零食。这些硬币用不完似的，还没用完，小姨丈又回来了，储蓄罐又沉了。看到小姨、小姨丈和和气气、亲亲密密，有时还会打情骂俏，蔡岚很是羡慕，也很不习惯，因为父母常年剑拔弩张，她好像更习惯于那种冷战时期的紧张、敌意。

这个暑假快结束时，蔡岚再次满载而归。人们都惊讶于她的巨变：健康、活泼多了。

十一

一九七四年，小舅回来了。回来后的他仍然那么大胆，又偷偷倒腾起买卖来。外婆对女儿解释的理由是："没办法，要活命，就得找出路，没有人会心甘情愿坐在家里活活饿死。"

环顾周围，人们对阶级斗争已经感到有些疲惫，干瘪已久的肚子也让他们清醒、冷静了许多，开始老老实实地上山、出海，镇区商贸氛围又逐渐浓起来了。在农贸市场，小商小贩又好像从地下冒出来似的，开始做起生意，人们开始在各种各样的摊点前挑挑拣拣、讨价还价。毕竟远离政治中心，所以狮城很快又宛如一个自由王国了。

狮城人天生爱做生意、会做生意。因为这一方土地的名字由来就与商业活动有关。在距今一千四百多年的隋朝，由于地处泉州湾南部，狮城逐渐成为闽南沿海各地与泉州往来的交通中心，运盐贩鱼者络绎不绝，过往狮城的道路成为一条繁忙的商道。后来为了方便人们在途中遮风避雨，便在路边建起一座石亭，又有人在亭子旁建起一座小庵，庵前安放一对造型憨厚纯朴的石狮子，久而久之，过往商人不约而同以这对狮子所在的地方作为约会谈事的地点，从此，出现了这个叫狮城的地方。所以爱做生意这个基因就遗传在狮城人的血脉里，任何主客观因素也无法浇灭他们做生意的热情与激情。

外婆对小舅倒腾些什么并不知情，她有点自作聪明地说："市场需要什么就倒腾什么，什么赚钱就搞什么。"外婆喜欢这样反问，也给自己打气："人总不能被活活饿死吧？一枝草一点露（劝慰语，逆境中别灰心，只要努力，就有成功之日）。"

反正，小舅出来后，又到五谷墟、农贸市场捣鼓了。外婆负担轻了，又过上了蔡岚印象中的小康生活。

一天，逐渐恢复活力的小镇来了一位北京的贵宾，时任国务院副总理的大领导。当他的黑色小轿车缓缓驶入小镇的街头，人们正兴奋地做着生意，这人群里，就有小舅。没有人注意到这辆小车载着一位中央来的领导，所以没有人赶紧回避、给小车让道，以至于这辆专车无法顺利通行。

夜幕降临，人们心满意足，带着一天的收获收摊回家去。明天还可以照常前来摆摊，这是他们对生活最美好的期许。但是很快，大问题出现了，而且非常严重，上级给小镇活跃的商贸经济定调：这是走资本主义的道路，这活跃的商品经济就是资本主义的尾巴。

小镇一下子被抹上了恐怖的臭气熏天的黑色。小舅一下子又被扣上了大帽子，所幸，他这次没有被押送到闽北山区劳动改造，只是被关进去学习检讨。

外婆也感到不幸中的万幸，她对从鳌村、锦村赶来看望她的两个女儿，感慨万千："不是说天无绝人之路吗？这人活着为何这么难？难怪人一出生不是笑而是哭。凡间，烦间（凡、烦，谐音），烦呀！"

两个女儿都忧心忡忡："以后可咋办呀？"

外婆一下子又豁达了，这是一种经常头破血流之后的豁达，她执拗地说："能咋办？狮城的人除了做生意，还会什么？历来只有两条生存的路，不管是闯南洋，还是留在这死鬼绝地，都只会做生意，不做生意，有啥出路？人来到这世上总要活下去吧？"

两个女儿本来是准备安慰她的，看到她这么平静、练达，安心了，吃过饭后各自回家。

小舅很快就出来了，他萎蔫了几天，又生龙活虎起来，正如外婆所说：除了做生意，他没有别的本领。

小舅也如此安慰蔡岚的母亲："二姐，你别担心，这狮城人口不超过两万，如今在街头摆摊的就有上千名，抓得完、打压得了吗？除非他们自己六亲不认，晚上不想出门。"

十二

蔡岚觉得，小时候家里来的最尊贵的客人，莫过于外婆。但记忆中，外婆不太轻易来他们家做客的，一年也说不定能来上一次。外婆来做客，对他们小孩绝对是天大的好事，外婆会带来丰盛的好东西，闽南称之为"面前"（伴手礼）。母亲分赠给妯娌，说是送给小孩吃，这是外婆的面子，也是她的面子。在大家庭中，很多事情都很微妙，也注重繁文缛节。

外婆也觉得自己是稀客，所以她来做客，见到谁都客客气气地打招呼，然后就待在女儿的卧室里，不会到处走动，除非大热天，晚上她才会到屋后埕上跟大伙一起乘凉。蔡岚觉得外婆来做客是很隆重的事，一方面是看看女儿的家、看看这些外孙，另一方面也是用实际行动告诉女儿婆家的人，她是关心女儿的。当然，外婆也不会轻易来做客，她要备好资金，既要买见面礼，还要给外孙一点零用钱，同时，她也担心自己的到来给女儿增加负担。

有一次，蔡岚吃着外婆带来的美味佳肴，不解地问母亲："外婆咋有钱买这么好吃的东西？"

"你大姨、大舅会寄钱给她。"

她小心翼翼地问："不是不能往来吗？"

从小，他们就被告知千万不能对外说自己有姨妈、舅舅在台湾，那是很危险的事，会成为专政、批斗的对象，严重时还会被抓进去坐大牢。

"他们寄到香港的亲戚那里，再托亲戚转过来。你到外面千万不能说，不然你外婆就没有饭吃了。"

蔡岚这才知道外婆与大姨、大舅有了间接的联系，这是天大的喜事。她最喜欢听母亲与外婆说悄悄话，通过她们母女的交谈，她知道养浩楼及周边的家长里短。

有一年夏天的晚上，在石埕上乘凉，外婆跟母亲聊着聊着，忽然指着埕边一块空地说："孩子大了，你们两间房屋太挤了，和大家族挤在一起也容易出矛盾，所谓唇齿在一起还会磕碰呢。那里可以盖两间大房子，一间五百块就够了。"母亲沉默了一会儿，才轻声说："娘，五百块，相当于他一年的工资。一家子两年不吃饭，房子是盖起来了，但人还能活着住进那房子吗？"母亲说的确实是实情，外婆沉默了。但蔡岚一直记着外婆这个美好的设想，也觉得外婆是有规划、有远见的妇女。

过了一会儿，外婆忽然想起什么，压低声音，神神秘秘地说："美艳批去香港会夫了，这个花痴查某儿，还是和刘峰分不开、断不了，半年后偷偷回来，把儿子撂在香港给刘泽，两人干脆公开做起野鸳鸯。"

"刘峰也丢下这一大家子不管不顾了？"

"嗯，他送美艳去深圳过关，就没有回来，在深圳等她偷偷过来相会，后来干脆一起消失。"

"婉惜呢？"

"还能怎样？！俩人在她眼皮底下偷情，她都管不住，现在连人影都见不到了，跟谁哭诉去？"

"这样眼不见心不烦，反而解脱呢。"

"话是这么说，但一日夫妻百日恩，还是经常哭哭啼啼的。更可怜的是，连子女都看不起她，怪她管不住丈夫，害得他们没有父亲。三个查某儿嫁出去后，都不来看她，大儿子结婚后跟着他老婆住到后头（娘家）去，只有细团（小儿子）结婚后还跟她住在一起，但住在楼上，让她一人住楼下，还不许她上楼去。吃香的喝辣的，都没她的份。"

"打捕（男人）都没良心！"

"嗨，婉惜不知前世造什么孽，今生才这么苦？！"

"那三个查某儿也一样没良心呀，我就不相信她们会不知道父亲与阿婶有奸情，母亲老妈子似的懦弱、省事，管不了，她们就不会管？还不是图阿婶有钱有洋货，掏空似的什么都给她们？心都被收买了。她们那时穿得多漂亮、多洋气，还到处炫耀呢。"

"婉惜就是心太软，太会宠人，宠得连查某儿都认为理所当然，反而看不起她，不跟她贴心。"

"那三个查某儿都嫁好对象吧？"

"享受惯了的人，自然不敢吃苦，哪会找困难户随便下嫁？一个个都折高枝攀呢。"

蔡岚渐渐明白她们说的就是养浩楼左边那户人家，那些神秘的事。她眼前又浮现出那个娇滴滴的番客婶、风流倜傥的大伯，还有那个苍老卑微的大嫂……

十三

回鳌村后，蔡岚对生活最大的企盼就是能有机会到外婆家做客。当然，他们到外婆家做客就没有这么多顾忌、那么多层意思，但也不是说走就走的轻松随意，毕竟交通太不方便了。鳌村到狮城每天只有一趟班车，真的一票难求，而且票价两毛钱，这在当时可是一笔不小的开销。一般人都采取走路的方式，则需要两个多小时。

但一年至少有一次机会，可以到外婆家，那是八月初二普渡。外婆一般提前就发出热情的邀请，这个邀请诱惑力太大了，总是让他们充满期待，在翘首以盼中急切等待时间的到来。

那天，母亲会带着他们去，如果她没空，也会让他们孩子去。

外婆家每年都过普渡，不像龟湖十三年或莲埭十八年才轮到一次的大普，是年年举行的"通街普"。外婆把普渡当成大事，总是搞得热热闹闹、筹办得丰丰盛盛。下午三四点就开始敬普渡公，供品用大碟、大盘来装，剩余的摆在竹筛上，一堆一堆的，烧纸马、金纸、纸服。因是通街普，全镇区都过普渡，所以家家户户都请客，都摆酒席，有的干脆摆到大街上，鞭炮声、谈笑声、喝酒猜拳声……热闹极了。小孩更是高兴，在酒席间窜来窜去，甚至玩起捉迷藏的游戏。

晚上办宴席。外婆厨艺很好，小舅厨艺也很高，他们都可以独自掌勺煮出一桌像样的菜肴来。炒冬粉、封猪脚、炸鸡卷、炖鸡鸭、蒸芋蓉、糖醋排骨，最后甜点一般是花生仁汤配馅饼、甜粿。这些传统美味，过年过节都不能齐全地吃到，在外婆的普渡中，却可以一次性全部享受到。

小姨一家也会来。每年还会有一群特别的客人，就是小舅妈娘家的人，他们一般也是大人小孩结伴而来。

由于交通问题，大伙都理所当然要留下来过夜，这也是孩子们特别期待的。小舅妈娘家的人是稀客，所以安排住房间，睡大床上。其他人都是自家人，就在二楼大厅上打地铺，小孩挤在一起打打闹闹、叽叽喳喳。女人躺着聊天。

蔡岚母亲忽然意识到屋后反常的安静，好奇地问："咋没有听到美德一家高频率的声音了？"

"你不知道他们一家搬走了？"回答的是小姨。

"什么时候？搬到哪里去了？"

"至少有半年了吧。他们在仙足山起了一栋厝。"

仙足山，在狮城的东南面，原是一座五六十米的小山丘，后来整为平地，一些华侨、干部或赚到钱的生意人都到那里买地建房，成为狮城第一片新区。

蔡岚母亲感慨道："太有本事了！一家八口人，过得滋滋润润的，吃穿都不落人后面，还有能力起厝。"

"他们赚钱，别人不懂的。那些查某儿，眼珠子贼亮贼亮的，都嫁华侨、有钱人。饲（养）查某儿好，容易转运。"

"那也要有本钱——长得水（漂亮）呀，像我这仁，绝对是赔本货！"

"不会的，三分姿娘七分打扮，人是妆不是光（人要靠打扮）。这三个查某儿眼是眼、鼻是鼻、嘴是嘴，怎么说难看了？女大十八变，还会更好看的。"

"再怎样变，乌鸦也无法变凤凰。"

蔡岚听后特别刺耳，她知道母亲特别嫌弃女儿，好像女儿是她前世的冤家，今生来给她添堵的，没有这些女儿，她就无比幸福、轻松了。

"你别损自己的查某儿，我看蔡岚就有一种奇怪的美，是什么我不懂，但将来一定很有味道。"

蔡岚母亲在黑暗中苦笑了一下，转换了话题："娘打算把那块地赎回来吗？"

"应该不可能吧？赎地皮容易，赎那栋厝哪有那么容易，不是几个钱可以解决的，肚子才是第一大问题。"

"听说咱爹时常惦记着那块地，经常去捉弄他们，他们一定住怕了。"

蔡岚也曾听说后面那块地本是外公买下的，后来被外婆低价卖掉了，他很生气，在世时一直耿耿于怀。

小姨有点遗憾地说："他们一家住后面，也挺有趣的，聒噪是聒噪了点，但是热热闹闹过日子的样。"

"是呀，冷清下来，还真有点不习惯。过去，这也挤、那也挤，好像心都挤到一块了，也过得其乐融融的。"

姐妹们张家长李家短的，蔡岚觉得眼皮慢慢沉了，最后什么都没有听到了。

小舅妈娘家人离开时，外婆会把好的干的剩菜、糕点打包了，让他们带回去，说是闽南特产，让他们带回去请其他人尝一尝，并千叮咛万嘱咐："明年再来吃普渡。"

十四

小舅不知是心血来潮还是深思熟虑，忽然改弦更张，把养浩楼二楼当成厂房，办起家庭式作坊，雇了几个工人就热火朝天地烤起面包、饼干来了。小舅妈也停下裁缝活儿，帮他打理内务。

外婆忧虑不堪："这会赚钱吗？"

"没有尝试，怎会知道能不能赚钱。"

"既然没有把握，为什么要弄？"

"你说人眼睛一睁开，就想要什么？吃饭。所以我觉得做'吃'的生意应该最好赚钱，一日三餐，饿了就要吃，消化完了又会饿。"

外婆想想也有道理，就没有反对了。

他们烧烤出来的面包、饼干直接送到食杂店或卖给商贩，销路没有问题。但由于是半路出家，技术水平有限，经常烤砸了：火候太过了，烧焦了；面包发不起来，蒸糕不成变为粿了；饼干形体不规整，成歪瓜裂枣了……就这样，一铁板一铁板的次品面包、饼干被倒到走廊的大竹筐里。小舅的脸色也随着面包、饼干的出炉状况时晴时阴，性情也被这火炉烤得暴躁了许多。

这段时间到外婆家做客，就有吃不完的次品，还可以带回家，就是得帮忙做家务、帮忙做饼干。蔡岚表现出十二分的积极，但父亲总是以学习为由，不让他们去，除非寒暑假。寒假短，又遇到过年，一般只有几天的做客机会。暑假长，但烤炉一旦燃烧起来，又太热。但无论多热，即使像火焰山，蔡岚还是无比喜欢去外婆家，因为不会被饥饿鬼纠缠着。

差不多一年左右，小舅就把面包作坊收起来，洗手不干了。蔡岚无比遗憾，问母亲，母亲说："累死累活的，还不赚钱。"

"那小舅不是又没头路（失业）了？"

"他这人爱折腾，鬼点子多，不用多久，准能找到新出路。"

果然被蔡岚母亲说中，小舅又出招了。真是冰火两重天，小舅的思维极端的跳跃，烤炉拆掉后，他进了台制冷机、几部推拉式的冰箱，卖起了冷饮，他说冷饮成本低，利润大：井水加糖精、色素，就是一杯无比解渴的冷饮。但，一个夏天过去，他又收摊了，把机器低价转让出去。理由呢？季节性太强，一年四季就一个季节有生意。虽然冷饮好喝，但喝多了会拉肚子。所以蔡岚对小舅这项生意热情不高，好在小舅也很快收摊不干了。

外婆有点生气了，但她没有指责他，只是有点忧愁地说："这样没三分热度，不是个办法吧？"

小舅故作轻松地说："又没少吃一顿饭，烦什么呢？"

"总不能这样瞎折腾吧？"

"折腾有什么不好？至少有新鲜感。守着一种做不大、没前景的小生意，憋憋屈屈过日子，有什么趣儿？人就活这一世，穷也要活得多彩一点。"

"俗话不是说：十路征九路穷（比喻四处打拼成效却很小），十粒鸡蛋九粒无形？"

"放屁，没有尝试，哪里知道哪个行业可以赚钱？路，就是大胆的人闯出来的。你说，没有左冲右突，哪里会找到活路？"

"不然我们就在家门口走廊上摆摊吧？卖点零食什么的，风险小，又不必折腾。"

"要摆，你自己摆，我一个大打捕（男人），守着一个破摊，等着五分一毛的生意，半死不活的，还不如一刀杀了我痛快。"

外婆叹息了："我们一家三代六口人呀，眼睛一睁开，大大小小都要吃饭。"

"你别发愁，饿不死的，狮城不是饿死人的地方。你说历朝历代，何时饿死人了？你放心，我只要到街头走几趟，看一看，就能找到活路。"

外婆将信将疑，但也无可奈何。

随即，小舅倒卖起粮票、布票等各种票证。他说这种生意不会囤积、不会亏本，又干净轻松。

十五

一九七六年，"四人帮"被粉碎了。正当人们欣喜若狂，以为拨开云雾可以见到阳光了，谁知，一个天大的坏消息像巨雷炸在小镇的上空：狮城成为黑典型，上报到中央，上了大型的纪录片，全国播映了。那几天，小舅躲避风头待在家里，不敢上街了。外婆竖起耳朵，收集四面八方来的消息。

"听说上电影了？"

"不是电影，是纪录片。"

"什么是纪录片？"

"不知道，他们说像电影那种，在布幕上放映的，叫作《铁证如山》。"

"听说你也在上面了？还说话呢？"

"他们告诉我，我有一句话被他们录进去了：做生意，一个爱多，一个爱少，可以商量。"

"还好，不是反动的话，历来都是祸从口出，以后可要小心点。"

"不要紧，我这只是做买卖的行内话，谁都会说，也说过，要治罪，不是竹竿子打翻一船人？"

"但你被抓到证据，铁板钉钉的事。"

"那我就没法子了。有人说，人要出名，一个是大好，一个是大坏。我为了混一口饭吃，居然也出名，这真是天大的笑话。"

"看来运动又要来了，不知你这句话会定什么罪？"

"总不至于定死罪吧？只要不是人头落地，关一关，出来又是一条汉子。"

"呸，乌鸦嘴！"

"不用怕，这不到两万人的小镇，如今已有四五千个个体商贩，抓得了吗？我就不明白，咱们中国哪有资本主义？既然没有资本主义，怎么又复辟了？"

"夭寿（折寿、短命），这话你可千万别到外面说。说这种话，还不是罪加一等？"

很快，工作队居然又一次进驻狮城，任务是"打击资本主义复辟"。

一时间一千多个体商户纷纷蹲进了学习班，罚款的罚款，取缔的取缔，一些被认为情节严重的入狱判刑。在所有的投机倒把分子中，小舅属于情节较轻的，他的非法获利只有上千元，学习班是逃不过的，罚款也是逃不过。但看到一些情节严重者被判了刑，送到山区去劳动改造，他庆幸不已。

外婆去学习班探望他，给他送衣物被单、洗漱用品，小舅潇洒地安慰她："不要紧，很快就没事的，我很快就可以出去。"

外婆对前来探听情况的两个女儿感叹不已："你小弟这是什么命呀？不是说遗腹子命大福大？他怎么这么苦？早知道这样，当初怀他的时候，真该想办法把他打掉，省得他来这世间吃苦。"

"娘，你是老糊涂了？他是先苦后甜。"

"嗨！这也是他的命呀，偏偏跑到这样的地方来出生。你们说，哪里不能投胎？偏投到闽南来。这地方，光长石头不长草；风头水尾漏沙地（形容风大水分少、土地贫瘠）。这环境，除了做点生意，真的活不下去呀。"

"娘，儿孙自有儿孙福，你就别操心了，哪一次他不都是逢凶化吉了？"

"还好这次查到的钱不多，不然又得送到山区劳改了。他们说，查出万元以上的，有十一人，五千元以上的，有十四人；你小弟这批，有五十四人。还搞出什么'八大王'。这八个人惨了。"

"什么叫八大王？"

"就是八个赚到大钱的，都上万元呢，那个螺丝大王宋太平，就是八大王的头。"

"其他还有谁？"

"烟丝大王林秀碧、水产大王王善炊、水果大王黄国钦、扑克大王蔡清河、砖瓦大王洪肇缠、粮油大王张鹏飞、票证大王卢文远。"

"这些人会被判死刑吗？"

"不知道。你弟总是说：亏本生意没人做，砍头生意有人做。这次不知会砍谁的头了。"

"为什么'四人帮'倒台了，还不让人好好过日子？"

"他们说，自由买卖是资本主义。我们自由买卖了，就是资本主义。我们烧香拜佛，搞迷信，是封建主义。"

"娘，你现在说话，一套一套的，进步了，还懂得'主义'了。"

"被逼出来的，你弟整天惹事，我只好紧跟形势，对人说人话，对鬼说鬼话。还好，雪琼贤惠、能干，能帮我撑起这个家，不然早晚就垮了。我们王家真是祖上积德，娶到这么好的媳妇儿！"说起这个儿媳，外婆就眉目舒展开了，她是打心头喜欢这个惠安女子。

小姨微笑着说："你对她也确实好，不是我们嫉妒，你对她，比对我们这两个查某儿还好呢。我们何时吃过你盛好的饭菜？自从她进门，没煮过一顿饭。你是煮好了，还帮她盛好，热乎乎地端到她手上，差点喂她了。"

"我是这样想的，人家来到我们这一穷二白的家庭，一句嫌弃的话也没有，跟着我们吃苦，和我们一起打拼，埋头赚钱，又为我们生儿育女，这是我们的福气，我们应该惜福。"

蔡岚母亲也插嘴了："雪琼多次告诉我，让我劝劝你，她说你总是把好的留给她吃，她不吃你还生气。你老了，能吃几年？她日子还长着呢，以后吃东西的时候还不有的是？让你要自己吃好，才能帮她带孩子、管家。"

"我老了，吃什么还不是带到棺材里，有何用？她年轻，要干活，要给我教养孙子、孙女，你弟弟这个家要她撑着，当然要留给她吃。"

两个女儿听后，都感动又感慨："娘，你真的是把她当查某儿般疼呀！"

"刚开始，我看到她，上山下海，晒得黑不溜秋的，还有一丝嫌弃，随即一想，荫一荫，不就白了？一白遮百丑，你们看，现在的她哪点比镇区查某差？她娘家人也不错，嫁出的女儿泼出的水，放心让她融入咱们家，不像这里的人喜欢搬弄是非，搞得仇人似的，揭家丑让人瞧。娶某，是娶祖。一个好媳妇，可以荫（荫庇）三代人。上，孝敬长辈；中，帮扶丈夫；下，培育子女。太重要了！我对雪琼好，她对我也非常好，懂得感恩，有一句话，倒是亚芳告诉我的，她说我婆婆一生这样艰难，我们对她只能加倍孝敬。她对的，是对；不对的，也是对。听了这句话，我能不对她好吗？人心是肉长的，我对她好，她就会对我好。百善孝为先，你们也应该对婆婆好，那人不是外人，更不是坏人、敌人，是你丈夫的母亲，生他养他的母亲。对他母亲好，他自然感激你，对你好，那么家就没有矛盾，家和万事兴。即使现在穷一点，总有一天也会兴起来、富起来。"

说得两个女儿点头如捣蒜。

十六

一九七八年，随着一位老人再次登上历史的舞台，整个中国随即启动一场前所未有的变革，以十一届三中全会的召开为契机，新的航程起锚了。这是中国命运的转折点，也是狮城命运的转折点。嗅觉敏感的狮城人隐隐感觉到什么，又开始蠢蠢欲动了。

蔡岚母亲也预感到狮城会活起来，开始埋怨丈夫把一大家子拉到鳌村来，她多次提出要搬到镇区生活，奈何她丈夫不愿意："我工作调回来了，调回去哪那么容易？住哪儿？还租房子住，这笔开销承担得起？孩子也迁到镇区去念书？这一大串的问题，怎么解决？"她被问得哑口无言，意识到打道回去无望，心情就爆了，随即开始数落、埋怨，最后又是一场大战。

蔡岚当然希望搬回狮城去，至于到那个地方怎么活，她是不懂的，她只知道养浩楼在那，外婆在那。但太多现实问题难住了他们，父亲抛出一连串问题，其实还有一个最关键的问题，他没有说出来：他父母早已年迈，这些年是蔡岚母亲与婶婶两个妯娌轮流伺候，一人半个月。即使所有问题都不是问题，那么这个总该是问题吧，如何解决？蔡岚意识到了，所以她也认为回镇区是完全不可能的。

寒假的一天，蔡岚随母亲回娘家。这时，蔡岚回到养浩楼，心里的滋味已经不全是小时候的那种喜悦了，她心底有了自卑感，至于为何会有这种情绪，她搞不懂：是城乡的区别还是经济的差异？她母亲和外婆一见面就有说不完的话，蔡岚觉得应该给她们说悄悄话的机会，便帮小舅妈缝纽扣。

过了一会儿，蔡岚母亲走过来，也坐在缝纫机旁，和小舅妈拉起家常，小舅妈说："二姐，我现在接的活儿，我自己做不完。不然，我们分工，我接活、裁剪，你来缝制，工钱平分。"

"哪里走得开？他一对父母，加起来一百六十多岁，生活都无法自理。"

"你可以拿回家去干，做好了，再送过来。"

"家务要占去太多的时间，剩余时间能做多少？往返交通又这么不方便，折腾一趟就得一天，还有车票，哪里划算？"

小舅妈微笑了："说得也是，不然我们俩合作，该多好呀！孩子一年年长大，事儿就多了，咱们闽南人情世事（繁文缛节）特别复杂。"

"我也常为这苦恼，就是被牵住，身不由己。你比我幸运多了，有娘帮你撑着。"

"是呀，这是我的福气。王海滨总是开玩笑，说我是看中他英俊才嫁给他。我说这是第三点，第一点，我首先是看中这个地方，自古这个地方就活，饿不死人；第二是看中娘，一个好当家，买牛连牛圈买（形容出处、环境很重要），娘好，她教育出来的孩子就不会差到哪里去。"

姑嫂两人都开心地笑了。蔡岚在一旁听了，看着小舅妈，感动得鼻子都酸了。

"你怎么会有这么多活儿？"

"手艺说话，做得好，一传十、十传百，名声就来了。大伙都宁愿拿给我做，愿意多等些时间，你不知道，很多人都夸我做的衣服，比缝纫社那些老师傅还好呢。"

"真的？"

"那些老师傅老头壳（头脑），样式旧了，也不想改变，做事又拖拉。"

"手工吃袂空，你这条路走对了。海滨呢？又到五谷墟了？"

"不去了。整天在街上晃，说是等时机、找目标。"

"你这么忙，也不帮帮你？"

"我不让他帮，他一个大男人，窝在家里帮忙缝裤脚、缝纽扣，一生就毁了。我宁愿他出去走走，找朋友化仙讲古（聊天），至少眼界、心胸不会变小。打捕，应该志在四方。"

蔡岚母亲听后略有感触地顿了顿。

十七

一九七九年一月，虽然还是寒冬，但春天的气息已悄然来临。中央首次明确肯定自留地、家庭副业和集体贸易不再是"资本主义尾巴"。这下子，狮城"资本主义复辟"的帽子不见了，人们一觉醒来，发觉"气候"变了。既然商品贸易不是资本主义，那就放开胆子大声吆喝吧。贸易市场一夜之间奇迹般苏醒过来，热闹又拥挤，人们开始扯着喉咙讨价还价。各种摊点雨后春笋般冒出来，摆满大街小巷，整个镇区又人头攒动了。

单纯销售大陆资源，就不算特色，也没有优势，狮城侨乡的"侨"字这时散发出其独特的魅力了。"政治气候"回暖了，政策松动了，一个个海外回乡团接踵而来，欢天喜地地回乡探亲。中国海关总署也放宽了华侨和港澳同胞探亲所携带物品的范围，这一政策一出台，仿佛一支前所未有的兴奋剂，瞬间激活了狮城这片素有经商传统的土地。一夜之间，千树万树梨花开，古老的估衣摊又复活了，原本是华侨带给家里使用的各种新潮物品也被狮城人一股脑儿摆到市场上。人们睁着好奇的眼睛，看着这些神奇的洋货，除了目瞪口呆，就是垂涎欲滴。不仅沿海其他地区的人纷纷跑来淘货，内地商人也嗅到巨大的利润，千辛万苦跑来进货了。

作为土生土长的狮城人，小舅又生龙活虎一般，他在百货大楼右边的新华街租了一个店面，摆起估衣摊，卖洋装、衣服、布料，生意十分红火，他便让小舅妈停下裁缝生意，专门负责帮他收货，他负责卖货，夫妻共同经营，一起打拼。

市场上，有卖内衣裤、皮鞋、领带、皮箱、香水、化妆品、钟表、电器、床上用品等等，林林总总、不胜枚举，只要是物品，带得进来，就卖得出去。物品千奇百怪、琳琅满目，覆盖大街小巷，真可谓是有街无处不经商。

一天晚上，小舅对回娘家的蔡岚母亲说："二姐，好日子来了！快来镇内住吧，随便街头巷尾摆个小摊，就是卖碗粗茶，一碗五分钱，也可以让你一年翻身脱贫。"

"咋可能？都不吃不喝，就喝茶？"

"你知道一天进狮城有多少人？"

"多少？"

"二十万。"

"二十万？二十万是什么概念？"

"相当于全镇所有村落三分之二的人每天都到镇内来，你说可怕不可怕？"

"这么多，这些人住哪吃哪？"

"所以说，随便你路边摆个小摊，卖茶水、卖香烟，或咸饭、肉羹，都可以卖出个富翁来。"

　　"那你做这生意，不是更好？"

　　小舅呵呵一笑："二姐，你是自家人，我才敢告诉你，赚钱赚到手软，做梦都会笑醒。你想象得到吗？今年华侨、港澳同胞经中国旅行社托运进来的衣服、布料等货物有多少？七十一点八五万公斤。从境外邮寄来的货物有多少？十点二万包。天文数字吧！但我们这生意大是大了点，赊账也多，很多赚的钱都在账面上。小本生意，谁都不会赊账，反而赚得更实在。"

　　"我脱不开身，家里两个老人，一个老年痴呆，一个膀胱手术、腰间挂着尿袋，都需要伺候。"

　　外婆一边帮小舅打饭，一边插话道："那就让阿雯来吧，她初中毕业了，查某儿读点书，不会当睁眼瞎就够了，让她来学做点小生意，可以帮衬家庭。"

　　"她父亲头脑可顽固了，滴水不进，茅坑里的石头，仙人（神仙）也说不动他，死撑着也要栽培他们念书，结果越读书越穷。"

　　"读到一份工作，还不是几十块的工资？现在很多人都不干，辞职跑出来，就算随便拿几件衣服站在路边兜售，一天也可以赚一两百块，比一个月工资还多。"

　　蔡岚母亲被说得又心动了，心急火燎地带着蔡雯回家，回家后与丈夫商量，结果还是一场大战。

　　蔡岚看着父母激烈地争吵，心里恨的是爷爷奶奶。她对爷爷辉煌的历史从不感兴趣，也不想了解，在她眼里，爷爷奶奶就只是一个称呼、一个符号，从懂事时起，爷爷奶奶就很老了，老到没有什么记忆、行动、话语，除了一日三餐，他们就是坐着发呆或躺着睡觉，几乎没有其他生活内容。而他们的儿孙太多，多到他们无从认识，也叫不出姓名，像蔡岚他们出生较晚、早年又在镇内生活，根本就不曾与他们有过任何的接触，完全像陌生人。如今，更是一种拖累、负担。蔡岚甚至觉得爷爷奶奶活得没有任何意义，他们的生活只剩下稀饭配豆腐，永远的，无休无止的，一天两块豆腐，维持着他们的存在。

蔡雯早就恨透了读书，简直到了深恶痛疾的地步，她被打得皮都厚了，人也麻木了，能摆脱皮肉之苦，是她最大的愿望，但她满心的欢呼雀跃，被父亲生硬武断地扼杀了："不行，去读两年卫校，出来就可以当护士。"

母亲简直气炸了："护士有啥好，一个月几十块工资，还要加班加点，上夜班，整天伺候病人，又脏又苦。遇到病人发脾气，还要被骂。"

"查某儿除了教师就是护士，还有什么更好的职业？"

"能不能不要这么鼠目寸光，只盯着一块所谓的铁饭碗，让她去做点生意，兴许她自己乃至家庭的命运都改变了。"

"你能保证做生意就会赚钱？你能保证共产党一直允许大伙做生意？查某儿如果没有固定工作，结婚后哪个不是走入家庭就成为家庭妇女？整天想着做生意，我看你是走火入魔了。过去我家做的生意还不够大？几百年的基业还不是毁于一旦？有什么比一份正式工作来得安稳？"

母亲忽然想到自己的遭遇，原来自己就是一个活生生的案例，丈夫让自己为家庭牺牲，又不愿女儿重蹈覆辙，这是多么自私又专断的男人呀。气得她边流泪边感叹自己命苦。

蔡岚听后，深深同情母亲，也热切希望大姐能放下书包，到镇区赚钱，一方面，她过怕了每天晚上那种鬼哭狼嚎似的生活，另一方面，她也痛恨这种极端清贫的生活。

她还记得半年前那件让她感到极端难堪的事。有一天，语文老师在课堂上念了一篇文章，叫作《松花江上来的姑娘》，老师声情并茂地朗诵后，还极富煽动性地说："狮城新华书店有的卖，买一本回来好好学习，可以大大提高作文水平。"那时，被这篇作文吸引的不是她一个人，而是全班同学，渴望得到这本书的也不是她一个人，至少是一大片。但是到镇区买一本书，毕竟太不现实，同学都不敢往这方面奢想。

不久，班主任通知同学抽空去照毕业照。这时，班上几个学习好又比较活跃的女同学撺掇起来了：到狮城大众照相馆照照相，再到新华书店买书，一举两得。

这个方案可行吗？对于书的渴望，使蔡岚忘了自己的家境。放学后，她们挨家挨户串门，沿着回家的路程，从近到远，一路磨嘴皮子去征求同学父母的同意。到她家，是最后一站。母亲听后，一段话就给予全盘否决："哪个地方不能照？小学毕业就得跑到镇内去，中学毕业到哪里？大学毕业不得上北京照去？黎明照相馆离这里不到二十步，干吗不行了？我们家几十年的照片不都是这家照的，哪张照得不好了？把人照丑了？"

说得本来兴高采烈的同学都蔫了，哑口无言，蔡岚极其难堪地低着头，强忍着眼泪，本来能说会道的同学也一时找不到词汇，尴尬地站了一会，悻悻地告辞。

第二天上学，蔡岚还很难为情，那几个同学挤在一起策划出行事项，她远远地躲开了。不曾想，到了周末，母亲塞给她五块钱，让她参加这项活动。她简直不敢相信，幸福就这样出其不意地降临了。

那天，她们照了毕业照、买了那本梦寐以求的书，还到清珍饭店吃了午餐：肉包子、肉羹。光顾的三家都是"国"字号呢，平生第一次奢华的出行。但是，她知道，这种活动，不可遇也不可求。母亲最后给了她面子与自尊，但不可能有第二次。她告诫自己：为了薄如纸片的脸皮，以后再也不能轻易参与这种活动，免得自取其辱。自己的家，不能与别人家相提并论。从此，她更加孤僻与封闭。

过后，蔡岚不禁冷静地审视起家乡——鳌村来。说实在，她不喜欢鳌村。老一辈都说，鳌村的历史那还得了！明朝建起卫城，城内驻兵二十万。清朝商贸繁荣，海外贸易繁忙，商船络绎，富庶一方。但历史毕竟是历史，已是过去。在她眼里，鳌村平静、贫穷，缓慢地爬在时间的河床上，每一天都是重复，一切像沉睡似的，只有一条街是活的，这条街贯穿东西，自东而西一路下坡，吃喝穿用所有物品都在这条街上经营。母亲也对这条街嗤之以鼻：好天是街，孬天（天气不好）是溪。村里百姓仿佛厌倦了折腾，或忘了外面的世界，靠山吃山、靠海吃海地维系着一种最原始最简朴的生活，日出而作日落而息：山地里只出产地瓜、花生，海里只打捞小鱼小虾。在这缓慢、平淡的时光里，连活蹦乱跳的小孩都打盹似的失去活泼与机灵。蔡岚讨厌这样的生活、这样的地方。她简直不敢相信，十公里之外，有个活力四射的小镇。所以她热爱镇区、向往镇区，尤其因为镇区有养浩楼，有外婆家。

十八

蔡岚肉眼看到的家乡沉睡般的平静，其实只是假象。鳌村的整条沿海线，一点也不平静、不安宁。蔡岚看到的大海，是渔民打捞作业的疆域，她也知道大海的另一边就是那个神秘的地方，大舅、大姨去的地方。

一九七九年元旦，全国人民代表大会常务委员会以充满热忱和自信的口吻向对岸人民发出了一封情真意切的家书——《告台湾同胞书》，并停止了对金门等岛屿的炮击。对岸不再向大陆输送传单，而是送来越来越多的商品，人们在海滩上捡到这些五颜六色的气球，都兴奋极了。享用这些"天上掉下的馅饼"时，心思也开始活了：那边生活比我们好，能不能尝试着经济上的互动？把那边的东西运过来这边卖？怀里揣着这个大胆想法的人很多，付诸实践的首先是沿海的渔民，因为他们有现成的工具——船只，他们有正当的理由作为掩护——出海捕捞。一个个月黑风高的晚上，沿海的渔民带着拾掇好的一包包金银出发了，向着茫茫大海出发了。当对方船只靠近，看了货物、谈好价格，一包包金银抛过去，服装、布料、洋伞、香烟、手表、电视机、录音机、计算器、电风扇等各种生活物资、小家电、小五金就偷渡过来，狮城的街头巷尾随即开始出售。狮城每天都会迎来一批又一批、来自全国各地的大胆商贩，一大包一大包的货物从狮城出发，运向全国城乡。于是应运而生，一些狮城人又看到另一商机，合资买了一辆日野货车，后来从一辆到两辆，从两辆到十辆，从几个人到一群人，一个运输专业车队形成了，风风火火搞起了联运。其他人看到这个生财之道，也纷纷效仿，一时，狮城有了好几个运输车队，形成了全国跑狮城、狮城跑全国的经济奇观。

蔡岚看到母亲拿出最后一条金项链，交给前来收购的人，也在母亲的发动下，把垫在床脚的四个袁大头掏出来，母亲以一枚五十元的高价转手卖给渔民。随即，母亲也忙碌起来，偷偷地加入运输队伍，有时，她腰缠几块布料，又有时，她在地瓜下面藏几把阳伞，或者，内衣服里披着几块手表……就扬言到镇区走亲戚去。傍晚回来，腰里揣的已是现金，问她卖给谁，她说："偏街僻巷都有人在收购。只要能顺利带进去，就不怕没人要，这是打游击战，没有固定地点。"

"为什么要打游击战？"

"工商、税务、政府都会来抓人的。"

"好赚吗？"

"走几趟就够你父亲一个月工资。"

"那你为什么不天天去？"

"路上检查呢，抓到就没收，一旦被没收，就全亏了，连本钱也没了。"

"为什么要检查、要没收？"

"他们说这是走私，是犯法的。"

"你几天走一趟，他们就不怀疑你？"

"我告诉他们，我母亲老了，不能自理，我去帮她搞卫生、洗衣服，他们就相信了。"

蔡岚非常好奇，问母亲哪里拿货，她说："沿海所有渔村家家户户都有。"

"他们那么安全？不会被没收吗？"

"缉私队经常进村搜查呢，一旦查到，全部收缴，血本无归，倾家荡产，非常惨呢。所以都藏着，你随便进去要货是要不到的，要有熟人引路、介绍。一回生二回熟，以后就好办了。"

"那为什么要冒险？"

母亲有点生气地问："你活着要吃饭要穿衣吗？"

蔡岚被问得无语。

寒假里的一天，母亲又腰缠布料要去狮城，蔡雯已从卫校放假回来，想跟着去看望外婆，母亲就让她帮忙带五块梅花牌手表。

父亲看了很气愤："她是学生，清清白白，你别把她抹黑。"

母亲拿眼睛瞪着他："清白！难道我拼死拼活赚钱就不清白了？你清高，那你不要吃我做的饭菜呀，这里面可有我赚的钱；你也不要穿我帮你做的衣服，那布料就是用台湾货做的。想清白，告诉你，你早就抹黑了，想清白已经不可能了。不仅你清白不了，整个沿海线各个村落，就找不出几个清白的。"

父亲被她这一阵抢白，顿时哑口无言。"嗨"的一声叹息，无力回天的落寞。

母亲说："别管他，快饿死、穷死了，还这么清高，这世间竟有这种怪物、书呆子、老顽固！你仍然学生打扮，路上如果被拦下来检查，你就拿出学生证，说去看望外婆，没有人会怀疑你。现在沿海很多村落都利用孩子跑货，缉私队不会对孩子动手的，解放军叔叔也不会追赶孩子。这一趟如果成功，这个年兜我们就好过了。"

蔡雯一听，也兴奋起来，有了冒险的刺激与紧张。

半路上，果然遇到检查，母亲腰里的布料被查出来了，蔡雯没有遭到检查就顺利过关，轻轻松松被放行，她们紧张极了，蔡雯感到母亲抖个不停，忽然觉得母亲很可怜，很不容易。重新上路后，母亲心疼得直落泪，但更多是庆幸。她们到达镇区后，溜达了几条小巷，终于在一个偏僻的巷子里谈妥价钱做完交易，便去外婆家，毕竟还是赚了一点钱，所以惋惜归惋惜，还是蛮高兴的。

到了外婆家，外婆和小舅妈正在掸尘扫除，准备迎接年兜。她们立马撸起袖子帮忙打扫。

一会儿，外婆下楼去准备午饭，母亲便悄悄对小舅妈说："今天太衰（太倒霉）了，几米布料被查到，当场被没收了，我到现在还心疼得厉害。"

"常在水边走，哪有不湿鞋。要冒险，就要有失败的心理准备。二姐，我告诉你，你别告诉娘，免得她烦恼。你这小弟呀，前些天亏得才惨呢，我一想起来恨不得痛痛快快大哭一场，发泄一下，但怕娘知道，眼泪拼命忍着。这几个晚上都睡不着觉，眼前晃来晃去的都是那些真金白银。"

"怎样亏了？亏了多少？"

"可能近十万吧。"

"十万？天啊！十万！"母亲惊叫起来，这对谁而言，都是天文数字。

"是的，今年赚的，差不多打水漂了。我的眼泪都吞进肚里了。"

"怎样亏的？"

"他有一个朋友，是沙堤村的外甥，说他舅舅自己有船只，自己撑船出去换东西，换了几水，都没有失手，赚了几十万，问海滨要不要试一试。海滨就动心了，说人无横财不富、三分靠打拼七分天注定，时势造英雄，反正道理一大堆，非要冒险试一试，我们就收购了十斤黄金、二三十斤白银，托他们出去换货。"

"结果被他们私吞了？"

"他们说那天晚上雾太浓，两艘船只靠近时，忽然响起枪声，应该是被缉私队发现了，他们这边想速战速决赶快交易、撤退，就赶紧把一包包黄金白银抛过去，结果都扔进海里了。后来枪声越响越近，大伙忙着逃命，来不及潜水下去打捞了。"

"真的？还是假的？不会存黑心蒙骗咱们？"

"海滨说，这种事已经发生过好几起。还说干大事的人要有大胸怀，用人不疑、疑人不用；既然要合作，就得互相信任。再说，不相信又能如何？东西又要不回来，还失去朋友。愿赌服输，反正失去了就只能认栽。"

"这下子可怎样办呢？"

"亏了就亏了，还能咋办？明年再赚吧，等于白辛苦一年。海滨心太大，总想一夜暴富，嗨！劝不了。"

"还有其他人参与吗？偷偷打听一下虚实。"

"嫦娥他们损失更大。"

"是观音亭边卖牛肉羹的嫦娥？"

"不是他们还会有谁？"

"他们亏了多少？"

"好几十万。嫦娥倒看得开，她说等于三年牛肉羹全白卖了，一家子起早贪黑全白干了。她是乐天派，别人打算安慰她，她反而笑着说，只要人在，那把铁勺还拿得动，就无所谓，输赢笑笑。"

"狮城太活了，随便卖个冰棍、甘蔗，都能成为大富翁。我敢打赌，即使鳌村最大的华侨家里也没有这么多的财产。都怪那死鬼，这么令人羡慕的'小香港'不住，硬把一家子往那穷地方搬。"

"二姐，过去的事就让它过去，那也是环境逼的，那时武斗那么激烈，他那种家庭成分确实待不了。你要这样从另一个角度考虑，回去了才保证了一家人的平安。平安是不是最重要？这样一想，心不就顺畅了，夫妻不就不会吵架了？"

"哈哈哈，还是你聪明，看问题不一样，又会说话，经你这么一说，我就想开了。算了，嫁鸡随鸡嫁狗随狗，认命吧。哦，告诉你，刚才在路上，我也是吓得直打颤，有些人被追得跳下路边的田地，直往里边跑，也不知要跑向哪里。有的摔得半死，头破血流；有的被藤、梗、树枝绊倒了，爬起来还是拼命跑，那些庄稼被踩得稀巴烂。看到那一幕，比电影还惊心动魄。"

"听说各个路口，每天检查，二十四小时轮岗，这种事每天发生好几起。"

"嗨，赚这钱，会短命的。还不是穷，不然谁愿意拿着命开这玩笑？"

"以后要小心点，街面上也查得很严，抓到就没收，没有任何商量、讲情的余地。你静心听听，巷子里面时常有跑步声，都是被追的。所以每天都有人发财，每天也有人破产。"

外婆在楼下喊吃饭，她们才刹住话题。

这天，她们帮忙搞完卫生才回家。途经早上被查的路段，母女两人不禁都深深吸了一口气，不禁又哆嗦了一会，好像不经意地吸进一股冷气。

暮色中寒气逼人，深冬了。

十九

有一天，母亲说要带蔡岚他们到小姨家做客，他们姐弟听后不知有多高兴。

那一望无际地在微风中俯仰生姿的水稻、那潺潺流动的小溪、那挂满硕果的龙眼树……顿时在眼前浮现。又可以到美丽的锦村了。

到达狮城车站后，母亲并不是带他们往锦村的方向走，而是往锦村相反的方向直走，穿过一条公路，穿过一片刚平整出来的土地。来到一座崭新的石条平屋前，母亲说："这就是你们小姨的新家。"

原来小姨搬家了，进镇区来了。蔡岚首先是惊叹：小姨、小姨丈这么有本事，居然能在镇区买地盖房子，这该花多少钱呀？他们一家五口人，就小姨丈一人工作，居然这么阔绰！而他们家就多一个人，父亲有固定工作，母亲也很勤快，总是找各种临时的活儿干，为何就过得这么艰难？蔡岚觉得就是因为父母太会吵架了，三天一小吵、五天一大吵，结果把财神爷也吵跑掉了。羡慕之后紧接着就是失望、沮丧。她惦记着锦村，她知道自己与锦村无缘见面了，她不明白小姨怎舍得离开锦村。

小姨、小姨丈很是热情，带着他们参观新家。他们的新家有八间房间，一条十字形走廊把房子分成四块，还有厨房、厕所、浴室，走过来是空房子，走过去也是空房子，规规整整的像盒子。家具虽然不多，但都是簇新的，好像要与过去的生活一刀两断。

这么多房子哪里住得完？简直奢侈上天了！想到自家住的是百年的老屋，六个人挤两间房子，厨房设在廊道上，生活起居都在厅堂、走廊，蔡岚心里酸酸的，她知道从此以后他们家与小姨家距离拉得更远了，自己以后再也不会像向往锦村那样来向往小姨的新家了，今后少了一处去处，这是人生多大的损失呀！

小姨家周边是稀疏的几座崭新平屋，也是清一色的石条屋，别无他物。这是拓展出来的新区，还没成型，前不着村后不着店的。从残存的植物判断，这里本来应该也是耕种的土地。小姨新家除了房间多，没有任何好玩的地方，他们坐在十字走廊的木头沙发上，无聊地听大人讲话。

小姨家还有一位陌生的女客人，看样子跟小姨关系极其密切，其亲密程度应该超过她们亲姐妹。小姨家的三个表姐弟与她关系也极其亲密，远远超过和母亲的关系。

母亲让蔡岚他们称呼她为琴姨。蔡岚立即明白她是谁了，因为多次听母亲讲过她：这位琴姨是小姨丈的同事，不知为何就是要对小姨好，有什么好东西第一时间就想着送给小姨，小姨如果不接受，她还会伤心落泪，后来磨着小姨，和小姨结拜为姐妹。母亲说起她来，既有赞赏又有嫉妒。归根结底，就是小姨命好，结果什么都好。出生后，就得到外公百般的疼爱，当成掌中宝似的，凶神恶煞的一个粗壮男人，看到她就柔软下来，对其他人不是打就是骂，唯独对她笑口常开；长大后嫁的丈夫更是令人羡慕，除了相貌出众，头脑灵活，还特别文明礼貌，闽南男人总是动辄把国骂挂在嘴边，一天不操几句，好像就没有血性，娘娘腔似的，但他斯文得体，这使他显得比周边男人更有涵养、素质，还有一种说不清楚的特质，这应该是他身上散发出来的特别吸引人的地方。如今，作为家庭妇女了，居然还能结交到一个如此真心的、慷慨的朋友。总之，就是命好得让人都不敢嫉妒。

蔡岚偷偷地观察琴姨：她年龄比小姨大，容貌比小姨还漂亮，她的漂亮是另一种特色或风格，轮廓更显著，眼睛有点凹进去，鼻梁更笔挺，脸型更小巧，所以整张脸更显立体精致。身材高挑匀称，皮肤有点蜜色。蔡岚觉得她有点像番仔（外国人）。

蔡岚百思不解其意：她为什么要对小姨那么好？是想和小姨搞好关系，通过小姨吹枕边风，进而与作为领导的小姨丈搞好关系？还是她觉得与小姨有共同语言、共同爱好？她这个年龄的女人，为何还有心思去结交朋友，家里的孩子不够操心吗？

蔡岚发觉，自己对这个名叫琴姨的女人的兴趣远远超过对小姨新家的兴趣。小姨、小姨丈心安理得地坐着和蔡岚母亲谈话，让琴姨一人在厨房忙碌。这顿午饭她煮的是咸饭加菜汤，饭里有三层肉、红萝卜、小虾米等配料，菜汤是鱼丸子、肉羹、花菜。

这么丰盛的午饭，简直是接待超级贵宾，让蔡岚对她的印象好上加好，甚至有点打抱不平：琴姨又不是他们家的女佣人，为什么那么心甘情愿地下厨房？小姨他们又为什么坐得那样自在？蔡岚觉得自己太无聊了，为一个中年妇女花费这么多脑细胞，简直吃饱撑着。

吃完午饭，母亲就带着他们告辞，因为他们还要到养浩楼看望外婆。母亲难得幽默地说：乡下亲戚，吃饱就走。蔡岚觉得母亲急着带他们离开，或许也是因为心里有点难受，有点不平衡，或许她也感到了姐妹之间距离拉得更开了。

二十

进入八十年代，狮城经济更是一派热火朝天的繁荣。广东等沿海线的走私货都运到狮城来销售，狮城成为走私货的大本营，即使是不起眼的旮旯角落也布满无奇不有的洋货。服装更是主打商品，铺天盖地万式装，让每一个来狮城的人都垂涎欲滴、流连忘返。

小姨看到街上五颜六色的布料，看着市场上时髦靓丽的衣服款式，得到神灵点拨似的脑洞大开，忽然想起要办一家制衣厂。

小姨丈不仅表示赞成，还出谋献策道："妇女、儿童的钱最容易赚，你干脆专攻一项，把它做好。"

"那我就做童装吧，大人即使舍不得给自己买新衣，也一定不会亏待小孩。小孩总爱跌打滚爬，衣服容易脏容易坏，坏了就要买新的，而且，小孩会长身体，穿不下总得买。"

就这样，小姨买了几辆缝纫机、几匹布，招了几个女工，就在家里办起童装厂。走廊就是车间，空房子就是仓库、工人宿舍。她自己学过裁缝，这时充分发挥作用了，她到市场上搜寻，看哪件衣服款式好看，就买回来做样式，自己打版、自己裁剪，几个女工有的负责缝制、有的负责熨烫，她的两个女儿放学回来后负责折叠、包装。一个家庭作坊式的制衣厂就这样建立起来。

她把制造出来的童装拿到市场上，批发给几个开店铺的朋友、熟人，请他们帮忙出售，当然让利给他们。这些仿港澳款式的服装让人眼前大亮，很受欢迎，总是供不应求。

不久，小姨式的制衣厂一时开遍狮城，家家户户都成了厂房，日日夜夜都是机器嘀嘀嗒嗒的声音，狮城成为一个巨大的服装生产基地。

各地商贩每天都潮水般涌进狮城，被铺天盖地的服装震撼住了，疯狂地抢货、扫货，真是大街小巷无处不经商，哪儿都挤得水泄不通，车辆根本无法行驶，大包小包的包裹堆得到处都是，占据了店铺，也占据了走廊、街道。每天往外发送的货物以万包为单位进行计算。

这天，蔡岚母亲偷偷带着五条万宝路香烟进来，转手后，拐去她小妹家做客。姐妹俩一阵寒暄后，母亲问起生意的事，小姨眉开眼笑，不解道："真是太奇怪了，每天进来的人那么多，蚂蚁似的，从没有消停过。大海还有潮汐呢，但这里好像只有涨潮，没有退潮。只要能生产出来，总有人买走，垃圾一样的货色也抢着要，也不知内陆土成啥样、落后成啥样！完全不看布料、不看款式，统统扫走。"

"你这衣服利润高吗？"

"非常高，一半一半。"

"成本一半，利润一半？"

"你小声点，让她们听到了，以为我剥削她们。"

"大童还是小童的衣服利润高？"

"衣服的价格差别不大，但小童用的布料少，所以利润就更高。二姐，你别跑了，这太累，风险也太大，十趟如果失手一趟，不就全搭进去了？我做出来的衣服总是供不应求，钱都是拿到家里，放着订货的，所以我想扩大规模，多进几台机器，多招几个工人，我已经联系好几个外地客户，固定的、准备长期合作的，我直接批发给他们，这样就可以省去中间商，利润会更高。你过来帮忙我吧。"

"帮你什么？"

"帮我搞内务，具体就是煮饭、打扫卫生。"

蔡岚母亲听后，脸上有些挂不住，她心想：我们是姐妹呀，你做大老板，我做丫头佣人老妈子？！

小姨可能看到她脸色有些异样，就说："我不会让你白帮忙、吃亏的，每月工资三百元，如果收成好，年底再意思意思。你孩子都大了，需要钱的地方多着呢。"

三百元？不等于他近半年的工资？蔡岚母亲被镇住了，心里有点激动，但她还是为难地说："我回去跟他商量商量，他的性子你也是知道的，怪着呢，把整个家丢下不管，不知他会闹成咋样。"

"好吧，如果可以，就随时来吧。那几台机器明天就会运来安装。"

蔡岚的父母历来没有商量这一环节，他们要么持久的冷战，要么你死我活般的吵闹打架。母亲回来后，提起她小妹这个计划，得到的当然是激烈的反对："你自己的家不顾，去帮别人照顾家，成什么体统？像话吗？"

"我是去赚钱，不是看家。"

"君子爱财取之有道，去给自己的妹妹当佣人，这钱赚得是不是太贱了？"

"我不是当佣人，我是管理内务。"

"这还不是换个说法，性质还有什么区别？反正我不同意。"

"你说得倒轻巧，你不同意，有本事就撑起这个家，别让你老婆累死累活地跑山跑海，不然你就没有权利不同意。"

"那你就待在家里，粗茶淡饭，不也是一天？"

"还粗茶淡饭呢！家徒四壁，你那点工资管茶还是管饭？"

"你怎么那么俗，受不得一点清贫？"

"我就是俗，我就是受不得穷，我就是想赚钱，怎样了？全狮城人都在疯狂地赚钱，只有死人才不心动。"

"哼，有一个理由，我本不想说，别逼我说出来。"

"别太肮脏、龌龊了。"

“反正我不同意，坚决不同意。”

这一个“坚决”，使本来还处于踌躇、犹豫之中的母亲，一下子也变得非常坚决。

第二天，她收拾着换洗衣服，特别交代呆呆地站在一旁的蔡岚：“你们三姐弟在家里自己玩，不要出去外面，外面很多人不讲究卫生，查某儿头上都长虱子，会吸人脑部的血，吸光了人就会死，一旦被传染上，我可没时间帮你们抓。你弟弟是我们蔡家的独苗，你死也要保护好他，也不要带他到外面去，会学坏的。人道是：学好三年，学坏三天。我记得，他出生时你才三岁，就懂得疼爱他，当时别人问你长大了干什么。你就懂得说，贡番客（嫁给番客），给弟弟盖房子娶媳妇。”

“妈，别说了，笑死人了，那是小孩子乱说的，那时我才多大呀，懂什么贡番客！”

“我不是要求你兑现诺言，只是让你爱惜他、关心他。不放他出去，他的心就不会野，待在家里没事干，就会爱看书、爱读书。”蔡岚唯唯诺诺站在一旁，听她嘱咐。

随即，她让蔡岚把蔡霜、蔡雷叫到跟前，交代他们要懂事、独立、认真学习。他们听说母亲要去赚钱，当然不敢纠缠着不放，唯有小声抽泣着。母亲收拾完，提起简单的换洗衣服毅然决然地走了。

蔡雯在外地念卫校，自然没有机会表态。

二十一

母亲走后，蔡岚几乎接手母亲的所有事务：煮饭、洗碗、打扫卫生、洗衣服，督促蔡雷、蔡霜做作业。

　　这时，她已经是一名初中生了。

　　她经常想起父亲带着他们逃亡到鳌村的那段生活，那时也没有母亲，但有大姐蔡雯，大姐可以和她分担家务。现在没有母亲，也没有大姐，生活过得更为苦闷而繁重。

　　繁重的家务之余，她找到了生活的乐趣，那就是看书。她喜欢上学校那间小小的图书馆，一本一本地借回家看，那时流行伤痕文学，已有《收获》《十月》《花城》《芙蓉》，除了阅读这些大型文学刊物，她还开始接触《红楼梦》。学校图书室管理员是校长的儿子，对她特别关照，那堵作为墙壁隔成内外两间，外间的图书她不喜欢了，就让她到里面自己找，她高兴极了，感到这是莫大的恩惠，也非常珍惜这种机会。只要沉到书籍里面，她就忘了世间一切。

　　父亲也勤快起来，过去他回家就是休息，坐着发呆或看书。他看的书，是鲁迅、茅盾、古典诗词，更多是医学书，现在他主动承担起一部分家务，采购粮食、蔬菜、主要日用品。

　　生活井然有序地进行，也寡言少语地进行。父亲不言而威，他们力求表现得很乖，免得父亲发脾气，也努力把学习搞好，以换取父亲脸上的微笑。父亲值班，蔡岚带领蔡霜、蔡雷学习、睡觉；周末，做完所有事务，她带领蔡霜、蔡雷在自家玩、看书。他们极少提起母亲，生怕惹火了父亲。

　　母亲一般一周回来一趟，住一个晚上就走。她与父亲不再惊天动地的吵闹，也没有小别胜新婚的亲密，她自己明确挑明自己回来是看望孩子的。

　　有一天，放学回家，刚踏进家门，迎接蔡岚的是一阵劈头盖脸的竹鞭。她看清朝自己挥动竹鞭的是母亲，便识趣地连忙忏悔："妈，妈，我错了，我错了。"这是他们姐弟挨打时首先必须表态的一句话。她抱着头忍受着雨点似的竹鞭，流着泪努力思索错在哪里。

"我让你看好小弟，你怎样看管的？你如何向我交代？我就这么一个儿子，将来是要栽培成人的。我吃苦受累为了什么？我将来指望谁？"

"妈，我向你保证，小弟很乖，没有犯错呀！"

"还嘴硬！他和什么人走在一块，你不知道？死人呀？"

"除了这条街上四五位同班的同学，没有看到其他人呀？"

"这还没什么？你知道这是些什么拉杂人等（乱七八糟的人）的孩子？打石的、作土的、蒸糕蒸粿的、卖金纸的……三教九流……你不好好看管他，让他结交这些社会底层的人，有什么出息？"

蔡岚感到很委屈，她想起小时候，母亲让她给弟弟摇摇篮，她摇着摇着就打瞌睡，打瞌睡就把摇篮摇翻了，把弟弟摇出来，那时弟弟哭，她更是吓哭了，母亲冲进来，首先是抱起弟弟，接着就是揍自己。那时她也一样委屈，因为其他孩子都在外面玩，就她得摇摇篮。想起这些，蔡岚忍不住顶了一句："他们是同班同学，又住得近，就一起上下学，我阻挡不了。"

"你还嘴硬、有理了。"母亲下手更重，更往死里打，好像有深仇大恨似的。

蔡岚知道母亲一定又有什么不顺心之事，所以借题发挥了。她抱头鼠窜，因为瘦得皮包骨头，每一鞭都敲在骨头上，疼得钻心。

这时，蔡雷站出来，哭着表态了："妈，我以后不敢了，我自己来回上学。你别打了。"

母亲终于像泄气的皮球，一下子瘫软了，坐下喘气并流泪。这次的皮肉之痛，让蔡岚懂得，自己对弟妹不仅有照管的义务，还有教育的责任。

又一个周末，母亲回来，看到家里井然有序、干干净净，还看到一片埋头攻读的景象，自然心情大悦，态度温和了许多，蔡岚这才敢向她打听其他问题："小姨生意好吗？"

"非常好，活儿赶都赶不完。整天加班加点，没日没夜地干。这钱呀，真是奇怪，钱找人，顺溜溜，人找钱，愁忧忧。"

"小舅也好吗？"

"他呀，就如你小舅妈说的，野心太大，总想一口吃成胖子。去年，在海上，丢了一大包家私，今年还不怕，又合伙走私、贩卖香烟，结果一大卡车的香烟在运输过程中，被查缴了。都是好烟呀，万宝路、三星、良友什么的。听说，这次是有人眼红，去告密，真是叛徒、奸细！不得好死。"

"很多钱吗？"

"当然，如果给我们，我们就富了，富得我睡觉都会笑醒，我也不用去做苦力，去做下贱活，看人家脸色过日子。"

蔡岚有点愚钝，没有听出母亲话里的意思，只是急切地关注着小舅的问题，便问："小舅会再被抓去劳改吗？"

"不会了，现在不搞运动、不搞阶级斗争了。"

"外婆知道吗？"

"去年那一次不敢告诉她，这一次她不知从哪里听说了。"

"外婆一定伤心死了？"

"你外婆什么大风大浪没见过？她呀，只发了一会儿呆，用手撸一撸胸口，就反过来安慰小舅、小舅妈，还说钱财如流水，流走了，还会再来。还说谋事在人、成事在天，老天要让我们吃饭，就会给我们机会。"

"我……我真想外婆。"

"她让我告诉你们，年兜（春节）时，要去走走。"

"太好了！"蔡岚听了这话，无比兴奋，巴不得一觉醒来就是春节。她知道如今有了三轮摩托车，不用再步行了。她想去新华书店看看，买本《第二次握手》。学校图书馆进了一本，小许老师第一个借给她，但他一再催，说好多老师都在等着，要轮流看，不能放太久。她查看了，是0.84元，她想用压岁钱买本回来，永远地拥有它。她想：有了它，她的生活就幸福了。

　　"我不在，你父亲会发疯吗？"

　　"不会，他一般不发脾气，对我们还好。"

　　"我知道你们都是铁石心肠，不会想我，我也是万不得已，不然何必去受苦、去作践自己。他一个月紧巴巴的几十块工资，你们四个都在念书，真的养不起、供不起。这日子真的没法子过下去。"

　　"我知道。"蔡岚低声说，强忍着眼泪。她多么舍不得母亲离开，她也知道母亲身不由己，她是木讷文静的人，不善于表达自己的内心情感。她一直认为流眼泪是可耻的事，是懦弱的行为，所以她宁愿装出冷漠，哪怕母亲怪她冷酷。

二十二

　　蔡岚上高中了。她以一分之差，与当时最好的学校擦肩而过，几个要好的同学都去了县城，进入一中，她以令人耻辱的成绩进入普通高中，但她不后悔，甚至有点庆幸，因为她又名正言顺挺进镇区了。

　　父亲让她住宿，说是在学校才能安心学习，外面社会整个一个大市场、大工厂，会影响她念书。她本打算住到外婆家去，但又不敢忤逆父亲，只好住在学校一间容纳了一百多号人的大会议室里。但她经常利用下午放学与晚自修之间的空隙，去外婆家走走。

一天，蔡岚要帮外婆打扫卫生，外婆却抢下扫帚，说："你帮我个忙，把这饭给小舅送去，整天忙着做生意，没能吃上一顿热的、香的，经常送晚饭去，结果发现中午饭还没吃，赚钱赚得连命都不要了，不用吃、不用睡，真是疯了。"

"仍是那个店面？"

"没错，只是扩了一个店面，把隔壁那间也租过来，打通拼成一间，不然太挤，身子转不开，货物太多，也摆不全。"

"小舅生意还好吗？"

"好得不得了，蔡佑平去美国，看到一种硬邦邦的裤子，像皮一样，那里很流行，火得不得了，回来后他也办起一家厂子，全市第一家呢，生产出来的裤子让你小舅卖，哇，那还了得！那些商贩呀，抢似的，经常争得吵架呢，拿钱放着订货，就怕你小舅不收他的押金。"

蔡岚一听，非常好奇，提起保温罐、菜篮子，拔腿就走。

小舅店铺前走廊上，包裹小山似的，一扎扎，高耸得看不见对面。蔡岚好不容易挤了进去："小舅，外婆让你有空先吃饭。"

"好，你放着，把午饭带回去。"

"小舅妈呢？"

"在楼上，整理货物。"

蔡岚很怕小舅，极少与小舅对话，从小到大，她与小舅之间的话语一定不超过十句，这时听小舅这么一说，她就失语了。她匆忙地环视一下店子，都是一种布料制成的服装，裤子居多，也有上衣。一种蓝色基调的布料，有的深蓝、有的浅蓝，有的蓝得均匀、有的蓝得不均匀。

这衣服会流行？她不禁纳闷又好奇："这是什么？"

"牛仔裤、牛仔服。"小舅边打理生意，边回答。

牛仔？蔡岚对这个词完全陌生，这是前所未闻、前所未见的，她不敢久留，免得影响小舅的生意，就赶快告辞。

"你等下。"小舅拉开抽屉，从里面拿出一张绿色钞票递给她。蔡岚走出店面，手里攥着那张五十元大钞，激动得心怦怦跳个不停，完全不敢相信天上会忽然掉下这么一块大馅饼：这是最大的钞票，是她有生以来得到的最大一笔财富，超过她历年压岁钱的总和。

正当蔡岚发愣发呆的时候，从木质楼梯传下来脚步声，她正准备发出"小舅妈"的称呼，看到的却是大姐蔡雯，她惊得张大嘴巴，发不出声音。

蔡雯把她拉到外面："反正你也看到了，早晚是瞒不住的，你回去先不要说，能瞒几时是几时。我退学不念了，我才不要去伺候人，整天看别人的屁股，一大片一大片白花花的屁股，恶心死了。我来小舅店里打工，我要赚钱。"

"妈知道吗？"蔡岚震惊了许久，才问出第一句话。

"她同意。"

蔡岚点点头，无语，心情五味杂陈。回到养浩楼，表妹表弟们也都回来了，外婆正打发他们吃晚饭，外婆招呼她再吃点，她婉拒了。

他们父母赚钱赚得什么都顾不上，也不管孩子的学习，我不识字，管不到位，他们也把我的话当耳边风。我说你小舅，他还强词夺理，说读书有啥用？他才不会让子女吃政府薪水，他赚一天就是别人好几年的薪水。

蔡岚脑袋沉沉地点了点头，告辞出来。走在回学校的路上，她很迷茫：蔡雯的退学一旦曝光，会在家里引起一场大战吗？蔡雯的一生会毁了吗？父亲硬要让我们读书，读一份工作，捧个铁饭碗，这个指导思想会不会落伍了？时代会怎样变，谁才能适应？

不知何因，她的眼泪不由自主地滚落下来。

这年期末考，蔡岚考了年级第七名，学校奖励十块钱。她非常高兴，从教务处领取钱后，她决定给自己买一件有意义的礼物，便揣着钱到养浩楼附近的新华书店，买了一套梦寐以求的《红楼梦》。花了 6.86 元。

终于拥有了《红楼梦》，她觉得整个人充实而富足了，孤独、苦闷时，便悄悄钻进书里。她没有想到，进入《红楼梦》后，她再也走不出来，《红楼梦》成为她的灵魂伴侣、精神家园。当然，这是后话。

二十三

大姨、大舅是一九八五年中秋前回来的，从香港转道而来。

五十七岁的大姨还非常端庄美丽，气质优雅，打扮洋气，从她的外貌可以看出她完全遗传父母的优点。五十五岁的大舅相貌英俊，一派绅士风度，中等个子，身材直挺，但不是挺拔，有点身长腿短的不匀称，看着敦实、沉稳，据说这身板完全脱胎于他父亲。

这两个台湾同胞回归故里，不仅举家欢庆，整个家族、整条街都轰动起来，喜庆气氛到处蔓延。

大姨显然比大舅更引人注目，街坊那些老妇人拄着拐杖也蹭过来看看大姨，像看到自己的女儿，老泪纵横，都感叹二十岁那一年的大姨美得像一朵鲜花。大姨或送一点儿台湾特产或送一两百港币，搞得那些老婶老姆感激涕零。

大舅没有这种轰动效应，作为家中长子，他忙着认祖归宗、扫墓祭祀，为母亲勘选墓地。老街坊老邻居、老婶老姆看到大舅都感慨万千：跟他父亲一个模子刻出来似的。说得外婆心酸不已。

蔡岚没有亲眼看到亲人久别重逢的场面，无法想象他们的激动心情，只知道这一别就是三四十年。

大姨、大舅都万分感慨，一再重复："没想到狮城变化这么大，变得这么繁荣、这么富有！"

台湾同胞到达的第二天晚上，小舅在狮城最高级的酒店——富华大酒店置办了团圆饭，坐了满满四桌。这团圆饭吃得非常热闹、喜庆、祥和。

大姨、大舅回来最大的举动是操办母亲的八十大寿，一般馈赠寿面都是四包泡面、两罐猪腿罐头，但家庭会议商议后，增加了一盒饼干、一盒猪肉干，那时猪肉干还是珍稀食品。这份寿礼显得尤其丰厚、高档，而且大面积馈赠，搞得十分轰动。

寿宴摆设在家门口的街道上，搭起帐篷，高薪请来的大厨带着一批人马，天亮就进驻来，猪羊鸡鸭、鱼虾鳖蟹、菌菇蔬果……摆得地上案桌，到处都是。几十桌两列摆开，摆满整条街，往来车人只好绕道而行。人们酒足饭饱之余，啧啧称赞的不仅是美味佳肴，还有好酒好烟。

外婆的八十大寿足足热闹了三四天，寿庆之后，大姨、大舅离开的时候也到了，他们给外婆留下一大笔生活费，就带着复杂难舍的情愫，仍然转道香港回去了。

临行前，外婆拉着儿子、女儿的手，久久不放，痛哭着重复："我死之前，你们再回来几趟吧，啥都不用带，这里富了，生活水平提高了，什么都不缺，你们只要人过来让我看看就行。"

送走大姨、大舅，外婆躺在床上一直垂泪，母亲陪在一旁，也悄然流泪。外婆唠叨着："我与这大仔（大儿子）、大查某儿（大女儿），亲缘为何这么薄、这么浅，一辈子在一起的时间为何这么少？当初真不该让他们走，你们留下来不也没有饿死呀？你看，他们这一走就像断线的风筝，再也拉不住了。"

过后，蔡岚从母亲口中得知：大姨丈是一九四九年从大陆过去的，与大姨在打工时认识，慢慢就走到一块，婚后夫妻俩经过多年打拼，有了积蓄后经营一家珠宝店，七个子女，现在都已成家立业，珠宝店让给小儿子经营。大舅经营酒店，娶的是台湾当地女子，生有一男一女，也都成家立业。大舅妈非常迷信，整天不着家，四处烧香拜佛。大舅是很顾家的男人，照料生意，还要照顾子女。蔡岚知道这些都是概念化的信息，抽象成一句话，没有喜怒哀乐，也没有酸甜苦辣。而报喜不报忧的那部分经历更是外人无从想象的。

二十四

蔡岚听母亲说，大姨、大舅最可怜，吃的苦最多。

抗战时她父亲从吕宋回来，再也去不了。心情极端恶劣，动辄打骂孩子。最主要是放不下吕宋的生意，虽由番仔婆、番仔子女照管，但自己不在场，总是放心不下。那可是他打拼下来的江山。另一方面是唐山的老婆即外婆，把左边两栋房子卖掉，而那笔存在银行里的钱在快速贬值。他脾气十分暴躁，不惹他生气他都会发火，一有芝麻大不顺心的事更是火冒三丈，孩子成了他的出气筒。打谁骂谁，首当其冲的就是大姨、大舅，他们经常糊里糊涂就受一顿皮肉之苦。大姨包揽几乎所有的内勤家务，外公眼睛容不下一粒沙子，稍有不周全，就要挨打挨骂，打骂后不能吃饭，还要罚跪；大舅理外，负责挑水、捡柴等重活，一旦让外公找到茬，就吊起来，用扁担打，往死里打。

"外婆不能也不敢求情，不然打得更凶更狠。"

蔡岚由此结论："原来外公不爱外婆。"

"死查某儿，何以见得？"

"因为大姨、大舅是外婆生的。"

"他心情不好。"

"心情不好就可以打人？简直暴君。外公死后，他们心里一定松了一口气。"

"死查某儿，越发疯了，再怎么打，也是父亲，一家之主。他一死，整个家就垮了一大半了。你大姨、大舅跟着外婆拖山拖海，还是没办法让一家人吃上一顿饱饭，最后不得已才让他们去了台湾。没想到一去就像断了线的风筝，再也回不来。"

"你不是说外公也经常打你，把你的脑袋都给打傻了？"

"是呀，我也得不到他的疼爱，他动不动一个大巴掌就甩过来。他九岁就去了吕宋，所以说话常夹杂着番仔话，我哪里听得懂？让我端杯水、拿东西，我反应慢一点，就被他的巴掌甩得不分东西南北。"

"他死后，你一定偷着乐吧？"

"死查某儿！你脑子是怎么长的？小小年纪，咋这样阴暗？"

"他没有病死，你们不是都死在他的拳头之下了？"

"再怎么说，他也是我父亲，让我来到这个世界。就这点，就该无条件孝顺他。"

"来这世界有什么好？不是受苦受难？"

母亲瞪着她，错愕了许久，才喃喃自问："是啊，为什么要来这个世界？人一定是不愿意来这个世界的，所以一出生才哭。"

"外公死后，你们不是不再挨打挨骂了？"

"但是他死后，我们差点都饿死。特别是你大姨、大舅去台湾后，你外婆带着我们姐弟仨，一日一餐都难以保证。我八九岁就要去野外挖野菜来喂猪，这是家里一项重要的收入，早上去晚上才能回来，中午只能在外面挨饿，饿得不行了，只好向人家借吊桶打点水喝，结果喝得胃都寒了。"

蔡岚终于明白母亲为何从不喝水，为何总是说恶心，肚子里都是水。

蔡岚多次听母亲讲起一件事，母亲每次讲起那件事就泪流满面、哽咽不已，她也跟着酸楚："有一天，你外婆带着你小舅去老姑婆家做客，什么样的老姑婆我也不懂，可能就是带着一点儿血缘关系的亲戚吧。那时你小舅五六岁，比同龄人显得瘦小。不成想，那天她家刚好办喜事，可能是孩子周岁、十六岁之类的，已经走到家门口了，脚再也伸不出来，只好硬着头皮走进去。那老姑婆一时也很尴尬，赶忙把这穷亲戚藏到后厢房，一会儿，外面开席了，酒肉香也飘进来了，他们饿得更加难受。老姑婆只是坐着跟你外婆聊家常，没有请他们上桌。两三道菜过后，她媳妇端进来一碗剩菜，递给你小舅。你小舅肚子早已咕咕直叫，看了馋得口水直流。你外婆把小舅手里端着的碗抢过来，递给老姑婆，说：我们不是乞丐。说完拉起小舅的手，头也不回就走出老姑婆的家门。路上，小舅饿得直哭，还被你外婆狠狠打了一顿，回家后，你外婆再也控制不住自己，放声痛哭。

"这事过后，你外婆总是告诫我们：这就是穷。你们要有志气，长大后要有出息，不然走到哪里都让人瞧不起。那时家里那个苦呀！特别是得知你大姨、大舅再也不能回来，你外婆连死的心都有了。几次买了砒霜、老鼠药，打算让全家人吃了一起去见阎罗王，看到我们吓得哇哇大哭，才不忍心下手，大伙这才活了下来。"

二十五

　　一个周末，蔡岚回家之前，到小姨家找母亲，她想问问需要帮忙带什么换洗衣服，或有什么交代。当她走到大门口，就被眼前的奇观镇住了。小姨家已经是一个热火朝天的工厂劳动场面。她踩在半成品的衣服上，蹑手蹑脚走进去。工人有的匆匆望她一眼，就埋头干活，有的连抬头的工夫都没有。

　　她终于在东边一间仓库里找到小姨，却没有见到母亲。小姨告诉她："你妈回去了。"语气简洁明了，不太亲切友善，蔡岚不明白小姨是太忙，没空招呼她，还是心情不好。

　　她愣了一下，本打算追问母亲什么时候回去，但看到小姨根本没打算理睬她的意思，只好告辞。

　　小姨这才抬起头，说了一声："有空再来。"又忙着核对订单、货物。

　　走出小姨的家，蔡岚心里难过极了，她觉得这个小姨是陌生的，与锦村的那个小姨完全不一样。是小姨变了？还是她太敏感？带着这个问题，回到家，蔡岚忙问母亲什么时候回来的，母亲语气寡淡地说："一个礼拜了。"

　　蔡岚很惊讶，又有点惊喜："你不去了？"

　　"不去了。"母亲的语气完全是制止她往下提问的意思。

　　为什么？这里面出了什么问题？这么丰厚的待遇，为什么不去了？蔡岚多想打破砂锅问到底，但母亲的语气让她明白，必须就此打住，不然可能会自讨没趣。她想母亲能回来毕竟是好的，蔡霜、蔡雷放学回来才有饭吃，家才像个家。如果不是她自己想通了想回来，别人是说服不了她的。至于回家后是否又开始和父亲吵架，那是另一回事，属于次要矛盾。

　　她又想到另一个问题，有关蔡雯的学习问题。她张开敏感的触须，认真嗅了嗅，没有什么异样的感觉，由此她断定：母亲和蔡雯都还瞒着不报。是时候未到，想等它自然发酵，顺其自然？还是找不到良策，只好藏着掖着？她认为自己最好的方案也是回避、沉默。

　　母亲回来后，蔡霜、蔡雷明显活泼了，话语也多了。她忽然想起一句闽南谚语：皇帝爹，不值乞丐母。蔡岚终于又吃到了母亲煮的饭菜，她感到特别地香。

　　周六，她和蔡霜、蔡雷按照惯例，出门逛街。从顶街到下街，一路往西沿着斜坡逡巡一个来回，通常只是看看、走走，但他们就喜欢这样凑热闹，没有花钱、漫无目的地闲逛。其实店铺还是那些店铺，商贩还是那些商贩，商品还是那些商品，几乎总是一成不变的保持着老街的风貌与风格，但他们就是不厌其烦又乐此不疲地逛了一趟又一趟，一年又一年。这一次，蔡岚兜里是宽绰的，她给蔡霜、蔡雷一人一块钱，让他们买零食吃。蔡霜、蔡雷被这突如其来的幸福搞得晕头转向。

　　蔡岚发觉，一直拒绝变化的老街终于还是变了，变得热闹、繁荣了，生意不再那么惨淡、冷清。新增加的店铺多数是服装店，而且以让人猝不及防的速度突然出现。她记得很清楚，过去整条老街共有五家估衣摊、一家国营布店，解决整个村及附近村落群众的穿衣问题，如今可选择的多了。裁缝店也应运而生，过去是两家私人裁缝店、一家集体缝纫社，如今多出四家裁缝店。这对死气沉沉的鳌村来说，简直就是巨变，因为这直接标志着鳌村经济终于有了进步。温饱温饱，虽然"温"在"饱"之前，但只有解决了肚子问题，人们才会爱美，也才有能力爱美。蔡岚明白是这两三年的走私，悄然改变了落后贫穷的鳌村。

　　当然，蔡岚带蔡霜、蔡雷出来，主要目的不是数店铺，而是探口风，她想通过两人了解母亲为何回家。蔡霜、蔡雷都说："妈说，如果没有大人管教，我们学习成绩不好，她赚点钱就得不偿失。"

蔡岚觉得这个答案等于白问。她又问道："妈回来后，跟爸吵架吗？"

"没有。"

"爸对她回来，没有任何表态？"

"没有。"

蔡岚看着一脸茫然的妹妹、弟弟，心里疑问更多，忧虑也更重。

二十六

蔡岚担心的事情还是发生了。这是一场横扫一切的暴风骤雨。事情发生在大伙回家准备过年之际。蔡雯终于拿出勇气坦白地告诉父亲：她退学了，在小舅店里帮忙，还和店里一名雇员搞对象。大姐给出的理由是：对方高大英俊、聪明灵活、肯吃苦。当然，大姐隐瞒了一个细节，她没有告诉父亲，做媒的人是小舅妈，她说是自由恋爱。

大姐拿出一封对方写给她的情书，给父亲看，父亲气得手抖个不停："一封信，错别字连篇，没几句话通顺，你到底看中他什么？就这水平，我敢断定，他小学一定没有毕业。"

蔡雯理直气壮："他不是有一句话通顺？我就是看中那句话。"

"哪一句？"父亲没心思看那些歪歪扭扭的字，直接问。

"相信我，我会努力打拼出一片天地，让你将来过上好日子。"

"这种话，鬼才会相信。说大话，不用本钱，不用力气，也不必负责任。谁不敢吹？恋爱中的许诺，你居然也当真了，真是幼稚得可笑。"

"你可以不相信他，但我相信他。"

"不行，就这文化程度，跟文盲有啥区别？我不同意，我坚决不同意。"

"但我认定了，这辈子非他不嫁。"

父女俩这一回合斗得十分激烈，父亲大发雷霆，最后自然而然迁怒于母亲，还有母亲的娘家人，首要人物当然是外婆与小舅。那一天，父亲暴怒，把母亲揪住就是一阵拳打脚踢，母亲奋力挣脱后，他又抓起一把小木凳往母亲就狠狠砸过去，母亲闪过一劫，但家里东西被砸得稀巴烂。父亲砸了东西后，冲出家门，他赶到狮城，跑到外婆家，把怒气撒在外婆身上，他已经很久没有做客养浩楼了。外婆对他的到来十分惊讶。父亲没有客套，直言不讳地指责外婆与小舅，说他们收留蔡雯、窝藏蔡雯，把她往火坑里推，就是害她，也就是拐骗他的女儿，与他为敌。盛怒之下的父亲完全失控了，他不顾外婆的解释和劝说，发泄一通之后，不打招呼就离开了。

父亲又马不停蹄地赶去江村，他唯一的线索就是知道这个青年是江村人，叫邱向东。蔡雯告诉他的，虽然暴怒，但他没有忘记这个仇人的名字。功夫不负有心人，他很快打听到有关这位青年的基本情况：兄弟姐妹八人，五男三女，他最小，三岁时父亲去世，母亲含辛茹苦把他们拉扯大，家境极为贫寒。如今，四个哥哥都已成婚，分家独过，三个姐姐均已出嫁，但都非常困难。他与母亲相依为命。

得到这些信息，父亲恨不得一头撞墙碰壁，或干脆放火烧人。他气得分不清东西南北，也不知如何回到家。回到家后的父亲把了解到的一切告诉蔡雯，蔡雯无比淡定地说："向东没有瞒骗我，一开始就清楚明白地告诉我一切，让我慎重考虑。我就是看中他诚实、善良、聪明。"

父亲毫不犹豫地一巴掌就掴过去："我把你打死，省得你一辈子活受罪、作践自己。"

随后一阵暴打。往死里的暴打。暴打之后，父亲实行软禁，把蔡雯关在家里，不让她出门。他对母亲的态度更是恶劣，全然不顾形象，开口就是粗话，结束了以前的冷战模式，开始横眉冷对地挑战。母亲自觉理亏，这次不敢以硬碰硬，采取忍的态度。

蔡雯倒是斗士一样，以硬碰硬，她采取绝食的方法对抗父亲的家暴。母亲看不过去，父亲上班后，她就给蔡雯送吃的，劝她吃饭，当然也开导她放弃。她现身说法，阐述什么是"贫贱夫妻百事哀"。

父女俩斗争了一周，还是僵持不下。自知理亏的母亲平生第一次向他服软，她试图说服他："查某儿，就像大麦种，随便撒吧，以后生活好坏全靠她的造化。我曾请相命先生给她相命，那位老先生说她八字很好，即使嫁乞丐也能起三层厝。"

父亲绝不松口："放屁！掉进钱眼里的妇人，鼠目寸光，如果不是你放任她退学，她会接触到这种社会渣仔？我再次表态：我宁愿她饿死，也不答应。"

父亲摆出一副绝不通融的态度，母亲便也无可奈何，他们夫妻在大是大非的问题上，历来无法达成一致观点。

在吵吵闹闹中，大家无精打采地过了一个暗淡寡味、死气沉沉、心惊胆战的春节。

父亲对蔡雯中途放弃学医一直耿耿于怀、郁郁寡欢，就是在这情况下，蔡岚自告奋勇地向父亲承诺，她决定选择医科大学，满足他的心愿。这一决定仿佛一剂强心剂，终于让父亲脸色有了光亮。

春节过后，母亲觉得这个丈夫不过是"贵州的驴子"，除了暴跳如雷，没有什么真本事，就当着他的面，放蔡雯到屋外透透气，以进一步观察他的态度，父亲居然没有反对。就这样，蔡雯又恢复了人身自由。父亲顺着这个台阶下来，但他还是非常严肃地告诉蔡雯："不能到狮城去，否则打断你的腿。"

"工作呢？"蔡雯问。

"要么到我们卫生院当临时工，要么去学裁缝。"

蔡雯二话不说，选择学习裁缝。她报名进入学习班，进行了为期一个月的缝纫培训。培训结束后，她到鳌村一家牛仔制衣厂，当起裁剪师。她的师傅对她极为赞赏，说他收了一辈子徒弟，从没有一个像蔡雯这么聪明、有天赋的。父亲看到蔡雯从培训到就业，都在鳌村，没有出过村子，以为她与那个穷光蛋一刀两断了，心态逐渐平息下来。家又恢复了平静。

二十七

父亲是在蔡雯告诉他，她准备结婚了，才知道自己彻底被骗、被耍的。这时，他当然想再次暴怒，但他的气力仿佛第一次就使光了、用尽了。他发怒，但这次不再有声音、有动作，而且彻底沉默了。他整天整夜地呆坐着，不动、不说、不吃、不喝。他恨蔡雯的执迷不悟，恨她背着自己偷偷与对方往来、约会。他更恨自己的老婆"助纣为虐"，支持她、还帮她做掩护，一起来瞒骗他、对付他，把他蒙得傻乎乎。他一夜之间衰老下去，虽然第二天他仍然提着那只劣质的黑色的皮革手提包准时去上班，但显然是打败后的颓废与无奈，从他弓着背萧瑟、沉默离开的背影，蔡岚懂得大姐这一举动对他打击力度太大了。

蔡雯结婚的前一天，父亲告诉蔡岚，他已向医院请假一周，到外地旅游。蔡岚听后眼泪簌簌而下，动手帮他整理行李。旅游？父亲何时出去旅游过？父亲哪里懂得旅游？她知道，这只是托词，父亲到底要躲到哪里去？她很想问，又不敢问。

蔡雯的婚事由母亲一手操办。母亲未雨绸缪，跑台湾货时，赚点钱就买点东西带回来，大姨、大舅回来时，给了她一点钱、一些物品，她也攒着，还有她在小姨家打工所得，再加上外婆、小舅弥补似的贺礼，蔡雯的婚事便操办得有模有样，嫁妆也很丰厚，还引起小小的轰动。外人看了，都很感慨：瘦死的骆驼比马大。再怎么说，也是兴荣府的子孙。甚至有人说："文革"时再怎样遭破坏、抄家，还是藏匿家底的。

母亲对这些四处飘散的言论，一概一笑了之。婚事忙碌那几天，大伙心照不宣没有提到家中的男主人。

蔡雯结婚后，蔡岚和蔡霜、蔡雷去做客，才明白什么叫家徒四壁。看新房时，看到一套半新不旧的家具，才知道还是借的。娘家送去的嫁妆，在无比寒碜的家里显得格外的突兀与张扬。蔡雯让他们别告诉父亲，他们都乖乖地点头应允。回家路上，蔡岚泪流不止。

父亲旅游回来后，只字不提蔡雯及有关她的婚事。他依然上班下班，有空就看书，只是比以往更加沉默、更加严肃。大伙也极力回避大姐这个敏感的名字，安静地进进出出，学习、生活。

蔡雯婚后，便不到鳌村的牛仔裤厂上班，也不敢回娘家了。她到底怎么了？过得好不好？这些都成为蔡岚和蔡霜、蔡雷心底的谜。一个周末，原是他们传统的保留节目——逛街，这一次，他们走出家门后，雇了三轮摩托车，来到狮城。小舅的店铺还是满满的货，进进出出的人。蔡岚他们叫了声小舅，算是打招呼，就不敢再打扰他。他们悄悄把小舅妈拉到最里面，打听大姐与姐夫的去向。

"向东结婚前结算了工资就辞职了，他说成家立业后就必须出去闯一闯，打拼一番。"

"他们会去哪里？"蔡岚用哭腔发问。

"傻瓜，当然是江村，你们去他们家看看。他们那渔村，这几年很多人换台湾货，发达了。他们应该是在那里找赚钱机会。"

姐弟仨本来打算去养浩楼看外婆，这时也没心情了，立马朝着江村奔去。江村是沿海小渔村，村民几乎靠海为生，本都是购置小渔船近海打捞，所以经济并不发达。他们走近江村时，咸涩的鱼腥味就扑鼻而来，空气也潮湿、污浊了许多。村里屋舍以石条房为主，依着地势高低错落地分布着。很多屋前屋后都堆放着渔网等捕捞工具，到处晾挂着鱼干、鱼脯，苍蝇蚊子嗡嗡嗡轰炸似的乱飞。

来到姐夫家，见到蔡雯，三人悲喜交加，忽然就放声哭了。蔡雯见了，也跟着放声哭起来。她的婆婆闻声跑进来，好言劝慰，向东也忙着泡茶给他们喝。一会儿，姐弟四人才止住泪水。

他们夫妻果然独立创业了，他们在家里办起小小的制衣厂，除了雇用三个女工负责车衣，其他都是亲力亲为。缝制出来的衣服载到狮城镇里，放给服装店铺销售。

"生意好吗？"

"刚起步，慢慢来。"

蔡岚明白姐夫在场，大姐也不会透露太多，就不再深入打听。

向东看到他们仨，非常热情，带着他们到海边玩。中午，又到村里小菜馆叫了菜来请他们，都是海鲜，有虾、蟹、鱿鱼、海螺等，鲜美极了。向东说都是现捞的，以后想吃海鲜就来，保证让他们吃个痛快。

他们好像从没吃过这么新鲜的海味儿，心情都被味蕾抚慰了，逐渐好转过来。对这个姐夫也不再那么反感、排斥。

食间，姐夫告诉他们："你们放心，我跟你们大姐都有目标、有信心，我们从零起步，努力打拼，争取将来做大做强，做出自己的牌子。我要用闽江牌的缝纫机、用我们自己勤劳的双手，打造出最受中国人欢迎的时装。"

蔡岚瞅了瞅他，心里很不服，生气地想：大姐应该就是拜倒在他的口才之下，才死心塌地跟他走，跟着他吃苦。

"蔡雯很有眼光，她走一趟市场，就能捕捉到会流行什么、什么款式好卖。她总是装着要买衣服，把衣服穿一穿、看一看，回来稍作改变，就能打造出更新的款式来，比洋装还新潮，所以我们做出来的衣服基本不会积压。只要良性循环，就能积累点资金，扩大生产。"

"真的这么好卖？为什么会这样好卖？"为了心里更加踏实，蔡岚故意追问。

"全国各地都跑来拿货，每天都有二三十万人进来，相当于我们本地的人口。你说，需要量有多大？二十万狮城人就是全部上线来做衣服，够十几亿中国人穿吗？"

蔡岚像被他牵制了、说服了，不由自主地摇摇头。

"狮城没资源、没交通，但狮城有人。狮城人太聪明了，任他天底下什么东西都能造出来。"

这时，蔡雷有点不服地插嘴道："飞机、大炮就造不出来吧？"作为意气风发的大学生，蔡雷当然不服他的吹嘘。

向东知道这个小舅子是大伙都拼命宠的男丁，自然不敢跟他较劲，忙谦逊下来："那是，那是，高科技的，狮城当然没办法。服装、鞋帽、玩具、塑料制品等等，都可以。不是我乱吹，这生意真的很容易做，就像在沙漠里卖水一样，永远供不应求。"

回家后，他们如实把情况告诉母亲，母亲听后如释重负地舒了一口气，接着又关切地问："他们哪来的启动资金？"三个人都摇摇头，一致说："不敢问。"母亲责怪道："这么重要的问题不问，真是的！不等于白走一趟？你们的头脑怎么不会拐弯呀？"但看得出，母亲还是挺喜悦、宽慰的，他们也跟着轻松快乐起来。对父亲，他们采取封锁手段，他们确实没有足够的勇气去碰触这根高压线。

二十八

一天，蔡岚周末回家，先中途停在狮城，去看望外婆。这是她经常采取的方案。

外婆见到她很高兴，连忙派子容去买芋圆，一再劝她："趁热吃，这是王顶芋圆，有祖传秘方呢，是百年老字号。"感受着外婆浓浓的慈爱，蔡岚心里热乎乎的。

她边吃边和外婆聊天："小舅生意好吗？"

"很好，好像拿扫帚扫钱。这牛仔裤咋这么流行？也不知能流行几年？"

"我不懂。"

"你小舅说，现在又多出一二十家生产牛仔的制衣厂，卖的人也很多了。狮城一直流行一句话：花没百日香，生意没百日好。"

"什么意思？"

"还大学生呢，真是大药汤（闽南语谐音，指水分多）！就是说：狮城地儿太小，做生意的人太多。一旦看到别人赚点钱，大伙就眼红，都一哄而上，结果就开始竞争，生意就不好了。"

"他们开始竞争了吗？"

"没有，各有各的客源，不用争，都卖得很火，倒是货源经常紧缺。"外婆笑眯眯地说。

"外婆，照这样发展下去，这些房间都要腾出来装钱了。"

"死查某儿鬼（鬼丫头）！我问你，我正打算把空的房间整理、布置一下，开家庭旅舍呢。你说，外婆的想法如何？外婆不会落伍吧？"

"谁给你出的馊主意？你怎么还想赚钱？"

"过去我就是这样赚生活费的呀。那时太穷了，我就是把楼上楼下隔成一小间一小间出租的，两块三块的房租，还高兴得不得了。你妈、你姨、你舅，哪个不是吃这房租长大的？"

"小舅没有按时给你生活费？"蔡岚小心翼翼地问。

"不是，他给的钱，用不完呢。我经常不要，花不了那么多。我是看到大家都开起家庭旅馆，随便几件旧家具放在那儿，每天都有客人，天天有收入，多好！房间空着还不是让灰尘住？"

"干吗会这样？"

"外地商贩太多，那几家宾馆、旅社哪里住得下？大家都看到商机，不用任何投机、不冒任何风险就可以赚钱，要是你，你会怕钱烫手？房间空着就是浪费，让钱白白流走。"

"哈哈哈，外婆，你问错对象了，这个问题，你该问小舅。我没有发言权。"

"死查某儿鬼！你小舅哪会同意！"

"理由？"

"他说人多嘴杂，他回家就是要休息，不是回旅社。还说，谁来打扫卫生，当服务员？"

"可以雇服务员，这倒不是问题，最主要的是：小舅需要家，家的感觉。"

"看到别人家客人一拨进一拨出，南腔北调，热热闹闹，我守着两栋空房子，心就静不下来。"

"外婆，该享福就享福吧，钱留给子孙去赚。"

"嗨，也是！钱是赚不完的，一个人命中有多少钱也是注定的。"外婆终于无奈地点点头。

"外婆，蔡雯刚开始谈恋爱，我妈知道吗？"蔡岚转换了话题，试探性地问。

"知道。"

"她阻止过吗？"

"当然阻止，主要是嫌他们家人太多、太穷，她对向东本人倒是没啥意见，后来被你小舅妈一游说，又看到他们走得那么亲热，就不反对了。你妈毕竟是镇里人，头脑比较开窍！"

"你是说我爸头脑不开窍？"蔡岚哈哈笑道。

"阿弥陀佛！我可没说。"

"你对向东什么意见？"

"咱们闽南人普遍认为，嫁查某儿，像撒大麦子，随便撒，会不会发芽随她的造化，这是命。我认为，查某儿嫁人像赌博，主要看手里拿的是什么牌，只要是好牌，不怕现在手气坏，会翻盘的。要相信，风水轮流转，没有永远的输家。"

蔡岚无比崇拜地望着外婆，心里豁亮了许多。

二十九

蔡岚准备离开养浩楼时，刚好小姨的大女儿，她的表妹亦珺神色慌乱地跑进来。拉着外婆像抓住救命稻草："外婆，快走，我爸妈又吵起来了。"

蔡岚听了很是震惊，印象中，在锦村，小姨、小姨丈是非常恩爱、非常甜蜜的，是全村人羡慕的对象。曾几何时，吵起来，还是又吵起来？她有点为难、疑惑地看着外婆，外婆不假思索地说："你跟我们过去看看吧。本来他们这一对，是最让我放心的，现在也不让我省心了。"蔡岚想到一句话：男人有钱就变坏。难道说……

到了小姨家，一楼仍然是繁忙的劳动场面，外婆直接往楼梯走去。多久没来小姨家，他们已经盖了二楼。蔡岚跟着上了二楼，才发现他们已经把生活与生产分开，连厨房、餐厅也设在二楼了。蔡岚匆匆一瞥，二楼不同于一楼，已经进行了装修，墙壁贴了近半墙的瓷砖，裙脚用另一种颜色，房间的门框又用一种不同花样、颜色的瓷砖抠了一圈，大厅也用瓷砖贴出大幅的福禄寿，整个二楼花里胡哨，让人眼花缭乱。

战火已经停息，看来确实是远水救不了近火，搬来救兵总是派不上用场。外婆看了看她的小女婿，叹了一口气，就走进东北角的房间里去。蔡岚猜想那一定就是小姨的卧室，她想了想，觉得不该跟进去，她们娘儿俩一定会有悄悄话，这是她们的隐私，她不便听；而小姨丈曾经多次用自行车驮着她去锦村，是对她有恩的人，她一进去就有背叛小姨丈的意思，所以她稍为踌躇之后，就坐到客厅的连板椅上，小姨丈的正对面。小姨丈对她这一举动，显然有些感激与意外，他抬头看了看她，表情极为复杂。这个位置让蔡岚有机会认真地研究他，她发觉本来意气风发的小姨丈，那份自信已经悄然减退，落寞、失意写满脸庞。

小姨丈所在的供销社早在七十年代末，就名存实亡，被其中一名员工承包去经营，其他人打着铺盖走人，按月领点基本的生活费。离岗后的小姨丈一下子跌到事业的深谷，那份挫败感可想而知。过去，多少人想讨好、巴结他，多少人有求于他，如今，供销社说散就散，说不存在就不存在，他心里那份失落，甚至迷惘、无助，都是千真万确的。蔡岚不禁从心底怜悯、同情起他来。然而，她知道小姨丈一定最害怕、最拒绝这份怜悯与同情。她唯一能做的就是泡茶，自己一杯、小姨丈一杯，默默地喝起来。

"你大学还要读几年？"

"两年。"

"这医科大学要读多久？"

"五年。"

"厉害啊，你三个表妹、表弟都不是读书的料，家里也不是读书的环境，我看他们都像他们母亲，掉到钱眼里，整天就想着赚钱、赚更多的钱。亦珺、亦璟读个初中，比别人读博士还吃力，勉强混个初中文凭。亦玮三天打渔两天晒网，一直说人人都在赚钱，他读那种破书有啥用，我看他连书包都懒得背，不知初中能不能混到毕业。"

"不要紧，家里有事业，可以让他们继承。"

"事业？这种家庭小作坊也叫事业？说出去还不让人笑掉大牙。只有她，才会趾高气昂、狂妄自大，以为自己是老板是企业家了。简直是井底之蛙！"

"反正干什么都是找个谋生的方式，适合自己就行。"

"她想怎样折腾是她的事，我就是生气她，把三个孩子给毁了。这女人头发长见识短，鼠目寸光，没有长远规划。现在赚钱容易是真的，难道让他们做一辈子衣服？最让我痛心的是，这三孩子居然都势利眼了，看到我落魄，都不听我的话，只听她的，都不读书了。"

蔡岚想：家家有本难念的经。是否还有更深的矛盾？她觉得自己站在哪一边好像都不好。唯有沉默才是最保险的。或许，小姨丈也只是需要一个可以倾吐的对象。

一会儿，外婆走出来，坐到蔡岚旁边，沉了沉气，然后不疾不徐地开口："这些年，家璧拼命地赚钱都是为了这个家啊。"

"这点，我不否认。但家是什么？是一日三餐。她何时给我们煮顿像样的饭菜？家是什么？是和和气气说话的地方。你看看她，有生意，忙得把谁放在眼里？没有生意，谁都是她的敌人，看到谁都发脾气，好像大伙都欠她似的。家是什么？是孩子，是孩子的前途。她需要人手，就把孩子一个个往身边拉，结果，三个孩子都被耽误了，没有一个愿意念书。你说赚再多的钱，有啥用？她有本事赚钱养他们一辈子？"

"孩子读书需要天赋，他们都不会念，也害怕念书，这不是家璧的错。"

"不是她的错，难道那是我的错？"

"你别激动，我不偏袒谁，我只是说，孩子的路由他们自己选择，谁也没办法做主，你说是吗？他们不爱念书，硬把他们绑到学校，也没用呀。就说阿珺吧，让她背一篇课文，三个晚上也背不出来。但她就是喜欢打版设计，在街上看到一个孩子穿的衣服好看，她会跟在后面一直观察，回来后，自己就能设计出来。为了设计新样式，她会跑到幼儿园去观察孩子的衣服，观察一会儿就知道哪一款会流行，做出来能卖好、能赚钱。这就叫行行出状元。人道是：一枝草一点露。既然她爱这行，就让她往这行发展。又比如阿璟，她说，一进初中，她听英语，就像鸭子听雷，老师也反映她的数学只有小学三年级水平，确实跟不上。你总不能把她逼死？你看她打理厂子，哪点不能捋顺？哪点不如成年人？至于阿玮，你把他逼去学校，他不想念，还不是溜到社会上？脚长在他身上，你能一天二十四小时监督他？你又不是不知道，社会是个大染缸，一旦他在社会上混，交些不三不四的朋友，学坏了，你还指望谁？"

小姨丈重重地叹了一口气，无可奈何地萎蔫了、沉默了。

"以后有话好好说，别动不动就用拳头。拳头能解决什么问题？现在不信拳头，就信钱头。好了，我走了，还要煮饭呢。"

小姨丈站起来，算是送行，他没有送下楼来，蔡岚觉得这有点反常，因为按他的涵养、风度，应该是注重这些礼节的。过去他对外婆也是很注意礼节、很尊重的。

路上，外婆忽然气愤又无奈地对走在她身旁的蔡岚说："人不可貌相啊。你说你小姨丈过去那么优秀的打捕，现在变成这样了，居然还有老相好的。"

"是琴姨吗？"

"你怎么知道？"外婆睁大眼睛。

"猜的。"

"什么时候猜到的？"

"第一次见到她。"

"啊？"外婆站住，上上下下打量她，惊得如见天人："你怎么不早说？"

"我只是猜的，哪敢说？"

"你小姨得知后，气得差点撞墙。她这么烈性子的查某（女人），哪里受得了这样被欺骗？你说，那个查某怎么这样有心计，跑到契哥（男性、相好的）家里来，还口口声声要和契哥的老婆结拜？有这样骗人、欺负人的？真是疯得都抓不住！"

"小姨什么时候知道的？"

"两三年前吧？具体哪一年，我也忘了。"

"小姨得知后，他们夫妻开始不和？"

"当然了，你说，还能和吗？"

"所以小姨丈就借亦珺他们读书的问题吵架？"

"想吵架，还需要理由？他是心里不平衡，看到你小姨生意做得风生水起，他不服，心里自卑，不好受，就找茬，他受不了被冷落，受不了在家里没有地位、没有发言权。他看到别人来家里都找你小姨谈生意，就没事找事发作。简直变态了。"

"他现在和琴姨还往来吗？"

"谁晓得！你小姨整天忙着做生意，也管不了他。闹是闹了，威胁也威胁了，但男人一旦没了责任、良心，哪件事不敢干？婚姻需要双方维护、互相尊重，给对方面子，一旦撕破脸，就完全变味了。男女刚开始是爱情，婚姻的长久却是靠亲情、温情维持的。你小姨个性较强，一想起这件事，就来气，对他态度就好不了，夫妻就这样慢慢积怨了。真是不是冤家不聚头啊。"

蔡岚试探性地说："我发现，小姨的性格好像变化也很大。"

"是啊，非常大。你小姨丈变心，她能不生气吗？再说，做生意，压力也大，整天这么忙，能不烦吗？她性子急躁起来了，有生意累得脾气大，没生意苦恼得脾气也大。你看，像个火球，一燃就着。你妈……"

外婆忽然停了下来，这正是蔡岚最想知道的内容，外婆却不说了。蔡岚紧张地望着外婆，希望她往下说，但外婆不说了，往前走。

蔡岚把外婆送回家，然后在苍黄的暮色中回鳌村。她觉得心里沉甸甸的。

回到家后，蔡岚本打算把这天发生的事告诉母亲，后来想一想就放弃了，她觉得母亲应该早就知道了。

三十

蔡雷高中也考入镇区。对于全家而言，一直以来，对蔡雷的规划就是：认真学习，将来争取以优异的成绩考入名牌大学，出来后安排一份好的职业，然后再走仕途之路，谋个一官半职。

但天不从人愿，离开家住宿学校不久，蔡雷忽然得了一种奇怪的病，就是右脚一直酸痛。母亲知道蔡雷热爱运动，特别喜欢打篮球，还是学校篮球队的重要成员，便问：会不会运动过量，肌肉损伤，还是什么暗伤？扭伤或骨折？首先是父亲，他想出自己所能想到的骨科医生，于是马不停蹄地带着他去求医，但看遍了正规骨科医院还有民间的祖传土医生，都说筋骨没有问题，推拿损伤的各种药，吃的、敷的、贴的，一样不少，医生让吃就吃，让敷就敷，让贴就贴，但让人无法理解：就是无法根治。

蔡岚也请教她的老师，通过她的老师联系骨科医生；热心的人很多，也介绍这个、推荐那个，母亲总是二话不说，带着他就去求医问药，有时路途远，该包车就包车，该转车就转车，从来不敢说声累叫声苦。每一次都充满希望，认为这一个就可以妙手回春或华佗再世，经这个医生治一段，有所好转，母亲就欢天喜地送他去学校，过了两三天，他又带着换洗衣服回来。希望就在看到他的那一眼落空。问他怎么了。他总是说：脚疼，不能踏下去。

母亲小心翼翼地问："医生不是说筋骨都没有问题，是不是心理作用？"

"没有，就是不能踏下去，脚就是疼。"

母亲心沉了下去，只好又开始寻医问药。治疗一段时间，他又可以下地走动了，母亲又满怀喜悦，送他去学校。过了三四天，他又摇摇摆摆回来了。再问他怎么回事。他仍然是那句话：脚疼，踩不下去。

但是，无论声名远播的名医还是名不见经传的赤脚医生，都检查不出他到底怎样了。母亲只好退一步想：也许他从小没有离开过家，太过依赖家人，独自在外不适应。便对他说："不然我们去学校周围租间民房，我去照顾你？"

"妈，你想哪里去了？我真的脚疼。"

母亲慌了，带着哭腔说："但你爸所能想到的、联系到的医生，都不知道你到底得什么病呀？你能不能好好回忆一下，你到底有没有扭过、跌过？"蔡雷还是摇头。

后来医生都用风湿病来帮他治疗，还是没有好转。蔡雷仍然是三天打渔两天晒网，往返于学校与家之间。一个周末，蔡岚回家，发觉家里氛围很是反常，静到没有任何生气；父亲呆坐着，萎顿到几乎没有什么声息，她轻轻走进房间，母亲躺在床上默默地流泪，蔡岚心一沉，兢兢战战地问："妈，蔡雷呢？"

"在隔壁躺着。"

蔡岚赶紧走到隔壁间去，蔡雷躺在床上，目不转睛地瞪着天花板。蔡岚看到弟弟瘦了一大圈，躺在床上的身子是那样单薄，他的眼神是那么迷茫、无助，眼泪马上掉了下来。她转过身偷偷拭干眼泪，微笑地摸了摸弟弟的头，又走回父母房间，问母亲："怎样了？你们这是怎么回事？"

"有的医生说他可能是类风湿，有的说可能是骨癌……"

"呸，鬼话！庸医！胡说八道！一定是剧烈运动后，没有时间稍停，直接去冲冷水，一中学校食堂门口不是有口大古井，这种井很幽深，水凉得刺骨，年轻人，血气方刚，运动后汗流浃背，图个痛快、舒服，就直接冲凉，一定是不小心寒气渗进体内了。"

母亲马上弹起来，急切地问："真的？怎样治疗？你怎么知道？你为什么忽然想到这个问题？"

"我……我灵机一闪想到的。"

"为什么不早说？"

"我不是刚想到吗？"

"有救吗？"

"我们去泉州中医院，用针灸、拔罐治疗。"

"有用吗？"

"总比你消极地躺在床上胡思乱想好吧？"

这时六婶也过来关心，也劝道："不要哭了，孩子躺在床上，你这样子，让他看到了，做何感想？人道是：也得神，也得人。你为什么不迷信迷信，试一试？"

母亲很迷惑地问："生病不看医生，怎样搞迷信？"

"我知道你整天忙着家务、赚钱，不太懂这些。其实，他们打捕孩儿（男孩子），有时到处跑，可能遇到什么腌臜的（神鬼等迷信东西）了，改替一下，也许有好处。"

蔡岚也劝道："那我们就双管齐下，我带蔡雷去中医院治疗，你去搞迷信。入风随俗，有时也是好的。"

一个月后，蔡雷奇迹般好起来了。全家欢天喜地。

聊天时，母亲说："我雇麻女去城隍庙求神灵保佑。麻女说，她看到你们奶奶跪在城隍爷面前求着呢。真是太可怕了、太神奇了！"

"奶奶晚年不是得了老年痴呆症？过世后头脑居然恢复正常了？她都过世七八年了，怎么还知道我们阳间发生的事？"

"是呀，我也不知道。你问我，我问谁？我也纳闷呢。"

"妈，你那几年没有白辛苦，奶奶活着的时候糊涂，去世后清醒了，她懂得回报了。"

"真的吗？"

"真的，她不是求城隍爷救了弟弟？"

"世间很多事真的说不清，太玄了！"母亲拍着胸脯，心有余悸。

蔡雷好了，可以去上学了。大家悬在半空的心终于放下来了。

三十一

一九八六年夏天，对小舅来说，绝对不是一个普通的夏天。他居然把眼光从闽南滨海小镇眺望到了北京，千山万水之外的北京。当然，不是他一人有这目光、视野，而是几人，他们商议后热血沸腾，以初生牛犊不怕虎的气魄与胸襟，挺进首都。一万条牛仔裤摆在了北京的国际展览中心，不到几个小时，就被抢售一空。有人马上在《北京日报》上打出广告，向北京人民报告来自福建的这一消息，一浪接一浪的销售热潮轰动了那个夏天的京城。北京大捷之后，小舅没有返回狮城，而是顺势打进黑龙江市场，进而直捣中苏边境贸易市场，把自己的牛仔裤卖给高鼻子碧眼睛的外国人。

"为什么要跑到那么远、那么冷的地方去做生意？"蔡岚很不解，问母亲。

"花没百天红，生意没百天好。狮城人自小就做生意，太精了，地盘又小，挤在一起，总是互相竞争，一人跑一路，路就越走越宽广，反而不会撕咬，八仙过海各显神通，大伙都能闯出一片天地。你小舅说外国人肠子直，做生意爽快。"

"小舅店里生意这么好，还不满足呀？"

"人心节节高，哪有满足的时候。就拿你姐夫吧，也是一样。"

"姐夫怎样了？"一说到大姐，蔡岚紧张地四下里望了望。母亲与大姐、姐夫有往来了？

"你大姐说刚开始心肝小，容易满足。每天就做五十件，载到狮城市场上，天天都可快速卖出去，没有积压，手上一点小资金周转得来，现在心撑大了，不再限量生产，困难就来了。"

"他们哪来的启动资金？"

"你姐把结婚时那些黄金首饰都卖掉了，还说黄金是死钱，不急用才留着做家底，急用当然要变现。反正，给她了，她怎么用是她的事，我也想开了、管不了。难怪相命先生说她命中荫婆家。查某儿贼呀！我敲铜敲铁倾其所有都给了她，她拿去帮婆家创业赚钱。"

"现在呢？"

"挺着一个大肚子，整天狮城、江村两地跑，搞市场销售。"

蔡岚一听，鼻子发酸，眼泪禁不住往下掉："妈，让姐回来吧？"

"你爸最疼你，你跟他说说，或许他会同意。"

蔡岚听后，含着泪点了点头，她知道母亲的埋怨其实更是心疼。

放寒假了，蔡岚从福建医科大学回到鳌村。这天晚上，她走到父亲身旁，轻轻地对父亲说："爸，让蔡雯回来吧。"父亲从书中抬起头，静静地看着她，没有言语。她也不再说话，只是流泪，父亲沉默了一会儿，又静静地回到书里去。

第二天一大早，蔡岚赶到江村姐夫家，姐夫正往三轮摩托车上装货，蔡岚打个招呼后，就拉着蔡雯的手，激动地说："姐，我们回家，爸同意了。"

她以为蔡雯听后一定会喜极而泣，没想到蔡雯风平浪静的，只是就事论事地说："不行，我必须去狮城，把这些卖掉，卖掉了才能回去。"

蔡岚终于明白为何母亲会有埋怨的情绪，原来蔡雯把感情已经转移到夫家了。但她更愿意选择同情、理解蔡雯。便说："那好吧，我跟你去。"

这时，蔡雯的婆婆端来一碗面线，硬是递到她手上："阿雯，吃了吧，再怎样急，也必须吃饭。饭是铁，人是钢，你不吃，我就不让你走。身体弄坏了，赚钱有用吗？阿岚，你吃早饭了吗？"

蔡岚忙不迭给予肯定的回答，她往大姐手里的碗一瞥：面线里还下了猪肝、虾仁。她又往桌上一瞅，是稀饭配萝卜干。蔡岚心里想：哼，原来是糖衣炮弹！难怪蔡雯心甘情愿、死心塌地为他们邱家卖命。

吃完早饭，姐妹俩挤在衣服中间，三轮摩托车就突突突往公路上奔跑。蔡岚这才认真地打量起姐姐来：蔡雯臃肿起来，皮肤也粗糙多了。更主要的是，爱美的她如今完全是素面朝天，一身运动服，头发也忘了梳理。这是蔡雯？亲姐姐？

"姐，你这是干吗呀？有必要这样糟蹋自己？"蔡岚带着哭腔说。

"没办法，没心情也没工夫打扮。你姐夫心太急，不听劝，以为做得越多就卖得越多、赚得越多，结果积压了一房间的衣服，如果没有赶在年兜前销出去，这些衣服就没人要了。"

"那……后果会怎样？"

"破产。"

"破产？"蔡岚重复着，仿佛对这个词很陌生。

"嫁妆没了、今年赚的也没了，主要是明年就没办法开工。"

蔡岚望着蔡雯，忽然心情无比沉重、悲伤，大姐走的这条路到底是什么路呀？！这选择是对还是错？

到了镇区，跑了好几个熟悉的摊点、店铺，都不接受，有的说外地商贩都回去过年了，有的说自己店里也有积压，有的说这一款有点过时，有的说年兜近了卖不动了……到了中午，她们还是没有卖出一件衣服，蔡岚饿得浑身乏力，但看到大姐焦虑又疲惫的样子，她不敢说什么，只好就近买了两个葡萄面包，一个五毛钱的面包，一人拿一个站在路边吃了。

蔡雯吃了面包有了力气，也有了想法："我们就摆在路边叫卖吧，能卖几件是几件。"

"摆地摊？"蔡岚一下子难为情了，面有难色地望着蔡雯。

"你读书人，面皮薄，闪一边去，我来叫卖，逼上梁山了。你说面子重要还是生存重要？"

蔡岚畏缩、迟疑地说："好吧，你叫卖，我帮你拿货。"

姐妹俩说干就干，就在邮电局门口摆起地铺，一件、一件地零售着。蔡雯更是顾不了面子，抓起衣服，扯着喉咙大喊："削价了，削价了，亏本大削价了。走过路过，不要错过。跳楼价了，跳楼价了，亏本大甩卖了。大放血了，大放血了！"

慢慢地，有人停下脚步，有人蹲下身子，也有人开始询问价格、掏腰包了。一个客人捡了一条，付钱走后，蔡岚有点生气、不解地责问："姐，你怎么没个标准，随便卖呀？"

"没办法，能蹲下来看货的，说明她（他）就是有点意思了，我们就不能放她（他）走，只要她（他）肯买，我们折本也要卖出去。要知道，这就是钱，真金白银，能收回多少是多少！囤积在家里，就是死货，就是废物。"

到了下午四点多，天色已经灰暗，冷风也大起来了。姐妹俩瑟缩地站着，无比沮丧、迷惘。地铺前终于来了一个人，他看了看货，一口要下所有衣服，但压到一件四十元。

"什么呀？这衣服一件成本就是六十七元，我这不是亏二十七元？"

"我晚上六点的火车，回哈尔滨，你愿意就卖，不愿意，我也不勉强。"

"大哥，行行好，多给点吧？真的亏太多了，回去会被骂死的。"

"我已经打包好了，可买可不买的。一句话，要就成交，不要拉倒。"
完全东北汉子的风格。

"五十元吧？"蔡雯做着最后的挣扎。那高个儿中年男人，没有二话转身就走。蔡雯咬着牙，等到他往前走了十步，终于还是松口了："大哥，回来吧，给你。"

姐妹俩拿着钱，内心既高兴又惆怅。蔡岚心里清楚：这才是一车，家里还有一房间呢！但目前也只能走一步算一步了，便劝道："回家吧？"

"买点年货吧？"

"不用，不用，妈已经开始准备了，我们又不知道缺什么，买不好，她还会唠叨、嫌弃。"

到家时，他们正围着桌吃晚饭，蔡雷、蔡霜看了非常激动，都跑过来围住她。蔡岚看了看父亲，发现他正埋头吃饭，没有言语，心里便释然了。她把大姐拉到餐桌旁，蔡雯站着不知所措，父亲三口两口把饭扒拉完，站起身，扔下一句话就离开："吃饭吧。"

父亲离开后，四兄弟姐妹高兴极了。母亲也赶忙端饭过来，看着她们姐妹饿死鬼似的扒饭，母亲喃喃道："难怪有人说，查某儿两个命，婚前是假命，婚后才是真命。"

蔡岚赶快掩饰道："管它什么命，吃饱饭才能活命。"

蔡雯拿出一半卖衣服的钱给父母、弟弟、妹妹包了红包，第二天就回去了，她心里记挂着那些囤积的衣服，她必须竭尽全力去挽救。

正月初二，她终于正正规规地回娘家了，居然还带着邱向东。大伙看了，一时有点措手不及，紧张得如临大敌，倒是父亲好像啥事也没发生过似的，非常平和地说："新年好，新年好！"大伙这才松了一口气。

一家人终于团圆了。

虽说正月里都道喜不道忧，蔡岚还是按捺不住，悄悄把蔡雯拉到卧室，问她衣服的事，蔡雯摇摇头，特意叮嘱她："这事千万别告诉爸妈，不然我不饶你。"蔡岚赶紧指指天空，表示对天发誓。

三十二

　　父亲当时考虑到家庭的实际经济情况，觉得每个孩子都培养成大学生，有点不现实，而蔡霜性格也比较活泼、外向，伶牙俐齿的，觉得她有点像孩子王，当小学教师非常合适，所以蔡霜初中毕业后，他就动员她填报师范的志愿。蔡霜中考如他所愿，上了师范。1987年7月，她师范毕业，顺顺利利被安排到镇区实验小学当教师。这下子，父母都松了一口气，负担也减轻了，更为蔡霜高兴，他们认为这是好运气，不用分配到乡下来。除了镇区待遇好、补贴多，将来找对象也是一个不错的条件。

　　一九八七年十二月二十三日，是个特殊的日子，因为这天，狮城从镇升格为市，这是一个历史性的转折与跨越。国务院郑重发布公告：准予狮城建市。一个仅有二十四万人、一百五十九点五九平方千米的地方，一夜之间成为市。县级市。很多人长时间的激动、乐观，甚至亢奋，只知道从今往后，自己不是下里巴人，至于这个改变对自己有什么切身的利益和好处，却是迷茫的。做城里人，自豪、爽！

　　但有好多人以不相信甚至调侃的态度来看待这件事，弹丸之地的狮城，靠几件衣服就能成为城市了？他们用合四句的独特语言来形容狮城的现状：电灯不值蜡烛光（亮），自来水经常断，放屎淹脚川（厕所太满，拉屎都淹到屁股），拖拉机得人扛。

　　但是，无论他们多么激骨，也不管外人怎样不信任，由省里派来的专员和本土几位干部，还是组成一个九个人的建市筹备组，悄悄开张，正式办公了。他们向镇政府借来一间简陋的办公室，摆上九副破旧的桌椅，买了一副扫把、畚斗，两个热水瓶、一副茶杯，最奢侈的是安了一部电话，就开始工作了。没有一分钱的办公经费，咋办？筹备组只好厚着脸皮向镇政府打张欠条，借来三千元。

一天，来了个穿拖鞋、短裤的中年汉子，手里揣着一只塑料袋，说是要找办公室负责人，负责接待的年轻人让他稍等，打电话请示老蔡。正在勘探工地的老蔡听后，便说："你问他叫什么名字。""他说他叫李贤义。"老蔡一听，忙说："你赶快泡茶请他，我马上赶回去。"这位名叫李贤义的中年人，是银兜村人，早年用一辆拖拉机为别人运载石头，赚的是苦力钱，改革开放初去深圳做汽车玻璃生意，如今已发达起来。见到老蔡，李贤义打开塑料袋，拿出三万块钱，作为资助他们的办公费用。老蔡握着他的手，感激万分。

这笔启动经费，无疑是雪中送炭，筹备组终于可以正常运作了。

接下来，一件引起全市人民关注的大事开始了，人们觉得无比新奇与兴奋，要开展一场轰轰烈烈的民主选举，竞选出自己的第一任市长，甚至可以毛遂自荐。领导不是上面派来的，是自己选的？人们第一次觉得政治原来与自己的生活这么贴近，而且是这么光彩，所以做着买卖的同时，也兴高采烈地谈论国家大事。

一天之间成为城市人的小舅，其自豪是难以言表的，他是非常热爱故乡的人，甚至可以说是依恋，他从连襟兄弟里物色出两个外甥，让他们驻扎在中苏边境，自己跑回来，不想在外打拼了，他坐镇狮城，负责给他们配货、送货，南北呼应地做着生意。一批一批的货物运过去，狮城老店也是顾客络绎不绝。他对自己这一策略给出的理由非常有说服力：发家之地不能丢，老本营不能空。外婆、小舅妈当然举手赞成。

一天，一位东北商贩配完货后，不解地问小舅为什么中国这么大，国务院就允许你们这么小的地方独立建市？

小舅想了想，自作聪明地解释："改革开放，就像一扇门打开一条缝，我们狮城人第一个从缝里冲出去，当然就给我们了。就像赛跑，冠军就给第一个冲线的。"

"应该不是这么简单吧？你们狮城人天线插得太高、太会走关系了！"

小舅理直气壮地辩解："我们凭的是实力与活力，你说全国其他地方，哪里像我们这里，家家户户办工厂、大人小孩都做生意？"

东北佬想了想，只好服输地点点头。但他嘴巴还是不死："你们狮城人太穷了……"他看着已经对他瞪大眼睛的小舅，慢悠悠地接着说："穷得只剩下钱。"

小舅气得抢下他手中的茶杯，气呼呼道："我不管跟你有几年交情，做了几年生意，你今天要是不给出让我口服心服的理由，今后你就不必再到我店里拿货了。"这时，一个在店里买裤子的中年汉子也生气了，围过来，大声威胁道："对，今天你不说个明白，就甭想走出这个店门。"

那位东北人不急不慢地说："你们狮城是衣服的海洋，却是文化的沙漠。"

"文化的沙漠？"小舅与那位买裤子的中年男子异口同声地重复着，你看着我，我看着你，一脸的迷惘。过了一会儿，那位中年男子扔下手中抓着的牛仔裤："妈的，老子就不信邪了，我们怎么是文化的沙漠了？我旅店不开了，我就开绿洲读书社，我让你瞧瞧，我们狮城怎么沙漠了！？"说完裤子也不买，气呼呼地走了。

东北佬一脸尴尬地坐着，过了一会儿，嘴巴又活过来了："今天也不怕得罪你了，干脆说个痛快。我觉得你们狮城人聪明、豪爽、敢拼，就是……"小舅一张冷脸让他顿了顿，"当然，这不是我一个人的观点，是很多人的看法……"

"有话快说，有屁快放。"

"就是……就是……不够文明，素质不高，说的话地瓜腔，喜欢强买强卖、弄虚作假、以次充好……"

"我强买强卖、弄虚作假、以次充好了吗？"

"没有，我又不是指名道姓说你，只是泛指你们狮城人……"

"狮城人可以泛指吗？我亲戚朋友、三姑八婆等等等等，不都是狮城人？你是说他们？"

"对不起，对不起！我道歉还不行吗？既然说不得，我就不说了，都怪我们东北人直爽！"

"我们不是成立政府了？以后政府会管的，我们会变的。输人不输阵，输阵鸟屎面（可以输一个人，但不可输一群人，不然就难看了）。我们狮城人还不懂得输字怎样写。你们有文化，我们也得有文化。总有一天，我们要成为全国文明城市、文化城市，成为真正的城市人，不再赤脚穿皮鞋。"说到最后一句，小舅笑了，东北佬也笑了。

三十三

为了东山再起，向东和蔡雯商量后，由蔡雯出面向村里人借了三万块高利贷，利息是一分二，正月初十，重新开张了。

蔡岚知道后，心里还是非常担忧，想到高利贷，她就想起旧社会那些剥削者，比如黄世仁之流。母亲却淡定地说："有什么办法，他们除了做衣服，还会干啥？年轻人，允许犯错误，允许跌倒，只要不伤筋动骨，爬起来不是照样可以走路？"

蔡岚一听，心里镇定了许多，她知道母亲办事更有把握。

"但是，我丑话说在前头，你不能重蹈覆辙，走你姐的老路，她一个人就够我烦的。你以后眼睛擦亮点，找个吃公家头路的，平平静静过日子，旱涝保收，也省得我们操心！"

蔡岚的脸一下子绯红，她难为情地说："你说啥呢？！"

"男大当婚女大当嫁，这是每个人必走的路，没什么难为情的。我先表个态，别像你大姐，先斩后奏，搞得我们很被动，其实吃苦吃亏的，还是你们。就拿你姐说，我和你父亲一个扮红脸，一个扮黑脸。到现在，你父亲还怪罪我，其实我哪里愿意这样、哪里同意了？我心里比谁都苦！"

"让蔡霜先找吧。"

"不行，哪有小块番薯先挖的道理？破坏规矩，会让人看笑话的。"

"我不找。"

"不找？不找，以后就得站橱头。"

"什么叫站橱头？"蔡岚不解地问。

"查某儿不嫁人，死后木主就没地方供奉，只能放在自家橱柜头供奉。这是闽南的习俗。"

"妈，太可怕了，我才几岁，你就想到我死后的问题。"

"呸呸呸，我只是解释一种习俗。你们到了年龄，都给我嫁出去，别一辈子在我眼前晃，成了老姑娘，我还不急死？你实话告诉我，这大学里就没有人追求你？我可不信。"

"我忙着读书呢，你不知道，学医有多难！"

"不至于一天24小时都在念书吧，也不至于每个人都像你这样勤奋？别骗我，我没吃过猪肉，但看到猪跑呢。"

"没有，都怪你把我生得丑！"

"没有最好，毕业出来后，我们慢慢找，找个家境好点的，人口简单点的。"

"家境好的，我们高攀不上，配不起，什么时代都讲究门当户对。"

"我们咋了？你好歹是油车聪的孙女，如果不是解放了，你还是堂堂的兴荣府的千金小姐呢。"

"哈哈哈，还千金小姐！这是哪朝哪代的老皇历！现在别人羡慕的是万元户，是暴发户。"

"反正你放心，看我的，我理财给你瞧瞧，我不会让你寒碜地出嫁。"

"你有什么招？我怎么没有看到你在理财？"

"理财还要敲锣打鼓地告诉所有人？"

"那你告诉我，你怎么理财，你总该相信你女儿的嘴巴吧？"

"我交会儿（民间融资组织）。"

"交谁的会儿？"

"为了保险起见，我一人交一会。"

"妈，这种会儿安全吗？"

"怎么不安全？你放心，鳌村几乎家家户户起会儿，大会小会，总的有几万会呢。附近各个村落、乡镇连同镇区，哦，忘了，现在叫市区，都把钱运来交会儿呢。"

"运来？钱用运的？为什么都运来交会儿？"

"利息呗，利息太可观了，比做任何生意更高，谁不想捞一把？"

"会儿，不是互助性质的民间金融吗？只是储蓄，又不能生钱，为什么会有高利息呢？"

"炒吧，炒来炒去，利息就炒上来了。反正，百姓手中剩余的钱太多了，又不知干什么，怎样让钱生钱，所以就都运来炒会儿。"

"普通利息多少，最高利息多少？"

"普通是一会一千，利息两百，高的三百四百也有。"

"都是一会一千？"

"没有，两千、三千、最多的五千。"

"一个月一次？"

"刚开始是，现在等不及了，有的改为半个月一会，有的十天一会、一周一会、五天一会，最近居然出现日儿会。"

"什么叫日儿会？"

"就是天天开，有点像赌博了。"

"妈，你不觉得这样太可怕、太危险吗？"

"可怕什么、危险什么？前年到现在，大家不是好好的？天天有人在开新会儿，如果危险，谁还敢开？"

"就是危险了，才不得不往下开，开弓没有回头箭。妈，我们玩不起，我们每一分都攒得不容易，不能陪葬，成为牺牲品。"

"呸呸呸，乌鸦嘴！人人都在赚，赚得晚上睡觉都笑得合不拢嘴，让我眼睁睁看着别人一大袋一大袋往家里带钱，可能吗？你们仨姐弟都在念书，就你爸那点死工资，还有我剪线头的那点小钱，够养你们三只书包？你们还要结婚，没有趁机捞点，让你们将来脱光滚棉花（净占便宜）？"

"都是些什么人做会儿头？"

"人人都做呀，现在几乎家家户户都开会了，这样你入我、我入你，也是互相牵制、互相制约，钱流过来转过去，也是回避风险的办法。"

"你做了吗？"

"还没有，我正打算请个大会儿头帮我起个会，入个大股，这样才能拉到会儿脚。别人才会信任我。"

"谁是大会儿头？"

"目前有五个，董忠、王胜、蔡汉、美英、丽璇。"

"哪个美英？"

"还有谁，就是陈双双的母亲。"

蔡岚一听，拔腿就往老同学家走去。一个小时后，她回到家，拉住母亲，急切地问："妈，你都入了谁，入了几会？入多久了？"

　　"十几会，有的快到期了，有的才刚开始。"

　　"你赶快去标回来吧，越快越好。"

　　"疯了？！标回来就是死会，以后就要按时交母钱与利息，我们还不赔穷、赔光？再说，会儿头也是安排会脚标会的，怎么可能愿意让我全标回来，还不以为我要卷款逃走了。"

　　"那就糟了，反正，能标几会就标几会吧，听我的话，准没错。"

　　"你今天是怎么了，疯疯癫癫的，尽说些不吉利的话？"

　　"我刚才去陈双双家，你知道我看到些什么情形吗？他们家的钱是一大麻袋一大麻袋装的，堆得到处都是，好像那不是钱，是废纸，都没工夫数钱了，直接用秤称钱。你知道他们用什么洗脸吗？牛奶。用什么刷牙吗？矿泉水。他们家过去那个穷呀，连一件像样的、不打补丁的衣服都没有，如今什么皮、什么毛的衣服到处扔。妈，这挥霍的就是会儿脚的钱呀。钱是不能直接生钱的，也就是说花掉就没了、少了，他们一再开新会，就是为了拆东墙补西墙，一旦挥霍过度了，窟窿大了，填不住了，就会倒塌，大伙相互入会，那时就会像多米诺骨牌，整个崩溃。"

　　"谁也不知道什么时候倒塌，谁也不想错失机会，我一样，豁出去了，能赚多少是多少吧。"

　　"妈，你怎么这样执迷不悟？"

　　"饿死胆小的撑死胆大的，大伙都赚得满屋是钱，我干吗站在一旁看热闹？别人吃米粉我站着喊烧（旁观别人得好处还瞎操心）？钱会咬手呀？我们多需要钱呀。"

　　"疯了，整个都疯了。"蔡岚气得甩手走进自己房间，把头埋到书堆里。

三十四

蔡雯生了个女儿，粉雕玉琢般的漂亮、可爱。但她还是非常失落、遗憾，担心丈夫、婆婆会嫌弃。沿海地区男人是主要劳力，是家庭支柱，所以重男轻女观念根深蒂固。但婆婆一句话定了乾坤："惜福、惜福！打捕、查某都是子孙。"蔡雯一颗心随之落地、踏实。婆婆是家里的精神领袖，有绝对发言权，婆婆一锤定音，任谁也不敢嫌弃半句了。

有个女儿之后，向东觉得肩上胆子、责任更重了，他更卖力地打拼，蔡雯非常高兴、感动，后来发觉他竟经常下半夜才回家。刚开始以为是自己坐月子，身心又都扑在女儿身上，冷落了他，后来才发觉不对劲，她告诉婆婆，婆婆立马去调查、跟踪，才知道他迷上赌博。婆婆没有隐瞒蔡雯，得知真相后，如实相告。就这点，蔡雯觉得婆婆是真正爱她、关心她的。她对婆婆的感激更深一层。

一天晚上，蔡雯特意等向东。凌晨四点多，他终于疲惫不堪地回来了。这次向东不再隐瞒、不再找借口，他承认赌博的事实。但他为自己辩解："我这不是玩，而是为了赚钱，我想把家庭制衣厂搞大，没有本钱，高利贷又很难借到，大伙都觉得鳌村的会儿利息更可观，没有关系与线路的，也纷纷托亲戚朋友介绍去入会，民间的钱都流向鳌村了。"最后，向东说："我是迫不得已。"

蔡雯说："我不需要什么迫不得已的歪理，我只想你把赌博戒了，你再沉迷下去，我只有带着女儿离开。"话说到这个份上，向东自然满口答应，发誓痛改前非。但几天后，他又走进赌场。蔡雯规劝不了、威胁不了，夫妻之间开始为这吵架。让蔡雯觉得安慰的是每每这时，婆婆总是站在她这边，帮她教训向东，向东不着家，她就会整个村里各个赌场去找人、去闹赌场。她是老人，别人也奈何不了她，向东对母亲又非常孝顺，看到母亲三更半夜找来，就会乖乖跟她回家。

明知坐月子不能流泪，但蔡雯还是禁不住悲伤，抱着女儿会无端落泪，她努力说服自己：当初义无反顾地选择应该没有错，向东本质是好的，人也是非常能干的，他就是责任心、家庭观念太强，心太大太急，他是想兑现诺言，让她们过上好日子。所以吵吵闹闹之后，她还是选择原谅他，对娘家人采取报喜不报忧。

好不容易坐完月子，蔡雯终于松了一口长气，她觉得自由了，又可以生龙活虎撸起袖子干活了，就把女儿交给婆婆，全身心投入到厂里的事务中。可一介入，她吓了一大跳，厂子的财务一塌糊涂，而且存在严重亏空。她心急火燎地叫来向东，一问，向东不得不承认："输了。"

"输得这么惨？"

"所以我才着急，想赢回本钱。越急越输，越想赢越输。"

"那么你知道到底亏了多少？"

"不知道，不敢去计算。"向东这时萎靡了，不敢面对妻子的眼光。

"我告诉你，至少十万。十万呀，你说我们要赚多久才能赚回十万？"说着，蔡雯放声痛哭，她有点天快塌下来的感觉。

"我们还年轻，我们从头开始再拼搏吧？"

"怎样拼？怎样从头再来，要多少次从头再来？我无能为力呀！"

"阿雯，这个厂，只有靠你了，你出面再去借点高利贷吧，我们认真做几款，做好做精，碰碰运气，也许下半年就可以转亏为盈了。"

"我没地方借，谁敢借我？一个赌徒的老婆。"

"不会的，你在江村人缘这么好，那些有钱的老查某（老妇人）都信任你，你开口，她们不会拒绝你的。她们就认你签名的字。"

蔡雯逐渐平静下来，也慢慢接受向东的主意，除了这样，她无路可走。眼泪解决不了问题，所以她匆匆擦干眼泪，走出家门，走向她平时已经打了基础、搞好关系的人家。她必须用自己的智慧、能力拯救这个家。

<h1 style="text-align:center">三十五</h1>

蔡岚被安排到第一医院实习。她感到庆幸极了。一天，她下班后去养浩楼，发觉小舅妈神色不同于往常，虽然和往常一样亲热地跟她打招呼，但显然不在状态之中。背后，蔡岚悄悄问外婆，外婆轻声告诉她："和你小舅吵架，这段时间吵得鸡犬不宁。"

"怎么了？生意出现问题了？"

"你小舅老马展鬃，老风流了。"

"小舅？怎么可能？"

"夭寿儿！喝酒、唱歌，喝出来、唱出来的。"

"小舅也去歌舞厅、KTV了？"

"是呀，手头有点钱，就去买享受了。朋友弟兄经常一起去唱歌、送花篮，就一人包了一个卖笑的小姐。你小舅本来还不敢，但一群人就他没有，别人都笑话他，他一生气，多喝了几杯猫尿，就酒后出事了。一来二往，就有感情，胆子也大了。"

"就包下来了？"

外婆点点头："谁受得了这狐狸精狐媚妖术？"

"外婆，这是人妖之恋，你讲的好像是聊斋？"

"不许笑，我都气糊涂了，你还有心思开玩笑！夭寿，听说有一个晚上，请几个客户去高乐，送了一百多只花篮，一只花篮两百元，那晚就送掉两万多元。"

"太可怕了，哪会那么多？两年工资还多呀！是不是喝醉了，别人的账也赖到他头上？"

"他做东，客户送的当然也算到他账上。阿岚，你说，怎么一夜之间，出现这么多吃人吸血的歌舞厅？你老姑婆有一天来做客，告诉我，她旁边那'十三层的'，整夜整夜有人扯着粗嗓门，鬼哭狼嚎似的，她都睡不着觉。这些打捕是不是都疯了、中邪了？"

"荷尔蒙太多了。"

"什么蒙？"

"外婆，这种专业术语你不懂，就是吃太饱撑得难受！"

"哦，说得对！你们有文化说话有骨（内涵），我都听不懂了。过去太穷，现在太舒服，钱太多，心里反而闹得难受，你说，这人咋就犯贱呢？"

"外婆，你都成哲学家了。"

"我是老人家。"

"哈哈哈……你真幽默！老得可爱！外婆，你说小舅妈是怎样发现的？"

"做了几十年的夫妻，打个喷嚏也知道是不是感冒，一跟踪一个着。"

"小舅不悔改、不跟那小姐分手？"

"这猫一旦吃腥，要改掉，哪容易呀？"

"那怎么办？"

"不知道，这人怎么这样傻，灯一关，眼睛一闭，查某人还不都一样？辛辛苦苦赚来的钱，就这样一大把一大把地挥霍掉？真真血汗钱呀！你说，这些年打拼过来容易吗？"

"你有没有听说这则笑话，一位在这里坐台的小姐打电报去招呼她老家的姐妹，就六个字：钱多人傻快来。"

"这欢场查某，哪个不是为了享乐？哪个不是看中打捕的腰包？我们这种土已经盖到只剩一张脸的人都看得清楚，这些打捕原来这么精明，怎么眼睛就看不清楚？难道被狗屎糊住了？"

"情迷心窍吧。"

"呸，婊子无情，都是害人精，都是妖精妲己！别人好好的家庭都被搅得鸡飞狗跳了。这政府怎么不管管，不让她们进来不就天下太平了？"

"她们头上又没有刺上一个'婊'字，政府凭什么不让人进来？如果是做正经生意，不是断了财路？"

"你看看、看看，三步一个歌舞厅、五步一个什么OK，那霓虹灯一闪一闪，都眼花缭乱了，哪里分得清是人是妖？这样下去会天下大乱的，狮城人赚的钱早晚有一天也会被挖光、卷光的。你说，过去多好啊，打捕打拼、查某顾家，都一个心思赚钱，有劲往一处使。"

"外婆，小舅还是很孝顺，能听你的话的，你跟他谈谈，也许他就回头是岸了。"

"夭寿儿，像老房子着火，没救了。"

"以小舅妈的个性，这样下去，会离婚的。"

"雪琼的个性，我了解，是眼里容不得沙子的，但她又特别顾家、爱孩子，所以离婚倒是不会，就是家不得安宁了。"

"外婆，有一句话叫'男人有钱就变坏，女人变坏就有钱'，你让小舅妈掌控财政，小舅就不会胡来了。"

"他们生意做得那么大，哪能每一笔账都管得住？听说，现在这现象还成为一种时髦了？"

"应该是吧，经常听说。今天，我们医院送来一位病人，就是她丈夫包小姐，她吃药想自杀，结果被发现，送到医院抢救、洗胃。"

"现在呢？"

"人救过来了，还留在医院观察呢。"

"阿弥陀佛，那还得了！"

"所以，外婆，你要留心点，多关心关心小舅妈，开导开导她。"

"你小舅不离那妖精，一切都是枉然。阿岚，你说我去烧烧香、拜拜佛，问一问神佛，拿点符来烧一烧、化一化，不知有没有作用？"

"外婆，那是迷信，那种符又不是姜子牙，没那么大威力可以镇妖降魔。神佛哪有空管男人偷鸡摸狗的小事？"

"这还小事？好好一个家都被搞得快散架了。"

蔡岚只好安慰外婆，让她放宽心，事情由当事人自己处理。她告辞离开时，小舅妈还关在房里伤心呢。

一周后，蔡岚忽然接到外婆的电话，让她赶快去一趟。蔡岚赶到养浩楼时，小舅妈正带着表弟子宁，表妹子安、子容准备出发。外婆连忙说："阿岚，你也跟着去看看，他们在气头上，没有分寸，要记住杀人偿命，你跟着，提醒他们注意轻重、分寸，免得酿成大祸。出口气就行，千万不能犯法。"

一群人赶到小姐租住的房子，发现居然还有小仔。小舅妈一看那个情敌，厉声道："给我打，往死里打。"子宁一个健步过去，就是一巴掌，把那女人打得一个踉跄，小舅妈趁势冲过去，左右开弓，噼里啪啦几拳下去，打得那女的唯有抱头号哭的份。

刚才进门那一瞥，蔡岚觉得那女人相貌只有中等，就是年轻，身材也好，打扮得妖里妖气的。大凡风尘女子，都是往死里涂脂抹粉吧。难怪外婆说："野花香，野查某也吃香。"

小舅妈站起身，看到那个蹒跚走路的小男孩，更是气得怒发冲冠，尖声道："给我打，打死这个小孽种。"

子宁扬起拳头冲过去，在小孩跟前却停住了，手慢慢垂下来。

"怎么了？"

"妈，且慢……这……这就不要打了，他是我弟弟。"

"你……什么弟弟……我呸！"小舅妈气得冲过来，一副张牙舞爪的样子。蔡岚连忙赶过去，拉住她："舅妈，舅妈，冷静点，孩子无罪，就不要打他了。"

舅妈想了想，转向那女子，怒斥道："滚，你给我滚出狮城，限你两天滚出狮城，不然我就让这个孽种死无全尸。"

"没门！哼！你回去让你丈夫来跟我谈。"

"谈什么？"

"这是他的种，他有责任义务养活他，你让他拿钱来。"

"多少？"

"一百万。"

"你想钱想疯了？一个孽种值一百万？做个婊子就想一步登天，成为百万富翁，原来腿张开，就能轻轻松松赚大钱！"

"他也是十月怀胎生出来的，种是一个人的，他是孽种，你儿子也是。"

"你……打……打……"这时冲过去的是小舅妈和她的三个子女了，声势之浩大、之迅猛，可想而知。

蔡岚等他们发泄了几下，赶紧把他们分开："别打了，别打了，这样会出人命的。"

那女人也学乖了，抱着头求饶。

"我再次告诉你，两天之内消失，否则让你们母子横着走出狮城。"说完，小舅妈带着一群人风卷残云般离开。

快到家门口时，小舅妈站住脚步，虎着脸说："那孩子的事，千万别让老人知道。她呀，惜福，总是说：多子多福。一旦让她知道，事情就更复杂、更难办了，说不定还要抱回来放在家里养。你们说，如果那孽种整天在眼前晃，我还不活活气死？再说，这种风场查某，谁敢保证孩子就是你们父亲的种。兴许是别人撒下的野种，她赖给你们父亲的，想讹诈一大笔钱。这种查某见多识广，太狡猾，必须防着点，知道吗？"

大伙异口同声："知道了。"

三十六

小姨的大女儿亦珺订婚了。完全属于媒妁之言、门当户对的婚配。

订婚仪式搞得非常热闹、喜庆、排场，男方来了八个人，个个年轻俊朗、英姿挺拔，打扮得时尚潇洒，好像经过千挑万选组成的仪仗队，这是亮点一。第二是聘金丰厚、彩礼大包，黄金首饰一盒一盒装了一个红皮箱，让人看了禁不住尖叫、惊呼。第三是订婚喜糖装满两大斗车，什么稀奇、进口食品应有尽有。小姨也极尽讲究，单是鞭炮就放了好几箱，屋前被红纸屑铺了厚厚一层，像铺上红地毯。内外亲戚均受邀而来，欢聚家中。一时高朋满座、欢声笑语、人头攒动。当然，工厂也宣布放假一天，工人没有放假，而是充当服务生，听候使唤，接待客人，打杂跑腿。小姨一扫弃妇般的哀怨压抑，人逢喜事精神爽，笑口大开着。

蔡岚的母亲负责厨房，先是煮糖水鸡蛋，一碗四粒加两颗红枣，共八碗，请男方来宾。接着煮面线，也是八碗，碗下面放捞水的面线，上面铺满配料。

八碗鸡蛋收回厨房时，母亲赶快叫蔡霜："你看看，是不是每碗都吃一个，一个一分为二、两个完整？"

"干吗呀，煮了又不让吃，不是浪费了？"

"这是风俗，他们来之前，一般都要接受这个吩咐，不懂就会成为笑话。"

"那么等一会儿，面线呢？怎么查？"

"看一看，是不是挑一挑底下的面线，如果吃掉上面的配料，那不是太贪吃了？"

"繁文缛节，年轻人哪里懂这些无聊的细节！"

"一代一代传下去，有什么难的？来之前都会吩咐的，遵循吩咐来做就错不了。"

"这两关过后，还有什么？"

"吃桌。"

"吃桌有什么扣刁（礼数、规矩）？"

"拼酒呀，哪一方输了，是很没面子的事。所以今天男方来的这八个人，都是精挑细选出来的。"

"天啊，梁山好汉呀？你忙吧，听这些我头就大，简直整死人。"

母亲满脸微笑着："你站住，偷偷去瞧瞧，哪一个是子婿（女婿），回来告诉我。"

"不用瞧，我已经知道了，就是那个最高最帅的。"

"哇，你小姨真有本事，眼睛真是尖，用漏斗去筛选，也很难筛出这么齐全的人来。"

"金无足赤人无完人，太齐整了，不好！绝对不好！"

母亲嗔怪着，语气却是疼爱的："呸呸呸，给你选这样的对象，你还往外推，坚决不要呢？"

"不要！本小姐消受不起。"蔡霜说完拔腿就走，生怕母亲展开联想、波及自己。

来到客厅，七大姑八大婆正挤在一起议论聘金彩礼，议论男方的家

112

庭情况：原来对方是正宗的街上人（即老狮城人），姓吴，大姓氏、大家族，一大堆亲戚在香港、吕宋，就他们一家留在狮城，有华侨庇荫着。男方父母办玩具厂，规模很大，属于狮城十大企业之一。他本人是独子，上面有三个姐姐，均已出嫁，或嫁入豪门或结亲华侨。有了这些补充消息，蔡霜觉得这个表妹婿更完美更无可挑剔了。同时觉得表姐亦珺有点高攀：她虽然相貌美丽、瘦瘦长长，自身能力不错，但毕竟文化程度不高，家庭经济实力也比对方逊色一大截。她想起外婆说过：男女搭配，允许男高女低，女高男低就不协调，婚姻难以和谐。

蔡霜又想起一个主要角色——小姨丈。她想：小姨丈今天扮演的角色与表现，可以窥探他与小姨夫妻之间的关系是否改善。在小客厅里，小姨丈陪着男方八俊喝茶聊天。确实，他胜任这份重要任务，毕竟当过领导干部、见多识广的人，能体现女方的接待水平，礼仪方面也不会出错。蔡霜看着运筹帷幄的小姨丈，真不敢跟那个搞外遇的男人联系在一起。她随即为自己总爱揪着别人的污点感到自责，浪子回头金不换，只要他回归家庭，与小姨重修于好，他还是不错的男人。

这天，内外亲戚吃饱喝足，均带着大包小包礼品满载而归。

回家后，可能是大受刺激，母亲性情大变，抓住蔡岚的问题，展开诸多刁难的提问，她不太相信貌美如花的女儿会没有追求者，也不相信花样年华的女儿会心静如水。哪个少女不怀春，这是最好的理由。而最终，她再次用蔡雯的事例表达她最深的忧虑与担心："千万别走蔡雯的老路，不然一生就这样毁了。我这辈子不能转运了，你们可得为我争一口气。"

"妈，大姐的困难只是暂时的，笑到最后才是笑得最好的，大姐总有一天会最有出息，让你脸上有光。"

母亲很不信任地问："你怎么知道？你带佛（形容有灵性）了？"

"没有，我有预感，我懂得预测未来、展望未来。"

"蔡雯能像你想象的，当然好。如果不是看好向东，当初会同意查某儿嫁给他？你们虽三个姐妹，我也有点重男轻女，但不至于把你们往火坑里推。当初我反对，她非他不嫁，我只好从了她。如今，嫁出去的女儿泼出去的水，只能靠她自己的造化了。那你呢？我现在关心的是你，着急的是你，你自己预测一下？"

"我就这样平平淡淡过一生。"

母亲提高嗓音："你这么没出息、没志向？亏我们辛辛苦苦栽培你！那些钱扔进粪坑里还砰的一声响呢。"

"妈，你们送我走学医这条路，就已经为我限定了发展的方向，我能怎样走？你说企业家、有钱人会娶个医生？我会嫁个农民？我如何发财致富，收病人红包？医生就是看病、治病，看好了，可能有点小名气，想青史留名，可能吗？"

母亲被问得目瞪口呆，蔡岚趁机溜进卧室。这天晚上，躺在床上，望着窗外如水的月光，她想起一个人，尘封在记忆深处的一个人，那是她高中的男同学，瘦高帅气、沉稳安静的一个人。高中三年，他们用眼角感知对方的存在，这朦胧的情愫谁也不敢点破，毕业后，进入不同大学，便没有对方任何信息。蔡岚只隐约听说他大学没毕业，他母亲就带着他与两个妹妹去香港定居了。他父亲早就去了香港。因为他一开始就有些与众不同，同学对他自然不会投入太多关注，所以不会去谈论他，想得到他的相关信息就非常难。蔡岚自然不会轻易向同学打听他的情况，她只能把这种千转百回的情感无望地深埋心底。

三十七

订婚后，男方几乎是马不停蹄地托媒婆来请亦珺的生辰八字，说是要合八字，选黄道吉日完婚。

"这是坐火箭吗？哪有这么快的？订婚喜糖还没吃完呢，结婚喜糖就要来了。"

"反正早晚是一个红包，宜早不宜迟。"蔡岚听母亲唠叨就调侃道。

"什么意思？又有什么歪念头？"

"省得你都拿去交会儿，没钱包贺礼，没有贺礼，我们好意思去吃喜酒？"

"死查某儿鬼，念的是什么书，尽钻牛角尖，说话带刺又有骨（说话尖酸刻薄）。"

"我是提醒你，尽早收手，这趟水搅得太浑了，不宜久留。我是旁观者清，你是财迷心窍。"

"你呀，关心自己的嫁妆。"

"我不要什么嫁妆，这份工作就是保我一生衣食无忧的嫁妆。"

亦珺的订婚是个前奏、预演，人们从订婚就可预见结婚的盛况。在闽南，人们非常热衷于谈论女方的嫁妆、男方的盘担。

亦珺的嫁妆远远超过一百万：佩戴的黄金、钻石、珠宝首饰，占满一个瘦瘦人儿的胸前、双手、双臂，价值超过三十万；现金六十六万；床上用品既是国际品牌，又全部双套；家用电器，大至电冰箱，小到电风吹，应有尽有，全部是日本牌子；两辆黑太子摩托车；家具从意大利真皮沙发到餐桌、麻将桌；十套新衣服全是国际大品牌；高级化妆品更是整套整盒的……妇人们说得口水直咽、唾沫乱飞。

当然，龙配龙、凤配凤，男方的盘担也极为壮观。过去，叫挑盘担，现在挑不动了，只能改为用车运。男方运来的盘担，把一楼大厅堆得满满当当，让帮忙分散物品答贺礼的婶姆无立锥之地、也无从下手。

　　结婚当天中午，小姨在家里办了十几桌酒菜招待内外亲戚和工厂员工。下午新娘子出嫁后，大伙合力分散那些盘担，忙得不亦乐乎。小姨虽然口口声声说："查某儿贼，查某儿贼，把我这几年的血汗钱都偷走了。"但还是喜气盈腮。第二天早上八点多，小舅子亦玮去接新娘子回娘家。亦珺回来后，那些婶姆好奇地围着她问初夜见面礼包多少。亦珺随意地伸出一个手指。"哇，一万？"亦珺转身走开了，大伙都哄笑她羞涩了。

　　蔡霜不解地低声问母亲："一万是买初夜的钱？"

　　母亲又好笑又好气地打了她一下："你就不能含蓄点？像查某儿吗？怎么这么大了，还疯疯癫癫的？"

　　蔡霜吐吐舌头，悻悻地走开了。

　　下午四点左右，男方来做子婿了，除了小姨的子婿，对方还派出十八名会喝酒、猜拳的英雄好汉。他们包来十万的子婿礼，还背来两大行李袋的香烟。小姨打了一条二两重的金项链给子婿戴。蔡岚的母亲已经提前把鸡蛋煮好、剥好，子婿套一到，她马上下厨房煮糖水鸡蛋来招待客人，仍然走那套习俗。

　　晚上是返亲宴，在豪华大酒店举办，满满六十桌。富丽堂皇的大厅里，耀眼的灯光下，觥筹交错的声浪中，婚宴更显气派与档次。小姨一家盛装而出，热情招待，迎来送往。返亲宴后，新娘子跟随子婿套，二十人满数而归。

　　回到鳌村，已是十一点多，母亲再次大受刺激，她感慨万千："现在风气这么不好，我发誓从明天起开始努力赚钱，不然你们仨结婚都成问题。特别是蔡雷，会打光棍做和尚。"

这时，连父亲都表示不解："花自花开，叶自叶垂。那些穷人都不结婚生子了？都成光棍、老姑娘了？你这把年龄了，就不能淡定、豁达点？"

"你淡定、豁达了？那是因为你没有责任心，把整个家都推给我，跷起脚来当老爷，整天除了吃饭、睡觉就是看书，把人都看死、看傻了，外面什么形势、什么行情都一窍不通。多少医生退休后不是返聘、去其他医院受聘，就是在家里偷偷开诊所，给病人看病、卖药，哪像你，还真的退休了。你不想一想，家里还有三个未成年，担子有多重！这种情况，你还敢退休，说到底就是不负责任。"

蔡岚一看形势大大的不妙，火药味来了，忙把母亲推进里屋："妈，你劳累一天了，赶快去睡吧。"

蔡雷也在一旁拍拍胸口，调侃道："妈，你好好看看你儿子，英俊潇洒，一表人才，如果我也打光棍，你说，狮城得盖多少座尼姑庵呀？"

三十八

母亲说干就干，三天后，她真的做起会儿头，开起平生的第一会儿来。她邀请丽璇来做大会脚，占了五会，拉几个亲戚朋友、邻居，一下子就齐了。这会儿不大也不小，一会两千，半个月一会。开会那天，外面十九会一个小时内钱全部到位。母亲数着钱，好像那就是自己的，非常激动，反复道："早知道开会儿原来是如此简单容易的事，我早早就开了，这期间浪费多少时间？时间就是金钱呀！难怪别人都富了，富得流油了，我们还在紧巴巴过日子，一分一毫地攒钱。人太守旧就只能受穷。我现在开窍了，但愿为时不会太晚！"

蔡岚听了溜得比兔子还快，她知道母亲接下来定会责怪她，骂她是阻挠家庭发财致富的罪魁祸首。这罪太重了，于是她夹着尾巴赶快溜出家门。她迷茫地站定了许久，才有了方向与目标。她知道陈双双结婚后一直住在娘家，他们夫妻以及兄弟姐妹全家内外都帮着她母亲处理会儿的事务，现在他们家就像庞大的却分工严密的金融机构。

到了她家门口，大铁门严严实实关着，门外左右各站着一个彪形大汉，威严得像门神尉迟恭与秦琼。蔡岚靠近时，他们厉声喝道："找谁？"

"陈双双。"

"有预约吗？"

"我是她小学到初中的同学，八年同班三年同桌，过去整天到她家叫她一起上学，这还要预约？"蔡岚当然没有说她家那时不是这气派的大楼，而是一座闽南古大厝后落的一角，又低矮又拥挤又破旧。

"过去是过去，现在是现在，过去还穿开裆裤呢。"

蔡岚看到他们耍流氓，但自己一个弱女子，显然斗不过他们，所谓好汉不吃眼前亏，她呸的一声，用阿Q的方式安慰一下自己，赶紧扭头就走。走出两百多米，她回过头来，站定，望着高高围墙内的那栋三层房子，没有人影，所有门窗紧闭着。为什么戒备如此森严？前些日子她来过，那时他们家是完全不设防的，可以随意进出，那些会儿脚也是来来往往、喜气洋洋，更不可思议的是，连同钱都是不加看管的到处乱堆。这究竟发生什么变化了？难道说，过些日子，母亲再开几会新会，也要雇两个保镖了？当然，这仅仅是一闪而过的调侃。

蔡岚凭着自己敏锐的嗅觉，闻出危险的气息。她快步走回家，四处找不到母亲，问蔡霜与蔡雷，他们都说不知道，问父亲，父亲头也不抬："疯了，这么快就走火入魔，现在出去找会儿脚，说是明天或后天要再开一会，以后争取一周开一会新会。难怪有人说：金钱是万恶之源。"

蔡岚不管这句话是不是名言，她只关心母亲："她不去牛仔裤厂上班了？"

"不干了，她说剪线头赚那几个小钱，挖鼻屎咸咸（比喻收益甚小），没意思。"

"爸，你任由她这样干？"

"不然又能咋样？她的性子越来越硬，如今更是更年期，一触即发。你不要以为你母亲温柔贤惠，嗨……母亲怎样怎样……那是作家虚构的。你母亲呀，现在想钱想疯了。"

蔡岚听后笑了，父亲严肃、拘谨，极少这样幽默。父亲是变宽容了，还是淡薄了？其实她反而很渴望父亲找回当年的个性，那时俩人整天对着干，但也只是不得安宁，至少是安全的。但她总不能怂恿父亲跟母亲吵架呀？她心神不宁地边看书边等母亲回家，下午五点，母亲还在四处召集人马，她只好离开家去上夜班。

第二天中午，她回到家，父亲呆坐在深井里，没有看书，没有养花，没有喝茶，只是无声无息地坐着，不是打瞌睡，而是无神地坐着。父亲本来就非常瘦，如今更瘦得像一张薄纸片，一阵微风都会刮走似的。她直觉大事不妙，冲进里屋，母亲躺在床上，眼睛不转，直瞪着床顶。他们的婚床是三十六堵的旧式眠床。

她惊呼："妈，怎么了？"

没有回音。

"妈，你怎么了？你别吓我们呀！"蔡岚带着哭腔，伸出手颤颤巍巍地摇晃母亲。

"会儿倒了。"

"谁的？谁倒了？倒了几会？"

"全倒了。"

"你的？"

"全村的。"

"那怎样了？"

"一夜之间，全村大小会儿，个个喊倒。"

"五大会儿头呢？"

"一夜之间，全部消失，卷着巨款一起跑得无影无踪。"

"那怎样办？"

"不知道，全线崩溃。"

"那些中小会儿头呢？"

"不知道，都在家里哭吧？上吊、喝农药、跳海吧？……不知道……"

"那么多那么多、数不完、堆得到处都是的钱呢？"

"不知道，不知道呀！真是奇怪了，一夜之间，全村看不到一张人民币了，就是长翅膀飞走，那么多钱，总要有点声音吧？！"

"妈，这是有组织有预谋的，进行全方位策划的，一定有一些神秘高手或黑手在幕后掌控、指挥的。"

"那是不是大规模的运动又要来了？你可别吓唬我。"

"妈，形势变得如此复杂诡异，谁也说不清、看不清了。那些中小会儿头手里应该握着一部分钱吧？"

"按经常运作来说，应该有吧，但一夜之间，人人都哭穷，都喊手头没钱，都一口咬定钱都入到大会儿头那里。人人都说倾家荡产，回到解放前。所有人都耍无赖。"

"妈，看开点，你刚起了一会，收入的钱多少抵交出去的。不幸中的万幸。"

"还是亏很多呀，我想，这点钱还是还给别人吧，都是亲戚朋友、街坊邻居，抬头不见低头见，多这笔钱不会富死，少这点钱也不会穷死。我才开了一天，不能沾上这会儿头的虚名，一辈子名声被玷污，还是赶快还清楚，以后干干净净、明明白白做人。"

蔡岚听了高兴极了："妈，你太正确、英明、伟大了！君子爱财取之有道。我们把钱退给他们。"

"岚儿，还是你聪明！"

蔡岚有点受宠若惊，母亲是从来吝惜于表扬自己子女的，更何况自己！她知道自己长得像父亲，不得母亲疼爱，母亲更不会这样温柔地待她。她强抑制住激动，语气平淡地问："妈，我们倒了几会？"

"八会，前面赚了点利息，还是亏了很多。"

"谢天谢地！妈，我以为我们家这下子千惨万惨了。"

"最可怜的还是那些没有开会儿、把一点儿养老的本都拿出来入会的老人，这下子，喝西北风去了。"

蔡岚一听，心情也沉重起来。鳌村经济发展非常缓慢，在狮城属于经济落后的乡村，很多人养家糊口都困难，无力赡养老人，老人老无所养便成为普遍现象，如今，这点从牙缝里挤出的小钱，也打水漂了，他们承受得了吗？

"我呀，一想到以后拿什么给你们结婚，就四肢无力，死的心都有了。"

"妈，顺其自然，现在不是考虑这些问题的时候，再说，你要相信自己的孩子，难道我们就那么不值钱，养这么大还要倒贴钱送人？蔡雷那么优秀，只要他愿意，多少查某投怀送抱呢！所以，放宽心吧，船到桥头自然直。一切都不是问题，天下本无事，庸人自扰之。起来吧，我们去打听打听外面的情况？"

"我不去，做了一天会儿头，历史上最短命的会儿头，我没脸见人。"

"那我出去走走？"看到母亲缓过神来，蔡岚长长舒了一口气，虽然家也成了受灾户，但她还是暗自庆幸。走到深井，她轻轻走近父亲，轻声细语安慰道："爸，不要紧，妈说倒了几会，但前面赚了一点儿利息，亏是亏了一点，但不多。"父亲抬起头，眼神从黯淡无光到惊喜异常。她看了，忽然禁不住热泪盈眶，便匆匆走出大门。

来到街上，才发觉死街一条，街上店铺有四分之三关着，一片寂寥冷清，行人稀疏萧瑟。这是村上唯一的街道，所有繁华之所在、活力之所在。一夜之间，竟是空空如也。她走着走着，忽然打了一个寒颤，想起代代相传的一句老话：像日本儿起沙，像清兵洗街（指历史上发生的两起大灾难、大惨案）。

蔡岚沿着自己的潜意识，最后走向陈双双家，那里已经人去楼空，成为一座空城。蔡岚不知道，这次倒会事件，是否又会成为鳌村的另一次浩劫。

三十九

不久，外婆那边传来邀请：子宁要订婚了。

母亲不再消沉，不再躺在床上唉声叹气，她马上扫去脸上的阴霾，带着全家高高兴兴回外婆家。她一回娘家就很认命似的，忙这忙那，屁股不敢黏上椅子。这是她作为二姐实际是在家的老大常年养成的习惯。

蔡岚一看那架势，比亦珺的订婚仪式有过之而无不及。这是小舅家第一件大喜事，以他们夫妻的性格当然不会简单潦草。不知暗地里是否有较劲攀比的成分在里面？反正，他们准备的聘金、彩礼、黄金首饰、面前，都超过小姨女婿那时送过来的。面对大伙瞪得大大的眼睛，小舅妈轻描淡写道：也就两百多万。这个"也就"，口气太过稀松平淡，反而让听者心里很不好受。

那么对方是何等人家？怎样才能匹配得上？打扮得花枝招展的媒婆吊着眼珠子、尖着嗓音说："门当户对，门当户对。他们家开烟草酒行，垄断全市，搞批发，那么贵重的洋酒，装了好几个大酒库呢。绝对般配！这就叫：强强联手，现在最流行的结亲模式。"

外婆也显得特别高兴，毕竟这是她孙子的喜事。订婚一般都是女方家比较热闹，当订婚队伍载着东西前往女方家去后，外婆家就像洗劫一空似的，大伙坐着无所事事，聊天、打牌，中午吃完酒席，接着继续坐着聊天、打牌，在消磨时间中等待定亲队伍回来，再分散女方回赠的物品，主要是糖果、饼干、饮料、水果等。

蔡岚看小舅妈喜气洋洋，跟小舅也有说有笑有商量，好像不久前发生的那件乌龙事件不是真的。

午餐后，外婆显得有些疲倦，蔡岚便扶着外婆到卧室，让她休息休息。这空儿，她按捺不住地问："外婆，小舅那件事后来如何解决？"

"给她三十万，让她回老家去，听说有那三十万，他们农村的打捕都抢着要，还觉得捡了大便宜。那查某成了抢手货，很快就出嫁了。"

"三十万？"蔡岚惊呼道，情不自禁地惊呼。

"嗨，就像过了一个坎，花钱消灾。现在你小舅小舅妈又有说有笑，平安无事了。你说，多冤呀，快抱孙子的人了，还做这荒唐事，三十万就打水漂了。"

"不要紧，钱能解决的事儿，就不是事。再说，钱还是可以赚回来的。"

"但我们也有一个说法，钱总会一路出（指总有渠道消耗掉）。"

"一路出？是呀，有那么多钱，为什么不建房子，总比花天酒地的享乐或婚事讲排场来得有意义？"

"有呀，他们在城北那个什么友邦集团，买了四套房子，三个孩子一人给一套。"

"查某儿（女儿）也有份？"

"你小舅呀，疼查某儿，对子安、子容比对子宁还好，还说什么提前分家产。"

蔡岚还来不及发出感慨，外面就传来喊声："来了，来了。"

"这么快，我还没迷糊一眼呢，扶我起来吧。"

"你不睡会儿？"

"我睡得着吗？"

"好，我们出去看热闹。"

一看回赠的物品，就明白媒婆果然没有瞎吹嘘，确实是有经济实力的人家。意大利榛仁夹心金莎巧克力、丹麦曲奇饼干、韩国芒果汁等，都是进口食品，还是大盒装的，一辆拖斗车装得满满的。

外婆看了直摇头："也太风咕（炫耀、张扬之义）了，用这么高档的进口货，破例，以后别人买什么好？"

"不是说，花自花开叶自叶垂？不同人群，不同档次。"

"话是这样说，但狮城人爱攀比、爱跟风，只要有先例，不出三天，准有人模仿。"

"那不是就有稀罕食品吃？"

"但普通人更操办不起，娶也辛苦，嫁也辛苦。"

蔡岚听后，不禁佩服：姜还是老的辣。

礼品卸车后，大伙立马忙开了，动手装袋，分散礼品。蔡岚知道这主要是婶姆姨妗的活儿，所以陪着外婆坐在一旁看热闹，静静倾听那群定亲男人的谈话，但太过喧闹嘈杂，有一句没一句地飘进耳朵，蔡岚把他们的话归纳起来：那女子很漂亮，打扮得有点妖艳，没有笑容，是那种高高在上的冷艳。年龄好像比子宁大，也不知是不是成熟的缘故。他们家很大，房子一大排，五栋七层的房子连成一片，他们家住五六两层，装修得像五星级的酒店，豪华气派得让人眼花缭乱，连厕所的水龙头都好像是用黄金做的，金灿灿的。

蔡岚听后，一个奇怪的疑问忽然冒出来：子宁配得上这样的人家吗？文化水平不高，这倒是其次，主要是心智并不成熟，狂妄得不知天高地厚，整天酷着一张脸，凶煞煞的，又打扮得像黑社会。反正，很不着调。

但子宁毕竟是小舅的独子，外婆的宝贝孙子，蔡岚还是由衷地希望他婚姻幸福、美满。

四十

倒会终于引发死人事件。蔡岚听到这件事，第一个生理反应就是控制不住干呕起来。那是她小学一年级语文老师的儿子、儿媳，夫妻俩在夜里同时上吊自杀，欠了两百多万巨额债务。留下一对儿女，女孩五岁、男孩三岁。夫妻俩还留下一张字条，说他们用两条命抵两百万，请求债主从此放过他们的孩子。

母亲对着蔡岚絮絮叨叨着："债多不愁，其实债务比他们多的人多的去了，没有三位数哪里计算得了。鳌村整个一笔糊涂账，都还没开始清算呢，何必那么急就走这条不归路。我们不是有一句老话：什么都得早，就是死不能早。多冤啊！可怜一对孩子，眼睛睁开就成孤儿了。你们陈老师三十几岁守寡，好不容易把儿子养大成人，如今刚退休，一天好日子都没过上，就摊上这么惨的事，还要开始熬这对孙子孙女了。这人的命咋这么苦，上辈子造什么孽，杀人放火抢劫了？"

"是不是会儿脚逼得太凶了，威胁他们了？"

"血汗钱、从牙缝里挤出的钱、准备养老的本、打算嫁查某儿娶媳妇的钱，说没就没了，谁接受得了，谁甘心？谩骂几句、威胁几下、吵闹一番，都很正常。多少人其实身边是藏着掖着钱的，反而扯着嗓门哭穷，一分钱都不拿出来。有的干脆摆出一副死猪不怕烫的样子，别人也奈何不了。现在呀，听得最多的一句话就是，钱没有，人肉能吃吗。他们是太诚信，太有良心了，反而过不了自己心理这一关。"

蔡岚听后心里很不好受，默默走出家门，走到陈老师家门口，那里乱哄哄一片，里里外外挤满了人，蔡岚不敢挤过去，只远远地站着，不停地打着哆嗦。陈老师的家是一座规模不大的闽南古厝，这种古厝一般有百年甚至更长的历史，过去是有一定经济实力才能建造，如今，住这种房子的人均是经济能力较差的。印象中，陈老师总是把这座古厝收拾得干干净净、井井有条，深井里还栽种月季、海棠、茉莉、剑兰等花卉，绿色藤蔓从墙壁爬上屋顶，把老屋装扮得生机盎然。如今，周边都是崭新的房子，古厝就显得低矮、拥挤、破旧了。

小时候，她很怕陈老师，甚至可以说不喜欢陈老师，因为她总是冷着一张脸，让人活泼不得，那不是严肃，而是寒冷。后来母亲偷偷告诉她，陈老师的冷脸，叫苦酸脸，生这种脸的人，命很不好。陈老师的丈夫原在供销部工作，不知为何因贪污了五十块钱，被判十五年徒刑，遣送到山区服刑。她丈夫几次三番想逃出来，都被抓回去，最后一次在逃亡中被乱棍打死。她婆婆因此很恨她，说她是白脚蹄、扫帚星，克死她儿子，所以总是虐待她，陈老师在丈夫死后就不会笑了。慢慢地，脸就布满寒霜。

知道这个缘故时，陈老师已经不再教她们语文，她那时已升到三年级，陈老师没有跟上来，仍然留在低年级教书。蔡岚对陈老师的感情来了一百八十度的大转变，忽然可怜、同情起陈老师来。寒暑假，她会悄悄去拜访陈老师，在接触中，她发觉陈老师只是脸冷，心还是热的，她用言语关心学生、鼓励学生。她婆婆瘫痪在床八年，她悉心照顾老人，端屎端尿地伺候她，没有任何怨言地为老人养老送终。

　　如今，白发人送黑发人，陈老师情何以堪？

　　蔡岚浑身絮絮地抖着，她不知自己是怎样走回家的，只知道泪水完全不听使唤地流着。过了一会儿，外面传来噼里啪啦的响声，紧接着是嘈杂激动的叫喊声。蔡岚赶紧擦干眼泪，打开房门探头看看。

　　是东厢房那边的动静，那里居住着大伯的大儿子、儿媳一家。蔡岚随着父母到那边一看，原来是会儿脚来要钱，带了一大群人，有的手里还拿着打架的家伙，架势十足、火气冲天。蔡岚知道堂哥堂嫂属于中等偏大的会儿头，他们手里拽着很多钱。

　　那群人威胁不出一分钱，把家里贵重的东西搬走，其他打个稀巴烂，然后扬长而去。整个过程，大堂嫂一口咬定没有钱，坐着干嚎，大诉冤屈。他们走后，她马上恢复常态，一副风轻云淡。

　　第二天，东厢房那个角落非常安静，母亲觉得蹊跷，赶紧过去看看，只见大铁锁把门。她慌了神，赶紧跑过来叫走父亲，两人往门缝里叫了好久，还是没有回应，叫两个小孩的名字，也是没有应答。此后，他们一周七天有空就往门缝里观察，没有声响，也没有异味，终于断定他们是连夜逃走，两颗心才算落了地。至于逃向何方，他们就猜不出来了。

　　蔡岚说："应该是回娘家，堂嫂有四五个兄弟，那些兄弟都是渔民，个个那么魁梧彪悍，像梁山好汉，谁敢动他们？"

　　母亲赶紧制止："祸从口出，不知道最安全。"

蔡岚道："你把心放肚子里，我只是在家里说，对外我可是什么都不知道。"

这期间，中小会儿头不堪纷扰，偷偷搬走的大有人在，经常是连夜搬走，第二天就人去楼空，无踪迹可循，这样的逃亡给鳌村平添了几多神秘与诡异。

人口大流失，经济大挫伤，鳌村迅速萧条、冷清下去。

四十一

亦珺婚后很快发现丈夫有问题，而且还是大问题。丈夫不仅包了一个坐台小姐，和坐台小姐生了一个女儿，还和一个有夫之妇长期勾搭着。那女人原是他同学，两人初中开始谈恋爱，但父母嫌那女人家境不好，又比他大一岁，死活不同意，后来那女同学另嫁他人。但出嫁后，两人暗地里一直来往着。坐台小姐是在歌舞厅唱歌认识的，原因就是长得有点像那女同学。

这些乱七八糟的情史，是一次酒后他吐出来的。当然，亦珺婚后就隐约发觉丈夫吴远志在那方面成熟、老练得有点不正常，也觉得他行踪很是神秘诡异，后来她逮住了机会，那次远志喝得酩酊大醉，完全不戴盔甲、不设防，她耐着性子，刨根究底，挤牙膏似的最后挤出这个天大的秘密。好在她也是冰雪聪明的人，把远志的话录了音，远志醒后矢口否认，她把录音一放，他就彻底蔫了，只好从实招来。

亦珺第一反应很简单，也是一般女人遇到这种情况采取的手法，她哭着跑回娘家，把事情原原本本告诉父母。

咋办？

"离婚，离婚，坚决离婚。"亦珺失控似的大喊着。她父母也气得一时理不出一个头绪，第一时间就是把媒婆叫来，劈头盖脸一顿指责、怪罪。媒婆除了唯唯诺诺，又能干吗？最后，夫妻发觉话说得再多也无济于事，即使让媒婆把介绍费、猪脚吐出来又能如何？唯有让媒婆带着，去会晤亲家、亲家母。

那位老亲家倒是一开始就保持沉默，亲家母则极力想推卸责任，咬紧牙说她不知道。小姨丈生气了，但他毕竟是当过领导、见过世面的人，他不疾不徐地说："我们活到这把年龄，已经是长辈，给孩子当榜样的人了，难道连担当这点责任的勇气都没有？再说，孩子出现这么大的事都不知道，作为长辈不是也太不称职了？另外一点，亲家姆说话也矛盾呀，如果不知道，怎么可能不同意他们的婚事？这不明摆着很不坦诚，不打算好好跟我们面对问题？"

这几个问号一连串抛出，逼得对方不得不低下头了。

"虽然我们有两个查某儿，但我们依然像掌上明珠一样看待，一听到查某儿遭受这样的欺骗，我与你们同归于尽的心都有了，但我努力克制自己的情绪，就是想心平气和地和你们商量解决方案，最大限度地保护自己的孩子，希望她得到应有的幸福。"

这些话说得对方不得不一再表示歉意。

小姨丈看到气势逆转，语气硬了起来："我知道你们现在的道歉是有诚意的，但你们当时瞒骗成婚，就存在着不诚意。所以我现在很难接受你们的道歉。"

"我们就是希望用这场婚姻，让他断了那些荒唐事。孩子犯错了，但总该给他机会，他总要有正常的生活？为了表达对这场婚姻的诚意，我们把婚事搞得这么隆重、排场，什么东西都给亦珺，她嫁过来后，我们像对待自己的查某儿一样，甚至比对自己的查某儿还好，生意都让她打理，钱的事也从不过问，不信你们问问她。"

"这些她回去都说过，我们都知道，也感激过，但现在，问题这么严重，咋办？"

"我们一定严加看管，让他与外面的一刀两断。"

"能做到？你们有这能耐？如果有这威力与办法，他不会现在还脚踏三只船了。"

"我们再一起努力吧，共同挽救他，他是你子婿，所谓子婿半子。"

"不敢，不敢，我们当不起。如果他把我们放在眼里，不会这样欺骗我们的查某儿。再说，婚姻是他们的，作为家长，我们只能提供参考意见，没有决定权。如今我查某儿态度很坚决，一定要离婚。"

"不不不，那是孩子的气话。她已有五个多月身孕了，那是我们的孙子呀。我们就这么一个儿子，亲家、亲家姆，我们作为长辈，哪有拆散的道理？所谓婚姻劝和不劝散，是不？人道是：宁拆十座庙，不拆一桩婚。求求你们了，我们一起挽救这个婚姻吧。"

"我们黄花大闺女，遇到作风这么糜烂的人，她太委屈了，心里哪里受得了？"

"我们会下最后通牒，让他把心收回来，俗话不是常说：浪子回头金不换？亲家、亲家姆，为了孩子的一生，我们不该轻易说离婚呀。"

"不离婚咋办？"

"让亦珺回来，好好养胎，把孩子生下来，她就是我们的大恩人、大菩萨，我们供着她。这个家所有的财产以后都是他们的。"

"如果远志心都在外面，她守着钱财却守活寡，又有什么意思？她毕竟还年轻呀！所谓：钱是身外之物，生不带来死不带去。我虽然家底薄，但也可保障我查某儿一生无忧，所以这不是钱的问题，是一生的幸福。

你们也有三个查某儿，你们扪心自问，如果这种事落到你们查某儿身上，你们同意吗？"

"那……那，你说该怎样办？"

"这就要看远志的态度了，毕竟这是他们的婚姻，是他们终身的大事。我要他当面把话说清楚，表个态，给我查某儿一个明确的交代。"

"好，我们教育好之后，一定一起登门表态。"

当天晚上，远志在父母的带领下来到小姨家，跪在亦珺面前忏悔，信誓旦旦表示一定悔改，并诚恳地表示愿意和她共同生活下去。他的父母当场拍板：只要亦珺回去，把孩子生下来，好好过日子，他们愿意给她两百万作为保证金。

这场调和终于取得圆满成功，亦珺挺着肚子回婆家去了。不久，顺利生产了一个男孩，举家欢庆。

四十二

转眼又到了年底，年兜又近了。工人等着结账回家，布行也多次催款。蔡雯每天早出晚归，仍然跑着销售，向东却天天赌博，一再说要把本钱赢回来，但每赌必输，于是夫妻吵架成为每天必修课。农历腊月廿八，工人真的等不了了，蔡雯咬咬牙，把家里最后一点黄金首饰拿去当掉，换来一万六千三百元，把工人的工钱付了，遣送他们回家。

除夕之夜，蔡雯只好耐着性子对向东说："我们跟凯胜不是还有几笔账没算清，大概还有三万元，你去跟他商量一下，看能不能拿点回来，不然这个年兜没法过了。"

向东依言而行。蔡雯挺着肚子，带着女儿一直等他。十一点多，外面鞭炮声零星响起，蔡雯心里很是着急：他怎么了，难道拿着钱又去赌了？鞭炮声越来越响，越来越密，蔡雯也无心看春晚，抱着女儿枯坐着等待，眼泪洪水似的决堤了。

　　十二点的钟声终于响起，开春了，迎新年了，鞭炮声更是响彻云霄，璀璨的烟花一串一串窜向黑幕。蔡雯连不祥的念头都产生了，这时，向东缩着头回来了。蔡雯满心欢喜，赶紧问："要了多少？两万？一万？"

　　向东不敢看她，慢慢地从裤兜里把钱掏出来。蔡雯一见，不敢相信自己的眼睛："薄薄这一点儿，多少？"

　　"一千五。"

　　"一千五？一千五，让我们过年？"蔡雯顿了一顿，冷静地接过钱，数了一数，确实是一千五，她苦笑了一下："这一千五够啥？真是不让我们过了，不过就不过，拉倒。老天真没眼，把我们逼向绝路了。算了，这日子也别过了，没啥意思！"她凄然地冷笑了几下，抽出五百，其余的递给向东："这一千，你拿去吧，你不是爱赌吗，你再去赌，赌死算了。"

　　向东完全没有领会她的破罐破摔，不解地睁大眼睛，狂喜道："真的？"

　　"去吧，反正这一千，够什么用？不如一分钱都没有，一了百了。"

　　向东抓过钱，急转身就离开了。蔡雯望着完全失去理智的丈夫，抱着女儿，终于放声痛哭起来。

　　凌晨，向东回来了，身无分文，倒头就睡。蔡雯头脑一片空白，拖着笨重的身子，抱着一岁的女儿，带着那五百元，走出家门，坐车来到狮城。

　　正月初一的狮城，好像一座废城，一片寂寥岑静，空得让人心生凄楚与荒凉。她麻木地拖着身子走到养浩楼，看到小舅妈，这才酣畅淋漓地哭了起来。小舅妈安慰了许久，她才平静下来，把一肚子委屈倾诉出来。小舅妈颇为不安、惭愧，反复唠叨着："难道看错人了？向东怎么成为不折不扣的赌徒了？"

蔡雯摇摇头，无语回答，也无力回答。

外婆看了很是心疼，不知该责怪谁，只好一遍遍安慰道："我的儿，熬一熬，我们再熬一熬，我看向东这孩子不错呀！过年就转运，我看人不会错的。"

吃过午饭，蔡雯跟着小舅妈走进厨房，悄悄地说："你借我一千元吧，我想回趟娘家。"

"拿去吧，这点钱还用借？说借不是太见外了？"

"亲兄弟明白账，我以后有钱就还。"

小舅妈跟着伤心："你这样说，我心里更难受了，咱不说还不还的，好吗？"

蔡雯告辞出来，带着女儿回到鳌村。父母见了她都非常吃惊，按常理，嫁出去的女儿一般是初二回娘家的，父母虽然觉得她初一回娘家有点蹊跷，但还是非常高兴，没有表示任何疑问。

蔡雯装得无事一般，给父母、弟妹、亲戚家老人小孩包了红包，让母亲帮忙看着大娃，自己出门买了点礼物就去给师傅拜年。师傅见了她很高兴，毕竟这是短暂的师徒关系，一般授业结束，人就散了，各奔前途，手艺是否学到家，也靠个人的悟性、造化，师傅不负任何责任，所以培训班结束后还走动的极为少数。

师徒见面，话题自然离不开服装，离不开制衣厂。蔡雯极力掩饰着，仍然是报喜不报忧。忽然，师傅想起一件事："我有一个朋友，是外地人，开制衣厂，前段时间进了六台通斗，结果发现太耗电，比烧煤碳的普通熨斗成本高出好几倍，舍不得用，想转手。说实在的，这通斗，熨衣服效果好，也很快，是好东西，以后一定会取代普通熨斗的。你不是天天跑狮城市场，能不能帮忙打听一下，谁想接手？"

"几成新？"

"起码九成，几乎全新的。"

"一台他想多少钱卖掉？"

"一千五。"

一千五？蔡雯想到这个数字，觉得很好笑，生活真是充满讽刺，但她不想沉迷在自怨自艾中，她答应下来，立马跑到狮城，又向小舅妈借了九千元，把六台通斗买下来。

春节过后，她和向东把通斗运到狮城，立马有人以每台四千五的价格接手，这一转二绕的，他们净赚了一万八千元。蔡雯与师傅平分，一人得了九千。她高兴得有点不敢相信这个事实，觉得这是一个好兆头、好开端，也许和师傅做生意，可以改变这种颓势，便把这想法告诉向东，向东也同意。她便向师傅伸出橄榄枝，邀请师傅一起开制衣厂，师傅爽快地接受邀请，收起培训班。于是每人各出七万，合办工厂。

蔡雯哪来这七万元？她想到的还是高利贷，这是唯一的选择。

毕竟是大师傅出手，设计出来的衣服一下子供不应求。这情况一直是他们梦寐以求的，但一旦出现，他们真的不敢相信。蔡雯不用亲自跑狮城推销，整天磨嘴皮子了。如今情况反转过来，都是提前拿钱过来订货，很多东北的客户还把钱拿到家里，硬要他们的货。厂子终于活过来，走上正轨了。

四十三

　　三月里，小舅花了大钱，为子宁完婚。婚礼再次引起轰动。狮城人特别重视婚丧喜庆，舍得在这些方面使钱。女方嫁妆丰硕得让人说不清，最主要的是居然陪嫁店面，最繁华的街道——群英路的临街店面，连同店铺上面的房间，一共七层。这应该算是开了狮城陪嫁房子的先河。而这地段房子的房租贵到惊人，一年有五十万之多。婚礼无限风光，为了迎娶这位儿媳，小舅也是铆足了劲，一切力求没有最好只有更好。当小舅妈嘴巴还没合拢，子宁已经换上原来那副张飞脸，他不要了。不要什么？不要新娘子。布置得红红火火、喜喜庆庆的新房子，他再也不走进去，连正眼瞧一眼都不愿意。

　　蔡岚还在第一医院实习，再过四个月她就毕业了。这天，她和母亲来到外婆家，小舅妈一说起这件事，整个人都蔫了："新婚之夜，发现那查某儿不是在色女（处女），当夜起身就离开。我不知道原因，以为他太累了，想好好休息，也不敢乱问。"

　　"第二天双人返，不是好好的？"

　　"是呀，未双人返，婚礼哪算结束？所以第二天仍然按程序去做子婿，回来就不进洞房了。"

　　"新娘子呢？"

　　"第三天头倒客，回去就再也不来了。"

　　"对方也没诚意？"

　　"我猜，应该是有感情波折的人，心不在子宁身上。如果猜得没错的话，应该是自己谈了一个，家里不同意，不得不分手，听从父母之命，才结下这孽缘。这有钱人家的查某儿，哪里受得了别人冷落？一看形势不好，卷起铺盖就走了。"

"会不会犯什么冲？去问一问带佛的神姐（巫婆），看有没有什么解决的办法？"

自从蔡雷的病莫名其妙地来、莫名其妙地好，母亲开始迷信了，而且一下子非常投入。

"死鬼！夭寿！说一试就知道那查某不是在色女，而且还是用了很久的查某，说他坚决不用别人用剩的。"

"花了这么多钱，不是全打水漂了？况且，我们男方提出分手，女方的嫁妆就得全还给她。可能还得有所赔偿。"

"有啥办法？人都不要了，哪能贪别人的嫁妆？这个查某儿也很有把握，居然所有东西收拾了悄悄带走，什么首饰、存折、房契，统统卷走，就留下桌上的摆设和床上用品。"

"哇，城府这么深！一定是很有经历的人，否则哪有这么镇定，这么有心机的？你和海滨打算私底下解决，还是上法院处理？"

"最好私底下了结，上法院等于撕破脸，等于把事情闹大闹开，对双方声誉都不好。"

"要物色好人选，这去谈判的人很关键很重要。"

"想请王狮去，他是大企业家，有身份、有地位，口才很好，和两旁都是好朋友，都说得上话。"

"嗨，姻缘天注定，不是姻缘，自然无法在一起吃饭。"

"二姐，你帮忙物色一个乡下查某儿，穷一点的不要紧，等这事处理了，我们给人家一点钱，把人悄悄抬进来，不大肆操办，不知道的还认为就是那桩婚姻，我们尽量降低坏影响，这事说不定就蒙过去了。"

"这……这……我想想，鳌村倒会后，有很多家庭一夜之间回到解放前，我偷偷打听打听，有没有合适的。但还是不要瞒骗，骗得了一时骗不了一世，瞒骗的婚姻不长久。还是要把实情告诉女方，做到你情我愿。"

"对对对，我们只是不让外人看笑话，当一些好事者茶余饭后的话题，但，当事人是一定要说清楚的，不然来了之后，整天吵闹，日子不得安宁，还不如没有来得清静。有了这次教训，一定要慎重，不能再出差错了。"

回来后，母亲开始满怀热情地投入物色人选的活动中。蔡霜却泼冷水："妈，这不太靠谱吧？你可要慎重行事。拉错一对姻缘，罪过可大了，不知会下哪层地狱呢。"

"死查某儿鬼，还吓唬我！我知道分寸。如果给个一百万，那可是翻身农奴把歌唱，多少人抢着嫁呢。"

"还奋不顾身扑上去呢！有钱能使鬼推磨。现实！现实！所以你更要慎重，不能为了将来不牵猪哥而乱点鸳鸯谱。"

"别酸溜溜了，你也该擦亮眼睛，别让猪油迷了心。你看看，内内外外，这几对咋都出问题了？让人想想都后怕。"

"妈，你放心，我眼亮心明，绝不重蹈他们的覆辙。"

"死查某儿鬼，这张嘴！你鬼点子多，骗你哪容易？所以我不担心你。"母亲忽然转向静坐一旁的蔡岚，说："阿岚，妈知道你心气太高，也一定不喜欢媒婆介绍的，再说，媒人嘴胡酹酹（媒人的嘴巴不靠谱），哪句话可信？不如，你自己在医院看看，找个志同道合的，同时出同时入，这样虽不能大富大贵，但至少可以小康，安安稳稳过日子。"

"妈，我们医院的标配是医生配护士，所以适龄的医生早已被抢空了。"

"那可怎么办？"

"凉拌！等他妈再生呗。"说完不等母亲反应过来，拔腿就往前院来，骑着自行车往外就跑。

这条田间小路，不知走过多少次了，如今外面发生这么大变化，但这条小路还是没有多大改变，进入村口，第三座带着围墙的两层石条房子就是他家。这还是初中时一个周末，几个好同学相约来海边玩，路过他家门口，同学说的。她从来没有进去过，但记住了。那时住石条房子算是好的，更何况是两层的，还带有围墙，那更是好得不得了。如今，她骑着自行车绕着围墙走了一圈，觉得围墙矮了、房子旧了，更主要的是房子显然是常年没有人居住，没有任何生气，当年隔着围墙可见院内树木苍翠蓊郁，如今探头一看：长满荒草，一片萧瑟、荒凉。

蔡岚站了一会儿，终于看到一位弓着背的老妇人蹒跚走过，便轻轻地问："奶奶，请问这户人家是不是一直没回来？"

"你找他们呀？"

蔡岚连忙解释道："我跟他们的大查某儿是同学，我们老师让我拿本书送她。"

"不用等了，一家子去香港好多年了。"

"他们不常回来吗？"

"有钱人家，哪里住得惯这海边乡下？三年五载也不回来一趟的。"

"谢谢，谢谢！"

"回去吧，不用等了，人家看钱不看书的。"

蔡岚看着老妇人慢慢走远，拐弯消失，又骑着自行车绕了三圈，脑海里一直浮现他的影像。她忽然想起"孔雀东南飞里，五里一徘徊"这句子，不禁悲从中来。

四十四

由于双方都是有名有姓的生意人，还是街上人，碍于面子，都想早点息事宁人，所以王狮出师大捷，很快让双方达成共识——同意私底下协议离婚，男方送过来的首饰、聘金全部退还给男方，所有嫁妆都归还女方，男方送给女方的彩礼不再返还，因为都包给各色人等了，双方请客、馈赠等消费掉的钱财，由双方各自独立承担，不再清算。这桩轰动一时的婚礼就这样草草收场，分道扬镳。

蔡岚母亲在一个月内就帮子宁物色了一位女子：年轻清纯、高挑漂亮，因父亲做会儿头倒会，连房子都被会脚抵账拿走，一家子不得不蜗居在租借的房子里。一听蔡岚母亲介绍，哪有不欢天喜地的？

蔡岚母亲还是冷静，她说："婚姻是孩子的终身大事，双方还是好好见一面，了解了解、走动走动。"

由蔡岚母亲安排，双方在她家里见了一面，居然都颔首微笑，所谓一眼定终生了。

小舅妈也非常满意，充分肯定："入门看山势。一看那对父母，就是正经老实本分人，这种人家教育出来的孩子不会坏到哪里去。"

于是小舅、小舅妈给女方家里八十万、女方本人五十万，就让女方悄悄住进家里，算是完婚。当晚，办了三桌丰盛的酒菜，两家人在家里悄悄聚餐。万事 OK。

一个月后，小舅妈就欣喜若狂地告诉蔡岚母亲："二姐，入门喜，入门喜，有了，有了。"

这位名叫纤雅的女子，不仅得到丈夫的宠爱，还得到公公婆婆的喜爱。

蔡岚很是不解，总是一脸装酷的子宁，对这买来的妻子却是满脸和煦灿烂，说话轻声细语的，好像怕吓着她。

　　母亲也很不解，有一天，唠叨道："真是奇了怪了，你说子宁，狂得什么似的，哪里轻易把人放在眼里？居然对这妻子那么温柔，温柔得让人都不好意思看呢。"

　　蔡霜抢着回答："你不是常说，一物降一物，一人欠一人的债。这不是应了这个理？"

　　母亲听后忽然陷入沉思，喃喃道："这么说蔡雯也是前世欠向东的债，今生来偿还的？"

　　蔡岚听这话头，忙问道："他们又怎么了？"

　　"不知道呀，死查某儿鬼，自己要的婚姻，遇到事情一句苦都不敢说，打折牙齿连血吞。如果不是你小舅妈过后告诉我，我还不知道这短短两三年就经历两次破产。这查某儿，性子这么硬，嘴巴也这么严！都让人心疼。"

　　蔡霜道："小舅妈怎么敢告诉你，不怕你责怪她？"

　　"我能怪责她什么？查某儿自己找的，能怪谁？要怪只能怪命了！"

　　蔡霜安慰道："妈，你放心，大姐的命一定是先苦后甜，你不是经常说你是油柑命，我想，大姐也是。"

　　"我多渴望她是呀，免得我一颗心都一直为她悬着。你知道吗，她现在又遇到麻烦了。"

　　"什么麻烦？"

　　"他们向江苏一家染织厂下了一笔订单，订的布料是米黄色的，结果厂家染错了，染成灰色，运来了才发现错了。如今，正和厂家谈判，要求他们赔偿十五万。"

　　蔡岚急了，抢着问："现在呢？"

"因为他们下单没错，是厂家染错了，按合同，当然要承担责任，进行赔偿。你舅妈说，向东这人是生意虎、赌博猪。只要专心做生意，一定可以做起色的。也不知是不是安慰我？"

蔡岚安慰道："小舅妈这么厉害、精明的人，不会看错的。"

母亲仍不放心："但上一回……"

母女仨正闲聊着，忽然接到向东打来的电话，说蔡雯肚子疼，送医院去了，可能要生产。她们赶紧坐车去医院，刚赶到产房门口，里面传来一阵婴儿清脆的啼哭声，随即传出话来："查某儿。"

母亲脱口而出："天啊，怎么又是查某儿？赔本货！"她一下子瘫软在走廊的椅子上，呆若木鸡。

"亲家姆，不要紧，查某儿也是子孙，惜福，惜福！"向东的母亲坐在她旁边，一迭声安慰着。

蔡岚母亲还是懊恼道："查某儿有什么用？赔钱货呀！"

"不能这样说，男女平等，查某儿有出色的也很多，以后荫庇娘家的也大有人在。有的家庭好姑祖，查某儿比打捕更有用。"

蔡岚忽然觉得这位目不识丁的农村妇女是那么慈悲宽容，心里很是感激。她忙看向东，向东也是一脸微笑："母女平安就好，母女平安就好！"蔡岚激动得眼眶都红了。

四十五

一件事，让蔡岚处于两难境地：他们内科主任私下找她，想把她介绍给自己的儿子，还表示，如果愿意，实习结束后她就可以直接留在市区，留在第一医院里，这是全市最好的医院。他没有说出下文，但蔡岚清楚：如果她拒绝这门亲事，她就得按方案分配到乡下的卫生所，从基层开始。她感激主任，首先这是对方看重她、喜欢她，才会主动提亲。因为她见过也认识主任的儿子，他是独生子，公务员，在政府重要部门工作，人也长得对得起观众，唯一缺陷就是矮了点，一米六八左右；主任的爱人在海关工作。这样的家庭情况确实不错。他们主动提亲，说明是对自己莫大的认可，但……

蔡岚本想把这事压下来，做得神不知鬼不觉，该干嘛干嘛，该到哪里就到哪里，奈何鸡蛋密密也有缝，母亲居然听说了这件事，第一时间就高兴得过了头，好像天上掉下大馅饼："太好了，一毕业就有工作，还有好婆家，双丰收。没想到，这么顺。"

"妈，谁说我答应了？"

"你不答应？人家这样好的条件，你还不答应？你疯了？书读到背脊（后背）了？"

"妈，我不是嫌弃他们，而是才刚毕业，我不想马上进入婚姻。你知道吗，读医很辛苦、很累，我想轻松几年。"

"阿岚，我敢断定，错过这一主，你这辈子再也找不到比他们更好的人家了。"

"妈，顺其自然，随缘吧。"

母亲很紧张地问："你是不是大学里谈了？"

"没有。"

"有人追求你吗？坦白！"

"有，而且不止一个，都是外地人，我知道一定过不了你这一关，一定会被你毙掉，所以都拒绝了，省得麻烦。"

"算你还聪明！那你说说，这样的人家，你为什么不要？"

"我刚才不是说了，不想一脚踏出校门，另一脚就步入婚姻。"

"人家也没有逼你马上成婚吧？"

"没有，但他是独生子，父母一定不会让他拖太久，一旦答应了，又开始拖，这样更没有诚意，还会耽误人家。"

"天啊，你说说你有什么条件？居然挑三拣四的？"

"妈，我很自卑，我没有任何条件，所以我配不起人家，这样行了吗？"

"是人家主动提的，又不是我们去高攀人家？"

"我不想高攀。"

"你这死查某儿鬼！我会被你活活气死。"

"妈，求求你，放过我吧，我的婚姻我自己做主，给我一点时间。你出发点是好的，希望我幸福，我也一样渴望自己找到幸福，你说是吗？如果你着急了，让蔡霜先嫁出去吧。"

母亲错愕地看着她很久，完全无语。她忽然觉得自己奈何不了这个女儿，原来这个温顺的女儿与大女儿一样性子硬，甚至更硬。

父亲这时按捺不住了，走过来插话道："阿岚，刚才我静静听，综合考虑，这户人家确实是非常理想的，这个主任，我没有同事过，但在业内口碑很好，业务也很强。这样的家庭组合很单纯，很适合你，我也觉得错过了可惜。你不必马上回绝，先沟通交流一段时间，如果真的谈不出感觉，再拒绝也不迟。"

蔡岚苦恼道："爸，主任的儿子，很矮，可能不到一米六七，真男假女，我觉得如果站在一起比较，我可能会显得比他高。"

母亲忍不住插话了："圣佛没分大小仙（尊）。手指伸出来还有长短呢，再说，这又不是选美，哪里有样样齐全的？再说高个子就好吗？人家邓小平才多高，还这么伟大、厉害？"

"妈，主要是没感觉。"

"你们见面了？"

"他来过医院，找他父亲。"

"但你想过没有，我们没有门路，错过这个机会，你可能就得回鳌村卫生院？跟爸一样。"

"哪里不是工作，不是治病救人？人人都拼命挤到市区去，这乡下卫生院医生力量太薄弱了也不行。不是所有病人都有能力到市区大医院的，难道就眼睁睁看着他们被疾病折磨？"

父亲认真地看了看蔡岚，觉得再说也是做无用功，便沉默了，摇摇头，走到深井里去摆弄他的花花草草。

蔡雯坐完月子后，抱着、拖着两个女儿回娘家，母亲赶紧悄悄把这事告诉她，她惋惜了一会儿，突发奇想："上周她去看望我跟二娃，刚好碰到向东一位好朋友也来做客，她走后，那位朋友就求向东帮他做媒，不知这一主，可会入她法眼？"

母亲立马激动起来，赶紧喊道："蔡岚，你进来。"

蔡岚一听，笑得直不起腰："姐、妈，你们能不能靠谱点？我找一个做生意的，那当初还不如不念这五年的书？"

蔡雯拉下脸来："岚儿，你这是看不起我吧？"

"姐，你千万别误会，你说他生意做得很大，也赚了很多钱。那么你想想，他会允许老婆早出晚归去赚那一千八百块？有时还要照顾脏兮兮臭烘烘的病人？"

"那你婚后可以不去上班呀。"

"不去上班？在家当阔太太？那我这五年不是浪费了？"

"做自己的家庭医生，保一家健康，至少懂得如何保养、养生，这也不浪费呀？"

"姐，你冷静想一想，合适吗？我们不说什么共同语言之类的，就说你这个妹妹，我，让人家供养起来，过养尊处优的生活，像吗？"

蔡雯一下子被噎住，尴尬地笑了笑，转而解释道："是他一再求向东，差点跪下，我总该问一问，给他一个答复吧。"

蔡岚知道大姐是关心她，便搂着她的肩膀，诚恳地说："谢谢姐，我知道你们关心我，才会替我操心，长姐如母嘛！别生气！我没有任何恶意，就是觉得不合适，让我等一等缘分。"

"懂得就好，别把猪肝当驴肺。"

"向你保证，绝对不会！姐，有合适的，先帮蔡霜物色一个吧。"

"妈不是说，番薯不能小块的先挖，一切要按顺序？"

"姐，每个人的姻缘天注定的，有早有晚的，如果蔡霜需要早婚，为了顺序，把她耽误了，岂不是成为我的罪过？"

"那我有机会帮她留点心。"

蔡岚小心翼翼地问："姐，听说你们订了一批布料，颜色染错了，现在怎样了？"

"歪打正着，真是钱找人，奇迹！没想到今年整个市场都卖艳色的布料，只有我们做灰色的，反而大卖特卖，供不应求，生意好得不得了。"

"那就好，那就好！姐，查某儿的名字很重要，你们就别为了省事，大娃、二娃一直叫，叫顺口了，以后想改口多难。这大娃、二娃多土，像农村放牛娃。"

"那看你了，你不是口口声声说念了五年大学？你给起两个洋一点的名字吧。"

"我们是中国人，就不崇洋媚外，叫什么妮莎之类的，多像泥沙呀。中医讲究和，做人讲究和，中国传统文化也讲究和，合肥张氏四姐妹名扬天下，也叫元和、充和、允和、兆和的，我们就用和给她们命名吧？"

"这个和，看起来太平凡了，居然这么有意思？但要搭配好，不然就不好听了。"

父亲也应和着："'和'这个字好，家和万事兴。"

母亲横了他一眼，不服地揶揄道："你现在也懂得了？"

蔡岚忙和稀泥："朝闻道夕死可矣，早晚知道都不迟。我们就给她们姐妹命名为纾和、姈和吧？纾，翻译家林纾的纾，绞丝旁，加给予的予，缓和、宽裕、宽舒的意思；姈，是古代美女婕姈的姈，女字旁，加给予的予，美女。"

"好好，太好了！这两个字我都不认识，不懂得怎样念，也从来没用过。骗一骗别人，以为这对父母心里还有点墨水。纾和、姈和，真是不一样，一下子就酸、有学问了，不像放牛娃了。"

"姐，你这是夸我还是丑我呀？"

"夸你，夸你，还不行吗？书呆子，心里还真有学问呢，不像我眼里就认得人民币，记得毛泽东。"

一家人都开心地笑开了。

蔡雯这次来，主要是打算把两个女儿寄放在娘家，让母亲帮忙带，她最主要的理由是他们一家人都忙着做生意，顾不上小孩，孩子鼻涕口水一大把总是让它流着自然干，完全农村孩子了。娘家人有文化，懂得教育，女孩子在有文化的环境中生长，将来气质不一样。这赞美的话，母亲一听，美滋滋的，二话不说就答应下来，慷慨激昂地说："我的劳动力不用白不用。"

四十六

　　鳌村倒会事件是一件波及面极广的经济大案件，这事如何处理，对成立不久的新政府是严峻的考验与挑战。一九九〇年八月，市政府成立清标领导小组，又从各个部门、各条战线上抽调出一百七十多号人，组成工作组，浩浩荡荡进驻鳌村，专门处理倒会的清查偿还事宜。镇政府也派出十几名工作骨干充实力量，协助处理。轰轰烈烈的清标工作开始了。

　　各大中会儿头全部带着铺盖入住荒废了几十年的一座大洋楼——仰恩楼。小会儿头只要到工作组把账目交代、处理清楚，就可以回家。专案组没有提供伙食，一日三餐均由会儿头的家属各自派送。

　　仰恩楼在鳌村东边，三十年代由旅菲华侨回乡所建，这户人家后来全部移居菲律宾，房子便由堂亲代为看管。镇政府请这堂亲与那位老华侨取得联系，借用了这座洋楼。

　　母亲庆幸不已，直念：阿弥陀佛！她说："贪字贫字壳，还好不贪心，现在终于灵验了，别人都进去了，我不用！仰恩楼现在不成了集中营？"

　　父亲听后，立马呵斥道："别乱说，集中营是国民党设的，专门关好人、关共产党员。这是关会儿头，是做好事，为老百姓伸张正义、讨回财产，关不法分子的。"

　　一天，大堂嫂带着三个孩子回来了，打开尘封已久的房门，动手大扫除。

　　母亲得知后，动员道："阿岚，你今天不是休假吗，我们过去看看吧，毕竟亲戚，免得以后抬头不见低头见的，会尴尬。"

　　蔡岚忙放下手中的书，撸起袖子和母亲过去。

　　蔡岚因婉拒了主任的美意，便主动申请回鳌村卫生院工作。如今，时间悄悄已过两个多月，她安之若素。

大堂嫂见了她们百感交集。因很多亲戚、朋友入了他们的会儿，讨不回钱，早已闹僵，老死不相往来，他们还和小叔子一家大打出手，弄得老幺肋骨断了一根，躺在床上休养几个月。大伯母最疼爱老幺，气得把他们夫妻骂个狗血淋头，声称与他们断绝关系呢。

"回来就好，回来就好。事情总要面对的，解决了就没事，回避不是办法，现在刚好政府出面处理，不用我们一个对众人，这也是好事。问题解决完了，就可以心安理得过日子。金窝银窝不如自己的狗窝，躲到哪里都不如待在家里舒坦，你说是吧？再说，回来住，孩子才能上学。"

大堂嫂含着泪频频点头。母亲看着憔悴得似乎苍老了好几岁的侄儿媳妇，眼眶也红了。

"鸿瑜呢？"

"昨晚就被抓进去了。"

"不要紧，政府会帮忙处理的，账目算清楚了，就会放出来。听说要采取账抵账、账销账的办法。这次政府动用了这么多人，说明是下大决心的。告诉鸿瑜，共产党历来是采取坦白从宽、抗拒从宽的原则，让他好好配合，把各条会儿款交代清楚，争取早日出来。这么年轻，出来后踏踏实实赚钱，不会饿死的。"

大堂嫂哽咽着点头。

"这进去后，有没有受刑？"

"没有，就是逼他们交出账单。工作组派了很多人日夜进行核算。一些会儿头谎报账务，都被查出来。他们还用了一种很先进的机器，叫电子计算机，手指头一按一按的，数据就跳出来，又快又准确。简直神了！撒谎不了，也没办法弄假账了。"

此后，一日三餐，侄儿媳妇提着饭罐，来来回回往返于家与仰恩楼那条铺满碎石的小路。

不知不觉，时间进入寒冬。有一天，母亲看着垂头丧气的侄儿媳妇，小心地问："有进展吗？能回来过年兜吗？有些人出来了。"

"没有得到通知，账目还没理顺。"

"有没有什么新政策？"

"已办了几期学习班，进行洗脑，让大伙主动坦白。要求兜钱的要吐出来，非法获得的利息也要交出来，不然就拍卖财产。"

"拍卖什么财产？"

"黄金、房产，只要值钱的都可以。"

"有没有听说怎样退还给会脚？"

"好像说是一比十，就是当时十元，现在折成一元。"

"天啊，这合理吗？那么多钱就这样白白消失了？听说，已统计出来了，原始会儿款总的是八点六亿多。"

"有啥办法，不要白不要，就当成是捡到了。当初入会，谁不是贪利息？拿利息时，谁喊过冤？哪个不是笑得看不见眼睛？"

母亲看到侄儿媳妇拉下脸来，才发觉刚刚自己过于激动，忘了她的感受，尴尬地嘿嘿两声。

"不知是哪个散鬼（野鬼），不怕遭报应，居然去揭发我们，说我们在新街买了两栋三层的店铺，这下子全完了，全被拿下了。散鬼，遭五雷轰顶、下十八层地狱。"

母亲连忙说："我不知道，我不知道你们买房子的事。"说完悻悻地走开了，心里很不舒服，喃喃道："辛辛苦苦攒起来的血汗钱，怎么说是捡到的呢？"

父亲听后，气得脸都歪了："你年纪一大把了，为人处事也拿捏不了一个分寸，对这种人要保持距离，不必太过于热乎。这种人，连亲弟弟都下得了狠手，可以结交吗？"

"你不自己反思一下，就你们蔡家才会出这种窝里斗的好货色！"

"你……你们……"

"好了，好了，别引申得太远了，都这把年龄了，还把祖宗十八代拿出来对骂，是不是太损了？为老不尊，还怎样给我们当长辈？什么叫言传身教？"蔡霜刚踏进家门，听了生气极了，大声制止道。

四十七

这年年底，蔡雯和向东结账后，完全呆了，他们简直不敢相信：一九九〇年，就这一年，他们居然赚了九十万！与师傅分摊后每人净得九十万。

"向东，再一点点、一点点，就是一百万了。我们就是百万富翁了！"夫妻两人抱着又跳又笑，又笑又跳，泪流满面。

蔡雯的婆婆也是笑得脸像盛开的菊花："值了，值了！阿雯，这些年你吃这些苦，值了！老天有眼！阿弥陀佛！菩萨保佑呀！"

"妈，谢谢你！这些年如果不是有你，我早就走了！对这个家不会依恋。是你帮我撑着这个家，你的功劳太大了。妈，我们是傍你的福气。"

"阿雯，邱家有你，是我们的福气，我们祖上积德！这是祖上积德！阿弥陀佛！福报，福报呀！"婆婆激动得双手对着天不停地拜着。

"妈，我们终于有钱过年兜了，不用跑路躲债了。今年我们要丰丰盛盛、热热闹闹过大年，你拿钱去操办吧。这是土地公钱，是天公恩赐的，所以多备些供品，我们好好叩谢叩谢！"

"好，好，好！我这就去办。你们去和生意伴把账结了，我们今年过个清清白白、轻轻松松的年，不赊账过年。"

亲戚间关系，经常是：倒墙碰着壁，起墙其他人也荫着阴。蔡雯赚到第一桶金后，除自家外，第一个得到好处的便是娘家，全家人都有新衣服、大红包，母亲还得了一笔操办年货的钱。母亲高兴得感慨万千："闽南人重男轻女，爱生打捕。其实呀，生打捕，好名；生查某儿，好命。难怪有人说，饲查某儿容易翻身。"

蔡霜吐了吐舌头，微笑着说："妈，你也太现实，赤裸裸的拜金主义、彻底的唯物主义，十足的欺贫爱富。其实呀，你最重男轻女。"

除了小弟是独子，排除比较范围，母亲最疼爱的孩子便是蔡霜，所以她说话敢没大没小的，母亲不恼火，反而喜洋洋地看着乐。

"死查某儿鬼，看我打死你，把什么脏水都往你妈头上泼，没良心！"

"妈，我不干了，辞职下海吧？整天做孩子王，喊得喉咙都哑了，一个月也就一两百块钱，大姐一年赚的钱，我教书要教好几辈子呢。上一次早读，补贴两块钱，当班主任一个月补贴八块钱。这是人干的活？"

"这是正式工作，不要了是不是太浪费了？别人辛辛苦苦还读不出来一份正式工作呢。"

"妈，教书会穷死的，让我出来吧？我也闯一闯，你这查某儿一点不比别人笨。"

这时，蔡雷也进来添乱："妈，大学毕业后，我也要出去闯一闯，这是千载难逢的好机会，应好好把握，机不可失时不再来。"

母亲很紧张，马上泼冷水："不是每个人都能成功赚到钱的，你看一看，多少人撞来撞去，撞得头破血流，还是一无所获。你大姐姐夫也奋斗好几年，跌倒好几次？所以，有一份工作，至少可以保证温饱，省得担惊受怕。"

蔡霜反驳道："妈，有的工作不能保证温饱，只能喝稀粥。比如教师，历来都被叫作穷教书匠，还没有富老师的叫法呀。"

"这事我做不了主，你去问你父亲，免得他怪罪我。我觉得查某儿不需要赚很多钱，有份正式工作，我们眼睛擦亮点，找个好婆家，丈夫会赚钱，一样能过好日子。"她转向蔡雷，语气马上好转："你现在的任务是好好念书，别受霜儿影响，她疯疯癫癫的，不靠谱！你先把文凭读到手，狮城建市不久，需要人才，有大展宏图的机会，蔡家今后靠你撑着。"

蔡霜真的去征求父亲的意见，父亲绷着脸，简洁明了一句话："不行。"

蔡霜回来，吐了吐舌头，凶巴巴地模仿着："不行。"

众人笑了，这是早在意料之中的回答，只有蔡霜才会去碰钉子。

蔡霜气恼极了："这是断我发财之路，我一想到一辈子跟小屁孩混，混到白发苍苍还在那里唠叨一加一等于几，简直想自杀。这日子还有啥奔头？"

众人再次偷偷发笑。

"妈，爸为什么这样老传统、老封建？太可怕了！简直是老顽固！"

"你爸呀，万般皆下品、唯有读书高。他一直认为查某儿一定要有一份工作，才不必一辈子围着灶头转，可以走出去。你们不是经常听他唠叨：查某儿有工作，就有经济地位。有经济地位，才有社会地位。他压迫我、剥削我，让我没有正式工作，好一辈子骑在我头上耀武扬威。对你们，就不敢存这种私心了，担心害了你们。你看，当时一天三餐都没着落，但饿着肚子就是要培养你们。"

"妈，时代变了，他的观念落伍，跟不上形势了，他这保守的观点会扼杀我们大展身手的机会，现在读书无用了，大伙都奋不顾身扑通一声跳进商海，争着做弄潮儿，识时势者为俊杰，赶不上这一潮，我们就与机遇擦肩而过了。妈，你毕竟是城里人，头脑容易开窍，爸严重落伍了，农村意识太浓。你帮我争取争取吧。"

"你们还不知道，一旦我插话，他更不会同意，我们一辈子犯冲，我是前世欠他的债，今生来偿还的。有本事，你自己说服他。"

蔡霜立即换上苦瓜脸。众人也都悄悄摇头叹息。

四十八

尾牙过后，年味更浓起来了，蔡岚也结束了为期两个月的学习培训，从上海回来。她走出机场，没有直接回家，而是先取道拐去看望外婆。

走到观音亭斜坡下的八口大井旁，蔡岚看到整条街都是嘈嘈杂杂的丧事场面，她靠着路边慢慢挤过去，终于挤到外婆家门口，也终于知道这丧事居然是外婆家的，去世的人居然就是外婆。

外婆走了，外婆居然走了！

蔡岚完全懵了，浑浑噩噩地走进外婆的卧室，一楼昏暗的里间。她呆呆地坐在外婆三十六堵的老式眠床上，头脑一片空白，完全没有任何意识。

过了许久，已经换下白色孝服的母亲走进来，静静地站了一会儿，才说："你外婆去世一周了，今天倒龛。"

"为什么不告诉我？你有这种权利吗？你知道外婆多疼我？为什么不让我送送她？"

"你父亲不让我告诉你，说难得有机会学习，要专心，再说上海来回一趟不容易，机票很贵。"

蔡岚眼泪一下子哗哗哗地流了下来，不知是伤心还是委屈，追问道：

"父亲为什么要这样做？父亲怎么能这样做？"

母亲叹了一口气，换了话题："你外婆走得很平静很安详，没有遗憾，出来吃饭吧。"

蔡岚抬起泪眼看母亲，她发现母亲一下子衰老、憔悴、消瘦了许多，心里更加酸楚，眼泪更凶猛了，她知道母亲很孝顺外婆，外婆也很疼惜母亲、关心母亲。外婆这一走，母亲一定非常悲伤，就不敢再责怪母亲了。母亲抓起衣角擦了擦眼泪，轻轻走了出去。

倒龛是丧事的结尾，倒龛后丧事就结束了，所以外面正大摆酒席。从扛大灯、抬棺材、锣鼓吹打、各路打杂到孝男孝女，均上酒桌大快朵颐。丧事应有的悲伤气氛这时也淡了。

蔡岚静静地坐着，脑海里一直浮现着外婆的音容笑貌，外婆怎么可以就这样悄悄地走了？她傻傻地呆呆地坐了许久，才默默地起身，背起行李悄悄走了，深一脚浅一脚地走了，不跟任何人打招呼。

街道中央一大堆灰烬还冒着浓浓的乌烟，那里烧着给外婆的纸大厝、纸轿子、纸花亭，以确保外婆在另一个世界过上安逸富足的生活。天空阴沉得像要掉下来，不知何时飘起细微得若有若无的雨丝。蔡岚忽然觉得自己好像迷路了，不知该走向何处。她心里清楚：从今往后，养浩骑楼离自己远了。

走在路上，她忽然想起，自己也没有去看一看外婆的遗像，那上面一定有外婆的真实姓名。她真的叫乌荷吗？她姓啥？她来自哪里，现在又去何方？

四十九

小舅的房地产投资惨遭失败。开发商卷着巨款逃之夭夭，扔下一大片裸露着钢筋水泥的粗坯，潜逃得无影无踪。规模庞大、气势磅礴的友邦商业城一夜之间成为烂尾楼。这是建市之后首次招商引资的外地房地产开发商，开发的是迄今为止最大的商业城，是有着远景规划、观念超前、功能齐全的商业城。第一次用了沙盘，人们购买之前，第一次看到将来的房子是啥模样，第一次以惊喜的眼光鸟瞰全局。这也是第一次有宣传、做广告的房地产开发，人们终于明白房子不仅是用来住的，还可以用来出租、用来投资，用来抗风险、用来抗货币贬值。于是倾城轰动，房子一时炙手可热。小舅出手豪迈，一口气买下四套，连女儿的嫁妆也准备在内。这事一时成为他颇为自豪的一个举动，经常要拿出来晒一晒的。

友邦房地产开发公司倒闭一事，犹如投到广岛、长崎的那两颗原子弹，一下子炸得地动山摇。母亲听说后，撂下手中的活儿，第一时间赶到养浩楼，小舅妈见到她，一声二姐，便哽咽无语了。

"真的倒了？"

小舅妈无力地点点头。

母亲觉得这个弟媳即使日子最艰难的时候，也不曾这样萎靡过，不禁有点难过："老板不见了？"

还是点点头。

"钱真的追不回来了？"

仍然点头。

"工地上没有工人了？"

"有的拿不到工资，还留在那里。"

"政府不管吗？"

"不清楚，工人静坐，购房者也去上访，都等政府出面处理。真金白银，结果买一张图纸。"

"听说市区做生意的几乎都投资了？影响面非常广？"

"当时介绍得天花乱坠，很多人听得神魂颠倒，哪有不掏钱买的道理。不仅自己买，还介绍亲戚朋友过来买，很多香港客也过来投资。死在一坑里了。有的客户真金白银买的居然是空气。"

"什么意思？空气怎么买？空气有必要买？"

"比如说客户买的是五六楼，实际上，他们只建到三楼。从来没见过这样大胆、狡猾的骗子。"

"阿霜说，他们学校有个东北来的老师，丈夫就在售楼部，还当个售楼部经理呢，自己买了，还拉了一大批人过来买。他们东北那些大型国营企业不是都倒闭了？很多人下岗，有的是一家三代人都下岗，领了一大笔钱，就把钱拿过来投资，结果……如今，这位老师躲起来了，那些老乡都跑来找他们夫妻算账，有的说是已经倾家荡产，威胁说要和他们同归于尽。学校让她回去把事情处理了再来上课，免得影响纪律。这老师刚好与阿霜合一个班，如今功课都扔给她，她现在上课上得喉咙全哑了。"

"夭寿，众人的血汗钱也敢贪，想一夜暴富，也不想想命里吃得消不？不怕吃柚吐白虾（吃的要吐出来），将来生出来的子孙都不长屁眼儿。"

"人在做天在看，众人嘴极毒，这种人绝对没有好尾。"

"是呀，现在也就骂几句，图个痛快。我眼睛洗得亮晶晶，看他们遭报应。"

两人坐着唉声叹气了一会儿，母亲还是有点难以置信，唠叨道："真是仙人打鼓有时错（再精明的人也会出错），海滨这么精明的生意人，居然投失败了。"过了一会儿，她又无话找话地问："子安也该找婆家了？"

"托媒婆介绍了几个，有的听说我们被骗了钱，怕没有嫁妆，就拒绝了。有钱的，我们也吃过教训了，我干脆告诉媒婆，只要孩子勤趁吃（赚钱），会吃苦，家境一般，就可以了。"

"不至于吧？虽是自己人，但我穷赤，问多了有点像是在探你们的家底，所以不敢乱问。这些年，你们生意年年都这么好，没一天坏过，赚的钱还少吗？"

"不是我惊吓你，也不是我哭穷，除了友邦商业城，其他投资也失败了。"

"其他投资？"

"前年，有人去武夷山投资房地产，也是说得天花乱坠，说是旅游景点，开发酒店式公寓，投资后旅游局统一经营、管理，轻轻松松坐着收租金，几年就可以回收本金。我们每年可以过去度假，只要提前通知，就会把房子让出来，供我们自己住。海滨与一群搞企业的朋友，就结伴过去投资了。"

"结果呢？"

"没有下文，开发不出来，也不知什么原因。这钱，扔进茅坑里还砰的一个声响呢。"

母亲感叹道："捡草一灶烧呀（积攒了一起消耗掉了）。"

又是一阵沉默。

母亲心想：投资房产失败，应该不是压死骆驼的最后一根稻草吧？便问道："我一直不敢打听，你们入鳌村的会儿没有？"

"入了，当时全市那么轰动，怎样有可能不心动？更何况手头那么多闲钱。生意上的朋友介绍，觉得利息那么高，不参与捞一点儿，不是白白错过机会？一伙人就入会了，欢欢喜喜收了几期利息，正做着发财梦，说没就没，真是太突然了。这么多钱，烧掉还要一段时间呢，还有一大堆纸灰吧？你说是吗？一想起这事，我这心头就揪着疼，都不敢去想它呢，就忘了跟你提及，也忘了问一问你的情况。你呢？"

"鳌村人没有不入会的，当时那情形，不入会还不让人笑话？笑傻笑悫笑没有本钱。只是我们家底薄，损失再少对我们也是损失，也心疼呀。"

小舅妈感慨道："血汗钱，多少都会心疼的。二姐，你说奇怪不，这钱，像长了脚似的，倏地一下子就溜走了。难怪叫流水账！明明抓在手里了，还是从指缝里流走了。钱来得快去得也快，空欢喜一场。"

"海滨这段时间呢？"

"乖乖去做生意，不敢随意投资了。我告诉他，批发牛仔裤，是咱们发家致富的根本，熟悉这行，才能干好这行。两个查某儿也逼上来了，两手空空，看如何交代？烦呀，烦恼得这些天头发白了不少。"

"孩子的婚姻是大事，还是要慎重考虑，子安、子容这两个查某儿，除了小时候吃过一点儿苦，这些年养尊处优的，一般人家，嫁过去也不适应，所以还是找个匹配的，瘦死的骆驼比马大，你和海滨还是有能力给点面前脚（基本的礼数、门面）的。"

"嗯！二姐，娘要是还在就好了，这段时间我经常想起她，觉得她在的时候，家里好像有个主心骨，事事都很顺。"

听了这句话，母亲一下子憋不住，放声哭了。自从外婆过世，她每天晚上都躺在床上偷偷抹眼泪，视力快速减退。两人坐着伤心了一阵子，才慢慢缓解过来。

母亲站起身："走吧，我们去看看，那么多钱投在那里，也该看看变成什么模样。"

"挺远的，走路至少要半个小时。"

"哪里？这么远？"

"嗨，都是骗人的，当时推销房子时，说城市中心要外移，让周边先发展起来，周边建好了，再来改造老城区，其实已经建在乡下了。"

"什么乡？"

"港塘、塔前那一片，好像是几个乡的交界处。"

"哇，那一片过去不都是田地？"

"海滨清楚，也是这么说。我嫁过来这么多年从没去过。"

"走吧，有这样蒙人的，这房地产开发商心也太黑了，赚钱更是杀人不眨眼，我们更该去看看庐山真面目。"

她们步行到了那里，却只能站在外围远远地观看，根本无法走进去，也不敢走进去。望不到边际的一大片建筑工地，可见规模之宏大。房子都建不高，有的刚打个地基，有的是一至三四层的毛坯，各种建筑材料堆得到处都是。让她们望而却步的不是没有路，而是留在工地上的工人，个个对着她们虎视眈眈，好像很久没有见到人，特别是女人。

"太危险，太可怕了，千万别进去，你看他们，眼睛里那发绿的贼光，好像饿狼一样，不仅肚子饿，生理也饿。"

"是呀，赶紧走吧，那眼睛让人心里直发毛。"

"真金白银就填在这里，你说心疼不？"

"造孽，造孽！"

五十

母亲出现在小姨家时，小姨像看到外星人一样惊讶："怎么这么久都不来了，我以为你对我有意见。"

"有啥意见？你忙着赚钱，我忙着带两个外孙女。"

"阿雯那两个查某儿送去让你带？"

"是呀，坏命，好不容易带了一代，还没解脱，又得带下一代。"

"人道是：一把骨头荫子孙。人家要用咱们，说明咱们还有价值。不用，靠边站，就说明连利用价值都没有了。到那时，就是坐吃等死。"

"我可不是来听你讲哲学的。"

"哈哈哈，你先上楼去，我把手上这事交代清楚了马上上去。"

一会儿，小姨匆匆上楼来。又是泡茶，又是端水果。

"你不用忙了，坐下说几句吧，我等会儿得回去了。"

"那么赶干吗？来这几分钟，还不如不来！"

"大大小小等着吃饭呢。"

"别以为你不回去，他们就饿肚子，缺了我们，他们就活不了，这是自作多情。没有我们，地球照样转。不信，你今天特意留下来，看他们是否就不吃不喝了。我们趁机好好聊一聊。"

"也是呀！总以为离了咱们，天就塌下来。其实是自己骗自己，让自己心甘情愿当牛马。"

"吃吧，吃点水果。把心放在肚子里，没事！这世界，谁离了谁照样活得好好的。"

"生意怎样？"

"马马虎虎吧，钱不好赚，非常辛苦，没日没夜，有一餐没一顿的，一家人都用上了，也就是度嘴饱（比喻混口饭吃）。"

母亲一听，心里咯噔一下：难道我这乡下亲戚是来打秋风的，居然先哭穷起来了？这还是同胞姐妹吗？她心里很不是滋味，一时找不出话题，也有点使性子，就干脆沉默地坐着。

"听说阿雯去年做得很好？"

"哪里！非常辛苦，没日没夜，有一餐没一顿的，也是度嘴饱。"母亲干脆引用小姨的原话回答她。

小姨这才发觉二姐的沉默是什么意思，不好意思地笑了笑，只好换上悲情牌，诉起苦来："有时人一忙就很烦，没有帮手，什么事都得自己干，做人真没意思，为别人别姓打下一片江山，还被骂成是武则天。"

"武则天？"

"是呀，那个老夭寿、老变态，现在无所事事，心里不平衡，总是骂我'篡党夺权'，纵览全局，爱当武则天。"

"那就放手让他管一管，你不也借机轻松轻松？"

"他懂什么？再说，让他插手，拿得到钱，不是又拿去饲那个不要脸的老查某？"

"还没断？"

"几十年的老相好，哪里断得了。懒得去理他，一个老打捕，我看他还能风流几年！老了，动不了了，自然会回来，那时就是一堆残渣、废物。哼，到那时……看谁笑在最后！"

"不在家？"母亲压低声音问。

"去南音社了。"

"学南音了？"

"吃老学笼鼓吹（人老了才学技术活）。那南音社，有一群老查某，整天打扮得像老妖精，绘眉刮角，穿红戴绿，说话嗲着呢，软得骨头都酥了。哎哟哟，一听就恶心。太无聊，朋友拉他去参加，一去就脱不开身了。"

"天天去？"

"没有，一礼拜去一天，说是值班。"

"学会唱了？"

"会，唱得可好了，有几支曲子唱得特别好，什么《因送哥嫂》《管甫送》《出汉关》《山险峻》……唱得那些老查某直向他抛媚眼。你没看到，哎，那些老打捕、老查某，当爷爷奶奶的，做鬼都风流。"

　　"那就让他去吧，省得在家跟你争权夺利。"

　　"但想到自己累死累活，人家在那醉生梦死、谈情说爱，我这心里也不平衡呀。"

　　"哪有办法，既要烧又要僵冻（要热的又要冷的，比喻鱼和熊掌均要）？人生没有十全十美的，有所得就有所失。亦珺呢？现在可好了？"

　　"昨天刚回去，也是非常烦恼的，时好时坏，吵架了哭着回来说要离婚，过了些天，那边来动员她、劝她，她就收拾了行李跟他们回去。我都搞不清楚，她到底要不要离婚。"

　　"说明夫妻还是有感情的，远志有让她留恋的地方。"

　　"应该吧，远志这人对人很体贴又勤快，什么家务都包揽下来，什么都不让亦珺干，还煮得一手好菜，打版更是厉害，设计出来的衣服款式很好看，只要是他设计的衣服就卖得很好。"

　　"那还吵什么？"

　　"他不是外面生了一个查某儿，有时去看孩子。亦珺担心他借口看查某儿，其实没有断，所以总是为这件事吵架。"

　　"嗨，家家有本难念的经，没错的。"

　　"是呀，媒人嘴雨溜溜（媒人的话不可信）。我让亦璟自己找，结果找个社会仔，说是和姐姐合开电器店，我托人一查，结果电器店是他姐姐开的，他只是偶尔去帮忙，让死查某儿鬼和他断，她不干，一口认定他。你说这是咋了，就没有一件顺心的事？"

　　"父母、家庭情况呢？"

　　"他父亲死了，十岁左右父亲就死了。听说当时做生意，赚了很多钱，在仙足山建了一座三层的大厝，有一次到外地做生意，再也没回来，不白不明错死在外地。母亲是家庭妇女，至今还不敢告诉她死讯，怕她受不了，其实这还用说？不过自欺欺人罢了。有个姐姐结婚了，很会赚钱，都是她在支撑娘家。"

"这打捕叫什么？怎样呀？"

"叫许少斌，被母亲、姐姐宠坏了，畅仙仔（纨绔子弟）。"

"你答应这门亲事了？"

"不答应行吗？经常来家里住了。"

"那就没办法。儿孙自有儿孙福，一切听天由命，看孩子的造化了。"

"嗨，人到中年才发觉很多事情都由不得自己，无能为力呀，只能过一天是一天。认命，认命。"

五十一

蔡雯、向东赚了钱后，便在石鳌路买了两栋三层的房子，按当时最高标准装修了一番，配备了全部崭新的豪华的家具。一层做店面，二、三层居家。终于有了像样的家，有了有价值的房产，他们难以用语言表达自己的兴奋，唯有乔迁之日，大宴宾客。

首先，他们选了个黄道吉日举行乔迁，又在这一日选了个吉时进入新家。吉时刚好是子时，一家人，连同向东四对哥哥嫂嫂、三对姐姐姐夫，还有他们的孩子，全部都来了，队伍浩浩荡荡，有的扛米、扛油、提水，有的搬摇篮、轿椅，向东双手捧着土地公，蔡雯捧着观音菩萨，向东的母亲拿着扫把、畚斗，一路做着扫地的样子，一路喊着：钱财扫进来、一路发起来。亲戚们有的提红灯笼，有的负责沿路放鞭炮，就这样声势浩大地搬进新家。进入新家后，安好土地公、菩萨，接着谢青天，即设香案桌，用五牲、五果、六味斋、衣食敬包等敬天公，接着大放烟花、爆竹，把整条街放得烟雾缭绕。谢天后，蔡雯的母亲早已准备好了宵夜，大伙吃了宵夜才各自回去休息。白天，人来人往，看新房的，送贺礼的，忙得不亦乐乎。晚上，另一出大戏粉墨登场，即在荣誉大酒店宴请宾客，一共办了六十桌，把二楼大厅排得满满当当。

曲终人散后，母亲不禁有点担心地问："死查某儿鬼，搞这么大的排场，风花钱真敢用！赚的钱都用光了吧？"

"没关系，赚的钱就是要用的，钱就是要这样流来流去才活起来，钱水钱水，就是这意思。我们还年轻，赚钱的时间多着呢，钱赚不完，不能当守财奴，守财奴守的是死钱。"

"但是，钱都投到不动产里，以后做生意的本钱呢？"

"真是皇帝不急急死太监。按去年那赚钱的速度，还有什么可怕的？妈，我今天多高兴呀，你能不能不说这些扫兴的话？我与你们那一代人对金钱的观念不一样，你整天念叨什么：小富靠俭、大富靠天，三把锄头柄不值一支破煎匙（三个会劳动的男人不如一个会持家的女人），听得耳朵都生茧了。"蔡雯很不耐烦地说。

母亲便不敢再唠叨。

但是，但是，还是但是，因为事实就是这样转折，来了个急速大转弯。毕竟，姜还是老的辣，母亲的担忧很快就蜕变为现实，他们的生意很快就出现状况，运作的资金链断了。

向东急了，人一急，头脑就短路，冒险的念头又冒出来了。他又想到老本行——赌博。他想：刚搬新厝，运气一定特别旺，赌博是助强不助弱的，我就捞它一把，赚点钱进货，等赚到钱马上洗手不干。这一进去，他在里面整整待了三天，出来时输了四十多万。任蔡雯把江村翻了个底朝天，还是没有找到他，原来他开辟了新战场，就在新家附近一户人家家里赌。蔡雯听说向东三天输掉这笔巨款，头脑一片空白，她还没有缓过神来，向东又不见了。她以为向东无颜面对她，逃出去避难，等她消气。她万万没有想到，向东不是去面壁思过，而是去拼血本。这一次他只消失两天，输了六十多万，最后输到自己都不敢赌，就让手下人帮他赌。赌，赌，赌，把本钱赢回来。这是他的口号，也是命令。

当他脸上没有一丝血色，软绵绵地对蔡雯说："一共输了一百多万。"蔡雯二话不说，一头撞向墙壁，崭新的墙壁，结果被她婆婆死命地抱住。从此，她婆婆一天二十四小时看着她、跟着她、照顾她、安慰她，直到她平静下来，愿意吃饭、开口说话。

婆婆豁达地说："留得青山在不怕没柴烧，大不了我们返回老家去，重新开始。毛主席还重回井冈山呢。"

"不，这是第一处新家，我们刚搬进来，就灰溜溜滚回去，以后还怎样抬头做人？不是让人笑掉大牙？房子卖掉，我们就一无所有了。不行！赌债欠着，我们慢慢还。"

蔡雯这次发狠了，也不给他留面子，为了杜绝他赢回本钱的痴心妄想，她通知所有亲戚朋友，让他们不要借钱给他，她说："我丑话说在前头，一旦你们借钱给他，输了，我不仅不认账、不帮他还，还要怪你们助纣为虐。没办法，逼急了，我只能出此下策，希望你们谅解！"亲戚朋友哪有不理解、不支持的理？哪个人愿意把钱借给赌徒，等着打水漂？所以纷纷做了表态：坚决不借。

接着，蔡雯走进一家家赌场，铿锵有力地告诫他们："你们设赌场，我不向公安局揭发、举报，我只怪自己丈夫戒不了赌。但今天，我把话撂在这里，如果向东身上有钱，你们就让他赌，如果没有钱，你们还让他赌，让他欠账，或借钱给他赌，告诉你们，到时候，我就与你们鱼死网破、同归于尽。"说完，她挺着腰身雄赳赳气昂昂地走出赌场。

走出赌场后的蔡雯，一脸的迷惘无助，手脚乏力冰冷，她不知道下一步该怎样走、走向哪里。她迷迷糊糊地走到海边，坐在礁石上放声痛哭。

全家人四处找不到她，慌了神，不得不打电话询问蔡雯是否回家，于是娘家也知道出事了。于是父母弟弟妹妹倾巢而来。到他们家时，蔡雯已经平静地回来了。她看着父母，无比冷静地说："没办法，自己选择的，即使是苦果，我也必须硬着头皮啃下去。只是女儿不孝，长这么大不能孝敬你们，还要拖累你们，让你们担惊受怕。"

母亲叹道："惢查某儿（傻女儿），你到底图的是什么？"

蔡雷毕竟年轻，血气方刚，口气很不友善，劝道："大姐，回去吧，离婚算了。"

蔡雯平静地说："向东其实样样都好，谈生意、打版设计，很有头脑、有目光；对外人很大方阔气，讲义气讲情意；一旦投入工作，可以三天三夜不吃不睡；非常疼爱孩子，孩子要什么，登天也会要来给她们；平时对我也非常好，结婚至今，我从没下过厨房煮一顿饭、洗一件衣服……就是……千好万好，却戒不了赌……"

母亲气恼又无奈地说："好了，好了，既然这样，我们也无话可说，想帮忙也无从下手。两个查某儿，我们带回去，放我们身边，你不用挂念。"

"好，我就是这意思。这样我就无后顾之忧，可以放开手脚，从零开始。"

话说到这个份上，一家人灰心丧气又无可奈何的，包了一辆三轮摩托车打道回府。九十年代初的乡间道路还是坑坑洼洼的泥土路，三轮摩托车歪来倒去，把一车人扭得东倒西歪，心脏都快震出来。母亲第一个受不了，她干呕起来，呕得眼泪哗哗直下，她流着泪，伤心欲绝地说："这查某儿是什么命呀，这么坎坷？比这路还坑洼不平！"

蔡岚安慰道："妈，唐僧西天取经，也要经历九九八十一回劫难呢，道路越是坎坷，她的结局越美好。"

父亲一下子露出欣喜的脸色："蔡岚就是读书的人，说话让人舒服，解了忧愁，还能看到远景。"

母亲不满地哼了一声："你们年轻人玩的是心跳，我们老年人只求安稳。蔡雯这活生生的例子，就是活教材，血淋淋的教训，你们可别当睁眼瞎，都给我学聪明点、现实点，以后找个可靠的人，安安分分过日子，我不求你们大富不贵，只求平安无事。我真的受不了这样折腾。"

"好，向毛主席发誓，下定决心，以后一定妈审查、批准了，我们才开始往来。"蔡霜故作欢快地说。虽然她想调动车里郁闷、沉重的氛围，但显然没有成功，空气里弥漫的还是沉重、压抑的气息。

过了一会儿，蔡霜打破窒息般的沉默："大姐的婆婆倒是很好的老人，对大姐这么好，看了都让人感动。"

母亲极为不满："哼，她呀，这是收买人心，看似很善良老实，其实是耍阴谋诡计，没有她，蔡雯会死心塌地为他们邱家卖命？这其实就是变相劳役。你们太单纯幼稚，一颗糖果就能把你们骗得晕头转向，把你们卖了还帮忙数钱，以后都学聪明点。"说得蔡霜吐吐舌头，赶紧闭嘴。

车子还在坑洼里颠簸，天色一点点黯淡下去，难得的一丝风，也是带着海洋的咸涩与腥气，让人黏糊糊的难受。

五十二

八月，迎来三桩喜事，先是小舅搬新家，友邦没希望后，他们便在离养浩楼不远的凤凰街买了三栋临街店铺，说是店铺，其实就是商品楼，均为三层，一排排整齐地排列着。第一层大门敞开叫店铺，不经营就当车库，每层都是窄窄的一条，分为前后两间，中间是楼梯。小舅把三栋打开来装修，格局一下子变了，每层都像正规的套房，住起来很宽敞、舒适。乔迁之喜，当然大肆操办。

蔡岚很舍不得养浩楼，这里藏着多少童年的美好回忆呀。她悄悄对母亲说："这里如果借我们住，该多好啊！"

"千万别乱说！不知道的，还以为我们要和他们争房产。你知道吗，为什么你大舅不再回来了？"

"为什么？"

"你外婆过世时，他们回来，小舅、小舅妈就跟他说，这房子早晚是会拆的，那时就会遇到一些财产分割的问题，所以就让大舅写一份声明，放弃对这房子的所有权。"

"可能吗？这是他们的所作所为？"

"我和你小姨也不敢相信。"

"他们为什么会这样做？这不像他们的所作所为呀？他们需要这点钱吗？"

"我哪里弄得懂，没有人嫌钱多的吧？或许他们认为你大舅很富有，根本不在乎这座房子，兄弟之间就应这样随意，有拿来没拿去的。"

"我只是留念这里。房子没有人，很快就会破败老旧下去的。"

"他们是生意人，不会让它空闲的，不信你等着，不用多久一定就会出租出去。"

小舅搬迁之后，就紧锣密鼓准备子安的婚事，再者，亦璟也结婚了。

闽南历来都是这样，自八月起，婚事就多起来，十二月达到高峰。子安、亦璟的婚事均不如子宁、亦珺的隆重。除了风俗使然（因为狮城一般是操办头尾，中间允许简单、马虎），更主要的是照顾对方的经济条件。子安找的是普通生意人，一家子在街上开一家化妆品店，这对象是老大，底下还有一个弟弟、两个妹妹，所以多次请媒婆过来协商，媒婆说：亲戚结了就是亲，他们不贪图嫁妆，但也希望你们能通融通融，不讲聘金、彩礼、盘担，让他们按自己的能力处理。

小舅、小舅妈觉得既然两个年轻人对上了眼，那就由他们吧。但他们也明确表态：各人按自己的能力操办，给多少陪嫁，是他们的面子。老大当时陪嫁多少，老二一分不少，免得以后孩子埋怨、嫉妒。所以子安的嫁妆还是非常丰盛的，就是男方操办得不够隆重。

亦璟的婚礼同样比不上亦珺，小姨看到大女儿、女婿三天两头吵架，早已灰了心，终于明白婚姻幸福与隆重没有直接关系，又看到二女婿家境大不如大女婿，凡事就减了下来。

小舅妈倒是劝着，她的理由还是那些：老大给多少，老二还是同等水平吧，父母要一碗水端平，免得以后孩子怪罪，说你们偏心，如果将来生活条件好了，不会埋怨，如果过得不好就会嫉妒的，不仅对你们长辈有意见，姐妹之间也可能产生矛盾。

但小姨不听："他们男方没有那么多聘金、盘担过来，我们干吗给那么多，让别人吃怂（被人欺负）？再说，这对象是她自己找的、要的，我们阻止，她不听，怨不得别人。我就看这男的不太靠谱，对这婚姻不看好，给那么多嫁妆，一旦出了问题，损失就大了。"

"呸呸呸，乌鸦嘴，哪有父母不祝福孩子，反而留后路、存不良居心的？"

最后小姨还是没有听小舅妈的劝告，把嫁妆减了下来。当然，这嫁妆只是相对于他们家的财力、相对于亦珺而言，是少了。相对于普通人家，还是丰盛得不得了。

这两桩婚事之后，母亲把矛头指向蔡岚，不时唠叨她的个人问题，让蔡岚不胜其烦，这时碰巧有个进修机会，为期三个月，她连忙积极争取，收拾了行李，逃之夭夭。

进修结束回到家，也近年兜。大家正准备过年。蔡霜爆出一件大事，立即引起轰动效应：她找到对象了，对方是房地产开发商。

因为有小舅的失败案例，母亲对房地产开发商很是反感，以为都是奸商，筹了款就伺机逃走的不讲信用、贪得无厌的商人。

蔡霜辩护说："他是本地人，根在这里，逃不了，除非他打算一辈子不回家乡了。"

母亲还是不乐意："做什么生意不好，干吗去盖房子？说好听的，就是房地产商，说不好听的，就是盖厝的泥土匠、砌墙壁的土工。"

蔡霜极力辩护："他成立的是公司，他当老总，房子都是雇工人来盖的。"

母亲不知如何反驳，忽然想到蔡岚，又有了理直气壮的理由："你二姐还没找呢，你先等一等，再了解了解，你不能抢先了，不然外人会笑话咱们，说小块番薯先挖（指不按合理的顺序办事）。"

蔡岚忙说："妈，不要紧，让蔡霜先解决吧，我们无法堵住众人的嘴巴，别人想怎样说让他们说去吧，日子是我们自己的，我们走自己的路。"

"霜儿先解决，你以后就难找对象了，别人怀疑的眼光、乱七八糟的议论，会把你贬得一无是处。"母亲的理由立即引起父亲的共鸣，他赶紧附和，表示赞同，他们夫妻难得口径一致。

"不会的，每个人有每个人的因缘，注定的，谁先谁后无所谓，就让她带人过来瞧瞧吧。"

话说到这个份上，父母只好同意先见个面。蔡霜得令，欢呼雀跃地离开，很快就带了一个人来。

父亲一看，马上拉下脸，找了个借口就气呼呼地离开家。这个名叫高建聪的男人走了之后，父亲才回来，立即宣布他的态度："不同意。"

蔡霜不解地问："理由呢？"

"你难道眼睛瞎了？他纯粹就是一个流氓阿散（小流氓）、社会混混，你看他，坐没坐相站没站姿。全身三十六块骨头，没一块相吃穿（整个人松松垮垮）。这是谁帮你介绍的？存什么居心，简直就是想把你推进火坑。"

"我自己找的。"

"你到哪里捞出这样一个社会渣滓来？你这是什么品位？什么眼光？"

"爸，你别总是戴着有色眼镜看人，你是书呆子、老思想，早已不懂得现在社会新的审美观，他这样子叫率性、自然、男子汉气概。"

"我不管社会怎样变，反正我的判断不会变，我一看就知道这是没有家教的人，这是什么教养？乱七八糟的小混混。他家什么情况？父母呢？"

"爸，我嫁的是他，不是他的家、他的父母。管他家怎样！人道是，三十年河东、三十年河西，世界变化太快了，还查什么家底、族谱？"

"买牛连牛圈买。你嫁过去后，不进他们家门？不和他父母接触、相处？门当户对，并不是有钱人讲究的标准，对每个阶层都适应，说的就是婚姻的双方各方面要匹配：接受的教育、工作、生活环境、性情、喜好，乃至饮食口味等。"

母亲也劝道："霜儿，我们还是找个有正式工作的、循规蹈矩的人，这样，与我们家庭环境比较般配，也适合你。"

"我觉得他是特立独行的人，有个性的人，自然率真、不矫揉造作的人。这就合我口味。"

"你呀，又一个被猪油糊住心的人了。一个蔡雯就让人提心吊胆的，你又找这么不着调的人，纯粹就是巴不得我们早死。奇怪了，我觉得这人有点眼熟！"

"妈，我觉得干大事的男人都是不拘小节的，他就是这样有抱负的人。"

父亲气得提高嗓门："反正我不同意，和这样的人结亲，简直有辱门楣。我们兴荣府曾经是鳌村四大家族之一呀，发达了两三百年，再怎样落魄，也是名门后裔，找这种人，简直……耻辱！"

"既然这样，我就不沾光了，我也不玷污你们这名门世家，我登报跟你们脱离关系，免得你认为没面子。"

"你……你……"父母一时气噎了。居然这样威胁父母？为了一个陌生的男人，连父母都不要了。父亲看了看她，脸色煞白地走开，母亲也气得把房门摔得震天响，关在房里不出来。

蔡岚只好劝蔡霜："这事先放一边，这些天千万不要提，等会儿给爸妈道个歉，我们开开心心过年兜，过年后再慢慢磨。"蔡霜只好点头答应。

五十三

除夕之夜，向东没有回家，他又赌博去了。蔡雯带着两个女儿，守着夜，十二点之后，外面的鞭炮声由猛烈逐渐稀疏下去，他还是没有回

172

家。蔡雯感觉到自己的心被钝刀一寸寸切割那样的绞痛。这时，婆婆走上来了："阿雯，他这人不改，你也不必跟他混下去了，你带着两个查某儿走吧，好好过你的日子。"

蔡雯听了这话，眼泪终于滚下来，再也止不住。

"你是一个好查某儿，是他没有福气，折自己的福。你有能力，我的孙女跟着你才有前途，你带她们去吧，好好把她们培养长大，我对你就感恩戴德了。"说着说着，老泪纵横。

蔡雯听后点了点头，流着泪，帮两个女儿穿戴整齐，真的没有回头就走了。

走出家门，外面一片漆黑，只有几盏路灯在寒风中摇曳。热闹喜庆过后，更显冷清、寂寥与空旷。冷，渗入骨髓的寒冷，这是她们母女三人的最深感受。

"妈，我们回去吧，我怕。我冷。"纾和、妤和颤抖着，哭着哀求道。

"不哭，这是背水一战，最后一搏，我想看看他还有没有救，如果他没有人性，我们就完了，这个家也完了。我们不走也得走了。"

两点多，向东瑟缩着身子回到家，轻轻走到三楼，发现老婆、孩子不见了，跑到二楼，看到母亲坐在沙发上发呆，抖着嗓音问："妈，她们母女呢？"

母亲冷冷地说："走了。"母亲的话音比外面的寒风更凛冽更刺骨。

"去哪里？"

"不知道。"

他终于慌了神，三步当一步冲下楼，冲出家门，但她们在哪里呢？亲戚朋友一个个问过去，问谁，都摇头说不知道。

过了两个时辰，他还是找不到人，这时他已经濒临崩溃了，他发疯似地跑回家，跪在母亲面前，痛哭失声："妈，求你了，你一定知道她们去哪儿，躲在哪里，你叫她们回来吧，我不再赌了，如果我再赌，你就用菜刀把我的手臂砍下来。"

"真的?·狗改得了吃屎的毛病?"

"改不了，我就猪狗不如！"

"好，你起来吧。如果有下一次，我不管她还跟不跟你过下去，我首先不认你这个逆子！"

天蒙蒙亮时，外面又热闹起来了，看不到人影，只听到此起彼伏的鞭炮声。蔡雯带着两个女儿从向东表姐家回来了。向东见到她们，把两个女儿紧紧抱在怀里，号啕大哭。在向东的表态下，蔡雯再次选择原谅他，她决定帮他重新站起来。

蔡雯带着两个女儿在海边沙滩上跑，她们跑呀跑，一次次跌倒，爬起来，跑几步，又摔倒……纾和、妤和……她扯着喉咙喊着，转眼间，女儿被漫天的风沙覆盖了，她拼命扒、拼命扒，风沙那么大，很快成了沙丘，女儿不见了，她的手指扒出血，血泪泪直流……还是没有女儿……

蔡雯叫喊着、嚎哭着……

"阿雯，你还睡得下呀，边车、机头全部被人偷走了……"那是婆婆的声音。

蔡雯终于醒过来了，原来是一场噩梦。她捂住胸口，心怦怦直跳。

"阿雯，快醒醒，边车、机头全部被人偷走了。"蔡雯细听，是婆婆的声音，还有敲门声。她跳将起来，打开门，婆婆不管什么文明礼貌的，直冲进来："向东，快起来，遭贼了，全完了。"

夫妻两人头脑出现短时间的缺氧，反应过来后，就往外冲，穿着睡衣往外冲，一路狂奔到工厂。一看，一片狼藉，重要的机器都没了。蔡雯一屁股坐在地上，失声大哭，无比绝望地失声大哭。向东握着拳头，朝墙壁打去，一下，一下，又一下，鲜血直流。他已经没有痛感、没有知觉了。

婆婆赶到时，两人还坐在地上痛哭，她也一屁股跌倒在地，痛哭着："你父亲这个老鬼，死得没灵没圣呀，也不懂得保佑你们，以后他的忌辰不用孝了。老鬼呀，你是下十八层地狱吗，为何不能帮帮孩子呀？我这一肚子孩儿，通盘就这个有点出息，为何让他遭这么多罪呀？大慈大悲的观音菩萨呀，显显灵呀！"她扯开嗓门边哭边骂，失控的双手拍地。向东、蔡雯反而止住哭声，擦干眼泪，过来劝她："妈，别哭了，我们回去吧，哭没有用。"

"可是明天就是初六了，不是要开正吗？"

"不要紧，一份果合照样可以开正。"

"没有赚钱工具，拿什么东山再起？"

"天无绝人之路，办法是人想出来的。"

夫妻两人牵起母亲，慢慢走回家。

一路上，蔡雯一直在思考这个问题：家里仅有的一点黄金已经在年前卖掉，所得的一万七千多元，给工人发工资，让工人回家了。逼在眼前的，就是拿什么换钱，买机器设备？

面对婆婆端到手里的稀饭，蔡雯一点食欲也没有，望着望着，豆大的泪珠就掉进碗里：真的船到桥头自然直？真的天无绝人之路？她不吃不喝坐着，时而发呆、时而痛哭。婆婆伤心过后，眼泪还没干，又勤快地操持家务了。

开正了，工人一个个返回厂来，向东看到工人返厂率居然达到97%，感动了，激动地对蔡雯说："别人招不到工人，我们的工人基本上都来了。这是好兆头，天助我们也。"

"但是，没有设备，怎样开工？"面对着蔡雯的提问，向东一下子萎蔫了。

这时，一个电话突然闯进来，向东接完电话，兴奋地说："陈总让我们过去运边车，需要几台就运几台，先开工，其他慢慢再说，他允许我们无限期赊账。"

一会儿，蔡雯也接到一个电话，机头的事也解决了，人家主动打电话让她先运过来使用，有钱再还。

婆婆感慨道："世上还是好人多呀，我们遇到贵人了？"

向东解释道："都是业务上交往多年的老相识了。"

婆婆纳闷道："老鬼，不骂还不灵，一骂就显灵了！？有的人死后很英雄，这个老夭寿，死了也不懂得荫子孙，让子孙吃尽苦头。"

向东道："妈，你还是有威信的，你一骂，我老爸就怕了，马上显灵了。"

"是呀，没骂没精神！你说，这死人到底去哪里了？为什么我一唠叨、威胁，他就知道了？"

"妈，这问题很玄，我还不清楚。我现在要去运机器了。"

五十四

蔡岚又骑着自行车来到这海边渔村。她想：也许他们就回来过年呢。但是，庭院寂寂，荒草没膝，没有任何声息。她骑着自行车绕围墙转了一圈，就赶快走了。

还是那片大海、那片沙滩，因天气寒冷、春节停海，沙滩上寂寥无人。她面对着大海静静伫立着。

那时，她上学总是特别早，就站在教室外面的走廊上，静静看着、等着。他总是骑着一辆崭新的轻盈的自行车来上学。只要他出现在学校门口，人再多，她也认得出他来。只要他出现，她就满心窃喜，赶紧回教室，若无其事地坐在位置上，因为他来了。他来到教室，眼角一瞥，径直走到自己位置上。这就是他们之间的交流，唯一的交流。

　　三年，他们从来没有坐近过，有时隔着两排，有时隔着一排，也总是一前一后，那时她还没拔高，总是坐在前面，而他早已长高，像一根细长的竹子，不是坐在最后，就是倒数第二。中间的距离，从一开始就一直存在着。只记得有几次，下课时间段里，他轻轻走到她后面，跟她的后桌聊天，只要他一开口，她马上听得出他来。那时她就特别紧张、特别甜蜜，但她不敢回头，她感到他也有点紧张，因为她总能听出他声音里的颤音，还有颤音里飘来的暖暖、柔柔的气息。

　　一毕业，这无声的交流就中断了。这么多年，那些微细得谁也觉察不到的细节依然一幕幕地在眼前重播，让她坚信那三年虚幻中的真实。

　　海风很猛，刮过来，像刀子，让人生疼生疼的。海浪咆哮着，她感觉脚底有点颤抖，这声音让她心里发毛、发虚、发抖。她知道，该回去了，这不是踏海的时节。

　　蔡岚走到家门口，正听到父亲咆哮的声音："滚出去，滚出去！"

　　她放下自行车，没有上锁就赶过去，差点与从里面匆匆出来的人撞个满怀，她定眼一看：这不是蔡霜找的男朋友？随即，一包包东西从里面扔出来，她赶紧捡起来，递到他手里："你先拿回去吧，这事慢慢来，急不得。"对方接过东西，看了看她，说了句："有个性！有个性！"刚好也是简洁的六个字。蔡岚无奈地笑了笑。对方耸了耸肩，提着礼品盒走了。

　　蔡岚蹑手蹑脚走进家门，父亲还是气呼呼地："黄鼠狼给鸡拜年，居然还敢上门！这小子胆子忒大。那家庭，三代人没入孔子门，居然还想娶教书先生。简直不可思议！"

母亲看到她，眨了眨眼睛，走进里屋去，蔡岚忙跟着进去。

"你知道他是谁吗？"

蔡岚迷茫地摇了摇头。

"我终于想起来了，你记得从前有一户人家，租在外婆家楼下，住了很多年，一家子有很多人，家里乱得脚都伸不进去？他就是最小的孩子，老九。"

"你怎么知道？"

"那天他走后，我一直努力地回忆，到底在哪里见过他，为什么有点眼熟，似曾相识的。后来我想起这户人家来，那脸庞、眼神，多像。刚才他一来，我问他父母是不是叫和平、锦绣，他非常吃惊，问我为什么知道，是不是去调查了。你说，这世界为什么这么小？有这么巧的？阴差阳错地居然交集在一起？你说，这生活是不是在开玩笑？"

"天啊！"蔡岚除了这句惊讶的感叹，说不出第二句话来，她的心紧紧揪起来：蔡霜找的不是麻烦，而是无法协调的矛盾与难题。晚饭后，她约蔡霜到村外散步。

"二姐，你这是什么情调呀？这光秃秃的有什么好看的？"

"春天很快就来了，你看，这树木、这草，都开始悄悄泛绿了。"

"二姐，这可不是你的腔调，有啥话，你直说吧。"

"霜儿，你了解他们家吗？"

"他上面有八个哥哥、姐姐，有些侄儿、外甥跟他差不多大，都可以结婚了，他们内内外外都做生意。他说小时候家里很穷，父母对他们是放养式的，所以哥哥、姐姐很早就独立了，出去闯社会，大带小，小拉大，一起跌打滚爬，如今都有点事业了。他父母很老了，但很善良、很乐观。我觉得他们一大家子的人，认都认不清楚，但嘻嘻哈哈的，不拘小节，跟他们在一起，轻松。"

"你去过他们家？"

"初二他们家聚餐，让我过去。"

"你说和同学聚餐，原来是骗爸妈？"

"不这样说，爸妈会让我出去？"

"你觉得跟他在一起会幸福？"

"姐，他这人忒聪明，鬼点子忒多，任何困难都能解决，有很多生意经，我相信总有一天，他会干出一番大事业的，现在社会就他这种人混得开。二姐，我讨厌教书，我希望有一天离开讲台，能改变这命运的，就是他。"

"你和他在一起有共同语言？"

"干吗要共同语言？他说的话，对我来说都是全新的，这不是更好？一个人未开口，你就知道他想要说什么，这还有说的必要、意义？"

"爸妈不同意呢？"

"我有办法。"

"你不要低估他们的顽固。"

"你不要低估我的决心与能力。"

"你不要胡来。"

"祝福我吧，追求幸福需要勇气。这点，你不懂！"

"那你说，我懂啥？"蔡岚苦笑着，轻轻问。

"你呀……我想一想，小时候，是怎样不犯错，怎样表现好，怎样让爸妈高兴。长大后，是怎样把书读好，怎样治病救人，怎样把步子走得四平八稳……"

蔡岚听了，百感交集，她低下头，狠狠地把眼泪眨回去。

五十五

小姨又接着往上盖房子。这盖的是第四层，刚开始是一层平房，积攒一点钱后，他们就在上面盖一层，再加一层，如今是第四层了。

母亲远远地看到脚手架，知道她妹子又折腾了。她低着头，小心进入她妹子的家门，一看到她妹子，便很不解地唠叨："建业，建业，就是建业障，多辛苦劳累呀！盖那么多房子干吗？"

"有嫌房子多的？住不完不能出租？钱存在银行里几厘利息？用来盖房子收房租划算，赚得快！几年就可以盖一层，滚雪球似的。"

"掉进钱眼儿里！这钱赚得完吗？不是有人说，人一辈子赚多少钱，是命中注定的，赚完人就走了。"

"呸呸呸，谁知道自己一辈子可以赚多少？这是安于现状、不思进取的人的阿Q精神。"当她看着对方脸色慢慢变了，连忙打出悲情牌："我现在只有在赚钱、盖房子的时候，心情才好一点，也觉得活着有意思。"

母亲斜了她一眼，揶揄道："这是什么话呀？一下子变得这么悲观了，这可不像你！"

小姨微笑着："过去我是怎样的？"

"打了鸡血似的兴奋，何时蔫头过？"

"老打捕靠不住了，只有寄希望于孩子，但两个查某儿都嫁得不理想，你说我还有什么意思？拼死拼活赚的一点钱，配搭出去，如果她们幸福，我眼睛都不会眨一下，但一个又一个都不如意，还被算计，你说我能不伤心吗？"

"谁？又怎样了？"

"亦璟被许少斌那个夭寿儿打回家了。"

180

"干吗打她？疯了？"

"自己不干活赚钱，当流氓阿散，整天到处游晃，还想靠老婆的嫁妆过日子。婚前打听清楚我们给亦珺的嫁妆，以为亦璟也相同，抱着发妻家财的美梦。婚后发现少了点，开始没事找事粗言野语，喝酒了就发酒疯，回家打骂老婆。"

"打算离婚？"

"哪里离得了？清醒后就道歉、忏悔，跪着求亦璟原谅。死查某儿鬼，毕竟是自己谈的，有感情，他三言两语一褒唆，她就乖乖跟着他回去。"

"这不是演戏似的？"

"生活还不像演戏吗？我现在非常怀念在锦村的那段时光，她们都还小，在我们身边当乖查某儿，咱们有能力保护她们，那时我真的不懂得什么是愁，苦又是什么！生活单纯得像一张白纸。"

"哦，那时的锦村，确实是世外桃源。我通盘（总共）去过几次，现在还会常常想起它来。"

小姨突发奇想地问："为什么一进城，不顺的事儿接二连三就来了，是不是这厝风水有问题？"

"这厝的风水还不好？你想一想，搬进来这些年，你们赚了多少钱？厝的风水好不好，主要看事业、生意、财运、子孙，亦玮还没结婚，所以出丁的问题我们暂且看不到，其他哪一样不好了？"

小姨有点放松地挺了挺身子，舒出一口气，压低声音道："那这两个查某儿婚姻都不如意……这怎样解释？"

"这是命。查某儿有两个命，婚前是假命，再好也是一时，婚后才是真命，好歹是一世。命好的人找到好姻缘，有的人命歹，找到的就是孽缘。"

小姨脸都灰了："照你这样说，亦珺、亦璟都是歹命人？"

"天啊，我只是就事论事，你这样理解就没意思了，也让人没法子说话了。"

"我就是心烦！"

"谁没有烦心事？李嘉诚也有烦心事呢！"

姐妹俩一时讪讪地，尴尬地坐着。过了微妙、难堪的几秒，母亲只好重新找话题："亦璟呢？"

"在她房里，被打得鼻青脸肿的，不敢出来。"

"那我就不进去看她了，免得难堪。亦珺呢？"

"忙着生意、孩子，难得回来一趟，坐不了十分钟就赶回去。"

"小夫妻和好了？"

"床头吵架床尾好，我们还生气呢，他们又和好了。所以我干脆告诉她，自己能处理的，自己解决，免得我们插手，性质就变了。有时在气头上说了重话，反而把关系搞僵。查某儿，从自己肚子钻出来的，说什么话都不要紧，子婿半子，其实是子婿灌水（有含水量，即女婿不贴心），说过重的话，性质就不同，会生气积怨的。"

母亲若有所思地点了点头："嗯！"

"我想这事没有解决，亦璟一辈子都得在他拳头下过日子，生活也没法安宁，只好想个办法弥补一番。难怪古人说，花要插前不插后（好事要做在前头）。当初听雪琼的话就好了。"

"怎样弥补？这不是助他更猖狂？"

"他不是计较嫁妆吗？我打算买几台电脑绣给他们，我们厂里的这道工序就让他们来加工，既弥补他们，又帮他们搞一条出路。"

"你还是先看看这人值不值，如果有救，这倒是一个好办法，如果这是本性，那就得好好考虑，所谓江山易改本性难移，钱填进去还把人心填得更大。我看，你还是和辉煌好好商量商量一番。"

"我们现在几乎老死不相往来，一说话就吵得鸡飞狗跳的，没办法交流了。这在一起生活了三十多年的人，居然变得都不认识了，面目全非了，你信吗？"

"那你把少斌找来，坐下来心平气和谈一谈，说明白，他答应好好过日子，这笔钱你才能花，不然肉包子打狗有去无回，钱又扔进无底洞了。"母亲说完干脆利索地起身。

小姨惊讶道："你要走？不留下来吃饭？"

"难得出来一趟，总该回后头（娘家）看看。"

"我也很久没有回去了。"小姨有点不好意思道。

母亲感慨着："爹死路远，母死路断。娘家娘家，没娘就没家。"

五十六

在鳌村卫生院工作了三年，蔡岚就被调到市医院，院长亲自点名要她的。由于市区的扩张、外来务工人员急剧增多，市区医院从医务人员到医疗设备、床位等等都紧张起来，而镇村级卫生院却萧条冷落下去，所以好的工作人员都被抽调到市区来。蔡岚就这样轻轻松松回到市医院。这一工作又是半年多的时间。

蔡霜结婚了。

有一天，上夜班时，医院一位男同事微笑着问蔡岚："你妹妹结婚了？！"

蔡岚看着挂在对方脸上那意味深长的微笑，丈二和尚摸不到后脑勺："什么呀？我就一个妹妹。"

"真的结婚了。"

"绝对不可能，你一定搞错了，认错了。"

"没错，千真万确，她真的结婚了。"

"今天不是愚人节，这个玩笑一点也不好玩。我就一个妹妹，她结婚我会不知道、能不知道？"

"你妹妹叫蔡霜？男的叫高建聪？"

蔡岚睁大眼睛："你怎么知道？"

"那就是了，没错，不骗你，他们今天结婚了。"

蔡岚呆坐在椅子上，颤着音："在哪里？"

"在荣誉大酒店。"

"这怎么可能？你怎么知道的？"蔡岚故作镇定，但还是抖个不停。

"你忘了？我老婆也在实验小学教书，他们今天都去吃她的喜酒了。"

蔡岚看着对方微笑的脸庞，恨不得一把手术刀戳过去，让他英俊的脸蛋开花。但她镇定了下来，努力分辨对方的笑容，最后确认对方并没有恶意，他一定不是开玩笑。她慢慢地脱下白大衣，无力地挂在衣服架上，换上自己的衣服，跟跟跄跄地走出医院。当然，临行前，她诚恳地请男同事帮自己值班。

她来到荣誉酒店外面，偷偷躲在一旁。暮春了，但夜里还是有点寒气。她头脑里一片空白又好像思绪万千。妹妹从牙牙学语到亭亭玉立，一颦一笑都在眼前反复直播。她更想到父母，想到父母的反应……

十点半左右，宴席终于结束，一对新人在一大群亲戚的簇拥下出现在门口，整齐地站立在两旁，欢送客人。蔡岚牙齿咯咯咯打着冷战，她终于看到蔡霜，蔡霜穿着一件曳地的紫色晚礼服，头发高高盘起，化着浓妆，简直美若天仙。

客人终于散去，蔡岚赶紧冲过去，拉住蔡霜，厉声道："跟我回家去。"

"不！"

"回去，求你了，还来得及。"

"不！"蔡霜只有斩钉截铁的一个字。

"回去，一切才有救。我们重来，给你办个风风光光的婚礼。"

高建聪插话道："二姐，你回去吧。"

"你，王八蛋！"蔡岚狠狠地瞪了他几秒钟，甩出这句话，掉头就走。一路上，她像踩在云端，飘飘然的不知所向，回到值班室，她谢过同事，继续值班。

同事看着她没有血色的脸："你行吗？不行回去吧，我来。"

"不用，我想待在这里，这里很好。"

第二天交接班后，蔡岚没有回家，而是搭上摩托车，直接奔往蔡雯家。她一口气狂奔到三楼，见到蔡雯，眼泪马上簌簌而下。

"怎样了？出什么事了？"蔡雯很惊讶，紧张地问。

"蔡霜结婚了。"

"你今天遇到鬼了？说什么鬼话呀？大清早的，发高烧呀？"

"真的，昨天结婚的，昨晚就在荣誉酒店办酒席。我也不相信，我也希望这不是真的。"

蔡雯仅停顿了三秒，便当机立断地说："走，去他家。"

"我不知道他家在哪里。"

"路在嘴里。狮城这么小，只要找对三个人，通过这三个人的关系网，任何人、任何事都可以问出来。"

"姐，你这是睡衣，换件衣服吧，我们不能让他们看笑话。"

"真是学医的，火烧眉毛了，还这么冷静。真是的！"蔡雯又气又急，但还是听蔡岚的话，匆忙换上一套整齐的衣服。

高家是一座老式的两层石条房，丁字形的走廊，四房看厅。不知是天色尚早，还是堆满旧家具的缘故，屋内非常灰暗、杂乱。她们姐妹站

185

了一会儿才适应室内的光线。

"两个阿姨来了，请坐，请坐，我去叫他们起床。"一个胖乎乎的老妇人从厨房里走出来，热情地说。她们沉默着，从声音判断这妇人应该就是高建聪的母亲锦绣。

蔡雯很生气，声色俱厉地对她说："锦绣，你和我外婆一家、我妈都熟悉，相处这么久，你们怎可以干出这种事来？有什么事不能商量？你是长辈，孩子做得不对，你要及时阻止，提前通知我们，双方家长坐下来探讨一个方法，怎么可以让年轻人胡来？比如我，当年和邱向东搞恋爱，家里是非常反对的，但我们坚持，我父母最后不是妥协了？不是为我操办了婚事，让我光明正大地嫁过去了？婚姻不是过家家、儿戏呀！"

蔡岚也和大姐并肩站在一起，对她横眉冷对的。

锦绣面有愧色、吞吞吐吐："我家孩子太多，操心不过来，我像放鸽子一样，他们兄弟姐妹也较早走社会，所以他们凡事自己处理，记得告诉我的，我静静听，好事，我为他们欢喜，不好的，我也没办法；不告诉我的，我当作眼瞎耳聋。阿姨，你说我能说啥呢？"

蔡岚心里直呼：有这样的糊涂爹娘！呜呼，蔡霜怎可以嫁入这样的家庭？她的眼睛蠹在豆豉汁里吗？

蔡雯可不管三七二十一了，说话不再留有余地："你这样不负责任，是害了蔡霜！看你将来怎样面对我父母，跟他们如何交代！"

"亲戚结了就是亲，一段时间后就会消气的，不要紧！生米煮成熟饭，还有什么可说的？丈母娘看子婿，越看越欢喜。"

蔡雯气得无语，简直是秀才遇到兵，便不再理她，干脆问："蔡霜呢？"

蔡岚觉得自己自始至终不跟她说话，是英明正确的，她认为跟这种人说话简直侮辱自己。

"楼上。"她走向左边的楼梯，她们立即跟着她上楼。右边里面那一扇房门在她的敲打下打开，一会儿，高建聪出来：“大姐、二姐，坐，坐，她换衣服就出来。”姐妹不理睬他，也不管三七二十一就闯了进去。

“你疯了，跟我们回去！我们重新搞个仪式，名正言顺的。”

“大姐，我们拿证，又办酒席，本就名正言顺了。”

“回去吧，鳌村没有人知道你结婚，我们重新来一遍，从家里嫁过来，按程序来。”

“不用了，我已经嫁了。”

蔡岚还是据理力争、晓之以理：“婚姻是一辈子的事，就一回，形式正规点，不然以后再也无法改写，历史就这样定性了。”

“无所谓，无论什么形式都是结婚，婚姻讲的是内容，而不是形式。”

蔡雯气急了，毫不留情地问：“傻呀，你图他什么？颜蹈没粉头，水袂吃呢（长得好看没用，漂亮不能当饭吃），他除了长得看着还顺眼，又有什么能让你揆（依靠）？这种人最虎猫鳖（不踏实）！”

蔡岚终于适应了卧室的幽暗，她发现蔡霜一副面无表情的淡定、毫不动摇的坚决。她四下里看了看，发觉新房完全按闽南的风俗布置得有模有样、喜气洋洋：张灯结彩、红红火火，一整套崭新的家具、崭新的被褥床单、崭新的皮沙发，长条桌上摆着一对花瓶，插着漂亮的塑料花；一座造型典雅的时钟；一套闪闪发亮的玻璃杯子；一个梅花瓣形的糖果盒……原来，这是经过策划的、有预谋的！

她扯了扯蔡雯的衣角，不再言语就毅然决然走出高家。两人是那么的无可奈何，有一种彻底惨败，彻底被击垮的无助与迷茫，也不管路人诧异的眼光，自顾自地边走边流泪。她们知道：蔡霜这一举动等于不要她们，不要亲情，与家庭决裂。想到从此以后她们姐妹再也无法走动、联系，眼泪更是疯狂地直下。

五十七

蔡岚独自回家。纸是包不住火的，这么大的事不能不告诉父母，与其让外面流言蜚语传进来，倒不如先打预防针，让他们有免疫力。她等父母吃过早饭，才轻声、缓慢地把经过告诉了母亲。母亲足足呆了几分钟，忽然想往外冲，蔡岚早有思想准备，把她拖住："妈，事已至此，你去也是于事无补。"

母亲反过身来，拳头雨点般落到她身上："你昨晚为什么不说，为什么不说？你不知道这是在害她？"

"妈，我知道得太晚了，来不及了，我去的时候，已经开始了。让你们过去，不是让蔡霜难堪、让你们出丑、也让别人看笑话？"

"那我该怎样办？"

"目前只能顺其自然了。"

母亲抓着她，咬牙切齿："你存的是什么心？你以为你有多聪明？她在家妨碍你什么了？"

"妈，你冷静一下，真的是扭转不过来了。以后我们再想办法挽救吧。"

"我的查某儿就这样跟别人跑了？怎样挽救？"

"妈，她不是跑了，是结婚了，只是形式比较独特。你不能说她跟人跑了，不然她一辈子抬不起头来。"

"嘭"——一声巨响，母女俩被声响镇住了一下，赶紧冲出去，原来是父亲抓起椅子往大门死命砸去。她们站着一动不动，紧张地望着他。

"你们给我听好了，就当她死了，以后谁再跟她往来，我就砍断谁的大腿！"

一切处于静止状态，世界停滞不转。几分钟后，蔡岚拉着母亲逃到里屋，父亲还是冲进来，咆哮着："你看看你，怎样管教子女的？你要负全部的责任。"

蔡岚把母亲拉住，制止她回答。

"女不教，母之过！你不用做人了！看你以后这张脸往哪里搁？"父亲怒吼了几下，元气大伤，停下来喘息。

三个人就这样坐着，无语，听彼此的心跳。过了很久，母亲喃喃地问："蔡雯呢？"

"她说有一笔大生意，约好早上十点签单，所以赶回去了。"

"嫁出去的查某儿泼出去的水！生查某儿真的没用，难怪别人都嫌弃查某儿。当初出生时，真该把她们溺死，一了百了。"

提及蔡雯，父亲又恼怒了："如果不是你纵容蔡雯，会一而再再而三发生这样的事？上梁不正下梁歪！使恁老母（干你娘）！"

这下子，母亲再也控制不住了，她扯着喉咙骂道："我母亲哪点对不住你了？你居然敢对她粗言野语？你说话没摸摸心肝，简直没有天理良心，不怕被雷劈死！我又怎样了，我哪步走错了，哪点走歪了？你的查某儿做错事，和我什么关系？我这辈子图你什么了，你居然敢对我母亲不恭敬？！说不定这是你们家祖传的！"

父亲挥着拳头冲过来，蔡岚忙把他拦住："爸，大厝大宅的，住着这么多人，我们别再演戏给别人看了。"母亲这时不甘示弱地冲过来扭住父亲就打，父亲生气了，气急败坏地骂蔡岚："你这么没良心，拉住我让她打我！"蔡岚赶紧放手："你们都打我吧，干脆把我打死算了。"

父亲终于萎蔫下去，坐在凳子上，抖抖索索地摸出香烟，抖着手点上，狠狠地把烟抽进去。母亲也一屁股坐在床沿边上，痛哭起来。蔡岚麻木地坐着，听母亲哭泣、父亲叹息，头脑转不过弯来。她想：如果父母乱拳把她打死，那该多好呀，反正这条命是他们给的，还给他们算了。

五十八

小舅的小女儿子容也要结婚了。她的婚姻属于媒妁之言。小舅妈说，她的儿女只想找普通人家，不想攀大富大贵的，普通家庭衣食无忧，但平静安宁，倒很幸福。子宁、子安就是典型例子，也是经验之谈。再说，嫁妆再多，还不如生个打捕，万银不值一个亲生儿呀。

她的儿媳纤雅、大女儿安各生了一个男孩，这让她说起来就喜上眉梢。

小姨妈很不服气地哼了一声，皮笑肉不笑的。当小舅妈有事走出去后，她悄悄地对蔡岚母亲说："她呀，是嘴硬，找理由。"

"找什么理由？"

"你不知道？海滨这几年一直做着倒贴的生意。"

"所谓蚀本生意没人做，砍头生意有人做。海滨是生意虎（很有经商头脑、能力），咋可能那么傻？"

"你真的没听说？他狮城店里的生意当然很好，很能赚钱，就是中俄边缘的生意，不是都派雪琼的外甥、外甥女去做？他们这边拿货、发货过去，结果呀，那些外甥、外甥女狼子野心呀，把钱扣住了，统统不汇来，而是拿钱去买房子、车子，回老家起大厝。他们本想做大，结果连本都蚀了。雪琼打着如意算盘，本打算照顾、提携兄弟姐妹的孩子，荫庇娘家人赚钱，共同致富，现在是肉包子打狗、打折牙齿连血吞。叫别人赚钱给自己花，做梦！"

"亲兄弟明白账……"

"白花花的金钱呀，会咬手？可以买世界上任何东西，谁不想要？但他们也忒狠的！"

母亲看着小姨，没有话语了。

子容找的婆家是郊区的，过去是乡下，现在纳为市区，但只是行政区划上归属市区，百姓还是过着乡村生活。从对方送来的聘金、盘担来看，正如小舅妈所言，对方确实是普通人家，而且应该是非常普通的人家。因为看到盘担后，小舅妈脸都黑了，呆了几分钟才镇定下来，她悄悄把蔡岚的母亲拉到一旁，拿出一大叠钱，放在她手里："二姐，你赶快到民生街，帮我挑几样进口食品，好一点的，多贵都不要紧，还有饮料、水果，挑高档的、进口的，也买一些回来，我们偷偷插进去，当成他们挑来的盘担，等吃桌后，婶姆装袋时一起分散，答贺礼。多买一些来，这么多亲戚朋友，这一小撮儿东西够什么？这些东西街上人谁要吃？"

"多少，你给个大概。"

"你拿主意，不要紧，反正盘担像花儿，多买多分散。"

母亲接过钱，立马下楼去。

小舅妈又忙拉过小姨："三姐，你赶快把这包聘金帮我收起来，不要数了，等会儿外人问起，就说一大包，礼数还可以，应该是市场标准、行情吧，输人不输阵，不能让人笑话。"

小姨忍不住问："他们这些来，你打算给她多少嫁妆？"

"一百多万，跟子安一个标准，免得孩子以后怨恨，至于将来如何发展，就靠她的造化了。这一场操办完，我们也算完成任务、尽了责任，以后赚的钱好好养老。"

小姨不相信似的，嗔怪道："你呀，嘴硬，含在嘴里的东西，孩子想吃，你还不是赶快吐出来给他们？"

"人生嘛，世传世，一把骨头荫子孙，咱们给点嫁妆，是咱们的面子，也是孩子的福气。她投胎在什么样的家庭，就得什么样的陪嫁，这是她的命。我们手头还有点，就给他们。不然到最后，眼睛一闭，还不是都留给他们？你说这时给还是将来留给他们分，意义更大？"

"这么说，人连投胎都得慎重，都得有水平了？"

"人呀，死后都一样，一把骨灰，就活着的时候不一样，所以争一口气，反正内外图个高兴。"

"这个子婿婚后还让他留在店里帮忙？"

"不，我打算帮他开个印花厂，成本不高，利润还可以，让他独立出去，他们夫妻自己去打拼、发展。结婚后，该分割清楚的还是要割离清楚，至于给多少钱帮他，是另一回事。查某儿嫁出去是别人家的，就不要再搅进我们的生意。"

小姨听后略有所悟，这时听到楼下的喊声，就催促道："底下有人叫你，你赶快下去吧。"

雪琼匆匆下楼去。

所谓百密必有一疏，任凭小舅妈再怎样精明、公正，还是有人跳出来闹意见，这人是她的大女儿子安。子安在子容结婚当天就和丈夫抱着孩子回婆家去，小舅、小舅妈还以为是他们怕吵，回去睡觉，第二天自然还会回来，因为第二天办团婿桌，比结婚当天还要热闹。等到宴席快要开始了，子安居然还不来，小舅妈以为出什么事了，忙打电话过去询问，得到的是硬邦邦的拒绝，她傻了眼，问原因，子安在电话里悲痛欲绝地哭诉，说母亲偏心，喜欢小的，给她的嫁妆少了。

小舅妈糊涂了，问："少在哪里？"

子安思路非常清晰："同样的钱买黄金，我结婚时，黄金贵，所以所得的黄金自然少；第二，你偷偷替他们买那么多盘担，这笔钱不是用在他们的婚礼上，这还不是变相给他们？"

"那你说，我需要再给你多少，你才觉得公平？"

"十万。"

"好，十万就十万。你今天来，马上来，给我一个面子，也给你自己一个面子，明天，我一定把钱存给你。"

宴席进行到第三道菜，他们一家终于来了。小舅妈忙过去抱过外孙，对客人掩饰说："小孩子吃坏了，拉肚子。"就这样，巧妙地把场面掩盖过去。

子容的婚礼结束后，小舅妈立马把十万块钱兑现给子安。小舅与小舅妈闲下来，默默相对时，竟有要落泪的感觉，他们很是伤感，也很不解，小舅妈安慰道："算了，当赌博输掉了。虽然现在普通人家嫁个查某儿，嫁妆不需要十万，但十万对咱们不算什么，更何况是给自己的查某儿。"

"我不是吝啬那十万元，我大半辈子出出入入的钱还少吗？我是心里不痛快、别扭，这是我的查某儿，为什么会这样？问题出在哪儿？"

"我们总是忙于赚钱，没时间关照他们，凡事都用钱来满足他们，以为钱可以弥补一切，结果孩子把钱看得太重了。这是我们教育出来的恶果呀。"

小舅对小舅妈说："我现在终于明白悲欣交集是什么感觉、什么意思、什么味道。"

五十九

从五月份开始，蔡雯、向东的生意就好起来，而且是日益见好，做什么衣服都会一扫而光，做什么衣服都有很大的利润。到了年底，他们结账，又一个大大的惊喜，净赚八十多万。

母亲得知后，惊得目瞪口呆："你们做生意的，心脏不好，哪里承受得起？像坐过山车，一会儿'倏'地就冲上天去，一会儿'砰'的一声就钻到地下。"

"做生意，就是大起大落，非人力所能掌控。"

"该小心了，上苍不是每次都这么仁慈的。赚钱容易，守钱难。人道是，钱银天下大交轮，要抓得住不是那么容易的。"

蔡雯点了点头："很奇怪，赚钱说难也难，说简单也简单，只要抓住一个点、一个机会，穷光蛋就变成富翁了。"

"机器的钱都还清楚了吗？"

"早就还清楚了，生意人最重要的就是讲诚信，信义是无形资产，别人信任我们，我们更要做得让他们信任。"

"这一年，向东真的不赌了？"

"一次也不敢进赌场，拼了命地赚钱。"

"浪子回头金不换，沉迷得这么深沉的赌徒居然幡然醒悟了，这还真让人有点不敢相信呢。对你，我可以放心了……就是……就是……"

蔡雯看着母亲，知道她底下的话题，便开门见山地说："妈，听说建聪盖的那个楼盘，全卖光了，还赚了不少钱。我还听说，他们买了房子，已经装修好了，近期就可以搬进去过年。"

"你怎么知道？偷偷跟他们来往了？"

"没有，狮城这么小，打听一点事儿，有难度吗？"

"奇怪了，他自己建房子，为什么不住，而去买别人的房子？难道他盖的也是烂尾楼、豆腐渣？"

"不是，他特意多出五万，硬从别人手上把那套房子转过来，就为了和对面那户人家做邻居。"

"和谁做邻居有那么重要？值得五万？五万呀！"

"你知道对面那户邻居是谁？"

"是谁？"

"市国土局局长。"

"这人搞什么鬼？"

"这人鬼着呢，所以，妈，你把心放肚子里，蔡霜不会受苦的。还有……"

"还有什么？说吧，都这个时候、这样子了，什么都得受。"

"蔡霜生了个打捕，快两个月了。"

"你怎么知道？你们真的没有走动？"

"没有。妈，你是糊涂了，她来医院生孩子，蔡岚会不知道？"

母亲"哦"了一声，似有所失落、怅惘。

蔡雯看了看她，试探性地说："在医院时，蔡岚经常去照顾她，蔡岚说那孩子长得很漂亮。"

母亲抬起头，眼里闪出喜悦的光芒，随即掉过头去，生气地"哼"了一声。

正月初二，蔡岚来到蔡霜居住的花园小区，这小区属于市区最高档、规模最大的住宅小区，庭院布置得高低错落、井然有序，花草树木葳蕤茂盛、盎然成趣。蔡霜打开门，看到不速之客，竟然措手不及。蔡岚脱下高跟鞋，走了进去，瞄了几眼他们的新房，装修得挺时尚雅致的。

"我们回家吧。"

"不，不行，我不敢。"

"不要紧，这个娘家总是要回的，今天是中国人正正规规回娘家的日子，我们正正当当回去。"

"我不敢！爸妈会生气的，会把我赶出来。"

"不会，我向你担保，绝对不会出现这种尴尬。你也知道，其实妈心里很想你。"

"不，不，不，我还是不敢！这次我把她伤透了，她不会原谅我的。"

"她早就原谅你，心里很挂念你呢，你向她服软一下，她面子上就过去了。走吧，有出来的勇气，还会没有回去的勇气？这一遭早晚总是要面对的。"

蔡霜听了这句话，踌躇了一会儿："那我打扮一番吧。"

姐妹俩抱着一个大胖小子出现时，全家人愣了愣，首先出来迎接的是蔡雷，他大学放寒假，回家过年。他抱着外甥看了看，就递给站在一旁发愣的母亲，母亲抱过外孙，仅维持几秒钟的尴尬就笑开了。全家人这才纷纷掉头去看父亲，他坐在电视机前，正在看春晚重播，一副非常专注的样子，脸上神色泰然，没有雷鸣电闪、刮风下雨。大家心中一块大石终于落地了，家里很快充满了欢乐、喜庆的气氛。

"建聪呢？"母亲想了想，有点不情愿地问。

蔡岚赶紧说："他有事出去，等会儿要吃饭时就会来。"然后偷偷让蔡霜打电话，让他过来。

蔡霜，终于正式回娘家。

六十

众亲戚的儿女一个个走进婚姻殿堂，蔡岚就显得突兀、另类，她的个人问题，成了亲戚间碰面都无法绕开的问题。回避再回避，就是最好的办法。回避不了，就是采取沉默，让别人接不下话题，于是尴尬总是最后的局面。母亲的焦急可想而知，过去她很反感媒婆，不信任媒婆那张嘴，说死人都会被这张嘴吹得站起来，现在她和媒婆搞得不亦乐乎。媒婆手上都有一份厚厚的账单，上面有各种货色可以挑选、搭配，母亲一发声，她就稀里哗啦介绍了一大串，有的条件严重不合适，母亲首先做了筛选，筛选后勒令蔡岚回家见面，总共见了五个，对方都很满意，但蔡岚无不一口回绝，理由千奇百怪：白白胖胖的，是看了肉麻；正式工作的，是矮墩墩，没男子汉气概；做生意的，是字写得歪歪扭扭，没文化，无法沟通；华侨子弟的，是没有工作，像寄生虫；是医生又是同事的，是左手牵右手，没感觉。

母亲气得放弃了："那你自己找吧，只要你愿意，乞丐我也同意。"

蔡岚笑得花枝摇曳："妈，我留在家里，对你威胁这么大吗？何至于让我去当乞丐婆，拿打狗棒？不过，你确实也有先见之明，现在当乞丐倒是不错的行当，拿个破碗，在狮城街头随便一站，赚的钱一定比我们医生多。都说狮城遍地是黄金，低头都可以捡到大张的钞票，我也随便捡一捡。有一天，我听一位病人说：有很多外地来的，白天当乞丐，晚上摇身一变，西装革履地出入大酒店，还回老家起大厝，衣锦还乡，荫庇一大家族呢。"

"你别转换话题，今天给我说个明白，你到底想找个怎么样的？"

"有感觉的。"

"什么叫有感觉？这么玄乎！"

"就是觉得可以在一起，愿意捆绑着过一辈子，也就是一种心理意愿。"

"这不是很简单吗？"

"对呀，应该很简单。我看顺眼了，找到感觉了，就花一辈子的时间跟他混。"

"也不对呀，这感觉能当饭吃？你的问题不解决，我全盘都打乱了，很多事情没办法考虑，堵死在那里。"

"妈，什么问题，赶快说。"

"我们想盖房子……"

"太好了，妈，盖房子跟我个人问题完全不冲突。"

"你要找怎样的婆家，就得准备多少嫁妆。我们家里一点儿钱不能都拿去盖房子，不然你找到合适的，那时我们不张嘴给人抄（空空如也无法交代）？"

"妈，你这么辛苦培养了一个大学生，让我有一份正式工作，我本人又长得不缺腿缺胳膊的，还要什么嫁妆？难道我就这么不值钱，白白送人还要倒贴？我不至于这么掉价吧？"

"给点嫁妆，是闽南的风俗……"

"妈，我们可以移风易俗，破除陋习。你别管我的事，放开手脚盖房子吧。我工作这几年，也存了一点钱，贡献出来，为我们蔡家大厦添砖加瓦。我们小学写作文结尾都这样写，当时老师就教育我们要树立远大的目标与理想。"

"不用，你的钱你自己存着，结婚用。蔡雯、蔡霜会帮忙，她们现在有能力了，让她们帮点忙，不会伤筋动骨。"

"妈，现在盖一座房子，需要多少钱？"

"我们打算盖两层，初步预算要十五六万吧，但俗话说的是：起厝存半料。真正盖起来，总是会超标的。"

"不要紧，框架盖起来后，其他可以一步一步慢慢来，攒多少钱做多少事。多少人不是这样把房子盖起来的？我听单位一同事说，她家的大厝是她大哥出生时奠基、做十六岁才一起操办、搬进去的，她说她期待住新房子期待得心都跳慢了。"

"十六年！不是头毛嘴须白了（人老了）？如果是十六年，我的心一定跳不动了。"

198

我们家要盖房子了，这是天大的好事！蔡岚觉得这是有生以来听到的最让她激动的消息，她兴奋地骑上自行车，按母亲提示的方向，飞奔而去，心也跟着飞奔。

新规划的居民住宅区向外拓展，在旧城外，鳌村东南方向。那里原是一片农地，种地瓜、花生和蔬菜，现在已抛荒了，杂草疯长，野花恣肆盛开，地里坑坑洼洼的，但蔡岚觉得这地点就是好，靠近海边，将来站在屋顶就可以"面朝大海春暖花开"了。更主要的是，离他家也近了。

六十一

蔡霜坐月子坐上了瘾，喜欢窝在家里当小女人、全职太太，所以高建聪建议她辞职，她故作姿态地说必须好好考虑考虑，这事关她一生的前途与命运。其实她完全没有动脑考虑，过了三天就顺势答应辞职，理由冠冕堂皇：牺牲小我、成全家庭，照顾孩子、扶持丈夫。她明确提出条件：辞职是丈夫要求的，他必须无怨无悔地供给她一辈子。嘿嘿，这是先小人后君子。

过后，她回娘家时把这事轻描淡写通知了一下，父母再次措手不及，母亲还想唠叨，她立马堵住她的嘴："他赚一年比我赚一辈子还多，你说我有必要辛辛苦苦扯一辈子喉咙、当孩子王吗？"

母亲在这张咄咄逼人的嘴巴前面，显然有点黔驴技穷："可是男人……"

"我现在完全没有抗风险的能力，但也不用抗风险了。我知道你一定想说一辈子还很长，人生充满变数，男人有钱容易变坏。我已经让他立下字据，一旦想甩掉我就必须分一半财产给我。这就是抗风险。"

母亲除了摇头，还能做啥？

高建聪从住进新家的第一天开始，每天早晨七点四十分左右就开始从猫眼往外观察，对面门打开，他也马上开门，一副准备出门上班的样子。更主要的是，他一定一副神清气爽、热情洋溢、激情充沛的样子，主动跟对方打招呼。

一天，对方开门，遇到正准备上班的建聪，站住了，好奇地问："你在哪个部门上班？"

"我自己开家小公司，搞点房地产。"

对方发出邀请："有空来喝茶。"

建聪听出他的语气已经从严肃、拘谨到热情，他也看出对方不是上班，而是提垃圾出来，便故作不解地说："您今天不上班？"

"今天周末。"

建聪马上返回屋里，提着那两斤准备多时的特级茶叶，不卑不亢地走到对面："刚好家里有点茶叶，我们泡一壶试一试口味。"

"好，我没啥爱好，不烟不酒，就喜欢品一杯清茶。"

"那我就要多请教您了，我是粗人，只会牛饮。"

"品茶，等于修身养性。喝茶能静心、静神，有助于陶冶情操、去除杂念，这与提倡'清静、恬澹'的东方哲学思想很合拍，也符合佛道儒的'内省修行'思想……"

建聪装出一副洗耳恭听、虚心受教的样子，频频点头。对方多年的经验、心得得以一吐而快，岂有不痛快之理？一席下来，两人几乎成为志趣相同的忘年交。如果不是对方家的保姆阿姨提醒吃午饭，建聪还一副舍不得告辞的模样。

接下来，建聪依然每天在对方开门时，也准时出门上班，依然保持那样的微笑、神态、语气，打着招呼。到了下一个周末，对方主动敲开他家防盗铁门，请他去家里喝茶。这次他没有再侃侃而谈茶道、茶经，而是谈起工作，说起他的苦恼："当时统一规划，把市政府办公大楼与国防大楼、党校规划在同一条直线上，市政府办公大楼建在中间，左边是国防大楼，右边是党校，当时也没觉得有啥不妥，现在麻烦来了，很多人才发现规划不合理。目前，国防大楼、党校，一个建了三层，一个建两层，都被迫停下来。其中缘由，我作为政府工作人员不便明说，你搞这一行，一定听说了。请问年轻人，这该怎样办？"

"既然不合理，就不能往上建，唯一办法就是拆掉。"

"拆？已经招投标了，工程队也进来做了，拆掉就是损失，而且损失数目不小，一两百万。"

"我有办法，我来处理。"

对方舒心地笑了。

很快，那两块不太符合闽南习俗、风水的建筑物从地面上消失得无影无踪，一座巍峨雄伟的高大建筑物鹤立鸡群般矗立在狮城的东南方向。

高建聪也顺利拿到一块又一块地皮，他的房地产开发公司也逐渐发展、壮大起来。

一天，母亲来花园小区看望外孙，蔡霜到小区门口接她，她悄声对蔡霜说："你们像首长呀，门口还有卫兵？"

"这不是卫兵，是保安，保卫安全的意思，只有有钱、出钱，就可以雇人来保护我们的安全。全市第一个雇保安的小区。"

"有钱人就是怕死。"

"妈，任何人都怕死，好死不如赖活。"

"啧啧啧，有花有树有假山，确实像过去有钱人家的后花园呀！这么大，你们不会迷路吧？""妈，小声点，人们会笑话你的。"

"袂晓得花香屎臭（不懂得分辨好坏），我这是夸你们。第一次来，不说几句好听的，你们花那么多钱不是冤了？"

蔡霜哈哈大笑，亲亲热热地挽着母亲的臂膀走进楼梯间。

"要不要说几句好听的？不说，你不要怪我笨嘴笨舌，不给你面子。"

"要要要，你死命吹、死命夸，我心花怒放呢！"

"确实漂亮，我和你爸去北京旅游时，参观了故宫，皇帝住的是比你们大很多很多，但房间里没有你们漂亮。"

"我的妈呀，皇帝用的随便一件东西，都比我们整个房间所有的价值还大，只是都收起来了，你们只是参观空房子。"

母亲似懂非懂地点头："原来如此！"

参观他们的房子后，母亲除了啧啧啧的感叹，再也没有语言了。母女俩坐在沙发上聊天，蔡霜在母亲情不自禁地赞叹声中，悄悄告诉建聪的下一步动作。母亲担心地问："这条路走得正规吗？可不能走黑暗路！"

"干吗不正规？什么证、手续都完整，是政府规划、审批下来的。"

"政府怎么愿意给我们本地人？不是外来和尚会念经？"

"当然要培植本地公司、企业，这才是根本。友邦集团不是教训？"

"吃一堑长一智，政府现在也学通了？"随即她眉开眼笑地对蔡霜说："社会仔也有好处，人就是豁达开阔、大气爽直，不会温温吞吞，我过去反对得那么激烈，他现在看到我亲亲热热的，一点儿也不记恨，一口一声妈。"

"记什么恨？你查某儿还不是给他当老婆，给他生囝？还有啥不知足的？没有胸怀怎样干大事？"

"死查某儿鬼，说你肥你就喘了（一表扬就得意忘形）！"

"妈，你真的要在乡下建房子？嘉兴小区已经开始平整土地了，等建好拿一两套去装修，不就得了？"

"我和你爸都喜欢住乡下，咱闽南人喜欢有天有地、南北通透的，不喜欢这鸟笼似的，人受束缚了，住着还会舒服？"

"好吧，一对落伍的人！去吹海风吧，以后不要抱怨说潮湿呀、风沙大呀、东西容易生锈呀、买东西不方便呀……"

"有一好没两好，就如一项食物，你不能要求它好吃又大块。乡下也有好处，一个人想占多大的床位都可以，你们城里人连睡觉都是叠着睡，一层又一层。"

蔡霜想了一会儿，才听懂母亲的幽默，一下子笑崩了："哈哈哈，妈，你说了一句最有创意的话！你说话爱合四句，但从来没有这么生动。"

"吃到老学到老，没说几句新式话（新颖的话），以后谁要听？"

"妈，你难道没有感到鳌村自倒会后，这几年经济一直没有发展？"

"对我们老人来说，发展有什么好处？没有发展不是更好养老？空气清新、没有噪音……菲律宾的别墅不是都建到山上去？花山石木、亭台楼阁，有什么好？还不如自然、原始。"

"反正说不动你，你就是坚决要老在那只有老城、老街、老厝的地方？"

"你们查某儿，现在还没有这观念，咱闽南人不管外面买再多房子，没有在家乡翻厝、起厝，就是没出息，都会被人取笑、看不起。"

"又是传统观念、老思想！"

"这是感觉，根的感觉。"说到感觉，她忽然想起蔡岚说的感觉，不禁愣了一愣。

六十二

蔡岚休假时，母亲要去厝场给师傅送点心，她便兴奋地跟着："妈，我记得小时候这里是一大片木麻黄，我们读小学时每年都要劳动，就是到海边挑沙，挑到学校的沙坑里。经过这片木麻黄时，觉得太凉快、舒服了，还以为这就是大森林，总要玩一会儿再继续赶路。"

"还小时候，那时你还穿开裆裤呢！"

"但我就是喜欢回忆小时候，虽然那么穷，没得吃没得穿，但有快乐的，值得回忆的。这是不是老了？"

"你也知道老了？赶紧解决吧。你们这一代都当爹当妈了，就你……哦，亦玮要结婚了。我正奇怪，你小姨今年为什么不起厝了，原来是要娶媳妇。"

"亦玮也要结婚了，他才多大？是不是太早了？"

"别人不嫌你晚，你倒嫌别人早了。"

"好好好，我投降，仍然说小姨，不要转移目标。"

"你小姨说，这事办了，就完成任务，心太急了。"

"婚姻也这样赶，当任务来处理？小姨现在做什么事都这么急功近利。"

"她说帮亦玮成人，她就完成任务，也要乐几年，享受享受。"

"她这种人放得下？有钱赚她会拒绝？"

"不知道，人是会改变的。"

"亦玮找个什么对象？"蔡岚认为这个问题才是关键，赶紧问。

"也是媒婆介绍的。你小姨说，他们从锦村搬进城，毕竟势单力薄，就像孤鸟插人群，所以找大仑村的。"

"大仑村怎么了？跟他们进城有什么关联？这么奇葩的想法！"

"一湖边二大仑，这是老人经常念的，说的就是这两个村非常恶，全市排行第一、第二名。她说媳妇找个恶村的人，有她后头的势力，以后别人就不敢欺负他们了。"

"那要是这个恶村来的媳妇欺负她呢，不是比外人欺负更麻烦？外人一般还是在利益冲突时才会欺负她，儿媳以后成为一家，天天生活在一起，要欺负不是时时、处处？"

"我苦呀，你的想法怎么跟别人这么不一般？真是怪胎里出生的。"

蔡岚含蓄地微笑了一下，她认为这是母亲的褒扬，因为这是她夸人的风格。

亦玮的婚礼搞得非常隆重，宴席最出彩之处是居然出了整只的烤卤猪。当那只金黄金黄、油光发亮、香气馥郁的全猪摆上桌时，一些老妇人吓得赶紧捂住眼睛，直念：阿弥陀佛！小姨有点笑刘姥姥似的说："这是引进香港的，香港只有最高规格的宴席才会出烤全猪，单纯这只烤猪就要一千多元呢，我们全市只有这五洲大酒店也引进师傅来。"那些老太婆全然不在乎小姨的哂笑，再次发出响亮的"阿弥陀佛"！

小姨这钱花得不亏，因为她儿媳的嫁妆非常丰盛：两栋带店面的房产、两辆黑太子车、黄金不少于十斤，其他东西无奇不有、琳琅满目。小姨笑得脸都生疼、说得喉咙沙哑，她心里一合计：一进（娶儿媳）两出（嫁两个女儿），居然不亏，难怪人人都想生儿子。

宴席上，蔡岚听到蔡雯悄悄问母亲："对方什么家世呀？"

"吃房租。你小姨说街面上有店面出租，大仑村头有一大排商品房，就连家里的厝也隔成一小间一小间租出去，一年收入少说一百万。坐在凉风下，钱就哗哗往下掉，怎样花也花不完，每年都组织全家出国旅游。"

"又一个新兴地主阶级。"

"世界上任何人都比不上这种人舒服。我记得我父亲过去就懂得这道理，他总是说：一铺养三代。所以当年就懂得把养浩楼建在路边……"

"他们总有点什么发家史吧？"

"父亲是什么队长还是什么干部的，别人的事，我一耳听入一耳漏出，记不全了。"

蔡雯取笑道："难怪……小姨这次高攀权贵了……"

"查某儿有耳没嘴（听了不要乱说），听完就过去。"

蔡雯边点头边往新娘那边瞧过去……

看新娘、品头论足新娘，是闽南人很热衷的一件事。婚礼上，小姨这位儿媳当然必须置于众目睽睽之下，但人们不约而同地对她的相貌保持沉默，这沉默确实是无语，无法表达也不敢随意表达。

小姨的儿媳到底长得怎样？她当然有眼睛、鼻子、嘴巴、耳朵，这些器官该有的都有，应该说是齐整了，那为什么还是不能说？因为就奇怪在那些器官凑在一起是那么的不可思议，那么的无法协调，完全像混搭。不是有种动物叫四不像？她给人的应该是这种奇妙的感觉。

蔡岚暗暗思忖：小姨、亦玮等人是怎样看上这位新娘的？关键是：怎样看顺眼、顺眼到愿意一起过一辈子？他们什么审美观呀！

母亲也轻轻唠叨着："七文目镜随人甲目（各入各的眼）。"

亦玮虽然略显稚嫩，但毕竟非常帅气、时尚，瘦瘦长长的，打扮非常前卫，容貌也俊美，用玉树临风形容可能不够内涵、韵味，用春风拂柳却过于柔弱，但他帅气中那种清新阳光、不染一尘的干净，让人看了有说不出的欢喜与舒服。

他这辈子真的就要和这个四不像的姑娘在一起生活？蔡岚不禁打了个冷战，在喜气洋洋的婚礼上，在一声声祝福中，打了一个冷战。

六十三

一天，小舅、小舅妈来花园小区做客，蔡霜惊得有点手忙脚乱，因为他们连他们的二姐、二姐夫家，也就是蔡霜的娘家都没去过，居然来外甥女家。为何几十年的亲戚，总是母亲走动，他们不走动呢？蔡霜觉得一方面应该是他们确实忙，更主要的可能是嫌弃他们，认为他们是乡下穷亲戚。如今，他们忽然降临她家，到底有何贵干？这让她有点忐忑、狐疑。

天南地北地闲聊了一会儿，小舅妈才切入正题："建聪开发的楼盘现在不是很有名气？我们想买两套房子，给她们俩姐妹。"

蔡霜心想：她们不是结婚，还陪嫁那么多，为什么还要买房子送她们？但她知道这是他们的家务事，不该她多嘴，反正生意送上门来就是好事，便笑道："谢谢小舅、小舅妈，照顾我们的生意！其实这很简单，何必辛辛苦苦跑这一趟！你们打算买多大的，喜欢什么方位、楼层，打个电话交代一下，我让建聪帮你们留着就是了。"

小舅妈笑着说："主要是顺便来看看这种套房好不好，住着舒不舒服。"

"麻雀虽小五脏俱全，一百多平方，吃喝拉撒睡，读书运动养花养草，只要安排合理，要什么功能都能满足你们。我带你们先看看，新开发的楼盘，布局会更优化合理，浪费的空间会更少。"

"不错，不错！听你妈说，我们还不相信，以为那么小的空间，走路都会相撞，能好到哪里去！住大空间惯了，真是想象不出来，居然这么小巧。"

蔡霜心里掠过一丝不快：穷人说话臭齿苁（人穷连说话也不好听），难道我妈说的话都不值得信了？这时她决定不给他们面子，便故作关切地问："她们结婚时不是给了一大笔嫁妆？"

"都怪我给她们主意，嫁给普通人家，嫁过去后都不适应乡下环境、生活，经常为鸡毛蒜皮的小事和家里人闹矛盾。毕竟生活观念不同，咱们的孩子也宠惯了，哪里吃得了苦？所以待不住，抱着孩子就逃回来，除了大年大节，其他时间都不回去。长期住娘家也不是办法，反正赚的钱，生不带来死不带去，所以干脆一人买一套给她们，让她们学会独立。不是我们重男轻女，或者没有肚量，我认为，不管男女，早晚都得独立。"

"那是，那是！这是好事呀！你们喜欢什么样的房子？"

小舅妈不假思索道："首先，必须是朝南的房子。"

蔡霜不解地问："为什么？"

"当然是风水。朝北的，整年吹北风，风太猛，把什么都刮走，不进益；朝东，吃光光；朝西，西照日；朝南的，最好，吃的是海洋来的南风，温暖潮湿，我们这里夏天都吹南风。你看，我们闽南是不是都喜欢朝南建房？房子就是家，家好人才会好。"

"那我让建聪帮你们留两套朝正南的吧？"

"不行，不行，全中国只有故宫才敢朝正南，我们平头百姓住不得，要稍微偏一点，朝东南最好。"

这时，小舅说话了："我们来找你，就是不打算让其他人知道，除了她们姐妹。在咱闽南，查某儿除了得那份嫁妆，将来是不能回娘家分财产的。嫁妆给得多，那是风光的事，如果一直倒贴，别人就会以为孩子没出息，笑话咱们。再说，这个媳妇嫁过门，任劳任怨和咱们一起赚钱，没有多一句话，非常乖，倒是这两个查某儿比较娇，爱使性子。自己的查某儿，自己惺（宠爱、溺爱）出来的，咱们心里有底。一家人想要长期和睦相处，一定距离是必要的，家和万事兴嘛。"

小舅总是忙于生意，所以接触的机会不多，想要听他说几句话挺不容易，如今认真一听，蔡霜觉得小舅的话很有艺术，这段话也很有内容。

"那是，那是！姜还是老的辣，你们考虑问题就是周到、全面，我们再修炼五十年，也没有你们的水平。"

"死查某儿鬼！我看你现在就超过我们，将来一定不得了！"

"小舅妈笑话我了，我呀，说好听点是全职太太，用我妈的话就是家庭妇女，用我爸的话，更不堪了，是拿扫把、煎勺的查某！"

说得连一直不苟言笑的小舅也哈哈大笑。

"难怪你妈最疼你，水尾倒涨（比喻后来居上）！"

"牛仔生意一直这么好做，应该有二十几年保持这么好的赚钱机会吧？"蔡霜微笑着试探。

"布料就是牛仔布，款式也没有多大变化，所以就不会大起大落，风险自然小了，做生意最重要的还是稳中求胜。"小舅微笑着回答。

"听说蔡雯今年也做得很好？"小舅妈反过来，问道。

"是呀，他们今年真是犹如神助，有个台湾商人主动来找他们，推荐他的布料，向东大胆接受，和他签了合同，结果做出来的西裤质感更好，更高档，虽然成本高了点，但市场还是供不应求。现在人们生活水平提高了，更追求质量，从这点来看，向东还是很有眼光，这一步又走在前面了。"

小舅妈感叹道："人找钱苦忧忧，钱找人顺溜溜。咱们闽南有句俗语：钱寻人财王，人寻钱发狂（比喻人想赚钱很难，一旦钱要让人赚就又快又顺）。你妈总算熬出头，苦尽甘来了。后代有出息，我们的晚年才幸福呀！"

小舅总结似的说："好好好，大家好，才是真的好！"

蔡霜打哈哈地应和着。

"怎么这么久没有见到蔡雯了？"

"你们是自家人，我才敢透露消息，她跑到香港躲起来，要生了，检查胎水，说是打捕，所以赶快跑计生出去了。"

"好事，好事，恭喜，恭喜呀！应该的，不然拼死拼活赚钱有啥用？我们也打听好了，生一个孩子，总的花费也就一二十万，最主要的是可以入香港户口，太值了。纤雅、子安，都准备去拼一个，生男生女都好，多一个，孩子不那么孤单，有个伴。你外婆过去总是说：多子多福。老人如果地下知道内外传这么多子孙，一定非常高兴的。"

蔡霜微笑道："那我明年也去生一个？！"

"那当然，又不是养不起，干吗不生？辞职出来了，不多生几个，不是太不划算了？有人说：生一个，成功是百分百，失败也是百分百。我觉得这句话太有道理了。多生几个，化解风险，继承家业。"

六十四

搬新家了！终于搬新家了！

终于可以摆脱大家族的复杂与纷扰，独立出来，清静地自由地过自己的日子，他们一家高兴得手舞足蹈。

一切程序严格按闽南风俗有条不紊地进行。由于帮忙了好几场新厝搬迁活动，母亲已经轻车熟路，对这套路简直倒背如流，指挥起来镇定自若。父母也觉得这是他们一生中最重要最风光的事，非隆重庆祝不可，所以虽然手头紧张，还是请来厨师、搭起帐篷，就在屋前场地上设宴请客。

小姨、小舅也很有诚意，除了提前买来沙发、电视做贺礼，这天还倾巢而出，这让母亲感动得眼泪汪汪："没有什么比你们来更让我高兴，你们有的还是第一次来我这穷亲戚家做客呢！"

蔡岚忙拉了拉母亲的衣角："不好意思！我妈太激动，兴奋得过了头了！"

小姨、小舅妈很快掩饰了尴尬，换上诚挚的笑容，道："不要紧，高兴呗！我们也为你们高兴！"

"乡下农村，都是粗饱料，没有什么山珍海味招待，主要是请你们来乡下透透气。过去，连个像样的所在都没有，也不敢请你们来。"

小姨妈接过话题，夸道："二姐，你是草包金呀，这房子不就是别墅？"

"'别野'啦，还别墅！就是个遮风避雨的地方。"

蔡岚觉得母亲确实激动得有点语无伦次，忙借口支开她："妈，你去忙吧，我来泡茶。"

小舅妈看着她二姐走下楼，由衷地说："人，不怕少年吃苦，最怕少年就把福享受完，老来吃苦。二姐就像吃甘蔗，越来越甜。"

"谢谢小舅妈吉言！"

小姨趁机开导道："你也该让我们吃喜糖了，如果你的事儿解决，你妈不知多高兴呢！"

"会的，会的，感谢小姨关心！找到合适的马上解决，让我妈心中这块大石搬走。"

"条件不要设得那么高，适当降一降，找个打捕有什么难的？"

"我没有条件，真的没有条件。"

"没有条件，往往就是条件，而且是最高的条件。"

"真的没有，只要看了有感觉就可以。"蔡岚急切地辩解道，她有点后悔自己自告奋勇留下来接待。好在那些小孩一时来到乡下，觉得新奇，跑上跑下、吵吵嚷嚷，她们的关注点很快转移，这让蔡岚如释重负。

宴席过后，欢送客人。蔡雯、蔡霜两家都留下来。母亲在设计图纸时，就把女儿也考虑在内，一人安排了一间带厕所浴室的房间。如今，女儿回娘家有地方住了，这也是母亲无比骄傲的事。过去得搭临时地铺，要多尴尬有多尴尬。

蔡雯其实还做坐月子，这第三胎果然是个男孩，她功德圆满、心满意足，但娘家乔迁，她哪里坐得住，所以还是抱着宝贝儿子提前结束香港的躲藏生活，进驻"陶然小筑"（父亲给房子命的名，还自己书写，请人镌刻在石头上，镶嵌进门楣）来了。过去，她回娘家，是呼风唤雨，也撸起袖子粗细活都带头干，现在，她手里抱着胖乎乎、粉嘟嘟的儿子，跷脚吹洞箫（逍遥自在、非常惬意）。

当璀璨的烟火在夜空消遁，一切趋于平静。向东感慨着："空气确实好，太安静了，以后我搞烦了，就偷偷跑来这里度假！"

母亲道："干嘛偷偷？这里的大门随时向你们敞开着。"

"是怕别人追到这里来，不是破坏了这里的宁静？"

"有道理，有道理，反正你们随时来休息。"母亲热情地应和着。

建聪也热烈地提议："我们把围墙搞起来，多圈一些地，在这里种树种花，种水果蔬菜。傍晚时候，渔民入港，我们就去海边买小海的鱼虾，现捞的，非常新鲜，随便焖随便煮，都很好吃，就一点小酒，简直就是神仙的生活。"

纾和、好和高兴得直嚷："我们也要，我们也要，我们不去江村。"

蔡雯道："那将来干脆把你们嫁这海边来，让你们当渔婆。"说得大伙开心地笑了。

"二姨，我们仔仔还没有名字呢，今天是好日子，你就按给两个查某儿的思路，帮忙命一个吧，我那些朋友都说她们姐妹名字好听，有的还想请你帮忙，都被我挡回去了。"

"别人要收费，而且是高收费。外甥呢，你们不嫌弃就行。按理说，跑出这个宝贝儿子来，你们欢天喜地的，应该叫舒，舒服的舒，但这个字读音跟他姐姐的名字一样，所以很可惜，不能用。刚好仔仔不是五行缺水？我们用个比较偏僻的字吧，三点水加予，他两个姐姐都有予，他也跟这个予字，取滪，这是水名，读 xu 的第四音，去声，你们做生意的讲究风水，也认为有水就有财，钱水钱水，那叫让你们发大财，叫滪和。"

"滪和，滪和，挺有意思的，接受！"

"好了好了，二姨不能偏心呀，完成老大的任务，该我们了，二姨也给我们宝宝命一个吧。"

"你们不要再找予的，这个字组合的好字不多。我们另辟蹊径，男孩将来是要撑起家的，我们首先选用宝盖头，这是家的意思。你们不是建房子？我们就取宬，宝盖头底下加成功的成，这是古代皇帝的藏书室，最高级别的房子，既尊贵又有知识，和是中国字中最好的一个，他们表亲都可以使用，就叫宬和，如何？"

建聪搔搔头皮："这个字也念成？天啊，我从来没见过，不知道有这个字呀。学问，学问，佩服，佩服！这名字拿出去也是一种面子，别人以为是我这个当爹的给起的，就不敢看不起我这个土师（泥瓦匠）了。"

蔡岚微笑着："命名仪式结束，别光口头表扬，大企业家打赏、打赏，这有知识产权呢。"

蔡霜忙说："二姨就多取两个吧，打捕一个查某儿一个，留着，说不定将来有用呢。"

"不行。这要有神助呢，刚才是神附身，我才想得出来，现在神退了，想出来的就是健康、美丽之类的俗名。"说得大伙笑成一团。

笑闹了一阵之后，发现少了一个重要人物，蔡岚发问："蔡雷呢？"

是呀，蔡雷呢？大家慌了神，马上分头去找。结果在大埕那堆桌椅旁发现了他，原来他醉得躺在椅子上呼呼大睡呢。两个姐夫一人一旁，把他架起来，扶到房里休息。

闹到子夜两点，大伙才各自回房睡觉。

这晚，蔡岚站在窗户前，望着迷茫的外面，那是一片萧瑟、寂寥的墨灰色，她心情久久不能平静。前方是什么？更前方又是什么？她渴望有答案，又无法找到答案。

六十五

蔡岚还是喜欢小时候的狮城，那是一个充满闽南气息的滨海小镇，恬静却又有小小的富庶与繁华，而不是现在整一个巨大的卖场，走到哪里都是满满的货物、挤挤的人潮、高高的声响。她和母亲从医院到小姨家，不到一公里，却足足挤了不下半个小时。那不是走路，而是挤路。

母亲带着八份饼干、饮料，说是要答谢小姨，因为搬家时让小姨破费了。

蔡岚很不解："还有这礼数？"

"有呀，闽南的礼数太多了，学不完。"

"累不累？太可怕了！妈，我觉得你把事情复杂化了，人家现在这么有钱，生活水平这么高，会稀罕这些垃圾食品？"

"稀罕不稀罕是她的事，我答礼是我的事。哎呀，这政府怎么不管管，已经吵得快炸了，为什么还允许商店把音响放得这么响？我跟你说话，都不是说，是用尽力气在嚷。"

"哪里管得了这么多，政府要干的事多着呢，人家政府干的是大事。这是小事，市民要自觉，这是市民的素质。难怪外地人笑话我们，说我们是土富。"

"岚儿，说到土富，我忽然想起小姨的儿媳妇，等会儿见到她，说话小心点。"

"她是老虎，会吃人？怕她干吗？"

"反正你小姨说起她直打颤，说入门后闹得鸡犬不宁，她这么厉害能干的人都被她整得心惊胆战、小心翼翼地。"

"闹些什么？"

"闹分家，要另起炉灶自己吃饭，闹不让姑姐（丈夫的姐姐）来做客，闹你小姨把工厂让给她掌管，连亦玮跟他父母说话，她也闹……"

"全盘接管、全面夺权，这查某真是伟大的革命家呀。"

"少说风凉话，你说一个家庭来了这么一个妲己狐狸精，还有安宁？"

"你说她是妲己狐狸精，好像吹捧她了，她那相貌，说妖怪，还差不多，说狐狸精，还是狐狸精的祖宗，好像不太贴切呀，人家狐狸精都是倾国倾城、羞花闭月之貌的，她离得十万八千里了。"

"你这个死查某儿鬼，平时一句就一句，以为你嘴笨，其实还真嘴尖舌利的。"

蔡岚微笑了："谢谢妈夸奖！小姨准备拱手让权吗？"

"她当然不想，她说这些年赚的钱解决三个孩子的婚事，其他都投在房子上，如果不趁现在手脚还麻利，赚点钱，将来拿什么养老？喝西北风？"

"娶这样的儿媳，不储备点养老金，将来还真得喝西北风去。"

"但是不放手给她，她就整天闹。"

"总要有个由头吧，不然怎样闹？"

"那天匆忙，你小姨也没空细说，所以我也想象不出来。"

"干吗不离婚，让她滚回去？"

"怀孕了，他们想抱孙子，说这是一条生命，流着他们的血液。再说，她那后头呀，动得了？除非她自己提出离婚，如果你小姨这边提，还不被他们拆厝挖墓？"

终于挤到小姨家门口，她们赶紧刹住话题。一楼找不到小姨，有工人指指上面，她们便来到二楼，这时从三楼传来尖锐刺耳的声音："你这是侵犯别人的隐私，我要去公安局、法院控告你。"

她们走到三楼，看到那女人穿着睡衣正张牙舞爪地叫嚣着："我不在家，你居然敢跑到我房间里翻箱倒柜。你是贼，是强盗。"

"我没有，是朋友来做客，想看你们的结婚录像，我就开了你们的床头柜。"

"你怎么知道录像带在床头柜里？你监视我？你在房间里安摄像头？你变态！"

"天呀，冤枉！我监视你干吗？我要做的事情那么多，有空监视你？吃饱撑着？"

"还喊冤！说不定你想拿回聘金、黄金首饰，趁我不在，进行大搜查呢。"

"已经给你们了，我拿回来干吗？孤子孤媳妇的，这些东西不都是你们的？"

"哼，说不定呢，还有几双眼睛虎视眈眈，瞪着我的嫁妆。多少穷人一辈子也没见过这么多钱财，眼红着呢！"

"谁的就是谁的，我们都很斯文。再说我们也不至于穷到见不得一点东西。"

"你已经不是第一次进我房间了，这是我的领地，你擅自闯入就是对我极端的不尊重，你这是侵犯公民的隐私权。"

"上一次是看到你回后头，我打扫卫生，就随便帮你们打扫一下，拖一下地板，倒了垃圾，因为垃圾里有吃的东西，已经发霉发臭了，我担心放久了会生虫子。这点我已经解释很多遍了。"

"干吗要拖地板？你真的这么好心？如果我什么首饰不小心掉在地上，不是被你拖走了？"

"我眼睛又不瞎，掉在地上，我当然帮你捡起来，放你梳妆台上。"

蔡岚和母亲尴尬地站着，走也不是，不走也不是。小姨擦干眼泪，拉她们坐下，颤着手泡茶："今天怎样有空？"

"有点感冒，就跟岚儿过来拿点药。"

"不好意思，出丑了！"

"谁丑了，你给我说清楚，谁丑了？"忽然，那尖锐刺耳的声音又从里面冲出来。

母亲赶紧分辩道："新人（对新婚女子的称呼），你听错了，她是说出丑了。"

"谁出丑了？"说着冲到她们跟前来，质问道。

"没有，没有，这只是谦辞。"

"我不懂什么谦辞不谦辞，她就是含沙射影在骂我。"

母亲只好不理睬她，换个话题问小姨："辉煌呢？"

"躲出去了。"

"怎样？想搬救兵？告诉你们，我不怕！我赵丽丽不怕，我不是吓大的，我们姓赵的是天下第一姓。"

哇，还知道天下第一姓！有学问呢！不可小觑呀！蔡岚暗自发笑，拉了拉母亲的衣袖，一起告辞下来。走到二楼，又听到那尖锐刺耳的声音："把那杯子扔掉，感冒会传染的，这么不道德，感冒了还敢用别人的茶杯，居心不良。"

母亲气得直打哆嗦："爹呀爹，你睁眼看看，这是哪里来的泼妇。"

"妈，你气糊涂了，叫外公干吗？"

"他最疼你小姨呀。这种人如果没有你外公出手对付，谁治得了她？你外公死后很英雄的！"蔡岚听后，忍俊不禁。

六十六

采用台湾布料后，向东、蔡雯赚得笑眯了眼。他们便在江村买了一块地皮，建造厂房，为了生活、工作方便，还在厂房东边搭建简易的住房。这样一来，资金有点紧张，他们便把石鳌路的那两栋房子卖掉，把钱都投到新厂去。1996年年底，全家又搬回江村，两个女儿也跟着回江村，纾和念小学、妤和念幼儿园。

母亲看了，不禁唠叨："他们赚是赚了一点钱，但也太操劳奔波了，没一刻消停，这哪像过日子。"便对蔡岚说："你还是找个工作的吧，生活有规律，按时上班按时下班，旱涝保收，无忧无虑，安安稳稳，大人也跟着省心。"

蔡岚听到她又联系到自己身上来，大气不敢喘，假装没听到。

"不然，我们其他方面的考虑一下？阿宝前天告诉我，有一家人从香港回来过年兜，想找儿媳，那男的三十三岁了，刚好大你四岁，人道是：四七没地乞（男比女大四、七岁最好，最难求）。虽说三十三岁，但香港仔，荫身（保养得好），不显老。看一看吧？"母亲又特意追加说明："前杆村大洋楼的。"

母亲知道她对大洋楼痴迷似的喜欢，这是闽南第一华侨之家，于三十年代初建造的建筑群，西洋风格，规模恢宏，美轮美奂，曾风靡整个闽南大地。

蔡岚中了邪似的，愣了一会儿，所有思绪都停在香港与大洋楼这两个点上。过了一会儿，她着了魔似的轻轻点了点头。

母亲看了，又定眼看了一会儿，欣喜若狂，马上跑下楼，拨打了电话，跟阿宝叽里呱啦讲了大半天。她再上楼来时，告诉蔡岚："阿宝说，她马上去告诉那一家人，争取明天见面。"

"阿宝是谁？"

"媒婆呀。"

蔡岚缓过神来："为什么那么快？"

"他们过了年就要回去上班，不能拖太久，在香港，一天就有一天的钱。"

蔡岚有点后悔与紧张："真的要见面？"

"做人要讲信用，这次我没有逼你，是你自己点头答应的，我已经告诉阿宝，阿宝现在可能已经给他们传话了，你可不能出尔反尔。"

蔡岚突然沉默，因为她有哭的冲动，她只有沉默，才能控制住这种生理欲望。

那香港仔，高高大大，稍胖，五官还周正。蔡岚看不出有什么不对劲，也没有什么感觉。他的父母也高高大大，微胖，那人显然是正宗的遗传。见面时间不长，那一家人就很有礼貌地告辞离开。

第二天，阿宝兴冲冲来报喜，说对方满意了，征询蔡岚的态度。蔡岚说："我考虑一下吧。"阿宝立即拉下脸来，说了几句不痛不痒的话就离开。

她一离开，母亲语气有点不友善地问："你到底愿意不愿意？人家回来过年兜，主要是相亲，媒婆都快踏破门槛了，争着介绍，他们一天就看好几家，你一拖，黄花菜都凉了。"

"姻缘天注定，急什么！是你的就是你的，不是你的急也没用。我们还没有说上一句话，我能有什么态度？总该找个机会，让我们聊上几句吧？"

母亲听后可能也觉得有道理，脸色缓和了许多："那我就这样转告阿宝？"

蔡岚无奈地点点头，不知怎的，她还是有一种哭的冲动。

过了一会儿，父亲轻轻走上楼，看似平淡地说："好好谈一谈，慎重一点，再做决定，这事儿谁也无法强迫你。"

蔡岚一听，眼眶一热，她连忙低下头，不敢看父亲。父亲叹了一口气，又轻轻地下楼。

见面安排在第三天，他来了，居然还带着母亲，这样交谈时，他母亲偶尔会插话，帮他回答，其实，蔡岚提问的问题并不深奥，无非就是一些基本的个人信息，比如：什么工作、念几年书、有什么兴趣爱好。当他们走后，蔡岚才觉得这些问题都没有得到明确的答案，但又找不出毛病来。

母亲等客人一走，马上问："怎么样？"

"马马虎虎。"

"那就可以了，以后慢慢了解，一辈子很长呢，一下子了解完，以后干什么？有什么意思？"

蔡岚觉得好像有点道理，就不再言语了。

正月初六，阿宝又来了："怎么样，这些天考虑清楚了吗？他们让我来打听打听，如果愿意，初八是黄道吉日，能不能戴戒指（订婚），把这事定下来？他们初九做了天公生就要回去了。"

蔡岚脱口而出："这么快？"

"找香港客，只能这样，他们哪有时间一趟一趟回来相亲、慢慢了解？你看看，咱们这里嫁香港客的，不都是这种速度，人家不也是都好好的？"

蔡岚又陷入混沌状态，她一时没了清醒的意识，只好沉默以对。

就这样，初八举行订婚仪式。当男方把一盒黄金首饰放在她手上，她赶紧低下头，眼泪终于流了下来。

六十七

香港回归祖国，这是一九七七年，中国最重要的大事。举国欢庆，雪洗百年耻辱。七月一号这一天，蔡岚看完电视直播，语气波澜不惊地对父母说："我想退婚。"

两个老人一时无法从万分激动与自豪的情绪中反应过来，直愣愣地望着她。蔡雷也惊讶地望着她。

大学毕业后，蔡雷被安排到团市委工作，如今刚满一年。全家都很高兴，父母高兴的是儿子这辈子应该可以过上安稳的日子；姐姐、姐夫则认为团市委干得好容易被提拔，他们做生意的最渴望家里有人当官，官商联手，可以互相帮衬，以后的路就可以走得更宽广、更顺畅。

"我想退婚。"蔡岚只好重复了一遍，语气仍然平和得没有任何起伏。

"为什么？"母亲气得脸都扭曲，声音也扯直了。

"香港回归了，去香港还不容易？我干吗还要嫁给他？我与他写信，终于了解到，他只读三年小学，现在做地盘工。我和他只通过三封信，一封信也就几句话，你知道错别字有多少吗？至少五十字。我看他自己说上三年学都是夸张，最多不会超过两年。我一想到要和他生活在一起，就浑身起鸡皮疙瘩。"

"我支持你！"父亲忽然语气坚定地说。

"天啊，你们这些查某儿到底怎样了？哪里不正常了？一个个的婚姻都如此奇怪？"

"雯儿、霜儿现在不是挺好的？"

母亲气得颤着音问："为什么退婚？你不要太自私了，也该考虑我们的感受，你退婚后，我们这张老脸往哪里搁？我们还怎样做人？在鳌村如何待下去？你弟弟以后如何找对象？"

"我是我，是我不守信用，与弟弟无关。婚姻错误都可以补救、重新开始，我与他见两次面，说话不会超过半个小时，连手都没有拉过，为什么就不可以解约？"

"他有什么不好？书读那么多就很了不起了？除了书癫（书呆子），还有什么用处？凭什么看不起别人了？"

"妈，我只是觉得不合适，并没有说他不好。不退婚，我就死。"

"啊！你居然威胁我、吓唬我？我三个查某儿，多一个不多，少一个不少！无所谓，你爱怎样就怎样。"

"我，退婚。"

"搬进这个家来，我终于吐出胸口一口恶气，扬眉吐气了，没想到你要把我的自尊、面子践踏在脚下。"

"妈，不会的，大姐、霜儿现在都给你撑面子、长脸了，别人不敢取笑你。"

"如果你不退婚，不是更完美？别人除了羡慕、嫉妒、眼红，还敢怎样？"她忽然一转身："你，你这个书呆子，就不能帮我劝劝？"

"我支持她退婚，真的不合适。"

母亲气得摔上房门，关在里面一整天不吃不喝，蔡岚在外面解释又解释，道歉又道歉，但母亲还是不出来，蔡岚急了，扑通一声跪在门外，哀声请求。还是弟弟想出一个绝招，打电话告诉大姐蔡雯，蔡雯马上带着两个女儿赶来，两个清脆的童音在外面一声声叫着外婆，喊着饿，母亲终于摇摇晃晃开门了。

中秋节，男方一家回来，说是参加外婆的八十大寿，母亲托阿宝把订婚礼物送回去，阿宝气得脸都青了，从此与母亲不再往来，即使路上相遇，也气呼呼地把脸别向一边。

蔡岚就这样成为一个有过婚史的女人。但是，那种欲哭的情绪与冲动不再控制着她，单位同事待她也如往常一样风轻云淡，她就更释怀了。

一波刚平，一波又起。由于搬进新厂房，添置了新设备，向东心膨胀了，恣意扩大生产，到了年底，居然积压了十多万条西裤，一条成本七十六元。

夫妻俩完全蔫了，欲哭无泪，也不敢流泪，更不敢懈怠、放弃，因为他们知道一旦萎蔫下来，又是一次残酷的失败、彻底的破产。蔡雯托婆婆照顾两个女儿，把儿子托给母亲，和向东没日没夜分头寻找客户、推销商品，几乎处于疯狂状态。

到了第七天，他们探听到广东有个展销会，规模很大，全国各地商家云集那里，往往有很多商机，夫妻一听，犹如黑暗中看到一线光明，不加踌躇就决定到那里试试运气。夫妻俩火急火燎赶去广东，两个家庭都把心提到嗓子口，焦急地等待消息。就在大伙几乎丧失信心之时，接到他们打来的电话，说是找到一位大客户，谈好一条以六十二元的价格，全部收走。

在电话这一头的母亲激动地说："好呀，这不才亏十四元？"

"妈，你不懂，水费、电费、工人工资、税收等等加在里面，就得亏三百多万。"

割股疗伤啊！大伙都想到这个著名的历史典故。

母亲流着泪，伤心不已："路有曲折坎坷，但像他们这样的，真是太少了。上天也太磨炼他们了。三百多万，这些钱暝日（昼夜）不停地数，要数几日呀？天文数字呀！"

向东、蔡雯回到家时，全家人都早早等在门口，见到他们，犹如见到凯旋的英雄，又好像见到阔别多年的亲人，一时悲欢交集，感慨不已。

六十八

小舅妈打来电话，请母亲过去一趟，说有事相求。这好像不是小舅妈的讲话风格，她讲话不是这么婉转、客气、含蓄的。母亲一听这种电话，立马升起一股神圣感，娘家人有用得着她的地方，她就无上荣光、无比自豪，她大半辈子就是这样当二姐的。

雪琼看到她，像看到救命稻草："二姐，海滨就听你的，这次你要帮我说几句好话，替我求求情。他生气了，跑到金莲寺，不回来。"

母亲一听不对呀，这不是给她戴个风神帽，她的作用何时这么大？海滨何时听过她的话？她何时有过这样的权威？但她不好意思说，人家好不容易捧火灰给自己垫脚，怎好意思抹杀别人的好意？便问："为什么？你们夫妻几十年不是都过得好好的，他不是一直都很听你的话？"

"我亏了很多钱。"

"什么生意？亏多少？"

"四百万。"

"客户跑路了？"

"不是，前两年跟着街面上一些生意上的姐妹伴去香港炒房产，去年跟着抛掉，她们说是香港回归了，房产就不值钱了，很多香港客都抛掉移民国外去了。我也跟着抛，结果大亏。"

"这么大的事，他不知道？"

"怕他反对，就偷偷买，原以为等赚钱了，再告诉他，炫耀一下。"

"要抛也没跟他商量？"

"不敢，我心里想，他赚的钱都归我管，哪里知道多少。以后再慢慢攒，慢慢把窟窿补上。"

"他怎么知道了？"

"朋友找他入股开发房地产，说以后最能赚钱的就是盖房子，他向我要钱，这不就露馅了？"

"他上寺多久了？吃斋念佛了？"

"一个礼拜了。他说做人没意思，大半辈子辛辛苦苦赚钱，每天家里店里两点一线，一年就停三天，结果到头来还是一场空。"

"也难怪他心疼，分分厘厘都是血汗钱。不然，就让他清静清静，确实，他大半辈子，几乎没有好好休息过。"

"我的二姐呀，店里生意怎样办？这些年我几乎都在家里当老婆查某简（佣人、丫头），带孙儿、外孙，没时间插手生意，生意上的事全不知道了，他撂下这个摊子，谁收拾得来吗？再关门下去，客户不是都跑光了？生意一旦不做，所有账就都没地方收，全家大小都会饿死的。"

"但是，我确实没有那么大的威信呀。我没本事，自古没有发言权。哦，子宁呢？他不在店里帮忙？"

"这个死孩儿，嫌卖牛仔裤太单调，结婚后就自己跑出来，开了一家时装店。"

"开时装店很好呀，赚钱的利润更大了，我听说有时是几倍、几十倍地赚？"

"不清楚，他自己消费。"

"哦？"母亲脱口而出这个惊叹，忙来个急转弯："要是娘在，就好了。"

"娘……"

两人忽然都黯然沉默了。

母亲看到雪琼几乎揪成一团的脸，于心不忍道："不然……我去试试吧。"

母亲上了钱山，来到寺里，很快就在厢房斋室里找到小舅。母亲一见到小舅，眼泪就下来了，两人默默地坐了很久，母亲说："回去吧，如果娘在，她也一定这样劝你。她这是理财，为了给家里赚钱，如果是她挥霍掉的，怪她才有道理。娘在的时候，对她那么好，比对我们还好。她总说那时我们那么穷，她入我们家门，不嫌弃我们，入门后跟着我们吃苦，就这点，就应该对她好。"

"突然感到没意思、没劲，一辈子都在赚钱，成了赚钱的工具、钱的奴隶。整天数钱，数得我都厌倦了。数着数着，一场空，做梦一样。人生到头来还是一场空，何必征征战战（打拼）呢？"

"如果厌倦了，回去把生意交代好，子宁长大了，也该顶起来，把生意交给他，不能把孩子宠得都不知米价。你出去走走，散散心。世界那么大、那么美，趁现在腿脚还利索，去看看吧。大半生窝在店里，现在又窝在这斋房里，辜负大好的风光，太亏了。"

"是呀，亏了，太亏了。"

"那就赶快走吧，别浪费时间，你说你还有几年可以走动？等走不动了，再来修炼，菩萨随时都会欢迎你的。"

"对！走。儿孙自有儿孙福，我再不放手，我死后，他们都会饿死。

四百万，买这么一个教训，应该不算太晚。”

母亲心底一哆嗦：什么口气？四百万呀，送给我，我不是每天都笑醒？但她没有表露出来，兄弟姐妹之间也需要尊严与面子。

姐弟俩从斋室出来，告别菩萨、住持，俩人沿着山坡慢慢下来。早春时节，满山遍野都是桃花，粉红粉红的一大片，美到让人心醉，也心悸。

母亲深深感慨道：“能来这里修行，确实是一种福分呀！”

“所以说，我的福分还没到。”

母亲忙转换话题：“你说奇怪不，桃花不是很轻佻的吗？为什么寺庙周围栽满桃花？”

“应该表示这里是世外桃源吧？”

母亲欣然点头。

六十九

蔡岚参加同学会时听说他结婚了，对象还是当年高中隔壁班的同学。那个人她也认识，人长得确实漂亮，家境也好，两人确实般配。

她听后，悄悄走出酒店，慢慢走回医院宿舍。回宿舍后，她拿出高中的班级毕业集体照，又看了好久，然后就着打火机把照片烧了。其实这毕业照也不是站在一起照的，而是同学交了一寸的黑白单人照，老师拿去让照相馆给拼在一起，重新照出来的。也就是说，严格意义上，他们并没有合照过。

有同学说，他混得很好，已经过来深圳办工厂当老板了。

跟他老婆同乡的同学说：他们赚了很多钱，很富有，他老婆非常慷慨，荫庇整个娘家。

　　一位企业家同学说：去香港旅游，他还出来接待我。

　　又有同学说：他们夫妻很亲密，经常一起回来，回来一般住娘家。

　　另有人说：他很慷慨大方，捐献很多钱，搞家乡的公益事业。

　　五月份，她办好手续，一个人跟着旅行团去香港旅游。踏上香港的那一刻，她激动得颤抖着，她觉得终于等到了这一天，和他站在同一块土地上。他在哪里？他们可能在某个拐角邂逅吗？哪些地方是他经常走过、坐过的地方？

　　旅行团住进北角城市花园酒店。每个黎明，她都站在落地窗前，外面一片静谧，她不敢相信香港还有这么宁静、平和、朴素的一面。都说福建人喜欢住在北角，那么狮城人也应该住在北角吧，他会不会就住在对面？不，不，不，北角的人间烟火气息太浓了，据说是贫民窟，他不可能住在这种地方！但是走在北角的街道上，她还是有点紧张，心想：会不会迎面碰上或擦肩而过？

　　游黄大仙时，同团的一些大妈都忙乎起来，抽签呀系红绳子呀，唯有她站在一边，不知所措，有位热心的大妈劝道："蔡医生，黄大仙的姻缘签可灵了，你也抽一签吧。"

　　"我不懂，我不懂。"蔡岚忙不迭往后退。

　　"不要紧，这是香港，不是在内地，你们工作人也大胆拜拜，没人会笑你。"

　　"我不懂。"

　　"你跟着我，一步一步地学，这有啥难的？总不会比看病难吧？"

　　"不用，不用。"

　　"那你就合掌拜拜吧，把心事告诉大仙，许个心愿，心诚则灵，大仙会帮忙的。难得来一趟，很多人也特意过来求签呢。"

蔡岚难以拒绝她的热心与好意，便合起掌来，闭上眼睛，但一时想不出适当的话，该求什么、怎样求？她真的想不出来，只好慢慢睁开眼睛，无力地垂下双手。

一周的香港之行，被她看成是一生中最甜蜜、最幸福的旅行，因为她觉得时刻和他站在同一个地方，觉得自己的心跳终于和上了他的节拍。她感到非常安慰：她终于来到香港、看到香港，揭开了这幕神秘的面纱。从此，她该把他放下，彻底地放下了。

七十

向东觉得制造业如此艰难，终于做出一个重大的决定，改行搞贸易。搞什么贸易？他想了想：狮城是服装之城，那一定得搞与服装有关的贸易，那就只有卖布、卖辅料。对于赚过钱又赚了钱的向东来说，他已经无法接受小打小闹，所以最后决定：开布行。夫妻商量好后，他抽身而退，把制衣厂全权让给蔡雯，自己到狮城鸳鸯池地段租了店面，开始卖布料了。凭着在服装行业多年养出来的嗅觉，他能迅速判断将流行什么布料、什么布料好卖，于是一入行生意就做得风生水起。而蔡雯，用她自己的话说，她也从打杂的摇身一变，变成独当一面的女老板。

蔡雯上任后，遇到的第一件事是商标问题。一天，厂里忽然来了两个男人，说是从浙江来的，有事要与老板协商，蔡雯让手下人把他们请到她的办公室，她以为来了大客户，热情接待，不料对方拿出一大堆材料，说他们也开一家制衣厂，注册商标也是依达利。

蔡雯心想：诈骗犯居然骗到我头上来了？欺负我是女流之辈？我可不是吃素的！谁怕谁呀？她不慌不忙把材料一一过目，认真校对，看完，不禁纳闷道：难道他们也是真的？她把财务科人员叫来，让他再认真辨认，财务科人员辨认后，对她轻轻点头。从时间上看，对方注册早。

蔡雯合上资料，轻轻放到桌上，呷了一口茶，不徐不疾地说："既然你们大老远跑来，一定做好功课，那就打开天窗说亮话，把你们的想法说出来听听吧。"

对方伸出三个指头，蔡雯故作惊讶地问："三万？"

"不，三百万。"

"你们公然上门打劫呀？一个商标值三百万？那我干脆不用这个商标，让给你们，你们给我一百万就行。她心里觉得非常可笑：大乳吓细儿（拿气势吓唬人）呀。"当然这是闽南俗语，对方听不懂，也嫌俚俗，所以她没有说出口。

"我们注册在前，你们侵权在后，是你该赔偿我们。"

"这事没那么简单，我得跟我们本地的工商局取得联系，我申报商标，按我的喜好取名字，不是有意模仿，他们应该认真审核，审核好了才批给我，他们不批我也不会用，你们说是吗？"

"反正你已经用了，就直接构成侵犯我们权益的问题，你就必须赔偿我们，你找工商局理论，是你的事，这要多长时间？我们总不能住在宾馆等你慢慢去理论，这时间、开销，谁付？"

"那你们的意思？"

其中年长一点的男人说："我看你也是女强人，干脆豁达，应该知道对于商人，时间就是金钱，我们也不想恋战。爽快点，一个数。"

蔡雯再次惊叫："一百万？告诉你们，我也是受害者呀，我们用了近十年才养出这个商标，打出名气，如今你们说我侵权，我向谁喊冤？真是，向鬼哭没爹呀（有冤无处哭诉）。"最后一句她用闽南话，"一百万，太多了。"

"不多，就应该这个价。我看你这个制衣厂的规模，完全超过这个价位。"

蔡雯气得站起来，喊道："小张，送客。"两位中年男人遇到刺头，吓不了又蒙不得，抓起手提包，撂下一句狠话："那我们法院上见。"

"不用，我明天就改个商标。"

客人下去后，蔡雯也冷静了许多，她叫小张："你赶紧追下去，问他们三十万，行不行？这是最后的底线，绝不退让。"

一会儿，小张上来："他们不同意。"

"你去工商局一趟，请他们调取材料看看，尽可能帮助我们了解对方的情况，实在不行，我们马上取消这个商标，重新注册一个。"

"那很多问题……"

"没办法，以后还有问题，遇到一个击破一个。怕困难，就干不成事。一百万？这是什么概念？多少人一辈子也赚不了一百万，拱手送给别人，不心疼？还不如重新打个品牌，以我们的质量，我不相信客户会不认可。"

"那我们还没发出的货？"

"这几批仍然用这个商标，已经签下合同了。我们又不是盗版的，这是工商局批给我们的，怕什么？法院见就法院见，损失多少总比白白送给别人，心甘情愿。我们马上注册新商标，以后接单就用新的。这点要跟客户解释清楚，他们愿意接受再签单。"

"好。我马上去办。"蔡雯坐在大班椅上，心头直跳，她想打电话告诉向东，又不好意思，免得他笑话自己，说他一放手，自己就手忙脚乱的，毕竟是女流之辈。她给自己泡了一壶铁观音，慢慢品起来。忽然灵光一闪：西裤比较老气、成熟，穿的人群一般要中年或以上，去年积压的十万条西裤，无不说明这个问题，不如改做休闲裤，这样就可以打破年龄的局限。用新商标打开另一个局面。

她跳起来，打电话告诉向东，向东听后马上高呼："老婆万岁！你怎么会有这个想法？"

"现在到处不是流行什么休闲食品、休闲农庄……反正，没有休闲就落伍似的。既然食品可以休闲的，衣服为什么不能休闲？"

"对，太好了，我们就做休闲裤，跟着时尚、潮流走。确实，现代人生活节奏快、压力大、追求个性自由，为什么要穿得中规中矩、严严紧紧的？"

七十一

小姨忽然光临陶然小筑，这让母亲吃惊不小。她笑着问："天啊，今天吹什么风呀？"

"你都不敢去了，我再不来，我们姐妹不是再也无法见面了？"

母亲尴尬地笑了笑："怎样了，好点了吗？"边说边拉着她要进屋。

"我先看看，不错，不错，这围墙围起来，房子显得更大、更高档、更气派，有内有外，还种了这么多花草树木，水，太水了！真正别墅了。修身养性的好所在，住这里，可以多活好几年呀。"

"老书呆，爱养花养草，都是他弄的。再贵的树苗都舍得买，买了好几本书，一有空就研究，不懂还跑去请教专家，不知花了多少冤枉钱，最贵的是这几株兰花，偷偷请回来，宝贝似的，没想到种花种草也烧钱。

年兜前，又有新花样，买了很多水仙花来，自己雕刻，刻完到处送人，别人是送烟送酒、送鱼送肉，他送花。"

"你还别反对，有俗就有雅。老有所乐，这才是晚年生活，人要懂得享受。栽花种草，总比花在欢场查某身上好。"

"哈哈哈，你以为这些老打捕是三藏肉（形容稀罕物），三人要得四人没份（非常稀罕、抢着要似的）？告诉你，不可能的，打捕身上没钱，就像花不香，蜜蜂蝴蝶都不叮的。"

小姨不好意思地一笑，转换了话题："嗨，我真后悔，当初把锦村的房子那么低价地卖给小叔子，不然也回去养老。"

"再回去建一座，不就得了？"

"回不去了，后来为了孩子读书，也想当城里人，动用很多关系，花了很多钱，把户口迁进城了。"

母亲听后，"哦"了一声。两人走进一楼客厅，母亲边泡茶边关切地问："那个儿媳好点了吗？"

"难道还有药可以医治？"

母亲很是惊讶："没有变化？真是，丑人多作怪。"

"怎样可能会有变化？"

"生查某儿呀，我们这里媳妇生查某儿，不是自然矮了一截，没有底气、不敢嚣张了？"

"这种人会这样想？那她就还有一点人性了。"

"喝杯茶，趁热喝才香。又怎样了？"

"从孩子出生到现在，一次也不让我抱，到现在还不让她叫我们。你说，即使是查某孩儿，毕竟也是我们的孙女呀，有这样酷刑的？"

"绝了，绝了，这世界居然有这种人？亦玮呢，他就任由这个查某这样飞扬跋扈、无法无天？"

"咱们的孩子，说句不怕见笑的话：就是太孖（幼稚）、太嫩。完全不敢动她一根头发，结果让她爬去头顶放屎。"

"偷偷去和她父母好好谈谈，或者她父母说得动她？"

"我苦呀，能教育出这种查某儿的父母，能好到哪里去？你不知道吧，大儿子赌博，专门去澳门赌，输得很惨，听说有一次居然输了好几百万，输得连一身行头都当掉，名表、钻戒、名牌包、皮带呀，统统扒下来；小儿子吸毒吃鸦片，吃得人不像人、鬼不像鬼，所以自认为这个查某儿已经好得不得了了。有一天她老母来，对我说没地儿去找比她查某儿更乖的了……啧啧啧，猴儿照镜自己水（漂亮）……她敢说，我都不敢听。"

"今天怎么有空了？"

"以后天天有空了。"

"你，真的把厂子让给她？"

"不让给她，有什么办法？最后还是毁在她手上。天天吵，是一回事，后来就挑拨那些工人，遇到赶货时，故意叫工人罢工休息，让我无法按时发货，结果耽误了就得赔偿，有时客户就不认账，说拖延过时了卖不出去，把货退回来。横竖是一死，早放手或许可以多活几年。"

"没有工厂，生活不成问题了？"

"只好和她谈判，白纸黑字：工厂给她，房租我们收，维持生活。"

"和这种人还怎样一起生活？干脆散伙，让她独立出去。"

"她不干，说她从来没有煮过饭，连煮干饭、稀饭的米都分不清楚。还威胁说，如果分家，亦玮、莎莎饿死，不是她的责任。"

"最毒妇人心！赚私家、吃公家，这如意算盘，打得太精了，还威胁得理直气壮。干脆到建聪公司要一套房子，你们老妘老某（老夫老妻）搬出来，平平静静过日子，眼不见心不烦，人生早看破早享福。"

"这点我也想过，但不行。一旦搬出来，将来连房租都收不到，完全撕破脸，她还有什么干不出来？她一定会提前去收房租，断我们的后路。"

"难道无招了？"

"除了眼睛一闭，没招了。"说完眼泪簌簌而下。"二姐，你说我前世造什么孽，踏破他们的皇金瓮儿了？上苍居然派这种恶儿媳来糟蹋我？"

"人力我们办不过她，不然我们迷信一下，问一问神姐，拿点符烧给她吃？死马当成活马医，或者还有一线希望，不然一辈子还很长呢，日子怎样过呀？！"

"她防着呢，每顿饭吃之前都要闻一闻，用筷子往碗里碟里挑一挑，是解扣吧？这种查某儿心机居然这么细、这么深！"

"这么坏的人，心里自然不安稳、有恐惧。不干坏事，晚上就不怕鬼敲门，应该就是这个道理。那就找个不用吃的，只需要烧符的。"

"过去，我忙于做生意，很少走神佛（拜神佛），如今走投无路，又担心在狮城早晚会被她知道，所以跑来找你想办法。"

"容我想一想，我就不相信，人对付不了她，神灵也奈何不了她。这世道就没有天理了？"

"现如今，我还真的怀疑呢！"

"别说丧气话，一物降一物，天下的毒药都有解药呢。"

"但上天也太狠了，一个媳妇搞得鸡犬不宁、四分五裂，两个查某儿也忒不如意的。有时想到这些，感觉活着真没意思，还不如死了一了百了。"

"呸呸呸！好死不如赖活。这段时间两个查某儿不是挺安宁的？你就爱没事找事烦自己，孩子的事孩子自己担当，咱们烦恼不过百年，该放手就放手。"

小姨无力地摇摇头："亦珺还不是三天两头闹着离婚？如果只是单纯

的婊子契哥关系，比较容易拆散、了断，有一个孩子，自然藕断丝连的。现在看到这个弟媳这么刁，再也不敢把后头当避难所了。亦璟也是很辛苦、拖磨，遇到一个要吃不拔（爱吃懒做）的人，也是很气恼，电脑绣的生意就她自己打理，小许只会伸手向她要钱。如果这两个查某儿婚姻顺利点，我还有靠山、有退路，如今，是山穷水尽了。"

"天无绝人之路，记得有一次，岚儿说过什么关上一扇门，就会打开一扇窗的？反正差不多这个意思。我告诉你，上山一天下海也一天，今天你就住下来，咱们姐妹好好聊一聊，也多问一问，三个臭皮匠当个诸葛亮，也许有福气我们就找到一个能人，帮你把一切都捋顺了？"

"我不能待太久，她今天回后头，我才敢出来，她在家，我就得煮饭伺候他们，走不开。"

"可怜！真的造什么孽呀，有这样折磨人的？既然这样，我们走吧，不迷信，哪有活路？鳌村经济不兴，就迷信兴，都成闽南佛国了，求神求佛求人都可以。我们今天也临时抱佛脚。"

七十二

建聪公司所开发的嘉兴楼盘，由于所处位置、建筑质量、容积率、配套设施等方面在全市楼盘建设中占有绝对优势，成为全市品质最高、名气最大的楼盘，成为有身份、有地位、有钱财的人士首选之房源，一时趋之若鹜。虽然价格高于其他任何楼盘，但人们还是乐于接受，公司赚得盆满钵满。建聪也成为房产界炙手可热的新星。

有了雄厚的经济基础与保障，蔡霜觉得自己也必须做出应有的贡献，巩固自己的地位，于是她努力、积极地投入造人的活动中，当她得知成功怀孕、并怀双胞胎时，马上到香港去待产。据说，这不是事在人为，而是借助先进的医学技术，但蔡霜否定，认定是自己努力的结果。

建聪为了照顾宠物般的老婆，在港岛买了一套七百多呎的房子，投资两百多万。他还经常奔波于两地之间。这时，戚和已被这对父母送去厦门全封闭的贵族学校读书。

建聪从香港得到启发，那就是率先在狮城建一座大型的现代化的功能齐全的商场，可以集购物、娱乐、饮食、商务、会展等功能于一体。当他的龙凤胎诞生时，他的这个大胆构想也基本成形。所以他左拥右抱带着一对千禧儿女回来时，也带着他商业王国的理想回来。因为他在香港进行实地考察，搜集很多确凿的数据，所以在抛出这个设想时，他也抛出这些有力的论证，公司高层很快认可他的理论，并一致认为他的理想一定会变成现实。

那么，下一步，就是选址问题。好像没有任何争议或反对的声音，一致认为建在市政府附近，他们一致认为，那里一定是不久的将来的城市中心。建聪把蔡霜母子仨带回来交给保姆，安顿好一切事务，便投入紧张而复杂的申请地皮的活动中。

一时，三个南腔北调的保姆，进驻花园小区他们的家。两个保姆专职负责两个婴儿，一个专职负责家务。但蔡霜还是觉得手忙脚乱、应接不暇，两个小屁孩一个饿另一个一定也要吃，一个哭另一个绝对不笑，她从刚开始的满满幸福到如今的万分沮丧。更让她难以接受的是，这时的家乱得像一个狗窝，也挤得转不开身，所以她经常处于烦躁之中，认为自己一定得了产后抑郁症。

母亲只好经常来看望他们，帮她购物，收拾房间，更主要是跟她谈心，开导她。

"我怎么越看越觉得这两个好像是我前世的仇人，专门来折磨我的？我快崩溃了！"

"惜福，惜福，有子有女，组成一个好。还有啥不能克服的？孩子见风大，很快就可以离脚手（可以放手），困难是暂时的。"

"我可能挺不过这么长了，听到他们的哭声，我就想干脆跟着哭算了。"

"你只要看一看建聪的笑容，就应该觉得这是值得的，成功男人一般都渴望子女成群，将来继承家业，这也是他们成功的标志。你说，如果只有戌和，他会满足？一定不会！你不生，别人还乐意为他生，外面多少查某虎视眈眈，等到那时候，你哭都来不及。现在三个孩子，叫三国鼎立，构成一个稳定的局面，你的地位自然就稳固。"

"妈，你还有这一套一套的，原来你一点都不落伍。"

"没吃猪肉也看到猪走路。你看周围多少查某，有的只顾个人享受、有的怕身材变形、有的争当女强人，都不生，结果呢，丈夫就在外面生。多惨痛的教训呀！嗨，我劝你呀，既然把孩子生下来了，就好好养，这是福分。我过去还带你们四个呢，连饭都没得吃，怨天怨地的，敢怨你们吗？你呀，我告诉你，你是太幸福了，反而不懂得什么是福。现在你只需跟建聪商量一下，说这房子太挤，是否买套大一点的？或者干脆买两套打通来装修，宽敞一点，人也不至于那么压抑、烦闷，孩子吵的时候，把孩子扔给保姆，至少有个地儿躲一躲，心自然静下来了。"

"妈，你太伟大了，这个想法比什么都管用。我就是走到哪儿都看不顺眼，走到哪儿都是人，烦得想抓狂！晚上，我马上跟他商量。你回去请岚儿帮我们再想两个名字吧，告诉她，我们就喜欢建房子，坚决建房子建到底。"

母亲终于也开怀大笑："死查某儿鬼，一会儿风一会儿雨，喜怒无常。"

"妈，你说，这世间居然有这么不可思议的事，当时我还想让岚儿多考虑两个名字呢，还一男一女。"

母亲赶紧就这话题，安慰她："就是，就是！这是冥冥之中的事，也许上天已安排这对兄妹来给你了。"

七十三

小舅妈来看望坐月子的蔡霜，一进门，惊呼："这是怎么了？我没走错房间吧？好像日本儿起沙（形容破坏之严重）了！"

蔡霜哈哈笑着："乱得可以吧？鸡窝狗窝土匪窝。"

"暂时性，暂时性的，不要紧，一切牺牲都是值得的。"

当小舅妈看到一对双胞胎，更是喜欢得不得了："真水、真可爱，这种孩子生再多也不嫌多。"

"舅妈，那是你没有看到他们哭，他们一哭，你就恨不得把他们扔出去。"

"啧啧啧，你扔呀，我就在底下接。"

"不用，你现在就抱回去，我放鞭炮欢送，热烈欢送。"

"真的假的？我们三个女同胞去香港生了三个孩子，都宝贝得不得了，比大的更疼，没有一个是你这种态度！花多少钱、受多少罪才生来的，多不容易！"

"她们是熬过来，忘了苦了。"

"哪个查某记得生仔（孩子）的艰苦？"

"子安、子容现在怎样？多久没有联系了。"

"不错呀，外面都说，建聪建的房子风水好，住着很有进益。她们这几年做生意都还顺利，虽没有大富大裕，但小康总是有的。大富靠天。我和你小舅当时这一步走对了，独立后，每个人才会去打拼，也才懂得规划。我们没办法跟着她们一辈子，总有一天是要放手先走的。所以早放手反而是对她们好。"

"她们都做些什么生意？"

"周睿他家是开化妆品店的，他们婚后不久就独立出来，也是开化妆品店，刚开始比较老实，都拿正宗牌子，利润低，经常跑来蹭我们的，现在懂得搞些猫腻，赚的利润就大了；子容、黄泓转手好几种生意，都折了本，后来学子宁，也开时装店，但他们主要卖女装，基本上是深圳广东货，子容拿货、黄泓看店，刚开始那几年马马虎虎，现在生意好起来了。"

"蔡岚也在嘉兴小区买了一套房子，她说早出晚归的，可能作息时间不同，没见过子安、子容。"

"她呀，理解理解，可能是怕她们问起个人问题，干脆回避。怎么样？还不找？"

"不知道呀，好好的一个人，一谈起这个问题，脸就拉下来，变得不正常。可能姻缘线还没到，这月老也是老糊涂了，忘了帮她牵线。"

"你回去试探试探，如果点头，我干脆帮她介绍一个。"

"你直接找我妈吧，我跟她说，她会跟我急，她这个人怪胎一个。"

"你妈这段时间干吗呀，很久没有看到她了？"

"念经拜佛呀，简直入迷了，吃老学唪鼓吹（老了才学吹拉弹唱，比喻不服老），经常去听讲经，还经常去烧香拜佛。舅妈，你现在也应该趁着腿脚利索，多和小舅出去走走。"

"家家都有一本难念的经！现在两个查某儿总算扶起色了，但子宁不行呀，现在想起你外婆说的话，才觉得老人太有智慧了，她当时就经常唠叨：子是做种的，要晒干。当时一方面忙于赚钱，另一方面也认为就这么个打捕，何必抠得那么严。不是说，严官府出猴贼（比喻管教越严越容易出不三不四的人）？结果太宠、太放任了，如今才知道苦。"

"他不是好好地做生意？"

"哪里好好的？三天打渔两天晒网，花钱比赚钱快，那个时装店赚的钱，还不够他一人花销，也不知结交那么多狐朋狗友干吗！整个家还不是我们撑着？大大小小的事儿，哪一样不是我们打理？"

"纤雅呢？我觉得她挺贤惠、明理的。"

"就是太贤惠，贤惠得过了头，管不住子宁，子宁干什么，她都不敢阻扰，凡事任由他。人道是：查某儿是第二后进（女人是很重要的进取力量）。很重要呀，一个家能不能兴旺发达，查某儿起着很重要的作用。"

蔡霜听后，觉得好笑，不禁盯着她看：小舅大半辈子赚了多少钱，可能连他自己都不清楚，如果不是你，现在家产该用什么单位来计算了？你这是在反省还是在忏悔？

当然，蔡霜仍然不动声色地为她添上茶水，静静听她说："当然，这和她来自农村、家境困难有关系，可能从小就有自卑感。但是，刚开始降不住，一辈子就甭想降服了。"

"家和万事兴，反正一物降一物，两人都强，必有一伤。所谓：退一步海阔天空，进一步两败俱伤。只要他们夫妻和睦就好了。"

"但这个家最后终归是他们的，两人这么搭配，以后谁撑起这个家？可能是一直以来，这个家我们撑着，两人便没有家庭意识，纤雅只顾着娘家，偷磨借债（想方设法）也想着荫庇娘家。"

蔡霜再一次暗中发笑：她本人荫庇娘家的钱还少吗？难怪外婆晚年曾暗地里感慨，说王家风水就这点不好，儿媳妇都一味顾着娘家。外婆说这话的原因是，她的另一个儿媳，在台湾的儿媳，几乎不是她的。

"如今，两个孙子一天天长大，他们不急，我们急，真是皇帝不急急死太监。如今，培养一个孩子得多少钱？不多赚些钱，将来成人都成问题。咱们闽南，生查某儿也好，大不了就别人的土涂别人的壁（形容应付了事），打捕可是要真钱真银的，人道是：想罩鸡母生蛋还得有个鸡笼。"

蔡霜越听越糊涂了，小舅妈怎么讲着讲着，就哭起穷来了，他们哭穷，还有富人吗？小舅的牛仔裤批发生意二十多年几乎一直是处于垄断地位呀！那么她今天仅仅来看宝宝？不，一定还有其他目的。我且听她慢慢述说。

"阿霜，过去是全国跑狮城，狮城的生意太好做了，只要你愿意吃苦、辛苦点，就可以赚到钱，现在不行了，很多地方乃至内地都开放改革，放开政策，很多人也被我们教聪明了，学会做生意，自己也办起工厂，做起买卖，所以狮城生意一日不如一日。生意越不好做，竞争越大，利润就越薄。我想：与其在一棵树上吊死，不如多走几条路试试，或许还有其他赚钱的门路？"

"那是，那是，但转型是有风险的，做自己熟悉的，做大做精，还是比较稳妥。再说，社会怎样变，人总是要吃饭穿衣吧？卖衣服还是好的，为什么要改行？"

"不是改行，也不是转型，是我们手上攒了一点钱，其实也不多，这些年，由于投资失败、嫁查某儿娶媳妇，等等，少说也耗费掉一千万，如今，积累了两百多万，想做点投资，让钱生钱，也攒点老本。我们想了想，建聪房地产做得顺风顺水的，我们想把这笔钱投到他公司，你帮我们说说？"

"舅妈，不是我拒绝你。建聪做这生意是有点利润，但风险更大。你们这些年投资也损失不小，应该是很有感触、体会的。如今，这笔钱是要做老本的，更要慎重。她看到小舅妈神色黯淡下去，便婉转道：不是我不帮忙，他们也向银行贷款，确实需要钱。我是考虑到安全因素，我们是亲戚，更要为你们负责，你和小舅这些年这么辛苦，这笔钱可以让你们的晚年过得很好，所以这笔钱很重要。投资要谨慎！"

"不要紧，我们相信建聪，这些年他开发的楼盘哪一个不是抢手货？我们做了这么多年的生意，风险意识还是有的，心理素质也是好的。我们就是相信他，才打算把老本托给他。"

"好吧，等晚上他回来，我帮你说说，至于他是否接受，我做不了主。但我们双方都要谨慎，再考虑考虑，慢慢做决定。"

"那我等你回话了。"

"我一般不插手公司事务，话说妇女半边天，其实妇女靠边站。公司现在是股份制的，我们占大股，还有几个小股东。如果你们双方都愿意，也有诚意，你甘我愿的，到时候你和小舅到他公司去处理，白纸黑字签下那些资料，才有凭证，对谁都是一种证据与保障。"

"好好好，死查某儿鬼，这么有出息，情是情，理是理的。你妈真会调教孩子，我现在终于服了她。"

一周之后，小舅、小舅妈投进公司两百万，占了一点儿股份。

七十四

清明节的第二天，蔡岚终于见到他。

她没有想到同学聚会会安排在清明节后，这应该是难以联想到一块的两件事。但主事者这样解释：咱们闽南不是有句话，年兜没回家，没某（老婆）；清明没回家，没祖（祖宗）。所以清明节回乡的人一定比年兜的多。再说，很多届别、年段、班级都安排在春节期间，太集中了，反而经常碰场，酒店难订，东西贵，有些留级、复读的同学要跑场。

蔡岚不管安排在哪一天，关键是这一天，她居然见到了他。高中毕业后，再次见到他。

那时，活动还没正式开始，她们女同学这里一群、那里一堆，站着聊天，无非丈夫、孩子、工资、衣服、房子等家长里短的琐屑之事，她格格不入，略显尴尬，便借口透透气，往酒店包厢外面的大厅踱去。这时，他走了进来。蔡岚一时呼吸困难，不知所措，是赶快回头往人堆里扎，还是泰然自若地迎上前去？关键是，这事来得太突然，她已完全无法泰然自若。不知是神推鬼催，还是潜意识支撑，她没有逃脱，而是选择硬着头皮迎上去。一步、一步，近了、近了。

他显然没有注意到她。他是那么地踌躇满志、意气风发，昂首挺胸往前直走。她知道他现在是有钱人，成功人士了。是擦肩而过，还是正式见个面、握个手？近了，更近了。

错过这个机会，这一生可能永远再也不可能见到他。这念头一出现，她横一横心，直接走向他，伸出手去："老同学，你好！"

他可能被这突如其来的同学轻微吓了一下，犹豫片刻便也伸出手来，终于握住对方的手。

这是他们第一次握手。蔡岚觉得自己的手好像不是自己的，没有了知觉。她不知自己的手是冷的还是热的？是柔软的还是僵硬的？是镇定的还是颤抖的？她唯愿自己的手是细的，不经岁月侵蚀的，一如高中那时的细嫩、青葱。人生若只如初见啊！

对方矜持道："请问，你是谁？"蔡岚脑袋"嗡"的一声一下子完全空白，她恨不得地下有条缝，自己马上钻进去，逃遁得无影无踪。但低头一看，没有，她只好用尽力气艰难地抬起头，努力保持着最好的微笑，直视着对方："蔡岚。"

"哦，是你！"就这样，没有下文，也不见脸上有任何细微的波澜。原来，这个哦，不是感叹词，只是发音的前缀。蔡岚完全领悟得到。

两人同时放开手，蔡岚大步往前走，他继续挺起胸膛往里面走。距离迅速拉开。这就是南辕北辙，这就是背道而驰。

蔡岚仓皇之中躲进厕所里。对着镜子，她呆呆地望着：难道自己已经容颜全非？他居然认不出自己了？她死死盯着镜子里的自己看，目不转睛。最后，她凄然一笑，眼睛终于离开那面大镜：下一步，怎么走？

她呆呆地站在厕所里，里面已经正式开始，有人正对着麦克风讲话，用的是地瓜腔的普通话。厕所里喷洒了花露水，这是她很喜欢的香味，她多渴望自己哪儿也不用去，一直待在厕所里。但是，再好的厕所也是厕所，厕所也是公共场所。最后，她想了想，轻轻溜出酒店，在外面快速拦上一辆载客的摩托车，逃也似的走了。

深夜，躺在床上，蔡岚的心还是直跳，无法平静，她痛恨自己，非常悔恨：既然对方认不出自己了，何必飞蛾扑火似的撞上来，搞得粉身碎骨？是呀，这行为完全不是自己平常所为呀！自己疯了？她狠狠地抽打自己的脸，打得脸上一个一个鲜红的手印，脸火辣辣的生疼，眼泪簌簌而下。

脸上红印还没消退，她就爬起床，查阅《现代汉语词典》，黎明到来之前，她终于为蔡霜的龙凤胎想出名字：男孩叫宸和，女孩叫宛和。多好，生命！

七十五

母亲再也不管蔡岚，也管不了，干脆越过她，为蔡雷操办婚礼。她的理由也确实站得住脚：二十九岁了，还怎样拖？拖过三十岁，多难听。她不嫁，蔡雷不能不娶。我还等着抱孙子呢。这时，母亲掌揽着家庭大权，父亲甘当默默无闻的园丁。父亲的性格变化是如此之大，年轻时像一头老虎，晚年像一只病猫。

蔡雷找的是小学教师，一次团委组织活动认识的，属于自由恋爱。对方是音乐老师，唱歌、跳舞、朗诵、主持节目，样样拿手，人也长得漂亮，开朗、活泼、大方。父母都是中学教师，上面有个姐姐，已结婚。姓沈，俩姐妹，一个叫嫣然，一个叫悠然。家庭非常简单也单纯，所以母亲非常满意，担心拖太久，拖成黄花菜，到嘴的鸭子弄飞了。母亲的理论也很单纯，她说：看到这名字就喜欢，我觉得教师家庭不错，为人师表嘛，再坏也不会坏到哪里去，教师就是教书育人的，哪会不懂得培养孩子？家教很重要，还是那句老话，买牛连牛圈买。

吓唬、威胁起不了作用后，她便狠心撇下蔡岚不管。蔡岚无所谓，微笑着：还好我有自知之明，懂得提前搞个地儿蜗居，不然哪一天就被扫地出门了。

订婚前一天，母亲小心翼翼地问她："明天你要不要回避，找个理由出去躲一躲？"

"我干吗要回避？弟弟订婚是多大、多好的喜事？我高兴还来不及！我没有什么可出，至少可以出力，客人走后打扫卫生。"

"我是担心你……"

"我在场，反而可以镇住别人的嘴。这些人不可能这么没素质，当着

246

我的面给你难堪。"

订婚之后，母亲便紧锣密鼓地准备下一场——结婚。由于男欢女爱，所以时间非常紧凑，二十五天后便完婚。在蔡雯、蔡霜的慷慨支持下，这场婚礼搞得非常隆重，一样也不短人家缺人家的。这时，人家不再赞叹母亲"草包金"，而是感叹她晚景好。有位亲堂婶姆更是直话直说地感慨："一个人九个尾，风水轮流转，这做人呀，确实不能势利眼。你看，过去三顿都成问题，现在办了六十桌，酒店得安排两层。"

弟弟一结婚，作为大姐的蔡雯就背后直截了当传授经验给母亲，她说："有人说，新来媳妇月内细囝（幼儿），都不能惺（宠）。你怎样惺小弟，我们都没有意见。这个儿媳是要娶来做种的，你可得学几招，聪明点，不能惺小弟，连她也惺。"

母亲信誓旦旦："放心，不会的。你们三个查某儿，我都没有惺过一天，咋有可能惺她？礼礼（马马虎虎）就好。"

但母亲过后完全忘了，她认为娶个儿媳不就是多一副碗筷，有啥区别？看到这对年轻夫妻早出晚归的，她自然仍把家扛着，悠然除了洗自己的衣服，其他一概不必插手。周末基本上回娘家，一有假期就出去旅游。母亲啥也不敢说，偶尔念叨一句："新派人，跟我们这一代完全不一样。"

蔡雯仨姐妹觉得既然打了预防针，但母亲干得心甘情愿，也干得动，那就是他们的内务，自己不能管太多，于是睁一眼闭一眼，只求他们团结和睦，自己也得以慢慢从娘家事务中退出。

蔡岚最明显的表现，就是不再休假就回家。有一天，母亲看到她气呼呼地说："你怎么这么久不回来，忙什么？"

"没有呀，工作挺累的，有时也得休息休息。"

"回家就不能休息？"

"他们不是结婚了？以后这个家不仅是你们的，也是他们的。我一个嫁不出去的老姑婆整天摆在面前，不是添堵？"

"这也是你的家呀？"

"我学过心理学，没有人乐意一个老姑婆长期待在家里。小姑子待嫁闺中，是充满希望与盼头的，谁都不嫌。老姑婆因为遥遥无期希望茫茫，所以得人嫌，趁早知趣地躲一边去，才是明智的选择。对谁，自由空间都很重要，我在自己的窝里也自得其乐、逍遥自在。其实呀，不仅你们会嫌我，我也嫌你们呢，我认为：单身也要当单身贵族，我没有能力当物质上的贵族，但可以当精神贵族。"

母亲急道："你难道不想找了？"

"要呀，我何时说不找了？只是要求一个看顺眼的。"

"你弟弟结婚时，小舅妈偷偷告诉我，说想帮你介绍一个，怎样？去看一看？不看，咋知道顺眼不顺眼？"

蔡岚以为弟弟结婚之后，母亲也就死心地放过自己，因为自己不再堵着谁、影响着谁。没想到，母亲还是撂不下，她看了看母亲，忽然有点心酸、悲哀、无奈，她踌躇了一会儿，下定决心似的说："看吧，看吧，废品也是要处理，不然放着一直碍你的眼。你这种有洁癖的人，眼里根本容不下一粒沙子，更何况是一个大活人！"

"我是为你好，不要不懂得花香屎臭。"

三天后，小舅妈就带着男方和他母亲，一起来见面。对方报的岁数是三十五岁，对于这个年龄，蔡岚不太敢相信，除非他长得老相。至于为何拖到这个岁数，他母亲解释是：挑花眼，挑过了头。刚好这也是他们这边找的借口。蔡岚不禁哂笑：现在要坦诚相待，听到真话，太难了。管它呢，多少交往都是从欺骗开始的，我靠自己一双慧眼判断。

对方长得高高壮壮，相貌非常一般，在镇政府工作，属于公务人员。

家境也一般，父亲是供销社退休职员，母亲是家庭妇女，三个姐妹都已出嫁。据说过去也是非常困难。见面之后，母亲不甚满意，小舅妈却极力推销、赞成：家境是其次，结婚是跟男的结婚，又不是跟他父母。我主要是看中他有这份正式工作，吃得多老都有政府养着，人们都说公务员是政府的亲生子，不用吃苦。再说，贫困家庭出来的孩子老实本分。

母亲想想也是呀，一下子就开窍，来个一百八十度大转弯，她把这番话传给蔡岚，让她多往好处想。蔡岚本想一口回绝，但考虑到小舅妈这么热心，不敢太直接拂她的美意，只好委婉地说："我再考虑考虑。"

母亲说："考虑可以，但不能拖太久，再考虑就是高龄产妇了。"

"妈，恶心不？八字还没一撇，就联想到哪里去了？赤裸裸的，一下子就是根本的目的，传宗接代。我才不直奔主题，既然拖也拖这么久了，干脆拖个彻底，谨慎了解一番再说。"

母亲很不耐烦了："我觉得没知识很可怕，太有知识更可怕。唧唧歪歪的，嫁个人，比登月球还难。别人都造卫星火箭了，你一个个人问题都解决不了！过去老人总是说：查某儿像大麦子，随便撒，好种到哪里都会发芽。凡事难得糊涂，太精了不好，算到根里骨里，有几个算得准的？你看，蔡雯、蔡霜糊涂嫁，糊涂对了，有几个人日子过得比她们好的？命好，自然什么都有，刚开始不好也会慢慢变好，什么都逃不过命。王熙凤精不精？结果呢，机关算尽太聪明，反误了卿卿性命！"

蔡岚被她说得五味杂陈，母亲越是现实，她越坚持自己的原则，母亲越心急，她越不愿随意凑合。她表态：没有了解，绝不将就。母亲只好顺了她，请小舅妈把这意思传达给男方。

于是，两个大龄青年开始不咸不淡地交往起来。

七十六

蔡雷终于升级当上爸爸。他们生了个带把儿的宝宝。母亲激动得遇到谁都说感恩、感恩、感恩，好像任何人都出力似的。

关于孩子的命名问题，大家推过来推过去，都谦让了，蔡岚对父母说："你们这辈子就这么个孙子，这是你们的特权，你们自己命吧。"父亲说："他父母有文化，自己命吧。不然，他外公外婆都是老师，请他们命吧。"推来搡去，谁都不敢出手。后来采用一人出一个，抓阄的办法，抓到的却是蔡岚拟定的炯和。

母亲带过几个外孙，如今年龄又大，内心便渴望儿媳带着孩子回娘家去坐月子，让她母亲伺候，她想：她们毕竟是母女，什么口味、什么习惯都互相适应，伺候起来方便，也没有矛盾。但儿媳没有回娘家的意思，母亲不敢说自己老了，不能伺候她，她知道婆媳关系微妙，一旦让儿媳知道自己不想伺候她月子，可能会让她怨恨一辈子，矛盾也会由此产生，自己这段时间的功劳也做到草上，所以乖乖抱着孙子，带他们母子回家。其实，母亲照顾月子，是很有经验的，她的经验不是培训出来，而是实践出来的。但她还是不堪其累，一方面是岁数原因，另一方面是现在的人讲究了、娇气了，不易伺候。但照顾自己孙子，天经地义，所以她表现出一副理所当然、无怨无悔的样子。

小姨来做客人，买了鸽子、番鸭、猪肚等一大袋东西来。母亲客气道："何必破费，东西太多了，亲戚朋友、街坊邻居都送，太多了，一天七八顿还是吃不完。这些鸡呀鸭呀，我养起来，你看，都成小型饲养场了。"

"多吃几顿，奶水多，省钱省事，孩子也好带。"

"现在年轻人才不这样想，太爱美了，吃一点，就推辞得手都要断了，怕吃坏了身材。现代人才不管什么奶水不奶水，她说没有奶水不要紧，吃进口奶粉，营养更丰富更全面，还有什么 ABCD。"

"医院墙壁上不是宣传母乳最好，医生也一再强调说最好喂母乳？"

"她说这观点落伍了，新的医学研究证明，母乳的营养价值并不高。反正理论一大堆，我学不来。他们年轻人想怎样就怎样，我们老了，最聪明的办法就是学乖、学傻，多干活少说话。"

"一号（种）米饲百种人。当初丽丽是拼命吃，一天八顿、九顿、十顿都吃，反正就要吃，消化不了也要吃。她说消化不了，自然会放出来，经过肠胃多少能吸收点。结果坐个月子，多了三十多斤，第一次坐完后还没恢复身材，又坐一次，你看，过去至少身材还可以，现在整个人像航空母舰，完全可以把亦玮吞进肚子里，她越胖，亦玮越瘦，简直皮包骨头。"

"有没有打算再逃一次，拼一拼，或许第三胎就是男的？"

"阿弥陀佛，她的事，我什么都不敢过问，不然还不被她撕死？反正我现在也想通了，管它打捕查某呢，你说我当时生亦玮多高兴，结果娶来这么个儿媳，简直过地狱。现在想想，还不如生查某儿，嫁出去无论好坏总归是别人家的事了。"

"确实，娶个好儿媳，三代人福气。遇到这种人，全家遭殃。"

"咱们是姐妹，不是外人，我背后偷偷问一句，你这个儿媳，怎样？"

"怎样？我……怎说呢……赚私家吃公家，伺候得头到脚，还能怎样？过去三个查某儿，我当全能的来对待，苛刻得有点不近人情，什么事儿都让她们做、让她们扛，除了穷，其实那时我自己是很舒服的，她们很懂事，什么都帮我。现在我是老妈子，把当年享的福都倒出来，用到她身上。我觉得，人与人之间就是这么奇怪，一报还一报，冥冥之中

251

注定的。你呢，这几年工厂让丽丽掌控，生意跟你当时比，怎样了？"

"那种人容得下人？工人都被她骂走，还没培养出师，就跑得没个影。结果接的单经常无法按时完成，有的做不来，有的质量不过关，退回来，整天吊着嗓子跟客户吵架，我当时手上的老客户都跑光了。如今，衣服越做越差，只能销往那些偏远地区、农村，数量也不多。不是我乌鸦嘴，不用多久，这个厂非关闭不可，倒墙碰到壁（受连累），我第一个遭殃。"

"是呀，那还了得，一旦厂子倒了，她必然会抢着收租金，那时你收入不就成问题了？"

"我不敢想这些问题，一旦考虑这些，就彻夜失眠。"

"逼到最后一步，你一定要狠一点，撂下担子，和辉煌干脆搬出来单独过，辉煌的退休金不多，但清茶淡饭总是够的。你身边多多少少应该也攒一点，两个查某儿如果有能力，多少贴一点，日子还是过得下去的。"

"二姐，不瞒你说，他们这种国营商店已经退出历史舞台，多少退休金，你知道吗？说出来，见笑了，五六百元。政府对他们历来不重视，让他们自生自灭，他们就靠一点儿固定资产生存。你说，这点儿退休金，够喝白开水呀？我怨的是，自己也不是裹脚的妇女，二三十岁就开始混社会、做生意，番薯腔的普通话讲得呱呱叫，南腔北调都有办法应付，属于很早走社会的人了，不成想，老了会落到这个田地。想到这，我恨不得一头撞墙，一了百了。"

"亦玮呢，其实男人硬气点很重要，查某就不敢这么狂妄、嚣张。"

"说起他，我更伤心，对这老婆其实是很不满意的，奈何不了她。如今，婚姻不幸福，就怪罪到我身上，怪我给他主意这桩婚事，害了他一生。如今，对我怨气很大，我说的话都不听，家也待不住，一有机会就躲出去，也不关心生意、孩子。"

"那个查某人不吵架？"

"当然吵，不吵还是赵丽丽？但死猪不怕烫，他破罐破摔了。想到害了孩子，我万箭穿心呀！我这把岁数了，能熬几年？但亦玮一辈子还长着呢！"

"想开点，天无绝人之路。人道是：人在做天在看，举头三尺有神明。一切都是因果，都有报应，老天不会让这种人一直张狂下去的，你放宽心。世界那么大、人那么多，能结为一家人，说明是前世积的缘分，但缘也有好坏之分，有人积的是孽缘，比如你，可能是前世欠她的，今生才会让她欺负，孽债还完就会好起来的。"

"但我还不知能不能看到那一天。

"会的，别灰心。"

"难道就这样听天由命？"

"不是我想看到你们坏，那个家是个无底洞，你现在有点钱不要全部投进去，自私一点，偷偷攒一点，人无远虑必有近忧，你说是不？我让建聪帮你留一套房子，你回去跟辉煌商量一下？早晚搬出来，躲得远远的，多活几年。咱们惹不起躲得起。"

"其实我和辉煌心里想的是，如果有可能，我们回锦村去。"

"对对对，回锦村更好！"

"但我们已经连户口都迁出来了。"

"可以迁回去呀。"

"不知别人会怎样看我们？不知能不能立足？都说好马不吃回头草，我们担心砖移到石上（指比原来差）。"

"想到哪里了？那里是辉煌的故乡，是他的摇篮血迹，那里有他的亲朋好友。自古以来，故乡是最宜居的，最能吃到风水的。亲不亲故乡人。"

"别人都是衣锦还乡，我们灰溜溜地回去，还不让人笑掉大牙？"

"你要敲锣打鼓告诉别人这些家事？家丑不外扬。你就告诉他们：人老了，想念故乡，落叶归根，乡下更适合老人居住。别人还不感动又欢迎？"

"哦，容我想一想，再好好想一想，再走错一步就没退路了。"

"辉煌现在心回来了？好像很久没有听你提到他跟那个查某的事？"

"死了。"

"死了？"

"子宫癌。花痴，结果呢？报应，现报现应，老天有眼，帮我出了一口恶气。我想通了，少年夫妻老来伴，都这把年龄了，不去计较那些破事。"

"那就好，浪子回头金不换，人老的时候确实需要一个伴，就是说话的伴也好。千金难买亲生子，万金难买老来伴。"

"悲哀！真的很悲哀！这人生，不如意十有八九，我怎么全部不如意？"小姨无奈地摇摇头，叹息着。

七十七

订婚的前一天，蔡岚忽然反悔，宣布取消婚约。

母亲气得声音完全是鬼哭狼嚎："你这是存心气死我？我跟你有什么冤有什么仇，你要这样报复我？让我脸面扫地？"

"妈，一千个对不起、一万个对不起，但我就是不能跟他一起生活。"

母亲直着嗓门问："话说出嘴，石顶刻字。成年人了，要为自己的话负责，不要上半暝肖鸡下半暝肖鸭（形容变化之快），这么没定性。你告诉我，到底为什么？"

"我不愿意。"

"我这辈子最后悔的就是当初没把你勒死，让你活着，你苦，我也苦。没有你这个查某儿，我现在就没有烦恼了。"

"妈，你不是说过，凡人就是烦人，人类就是人累？没这样烦恼，必有那样烦恼？上天不会让一个人活得无忧无虑的。"

"别狡辩！我告诉你，你这次毁约，这辈子就甭想嫁人，你这是断自己的后路，毁自己一生。谁敢再帮你介绍？这不是搬石头砸自己的脚？"

"不要紧，我自己找，找到了，我嫁，找不到，我就这样过。"

"你这样过？你这样过，不是让我一辈子不得安宁？"

"你就当我死了。"

母亲完全失控："啊，你这是吓唬我？好子好踢特，孬子不离没（有好儿女开心，倘若没有就算了）。东海无罩盖，不去替人死呀。"

父亲大声呵斥道："好了，好了，你太过分了，这是一个老母该说的话？你没看那个人，扭扭捏捏的，还经常翘起兰花指，哪里有一点男子汉气概？男不男女不女的。那一身的汗臭味，不知几个世纪没有洗澡，自来水就这么贵？这里又不是非洲。熏得我都不敢接近，岚儿嫁给他不是一辈子都得掩着鼻子过？不是我贪小便宜，他几次来做客，都是五爪龙（空手），几粒水果都买不起？是不懂礼数还是咸涩鬼（吝啬鬼）？"

蔡岚听后，木然地走进自己的房间，她很惊讶也很痛恨自己：居然麻木、平静到没有一滴眼泪。

她想起前一个晚上两人见面时，他字正腔圆提出的两个要求："我们一年两次在一起，中秋、春节，其他时间各自自由。"

蔡岚故意装单纯地、傻乎乎地问："这自由如何理解，可达到什么程度？"

"就是各自为政，住自己的住所。"

蔡岚知道他买了安居工程的房子，也有自己的住所，但她还是忍不住问理由。

他说："工作第一，事业为重。"

蔡岚听了觉得特别新鲜、刺激：多爱岗敬业呀，把他形容成焦裕禄可能还贬低他呢。我且听他往下说，看看是否还有更奇葩的建议，于是反而心平气和地微笑着。

于是，他提出第二条：婚后，工资归各人，不统一管理，自己应付自己的人情世事。

她再问理由。

"工资是自己的劳动所得，每个人都有权处理。"

轮到她问了两个问题："如果有孩子呢？"

他很惊讶："一定要孩子吗？干吗要生孩子？"

"你父母就你一个打捕，他们不要求你传宗接代？"

"干吗要传宗接代？这是制造麻烦。"

她随即站起身，付了自己那杯拿铁咖啡，不打招呼就走出昏暗的咖啡厅。外面灯火璀璨、人声嘈杂。她在路上慢悠悠地走着，心里很是庆幸：毕竟，克制了自己，体现了自己的涵养，没有把那杯昂贵的咖啡泼到他国字形的脸上。

七十八

嘉兴花园小区的南面是别墅群，这是市区最先出现的别墅区，一座座别墅在繁茂树木的掩映下，静谧地矗立着，奇花异葩点缀其间，每座别墅都有独立的小庭院，用低矮的木栅栏包围着，美轮美奂，像童话世界，一时成功人士争相入住。

蔡霜一家也搬进了那里的别墅，一下子三层楼又都占满了，但他们夫妻可以独占三楼，独立、安静了许多。蔡霜被吵烦了，可以扔下他们，躲在三楼逍遥。

搬家之前，建聪再次提着茶叶来到对面泡茶，老局长听说他们要离开，流露出依依不舍之情，建聪说："这里的房子，我以后改成茶室，我们以后泡茶有个独立的空间，我会经常过来休息，清静清静，狡兔三窟。这群鸡母狗儿（一家大小）没有弄个大地方，没法子安顿。看到他们，我的头一个大似三个。"

"小孩嘛，就是要让他们闹，不闹还怕他们傻呢。不要紧，一岁一岁大，很快就上幼儿园。"

"那是，那是，反正我早出晚归，有空就把他们当玩具玩一玩，没空就让他们躲远点，不要烦我就行。局长，我现在苦恼的是这座大商场……身家性命全在这里了……"

"大方向应该，不，绝对是没有错，你是很有前瞻性、有眼光的。就是你的观念稍微超前了点，我想也就是超前三年，熬过这三年，一定会繁荣起来。只要周边的居民住宅区建起来，人口入住进来，这一片就活起来，这个大商场就是最繁华地带，就是炙手可热的商圈。"

"但目前，没办法引进商家，等于一座空城。我把所有钱都投进去了，整个公司没有资金运作，这三年熬不过去，我就……"

"这座商城急不得，这要等待周边来互相带动。你目前要做的就是争取多些活动，比如展销会等等来这里举办，有人流量，慢慢就热起来。按我们闽南人的说法：众人脚印最肥。还有，你最主要的是要把嘉福豪庭小区剩余的房源抛出去，迅速把资金回笼起来，商场东面还有几块地，力争标过来，建高档居民区，让人群集中起来。到时候，一切就活起来，这一片一定会成为全市最中心地带。"

"好，听君一席言胜读十年书。局长，恩重如山呀！"

"哈哈哈，缘分，缘分！远亲不如近邻。"

"对对对，所以这套房子，我一定要保留下来，我们还是邻居。局长，从我们狮城的整体经济发展情况，百姓的经济收入、承受能力，我觉得我们的房价确实偏低了，我们的利润太微薄了。"

"这要考虑整个市场经济情况，当然，整个房价还是由你们几大开发公司来决定，商品房也是商品，顺应市场需求，市场决定一切。"

俩人又开始聊开了……

母亲来参观蔡霜的别墅，她除了啧啧啧，没有其他感叹词，完全是词汇贫乏了。她有点不解："怎么建在市区就是别墅，建在农村就是新型农屋，最多也就属于新农村建设的典型？"

蔡霜搂着她的肩膀，哈哈大笑："妈，你确实进步了，懂得说新式话，还懂得新农村建设？"

"墙壁上不是这样宣传？村里、镇里领导不是经常带记者去拍，拼命搞宣传，说这就是农村新貌。吹呗，农村都成别墅区了？那些破旧房子怎么不敢拍了？"母亲好奇又惊奇地参观着，不禁又纳闷了："奇怪了，你看，不都是三层建筑吗，你是别墅，我是农屋，差别咋就这么大？"

"妈，主要是周边环境、绿化、配套，还有，就是地皮贵，地皮贵，房子就贵，身价就高，当然就是别墅了。"

"真是享福的命，那时你跟着他走，我死的心都有了。婚姻真是一大赌博呀，赌赢，就是人上人；赌输，人道是，嫁乞吃就得背嘉栜（嫁给乞丐就得背讨饭的袋子，即认命）。"

"妈，过去的事，干吗提它！我们往前看，日子还会更好。"

母亲马上微笑地频频点头。

七十九

一眨眼，炯和的周岁就近了。母亲本想忍着，等年轻的夫妻先开口提起再做决定，奈何两个年轻人按兵不动，好像忘了时间，日子一天天近了，一天晚饭餐桌上，母亲看到大伙都齐了，再也按捺不住，明确提出来："贝贝的度晬（一周岁）就要到了，你们打算做吗？"

悠然听后看了看蔡雷，便低下头吃饭，不吭声，一副事不关己的样子。

蔡雷看了看老婆，硬气地说："做呀，独生子干吗不做？"

父亲吐字清晰地问："你们打算多少钱来操办？"

"什么？我们？"蔡雷看了看老婆，悠然仍然没有抬头，他只好说："算了，那就不做了吧，风花钱，太浪费，再多的钱也就一天热闹，这风气不好，我们工作人员攒几个钱不容易，干脆不做算了。"

父亲有点生气了，他不徐不疾地说："按理说，孤子孤孙的，应该做，做大做小由咱们决定，量力而行。再说，这些年也吃别人不少，应该还礼，农村就讲究这些民俗。"

"我们工作人，哪有办法跟这些农村陋习？"

"中国人说到底都是农民，工作人也是农民，都是吃五谷杂粮长大的，哪一个人的祖宗不是摸锄头柄的？你们实说吧，能出多少？其他的我们收尾。"

"那……那就……两千吧。"

"两千？美元还是英镑呀？"母亲睁大眼睛脱口而出，看着悠然。悠然也正抬起头，望向蔡雷。母亲看不懂她复杂的眼神是什么意思。

"好，两千就两千。这是你的团，这是你的态度与能力，不要紧，两千就两千，其他我和你妈来捧尾（收尾）。"

父母觉得输人不输阵，别人都能做的，为什么他们就没有能力操办呢？于是两人热热闹闹、高高兴兴运作起来，惠香饭、敬夫人妈、办酒席、趁龟（抓阄）、惠四脚龟，反正按照传统风俗，一样不落地进行。

这是娘家唯一的男丁，蔡家三个姐妹商量后决定买黄金首饰给他，以作纪念，将来孩子长大成人也需要，于是每人打了一条很粗的项链。

悠然的娘家本该是另一大主角，在闽南，外孙做周岁是要赠送非常丰厚礼物的，比如衣服鞋帽、披风被单、手镯长命锁、童车、红包等等。中午，要敬夫人妈了，大伙还一直翘首以盼：这外家怎么还不来呀？这路途有那么遥远吗？难道临时才去采购？真是水滚还找没狗（水开了找不到狗，比喻关键时刻找不到最主要的东西）。

快十二点了，母亲再也忍不住，只好把蔡雷拉到一旁，悄声问："你丈姆婆（丈母娘）那边搞什么呀？大船厄起碇（大船难起锚，比喻端着架势）？我们在等她呢，你快打电话催一催吧。"

"催什么呀，酒桌至少一点才开始吧？他们会来的。"

"你是糊涂了，还是一窍不通？难道不知道，外家要来做度晬？而且是最重要的。"

"要呀，他们答应了，一定会来吃酒桌。"

母亲气得浑身打颤，她第一次对她的独子大发脾气："吃你的头呀，他们要准备礼物来给外孙做度晬！这是礼数，是对外孙、也是对你的态度，是他们的面子，也是咱们的面子。"

"这……我没有告诉他们。"

"他们不懂？悠然也不懂？他们是真番还是土番（真傻还是装傻）呀？没吃过猪肉，难道没见过猪走路？"

蔡雷息气宁人道："算了，算了，不管他们了，我们孝敬吧。你别生气了，生气对身体不好。"

母亲一听她的爱子如此安慰她，一下子没了火气："不是我想贪小便宜，他们备礼数来，难道我占为己有，还不是给你媳妇？现在唱空城计，别人问起来我怎样回答？这可是漏你的气，丢你的面子呢。"

"这……不然……你问蔡雯吧。"

"你赶快去把她找来。快！真是笑死番子了（笑傻掉了）！"

蔡雯听后，二话不说，干脆利索道："我包两万，当他们送来的。婶姆们问起来，就说他们工作人不懂这些礼数，就干脆送个红包。"

这事就这样巧妙地掩盖过去。过后，母亲特意叮嘱蔡雯："亲戚结了就是亲，这事别让其他人知道了，丢不起这个面子！嗨！我不相信他们不懂，她就是护着后头，怕后头花钱，哪里就呆得什么都不懂了？骗人没当过教师？每个周末抱着孩子就回去，雷打不动的，这边天塌下来，她也不管，结婚这么久了，心还没跟过来。她娘家也是忒小气，居然敢空手来吃度晬。"

蔡雯又气又无奈，想抠几句，想一想还是忍下来了。

过后，蔡雷、悠然倒是要把这两万块钱还给蔡雯，蔡雯说："不用，你们交给妈，一起去付酒桌钱。"至于结果如何，她不再过问，免得母亲又唠叨。

八十

一天，蔡雯对向东说："我打算把她们俩姐妹弄到厦门去念书。"

"发什么神经病？哪里不能念书？念几本书也要跑到厦门去，别人赶时髦，你跟着抽什么风？那些人不仅有钱更主要是有闲，我们忙得三餐难保，谁有空去厦门照顾她们？"

"你看看她们俩，完全是农村孩子，黑得像煤炭，流涕流涎，土得掉渣，我都没勇气对外人说这是我的孩子。把她们养在农村，将来至少得多几百万嫁妆才能送得出去，人道是，花要插前不插后，这笔钱，我们还不如用来培养，一白遮百丑，再培养点气质，人就脱胎换骨了。"

"鬼话，气质慢慢培养，她们才几岁？谈什么气质？我不相信我查某儿将来会没有气质！"

"婉娥今天看到我，她说蔡雯呀，你看看自己，整天忙着生意，两个查某儿像放牛娃，脸搞得黑乎乎的，跟农村孩子有什么两样？你赚钱为了什么？还不是为了她们？但她们搞得邋里邋遢的，你赚再多的钱有啥意思？我当时觉得很没面子，很难堪，觉得她没修养，气呼呼赶快走了。后来想想也是呀，人家是真心实意才会有话直说。放在我妈那里多白净斯文呀，来这里全变样了，真是穷山恶水出丑八怪。"

"说话怎么这样伤人？我妈老了，还帮忙照顾她们，已经很不容易，你不能要求太高。再说让老人改变也不容易，她就那一套带孩子的方式、方法，我们八个兄弟姐妹不还是一样成人？"

"所以才必须把她们送去厦门。"

"我坚决反对，读书就那么重要？查某儿早晚嫁人，待在父母身边的时间本来就不多，现在你把她们送走，相当于提前嫁出去，她们就像童养媳了。你这是严重的重男轻女，这两个查某儿，你一会儿推给你妈，一会儿交给我妈，自己尽到什么责任了？现在找个理由，又想把她们推出去，我没见过像你这么狠心的母亲。我没有童年，所以我觉得亲情比什么都重要。"

蔡雯听到这些话，知道没辙了，表面上缴枪投降，该干嘛干嘛去。但她心里并不放弃、妥协：我宁愿拿出一半的嫁妆来培养她们，也不愿她们成为农村妇女。但目前，最主要的是谁来照顾她们？女孩子出门在外，安全比什么都重要！不然出现什么问题，我十身不够死（死十次都不够，即罪之大）！

一宿无眠，第二天，蔡雯瞒着向东行动起来。首先是托关系联系学校，帮孩子弄到厦门的学籍，这一折腾，就是大半个月时间。搞到学籍后，她又亲自跑厦门，在学校附近租了一套学区房，购买生活用品，等到把一切安排妥当，她便载着两个女儿像贩卖人口、拐卖儿童一样，逃也似的走了。

那天晚上向东回到家，看不到两个女儿的人影，气得暴跳如雷，拿着车钥匙，逼着蔡雯和他一起去把女儿接回来："你太胆大妄为、自作主张了，如果是个打捕，你还有什么不敢做出来？这么大的事情也不跟我商量。"

"不是跟你商量了吗？我是为她们好！"

"不需要，她们需要的是家庭的温暖、父母的关爱。你太过分了，我已经明确表明过，不同意，你居然还自作主张，这么大的动作居然还搞得神不知鬼不觉的！看来你的能耐还很多，保密工作做得这么好！我服了你！走，马上走。"

"她们现在已经睡下了，你这样疯狂，反而会吓到她们。"

这时，向东母亲也过来劝了："我没念过书，也懂得吃得苦中苦、方为人上人。你看看周围，那些捧在手掌心的孩子，几个有出息？你如果把她们弄回来，是害她们，不是爱她们。"

"她们才几岁？你们忍心把她们扔在那里不管？"

"你放心，我让三姐专职去照顾她们。"

"你……你……你越来越有能耐了，居然什么都瞒着我。她也有家庭，哪里放得下？"

"我们讲好条件的，不然我敢让她扔下一个家不管？"

向东母亲也在一旁说："不要紧，兄弟姐妹之间就是要互相帮忙，他们夫妻死坐活吃，孩子都大了，不赚钱行吗？阿雯一个月给她三千，相当于吃政府头路工资的两倍，她高兴得不得了。"

向东气得摔门，只好无可奈何地接受这个事实。第二天上班前，他对蔡雯说："你这么有能耐，就接着辛苦一趟，去厦门买套房子，让她们住舒服点。"

"脑筋急转弯呀，这么快？还是先看看情况再决定，买房子是大事。"

"什么是大事？查某儿的安全才是大事。商品房的性质就是商品，需要就使用，不需要可以盘掉。我不能让我的宝贝查某儿居无定所。再说，这也是一种投资。"

"好的，你出钱，我出力。"

"你看好了，告诉一声，我转钱给你。"

周末，蔡雯驱车去接女儿回家，两个女儿见到她，哇的一声大哭："妈，我们不读了，让我们回去吧，我们听话，我们什么都听你的。"

蔡雯一下子鼻子冒酸，但她强忍着："为什么？"

"我们想家，想你们。我们学习跟不上。"

"我答应你们，以后无论多忙，我两天来一次看你们，每周载你们回家。哪些科目跟不上，告诉我，我请老师帮你们补课，再贵也请，你们

264

这么聪明，很快就可以跟上的。"

两个女儿哭得更凶了："我们还是想回家。"

蔡雯连哄带骗："你们什么都可以不听我的，但这次一定要听我的。熬过这一阵，你们就会适应。求求你们，把眼泪擦干，等会儿到家，别让爸爸看到你们哭过。他问起来，你们说些让他开心、放心的。我有一个办法，你们不是想家？我让你们奶奶过来，跟你们住一阵子，有奶奶在身边，不是跟在家里一样了？"

好和哭泣着说："奶奶换外婆行吗？奶奶太老了。"

"外婆不行呀，她现在忙着帮阿妗（舅妈）照顾小弟弟。"

纾和比较懂事："家里没有奶奶行吗？"

"不要紧，我雇个阿姨。只要你们安心下来，我就有办法对付一切。"

这下子，两个女儿才慢慢止住哭泣。

蔡雯这时更意识到厦门一处居所对孩子的作用与意义，于是马不停蹄地看房、选房，不久，他们就在厦门岛内、学校附近买了一套一百多平的崭新套房，一平三千多元，共四十八万多。两个女孩子终于有了自己的家，心也慢慢安顿下来。

八十一

亦璟的婚姻危机平地骤起。起因是，她的丈夫许少斌，搞网恋搞到离家出走，撂下一切，千里寻女去了。亦璟只知道那女子是云南人，网名叫绕指柔。这是许少斌莫名其妙消失之后，她从电脑上得知的唯一消息，至于是不是云南人，也是有待考证。

亦璟回家告诉父母，自己想离婚。

她母亲责问她："你是死人呀，一个大活人在自己眼皮底下走了，你还不知道？"

亦璟唯有哭泣。

"他人都不在了，你跟谁离婚去？"

亦璟还是无助地哭泣。

"他拿走什么东西？"

摇摇头。

"家里的钱在你手上？"

亦璟点点头。

"算了，我看他家那座破厝风水不好，赶紧搬出来，我们到建聪公司买一套房子，自己过日子。他走他的，你带孩子过自己的日子。"

"我婆婆呢？"

"管她呢，是她儿子没有良心，怪不得你狠心。你想想当年，他父亲出去做生意就再也没有回来，失踪得莫名其妙，至今生不见人死不见尸。如今，历史重演，难道你也要像你婆婆哭哭啼啼过一辈子？连守寡都不知是守活寡还是死寡。"

亦璟还是哭泣。

"你别哭了，哭得我心烦意乱的。当初反对你，你死活就要和他在一起。结果呢？眼泪值什么？现在他这么没良心，扔下你们和一个没见面的查某私奔了，这下你该彻底死心了？回头吧，这种人不值得你把一生搭在他身上。我们先买房子搬出来，离婚的事，等他回来再理论。这种臭打捕，只有你才会一直把他当成宝。但凡稍有个性的，谁忍得了这么久？早把他甩过墙去了。眼睛真是伸进豆豉汁里（比喻眼睛被蒙住，瞎了似的）！"

"我一个查某人，带着两个孩子，怎样过日子？"

"真是烂泥扶不上墙！你过去不是更艰难，一个人养仨？"

"但有他妈、他姐帮衬着。"

"你放心，以后我帮你看头看尾。我上辈子真是作孽呀！"

"以后我一个人带两个孩子，如果钱都投到房子上，遇到困难，咋办呀？"

"房子，我帮你出一半，这样总可以了吧？真是查某儿贼！嗨，没办法，手心手背都是肉，我掏空了给你们，其实，你也知道我现在日子过得有多难。我这里一个都烦不过来，你们不能替我分担什么，还不让我省心！都说查某儿是什么贴心小棉袄，我怎么没觉得暖和呀！"

亦璟不理她母亲的诉苦，平淡地问："我要照顾两个孩子、电脑绣生意，哪有办法装修房子？"

"我们承包装潢公司吧，真是庇荫得都惫了。蔡岚太有主见不好，你太无主见也不好，你们俩人捏成一团，重新造两个，可能刚刚好！"

八十二

向东的母亲八十岁了，他和蔡雯决定给老人家做个大寿。于是请来四个哥哥、三个姐姐。他们有的不敢表态，有的甚至反对：有的人做不起，结果做大寿后没多久就走了。

向东知道他们之所以不表态或反对，无非就是怕花钱。就当场表态：所有费用，我自己出。你们认为怎样才算做得起，我们就怎样做。寿面惠（赠送）大份点，亲戚朋友惠，全村各口灶也惠。酒席办丰盛点，亲

267

戚、朋友、亲堂、邻居全请，其他每户请一个人，另外，你们想邀请多少，列个单，我们统计一下，该办几桌就几桌，可以分两场，中午办一场、晚上再办一场。

大哥提议："前段时间乌锦做生日，定制一件红色的 T 恤，全家大大小小都穿，统一制服似的，非常方便、简单，也很热闹喜庆，我觉得这方法可以学。"

向东马上答应："可以，省得大家花时间去买衣服，统一服装也好看。"

"要做得起，就得讨个好名声，现在村里还有很多老人生活很困难，所以拨点福气给他们，是必要的。"

向东一听有道理，马上反问："你说怎样办？"

二哥回答道："一人给个红包，意思一下，讨个彩头，讨个众人的口福，用众人的口福给阿母添寿。"

"可以，那就制定一个标准：七十岁以上一人五百、八十岁以上一人一千、九十岁以上一人两千。"

四哥插话道："既然这样，老人会、学校也捐一点吧？做点公益，福气更大。"

蔡雯一听，惊得目瞪口呆：他们这哪是兄弟呀，简直把向东当砧板上的肉，狠狠地割、狠狠地宰。自从嫁入这个家门，她就知道，这个婆婆生育了八个子女，却只是婆婆一直靠他们夫妻养着，这不要紧，她乐意。婆婆确实对她很好，对向东好，对她的子女更好，所以她完全心甘情愿为婆婆做寿。但看到这些兄长好像有意宰割向东、把场面做大让他难以收拾，她心里还是有点不舒服。没想到向东还是一口答应下来："好，老人会三十万，学校五十万。"

大姐说："我是嫁出的查某儿，没有经济能力，不能帮什么忙，你们怎样决定就怎样，我们傍个名声，我只有一个提议：那天敬个青天吧？

也是给老人祈福。"

"那当然。这是你们查某儿的事，你们去操办，需要多少钱，找蔡雯拿，我们到时拿香跟着拜。"

三哥忽然冒出这个念头："是不是请梨园戏或高甲戏来演一两个晚上，更热闹些？"

向东也开始兴奋了，而且兴奋得过了头，他说："也行，不然，两台对演，更加热闹？"

"那好，那好！"

于是讨论愈加热烈，很多细节都拿出来商量、议论，包括寿面由几式组成，大概多少钱一份，宴席出哪几道菜、什么牌的烟酒……子夜过后，大家才意犹未尽地散去。

一回到自己家里，蔡雯拉住向东紧张地问："你打算拿出多少钱来花？"

向东轻描淡写地："该花多少就什么。"

"你到底赚了多少钱？"

"超过五千万。"

蔡雯眼睛睁得不能再大："什么？"

向东缓缓伸展出一只手。

蔡雯惊喜到不敢相信："五千万？"

"亲爱的，你耳朵没有问题。"

蔡雯跳将起来，捶打着他："你太没良心了，居然不告诉我！你什么居心？为什么防着我？"

"天地良心，我不想瞒你呀，我几次想告诉你，你不是说，我存着就好，你也会赚，你赚钱养家，我的钱留着给孩子？你不是说你的钱是你的，我的钱也是你的，所以充其量我只是帮你管着钱。"

"但你赚这么多，也该告诉我，我没有傍你什么，至少也该让我高兴高兴。"

"我这不是告诉你了，现在告诉你，也没有少一分，你的还是你的。"

"其实，说到底还是你们的，姓邱，不姓蔡。"

"现在可以移到你名下，跟着你姓蔡。"

"不稀罕！告诉你，我的钱也花不完。"

"你不是为那个商标损失二十几万了？"

"我不会再赚呀？想打倒我没那么容易，我是越打越结实。现在客户全部认可"罗裳"，这个商标是我的福星。"

"那好，那好！"夫妻俩兴奋得彻夜难眠。

这场八十大寿操办得极其热闹、喜庆、隆重、丰盛。作为笑话流传下来的是，这晚的宴席出了鱼鳍，当那窝鱼鳍端上桌，当地一位老人拿着筷子到炖罐里捞了一会儿，捞不出什么名堂来，就发了牢骚："有钱人乞吃性命（有钱人吝啬），出一鳖冬粉，一斤冬粉才几块钱，还不甘多放一撮儿，稀咻咻的，就捞这几根。"于是哄堂大笑。有人悄悄说道："阿木伯，这是鱼鳍，不是冬粉。"

"骗鬼！我吃了一世人鱼，知道鱼有骨，哪有翅？还是过去办桌好，好吃又实在，有封猪脚、肉夹包、鸡卷……样样都是真材实料，胀破肚子皮。一天给人请，三天袂掀鼎（一旦让人请客，好久都不觉得饿）。"

众人再次哄堂大笑。有好事者忙跑去告诉蔡雯，蔡雯听后宽容地道："他说得也是有道理，农村人吃饱不吃巧，这一点儿汤汤汁汁，难怪他有意见。"于是马上做出弥补方案，包了一个大红包给他："老木伯，很对不起，骗请害饿，这几块钱一点儿心意，你明天买一点儿猪脚排骨回家炖一锅慢慢吃。"

有人看了便开玩笑道："原来激骨（有个性）也有钱。大家多说几个玩笑，既得红包，让大家笑一笑，又可助消化。"众人再次开怀大笑，酒桌上溢满喜庆气氛。

而最大方的是向东，他包了三架飞机，邀请广东、深圳的客户，特意过来吃他母亲的寿宴。这一豪举一时成为奇谈。

八十三

小姨摔断了腿，动了手术。起因很简单，她到亦珺家做客，突然来了台风，她想起家里窗户没有关好，便打电话让赵丽丽帮忙关一下，赵丽丽断然拒绝，理由是没空，干脆利索的两个字，至于为啥连那点儿空都没有，她没有解释。小姨只好冒雨赶回来，由于雨太大，下车时踩了个空，摔了一跤，就摔出个右小腿粉碎性骨折。

母亲去看望她时，看到她床头柜上放着一大盘水煮的鸡蛋鸭蛋，觉得很好笑，心想：现在还有送礼送蛋的？便随口问道："这是谁送的？"

躺在床上无法动弹的小姨扭过头来，瞥了一眼，眼泪就流下来了："丽丽，我让她这段时间给我送饭，粗茶淡饭就行，她煮了这一盘蛋，随便往这一放，让我饿了吃，就算对我有交代了。"

"想让你噎死？"

小姨哽咽着，无语。

"他们不用吃饭？不就是多煮两碗饭？连这都不愿意，那她更不可能照顾你了？"

"当初还不是要她帮忙关个窗户？如果她关一下，就不会有事了。你说还指望她什么？"

"太不孝了！天理难容！难道她不怕遭报应？"

"她不是生查某儿？可能以为这辈子不会有儿媳妇吧？你帮我把这些蛋扔到垃圾桶去吧，免得放在眼前，看了刺心，别人来了，看了问起来也伤面子。"

"阿弥陀佛！这是好好的食物，不能这样浪费。这附近有没有孤寡老人？送给他们吃吧。"

"你糊涂呀，这里哪家不是开工厂办企业做生意？谁稀罕这点东西？送人总要理由吧，一说不就出丑了？"

"那我干脆端回去给她？"

"你敢？"

"有什么不敢的？她会吃了我？"

"那就端回去吧，还给她，免得欠一个人情，她到外面就有内容吹了。"

"噢，亦珺、亦璟呢？"

"都有一个家庭，又要照顾孩子又要做生意，来去匆匆忙忙，屁股还没坐热就走了。"

"请个保姆吧，我先照顾你，保姆来了我再回去。"

"那怎么行？你那里也有一个家……"

"事情总有轻重缓急，难道让你饿死？就这样定了，我让蔡岚下班后回去给我拿几件换洗衣服，哦，对了，我让蔡岚帮忙找一个，他们医院有钟点工、护理工，多出点钱，挖一个过来。让钱死，不要自己活受罪。"

小姨沉默了，沉默等于认同这个观点。小姨养伤期间，小姨丈这个本来饭来张口衣来伸手还时不时找碴的老男人，表现得很好，少有外出，还帮忙这帮忙那，变化幅度之大连小姨都有点不敢相信。有一晚，小姨微笑地表扬他，他很正式地解释："唇亡齿寒，这个儿媳不能指望了，再怎么说还是老来伴，如果咱们夫妻窝里斗，儿媳就更肆无忌惮。"

蔡岚母亲听后高兴得连连赞同："对对对，不要再演戏给别人看，让别人有机可乘。要改变脾气、将就对方、互相取暖。"小姨也趁机劝她："你呢？劝别人条条是道，轮到自己就犯糊涂？"

"不会了，都这个岁数，懒得吵，吵架也是要气力的。"

换了三个保姆，终于有个安定了下来。这一折腾就去了九天，第十天，母亲才放心地离开。

一天，小姨和小姨丈商量："等我腿养好了，我们回锦村吧，退出历史舞台，这里放手让给她。"

"为什么？"

"多活几年。"

"你舍得放下这里的一切？"

"看不破，早晚丢了性命。"

"我们已经无立足之地了，回去住哪里？"

"你小弟这些年开小五金厂，不是赚了很多钱？你回去跟他商量商量，就说那座房子我们用钱赎回吧。"

"他现在正在盖别墅、建厂房，那座房子赎回来是容易，主要是太老旧了，怎么住人？"

"我们拆下重建。"

"那需要多少钱？我们现在有这能力吗？"

"先把框架建了，两层就好，我们自己住，房间不用多、也不用大，装修再慢慢来吧，有多少钱装修多少。我们回去，也做点小五金、服饰配料什么的，没有做点生意，我总有坐吃山空的危机感，人急得快疯了，我是劳碌命的人，累死累活不要紧，就是坐不住、闲不住。趁我们现在有体力、精力，再搞点什么小生意，将来才有本钱养老。"

"但你要有心理准备，锦村已经不是当年的锦村，现在几乎家家户户都开小型的五金厂，环境破坏很大，外来工也很多，所以也是嘈杂很

273

多了。"

"环境再怎样不好，总比这里好？眼不见心不烦，不用见到她，一天吃两顿饭也值得。"

"过去，你拼了命也要进城，我不来，你恨不得杀了我，骂我目光短浅、小农意识，影响孩子的前途。如今要回去，也是你的主意，你可得想好了，世上没有后悔药。不能像小孩玩家家，或在沙滩上建堡垒，可以一再推倒重来。"

"去吧，这些天，我反复掂量着，家门不幸，娶到这个恶儿媳，再不逃走，早晚被折磨死。我不敢告诉你，她现在已经开始跟我抢着收房租了，如果这点钱不拿回去盖间房子，将来我们被扫地出门，连立身之地都没有，只有饿死街头。你不知道，这一大家子每月的花销有多大？她心机太深，逼我拿这点家底来做家费用，一旦我们没有钱，就是扫地出门的日子。"

"那好，我马上回去处理，我们兄弟好说话。"小姨丈高兴极了，锦村有他的父母兄弟姐妹、亲戚朋友、儿时伙伴，他热爱那里，平时有空也喜欢溜回去走门串户的，所以一说回去，他整个人活跃起来。

小姨丈特别叮咛道："这件事我们要做得神不知鬼不觉的，特别不能让她知道，一旦让她知道我们手上有点钱，她拿螺钩也会勾走的。等一切弄好，要从她眼皮底下消失，再告诉他们也不迟，省得节外生枝。"

小姨也痛定思痛，咬咬牙说："好，一言为定，三个都不告诉。现在孩子太自私了，不爱自己，我们会死无葬身之地。"

赎回房子很简单，小姨丈的弟弟听说他们打算叶落归根，马上举双手赞成、欢迎，愿意用最低的价格让他们赎回。等手续办完，小姨伤也养好了，他们开始悄悄地重建家园。他们按告老还乡的姿态，筑建自己的小居室，因为还考虑到重新创业的需要，所以让出一小块地建简易的小厂房，一小块地留着做院落，栽花种草。

有了可以预测的未来，小姨心情好转起来，浑身是劲，重新唤起生活的希望与信心。

八十四

一天晚上，轮到蔡岚值班，值班室的木门被一阵松弛、快慢有度的敲门声敲打着，她头也不抬地用职业性很强的语言说："请进，什么事？"

"请问龚秀华在哪一间病房？"

蔡岚心里一惊，没有思索就抬起头循着声音望去，门口站着她这辈子最不想再见的人。她略微迟疑了一会儿便站起身，恢复常态，微笑着打招呼："你好！老同学。"

对方再次想不起来似的，愣了一下，最后总算认出她来："哦，你好，蔡岚。"

蔡岚已经恢复到波澜不惊，她用稍有温度但又职业性质的口吻问："你找龚秀华？"

"是的，那是我外婆。"

"你外婆？……好的，请跟我来。"

"她怎么样了？"

"不太乐观。癌细胞已经晚期，而且扩散了，八十多岁的老人，撑不了……"

对方沉默，蔡岚也跟着沉默。她不知该安慰他还是……显然，问其他方面是不妥的，所以跟着沉默最安全。她把他引进重症病房，看到他低下头亲吻老人的额头，便轻轻退了出来。

重回值班室，她的心脏跳得没有规律，便拿起书强迫自己看进去。

清晨，她轻轻推开房门，看到他趴在老人床边睡着了。

老人看到她进来，幸福地微笑了，脸像一朵盛开的菊花。蔡岚觉得老人这么老、又病得这么重，还如此漂亮、优雅，年轻时一定非常美丽。不禁感慨万千。

蔡岚想，他们祖孙感情一定很深。借着这个机会，她终于镇定自若地看了看他：这些年，他发胖了，中年男人的迹象凸显无遗。

对方终于醒过来，蔡岚含蓄地文雅地微笑着："醒了？"

他仓皇地站起来，有点措手不及的难堪，赶快整理下衣服。

蔡岚例行公事地为老人量血压、听脉搏，老人对她外孙说："蔡医生太好了，比我孙女、外孙女都好。"

"奶奶，这是我的工作，应该的。"

"外婆，她是我同学。"

老人激动了："啊，是吗？我怎么不知道？"

蔡岚温和地说："我也是刚知道，我同学很多，经常有同学的家人、亲戚来这里。一样的。"

蔡岚又轻声细语嘱咐了几句，离开前她礼貌地跟他告别："我走了。"对方点点头，说了一声谢谢！

"客气了。"蔡岚说完就轻轻离开，回到值班室，脱了白大褂，离开医院。她知道，他们的缘分仅限于此。上苍已经是厚待了她，又让他们见了一面。她忽然想起一句诗：情到深处情转薄。

第二天，她上班时，得知他外婆在夜里忽然情况转危，连夜运回去了。他没有留下片言只语，忽然降临，又匆忙离去。老人离开，医患关系也就结束，老人何时走的，就不得而知了。她只知道他外婆是江村人，

276

和向东是同乡，但她不打算打听任何信息。一切随风而逝。

七天后，他忽然再次降临医院，这是蔡岚完全没有想到的，她不禁有点慌乱，站着不知说什么好。他拿出一只玉镯，蔡岚一看就认出是老人手上戴的。

他郑重地递给她："这是我外婆想送你的。"

"不不不，我不能接受。我只是尽医生的职责，对谁，我们都一视同仁。我从不接受病人的馈赠。"

"但我外婆特意让我转给你，请接受一位老人最后的心愿吧！"

"不不不，你保存吧。我不能接受，任何东西对我都是负担。"

"老人说，你让她在最后一段时光里，感到温暖、感到爱。她想给你做个纪念。不值钱，只是老人的心意。"

蔡岚听到对方说出"不值钱"这三个字，终于用双手接过来。

对方没有走的意思，蔡岚只好请他坐下，给他倒了一杯温开水。

"我外婆是华侨妇女，只生了我母亲，后来还抱养我舅舅，所以她特别疼爱我母亲，爱屋及乌，也就特别疼爱我们，我们小时候都是她带大的。"

蔡岚听后微微苦涩、凄凉地一笑，这是很多华侨妇女的故事。

说完两人又沉默了，对方想了想，看了看她，没有话语，便起身告辞。蔡岚穿着白大褂把他送到医院大门口，才慢慢回办公室。

八十五

由小舅发起的台湾之旅，得到舅妈、母亲父亲、小姨小姨丈的一致赞成，三对老人立马兴致勃勃地去办理手续，准备台湾之行。不仅因为小时候就认识阿里山、日月潭、《绿岛小夜曲》，在经济困难时期，他们或多或少得到台湾的好处，他们还知道这次台湾之行，很有可能是与台湾亲人的最后一次见面。所以这次出行，比去任何地方都让他们激动与期待。

蔡雯第一个用实际行动表达支持，蔡岚、蔡霜也不甘示弱，纷纷掏腰包。母亲激动得一再阻止："够了、够了，我们去旅游，变成赚钱生意了，这么多钱，哪里用得了？"

蔡岚建议："当时，我们这边还很困难，大姨、大舅什么都带来给我们，我们现在好起来了，你也买些好东西去送送他们。"

"我不知道他们需要什么呀，七八十年代台湾就很富裕了，那现在一定什么都不缺吧？"

蔡霜笑道："妈，你就是咸涩（抠），舍不得，至少可以带几斤好茶叶呀？"

"好茶叶一斤千八百块的，他们怎么懂得？不识货不就浪费了？台湾不是有高山茶？"

蔡岚无可奈何地说："说到底，你还是小气，我帮你准备礼物吧。"

"那你把钱拿回去，准备点轻的，不然我提不动。"

"不用，钱你带着，人道是穷家不穷路（指出门要多备点钱）。"

出发那天，欢送的人群蔚为壮观，大家都希望他们这一代人在美丽的宝岛幸福团聚。

一周后，六位老人风尘仆仆地归来，带着比出发时还多的沉甸甸的行李。他们疲惫、亢奋，失望，也感慨。一周的车马劳顿，当然疲惫，亲人久别重逢，当然亢奋，台湾的景色没有意料中的美丽，当然失望，台湾亲人没有意料中的富裕发达，又让他们万分感慨。父母平安归来，大伙都赶快回家看望老人，也倾听他们汇报见闻：

父亲归纳比较简洁：阿里山就几块树头，日月潭很小就一点儿水，台北街道又窄又旧，满街都是摩托车，好像我们这里八十年代的样子，日本殖民主义的味道很浓，连街头厕所都很干净，士林夜市很热闹，小吃很丰富，很多是正宗闽南味，台北故宫东西很精美，都是大陆搬过去的……

母亲直嚷嚷：台北 101 大楼，东西好是好，太贵了，每件东西后面都有好几个零，本想给你们一人买一串珊瑚项链，数一数那些零，吓得我不敢问，怕出丑，也不知是几万还是几十万，哎哟，宰人啊！

说到底，旅游是花钱买罪受。整天坐车，一坐就是好几个钟头，到了一个景点，看几分钟，又喊上车，也没有看出什么名堂来，简直是穷折腾，这顿饭在这里吃，下顿饭可能要坐几个小时才能吃到，晚上到酒店，累得都不想洗澡。

游客那么多，旅游业跟不上……

蔡雷等得不耐烦了，插嘴问："你们见到大姨、大舅了？他们怎样了？"

母亲这才意识到说偏了，忙转入正题："老很多了，是时间过得太快，还是人老了变化就大？大姨丈身体不好，卧病不起了，大舅妈整天到处烧香拜佛，非常迷信。大姨有很多子女，都特意跑来见面，但现在如果再让我们见一次面，我可能无法全部认出来了。他们都各自独立出去，经济上好像悬殊很大，有的抱着孙子吸着拖鞋来见面，有的打扮得很洋气。大舅三个子女都做生意，应该还不错，普通生意人吧……但……其实没有想象中那么富有。当时他们回来，那么慷慨大方，让我们觉得他们富得流油似的，原来是看到我们穷，想帮我们。他们还一直寄钱给外婆，原来是太孝顺了。我一直以为他们一定住高楼大厦、别墅呢，谁知他们住的房子都没有我们这边好！大姨住普通套房，很老旧了，一看那瓷砖，就是几十年的；大舅住的是临街窄窄的楼房，一层又一层，暗乎乎的。惭愧，惭愧！"

原本概念化的抽象的东西，经父母零零碎碎、你一言我一语的讲解，好像清晰、明朗了许多，不再神秘。最后，大伙五味杂陈地散了。

八十六

一天，母亲来到蔡霜家，逮到机会便神秘兮兮地把她拉进卧室，焦虑地问："死查某儿鬼，嘴巴这么严，一句话也不说，把老妈当外人了？！听说建聪公司的资金链出现问题了？那座大商场成烂尾楼了？这可如何是好？"

"呸呸呸，谁乌鸦嘴了？"

"我也不藏着掖着了，这是人命关天的事。你小舅妈不是紧张吗？她忙忙碌碌一辈子，几次投资都失败，现在就剩下这点老本，一有风吹草动她就心惊肉跳的。"

"她告诉你投股的事了？"

"难道她不能告诉我？"

"不是，这是她的自由。当时是她来求我的，我本想拒绝，但担心伤了亲戚之间的感情，就帮她说尽好话，建聪才答应的。那时我还算聪明，担心自己也担一份责任，所以请她再三慎重，还让她到公司签合同入股，所以没有我的事。做生意有风险，有赚有赔，这规律她也知道，她也该有这心理承受能力呀？"

"她告诉我，这段时间连起床的力气都没有。如果这笔钱亏了，她死

280

的心都有了。"

"呸呸呸，外面都还风平浪静，自己就吓成这样、乱成这样！这个世界就是被这种人搞乱的。"

"死查某儿鬼，情有可原，她已经亏过太多次了，已承受不住失败了。"

蔡霜想了想，直截了当地问："老实坦白，今天你是随意说，还是她让你来说的？"

"这有区别吗？"

"当然有，如果是你自己跟我聊的，这是我们母女间的私聊，我就把脚缩起来不管，她是股东，风险自己承担。如果是她让你来当说客，就说明她有意反悔，那我可以帮她退股。"

母亲惊喜道："怎样退股？"

"我变卖自己的首饰，拿出私房钱，倾家荡产先垫给她，她把股份转让给我。"

"好好好，就这办法。"

"妈，你还是我妈吗？怎样就不担心我也会有风险？"

"你们年轻人不要紧，机会还很多，一辈子长着呢，跌倒了可以爬起来。像蔡雯、向东，跌倒几次，不都站起来？打折脚骨更勇。你小舅妈这把年龄了，伤不起。再说，这是我的娘家，她损失了，我以后还有什么脸面回后头吃父母的忌辰？"

"妈呀，我算服了你，这时候了，还想着吃忌（忌日去吃饭）！我真怀疑自己是垃圾堆里被你捡来的。"

"死查某儿鬼，妈有可能害你，也有可能助你。你先帮帮我，也帮帮小舅妈，让我心安，也让她安心。"

"去吧，你去跟她挑明，如果想退股，我一周内如数给她，但你一定要挑明，亲兄弟明白账，这危险期退股，对一个公司来说是大忌，只能退还原来的钱数，没有利息，以后也不能再反悔。以后赔是我的事，赚也是我的事。"

母亲忙不迭地说："好好好，那当然。"

蔡霜揶揄道："你能表述清楚吗？别太激动了！"

"死查某儿鬼，把你妈当白痴？我鹦鹉学舌，还学不来这几句话？我一路背诵，到家一股脑儿倒出来，不就得了！"

"看你乐的，真的不是我亲妈！妈，不是我说话刻薄，你嫁入蔡家四十多年，还真没有把自己当蔡家的人。"

母亲有点不能接受了，气呼呼地问："这话咋说？"

"不是我冤枉你，你跟蔡家人一块钱都计较，为了你们王家，两百万都不皱下眉头。外人都说，除了弟弟，三个查某儿，你最疼我，如今，为了你们王家，你舍得把我牺牲出去，也不管那是火坑还是钱坑。"

母亲叹道："你不知道，你小舅妈一辈子挥霍、损失了多少钱！如今，你小舅伤心透了，好像有点看破红尘的样子，一年有一半时间出去旅游，把生意扔给店长。靠别人赚钱给自己用，想得美！他们那三个打捕查某儿没良心，以为父母是一座宝库，拼命挖，所以，小舅妈输不起。你们年轻，留得青山在不怕没柴烧，至少，那座大商场是永远存在的。"

"好的，去吧，屁颠颠去吧。我开玩笑的，我拿得起放得下，不就是身外之物，大不了从头再来！这时候，我不相信建聪，谁相信他？"

"死查某儿鬼，这心胸是成大器的。"

"谢谢妈吉言！"

蔡霜把她送下楼，帮她拦了出租车，看着母亲如释重负地回娘家。其实她是咬紧牙关不敢说，由于拖欠一些工程队的钱款，建聪被催得正在外面躲债。

蔡霜说到做到，一周之内变卖私房家当，仅剩一枚结婚戒指，把两百万给了小舅妈，把股份接手过来，自己也成为公司股东。

八十七

真的莫名其妙，做过八十大寿之后，本来很硬朗的老人，一阵风居然感冒了，而且还一病不起。这不能不让向东、蔡雯想起来都有点心悸兼后怕。向东每天晚上回到家，第一件事就是跑到母亲床头嘘寒问暖。

蔡雯也很担忧、焦虑，她也是早晚必问候她，给她请了一个又一个大夫。她说："妈，你是这个家的管家加警察。你可要好起来，多撑几年，这个家需要你，这些孩子更需要你。"

"是呀，我也很想多待几年，跟你们在一起，是我的福气。当年生向东，很多人笑话我，说生了一大群孩儿，吃饭都成问题，好跳蚤只要一粒（有出息一个就足矣）。没想到，这最后一个才是好跳蚤。"

"妈，我们是傍你的福气。没有你帮我打理这个家，我不能一心一意做生意。"

"查某儿在外面打拼很辛苦，很不容易，现在向东生意做大做稳了，你可以少做一点，或者收摊也不要紧，专心培养三个孩儿。记住，孩儿出息，你们的晚年才有幸福。"

蔡雯点点头。

"打捕人，多大也有不成熟的地方，需要教示，向东只要不走入赌场，就没有大碍，他心太大，遇到大项的投资，你要把把关，赚到手的钱，要懂得守。"

蔡雯再次点头。

"百善孝为先，你们很孝顺，所以得福，这点要教育孩儿，让他们传下去。"

蔡雯点头如捣蒜。听了这些，她越想越不是滋味，也觉得不对劲，偷偷问医生，医生有点爱莫能助地说："人老，如灯枯油尽，是自然规律。她少年吃尽苦头，身子骨并不强壮，能活到这个岁数，已经是你们的福气了。"

蔡雯听后非常伤心，躲在卧室里偷偷哭了，她觉得婆婆比母亲对她还好，而自己对婆婆的感情也不亚于母亲。仅一个小小的细节就是母亲也不可能做到的：结婚至今，每一餐都是婆婆盛好端到她手上让她吃的。仅这一点，就足够她一辈子难以忘怀。她也知道向东对母亲非常尊敬、孝顺，所以不敢把医生的话告诉向东。只偷偷打电话把婆婆的病情告诉大伯、大姑们。他们或早或晚，都来看望她，有的大有埋怨做寿的事。

蔡雯很生气："老人一辈子这么艰难，吃尽苦头，让她风光一次有什么不好？花几百万做大寿，谁说还不够？如果老人活到九十岁，我们还要给她做大寿。如果她的岁数就这么多，不帮她做个大寿，不是成为永远的遗憾？"

说得大伙灰溜溜走了。此后，他们有空探个头、问候一声，没有空就不见人影。

蔡雯无所谓，反正她一直把婆婆当成是自己一个人的。

婆婆再也没有起来，两个多月后就平静安然地去世了。关于母亲的丧事，向东再次表态，一切费用，他自己出。他还特意买了六本硬皮本，他们兄弟一人一本，各人的朋友、同事、亲戚记到各人的本子上，公家记一本。各人收到的金银礼自己收回去，公家的放着周年、三载使用。既然他放声一切费用由他出，几个兄长又开始出主意了，晚上守夜提供什么夜宵、烟酒；吹打、西乐几阵；买多大的墓地，造多大的墓；下山

284

后办什么样的酒席招待各路人马，等等。你一言我一语，纷纷出谋献策，向东任由他们做主，他只强调一点：母亲这最后一程，一定要风风光光的。他认为如果没有母亲在那么艰难的环境下生下他，这个世界就没有他，他也不可能享受到这人间的福气与财富，所以这是最后报答她的机会。

闽南地区遇到老人去世，守夜期间，常有外人来摆赌博摊点，公安、派出所一般不干涉，给予默许。向东想到母亲生前如此痛恨赌博，便赶走赌博摊位。那么搞什么娱乐来帮助大伙度过这漫漫长夜？他想到他们江村是全国有名的灯谜之乡，就特意邀请村里的谜社制作谜语前来悬挂、张贴，他出活动经费、礼品费、制谜费，还捐两万元给谜社。

这样一来，不知是谁突发奇想，说："干脆捐点给学校？"向东想了一想，有没有什么比捐钱更有纪念意义、更长远的事？后来他茅塞顿开，宣布拿出一百万，成立江村小学教育基金会，冠上父母的名字。一百万存入银行，每年拿出利息来奖教、奖学，扶助困难学生。这个举动立马引起轰动效应。

倒龛之后，蔡雯把她平时买给婆婆佩戴的黄金首饰，又添了一些钱，打了八条项链，作为婆婆的谢手尾，分给向东七个兄弟姐妹，自己留一条，以做纪念。大家接到这意外的礼物，感慨万千，对蔡雯不能不肃然起敬。

八十八

俗话说：躲过初一，躲不过十五。建聪认真考虑后，决定卖掉香港的房子。所幸这套房子投资得很成功，翻了一翻。他用所得之款还了工程欠款，才得以重见天日。回来后，他瘦了一大圈，蔡霜看着眼泪都流下来了："你这些天是遭什么罪，卖肉呀？"

"差不多！多好，一身肥膘全部消失，你看，我这身材，多健美！"

"这日子，怎样过呀？"

"怎样过！熬呗，那个饿呀，一箱泡面吃一周，还得安排着吃，一顿只能吃半包，饿得我做梦都梦见吃泡面呢。"

蔡霜听后深有感触，她决定重回地面，过接地气的生活，便以孩子长大了为由，毅然决然辞掉三个保姆，一切自己动手。送两个小的孩子上幼儿园、做家务、搞卫生、采购等等，包揽所有家务。这时，她才发觉，累是累了点，其实更清静、安宁，家反而更像一个家。三个保姆离开后，家显然空旷多了，她的心也舒坦多了。星期五下午她会先接两个小的，再亲自开车去厦门接大的。反正，一下子贤惠得不得了。

建聪心疼也舍不得："你也矫枉过正了！至少留一个做家务、打杂吧？难道我们连一个保姆都雇不起？"

蔡霜不敢告诉他，为了整出两百万给小舅妈，连他给的生活费也所剩无几。她大大咧咧地说："不用，我是穷人家的孩子，其他不会，还不能吃苦？其实那种富太太的生活过过瘾就行了，过太久人就废了，简直就是寄生虫，整天让人伺候着，反而伺候出一身毛病来，这块骨头酸那块骨头疼。生命在于劳动，干家务就是劳动，一劳动全身舒畅了、筋脉通了、血液流淌顺了，饭吃多了，人也健康了。事实证明，我是劳碌命的人。"

"我担心你会累倒。"

"多虑了，我壮得像头牛！"

不仅蔡霜重新捡起劳动人民的本色，建聪也放下身段，走出他宽敞气派、高档豪华的办公室，走进售楼大厅，亲自接待客人，为客人泡茶，向客人推荐房源、解说房子特点，动用三寸不烂之舌动员客人下单。遇到熟悉的人，有的人不仅表示惊讶，有的干脆直言不讳："高总，葫芦里卖什么药呀？大老板亲自出马推销房子了？"

"服务到位，倾听客户的心声，才知道以后楼盘有什么需要改善、提高的，怎样设计更合理，客户更喜欢什么户型。"

当然也有人明知臭头偏要掀帽子（故意揭短，让其出丑）。他也不再打哈哈，干脆一句"大丈夫能屈能伸"，尴尬的反而是对方。他还采取基本工资加抽成的奖励机制与方法，调动员工的工作积极性。一天，他冥思苦想中，又冒出一个新招：到学校去，动员教师买房。他们的优点是队伍庞大、收入稳定，有公积金。但是如何让老师乐意买房？他又想出一招，让他们互相动员，进行团购，他给予优惠，让利给教师。

没想到，这三招，招招显灵，一个老总亲自接待，不给面子行吗？关键是，他那么热情、周到，他的话那么有前瞻性、煽动性，让人觉得有一套属于自己的房子，才有归宿感、安定感、幸福感。在丰厚的可观的利润面前，哪个员工会对客户冷冷冰冰、爱理不理？于是美女俊男们使出浑身解数，说得天花乱坠，把客户哄得浑身酥软，乖乖倾其所有。百分之十五的让利折扣，还可以生活在一起，互相照应，老师们也觉得很有甜头，于是你拉我、我拉你，团队不断膨胀，一所学校少则十几套、多则二三十套，纷纷下单。

到了年底，嘉福豪庭小区如期顺利地清盘，资金全部回笼。公司也得以起死回生。

八十九

正月初二，蔡雯、蔡霜两家浩浩荡荡回娘家。她们两家的强大阵容更显出蔡岚的形单影只。蔡雯、蔡霜见到蔡岚都有欲说还休的尴尬，倒是蔡岚很坦然、很潇洒，没事儿似的有说有笑。

这天，蔡雷当然陪着悠然带着儿子回她的娘家。所以她们姐妹说笑打闹更肆无忌惮了。其实，自从娶进这个弟媳，她们回娘家的次数不知不觉中减少了，隔膜也在不知不觉中产生。到底为什么？

蔡雯想了想，说："她这个人其实并无大毛病，就是正儿八经的，好像这是老师的通病？一份正式工作好像就了不得似的，其实我们不也是工作、赚钱？"

蔡霜也认真想了想，说："她就是太自大清高。"

蔡岚笑了笑，不置可否。

蔡雯看了，不满道："老二，玩什么深沉，背后说说都不敢，胆子都丢了？"

"我说什么呀，妈不嫌弃她，我们嫌她干吗？这个家终究是她们的。咱们的妈呀，对她比对自己亲生查某儿不知好多少倍。"

蔡雯哈哈大笑，直截了当地问："青瞑当家搬嘴小姑（婆婆装聋作哑，小姑子却搬弄是非），我本来不想落入这句古话！但今天既然开了话头，干脆多鸟嘴（多嘴）几句。蔡岚说话确实一针见血。妈，你过去总嫌我们这不好那不好，对这个儿媳心满意足的，这几年从来不敢说半个不字。"

"现在当家不值钱了，个个乖得像病猫，伺候别人还得看脸色，整天担惊受怕的，唯恐做不好，真是大掉价了，还敢嫌弃？！"

仨姐妹一下子掉转头，嘴巴张得大大的，异口同声："啊？"

"时代不同了，我们那时……"

蔡霜忙叫道："打住，打住！别忆苦思甜了！你永远就那句话——吃两小碗稀得见人影的稀饭，打算再盛一碗，奶奶姑姑们就开始在一旁说风凉话——吃饱就好，过头没分寸（一旦超过就没底限）。苦大仇深啊！"

蔡霜模仿得惟妙惟肖，说得连同其他两个姐姐哈哈大笑，前俯后仰。

母亲跟着笑了："死查某儿鬼，妈受苦，你还取笑、挖苦、当笑话。"

"不敢，不敢！我们如果不是同情、理解你，会对你这么好？"

母亲终于摆出一吐而快的样子："现在年轻人赚私家吃公家，下班回家，还像赚个百万回来似的，等着别人伺候。吃完，碗筷都不懂得帮忙收拾，直接扔在桌上，最多就是带着孩子出去散步。"

这时轮到蔡雯抢白、责怪了："还不是你惯出来的？是不？是不？我早就提醒你，你动脑筋回忆一下，有没有？如今，你能做多少是多少，不做，你也跟着偷懒，不然没有功劳也没有苦劳。"

母亲有点委屈："谁是天生孬命骨（天生命不好）？活总得有人干，总不能碗筷都不洗，让它们干巴？地板都不擦，让它成为鸡窝猪圈？"

"现在炯和也大了，快上幼儿园了，他们为什么不打算在市区买一套房子？你们没看到每年都在涨，还涨得非常快？"毕竟是开发房地产的，蔡霜整天就想着房子，赶快解围道。

"蔡雷被我宠坏了，自小就没有你们仨姐妹有主见、有能力，能独当一面。如今，更是听老婆的，她眼皮一挑，他就双腿打颤。她贪玩，讲究生活品质、情趣。反正，就是享乐型的。俩人攒了一笔钱，就出去旅游，打算五年内走遍全国。哪里会打算买房子？再说，俩人算盘打得精，知道赖在这里，我们的这把老骨头可以啃，一旦独立出来，凡事就得自己负责。其实这事，我也提过。悠然说：不用呀，乡下空气好，就十分钟车程，人何必那么傻，把辛苦赚来的钱拿去买一堆钢筋水泥，住火柴盒。"

"那好，这可是她说的，我本打算嘉禄明星小区建成后，送她一套。她不住火柴盒，就不要怪我这个三姑姐不慷慨啰。"

母亲张大嘴巴，欲言又止，脸上摆满遗憾。

蔡霜看了，搂着她："算了，算了，不跟你们计较，等房子建好了，你们自己去选，叫个风水师傅去看看，喜欢哪套就拿去。告诉你，我可是看在你们脸上，不愿意自己父母当老佣人。"

蔡雯马上接过话题："到时候，你们对面还是上下楼，多选一套，我出钱，送你们。这样你们去看宝贝孙子也方便，可以独立居住。不然住到一块，你们又得伺候他们。一定要放手，这是为他们好。你们不能跟着他们一辈子，早晚得让他们站起来，我不是挑拨离间，是为你们好，更是为他们好。你过去不是教小舅妈、小姨，理论一套又一套，轮到自己，吓得像瘸脚鸡母了（比喻吓坏了）。自己背皇金给别人看风水（比喻自己的事处理不好却专管别人的事）。"

母亲感慨地直说："家和万事兴嘛，话多就孬。难怪有人说，生打捕好名，生查某儿好命！"

九十

小姨、小姨丈终于要搬回锦村了。首先跳出来大叫大嚷的是赵丽丽。最主要的是她完全不敢相信，她居然从头到尾被这事蒙住了，这是对她存在感的最大挑战，所以她气得声音都直了："为什么我不知道？"

小姨解释道："我们用的是自己的钱，所以没有也不必告诉任何人，包括她们姐妹俩。"

赵丽丽马上又刁难了："我要做生意，这两个查某儿，我无法带，饿死了，我可不管。"

也许有了退路，小姨第一次在她面前说话有点力度："孩子我们帮你带这么大，她们多少可以自理，饿死是不会的，再说虎毒不食子，你也不会忍心不管她们。"

"说不定。我可有言在先，我们现在需要你，你不帮我，以后你们老了，可别指望我伺候你们。"

"这点我们早就心里有数。"

"居然说出这样的话？原来早就存孬步了！最毒妇人心啊！既然你们对我不仁，那就甭怪我不义。你们要走可以，一旦离开，这房子就是我的，房租由我来领，你的子孙得吃饭穿衣。"

"嗨，反正房子早晚是你们的，我争不过你。我们住的三楼留给我……"

"一旦滚，你们就滚彻底，需要的东西你们搬走，不要的我让清洁工拿出去扔掉，房子我要出租，那都是钱。"

"至少留一间，我来看孙女可以住。"

"想得美，还想回来看她们？你们扔下她们不管，以后甭想看到她们。"

"她们流着我们陈家的血液……"

"不然你让医生把血抽走呀，这血我们不要了。"

小姨真的没辙了，只好沉默。她想：对方在气头上，何必跟她争这些，孩子毕竟是自己带大的，她们长大了自然会去看望他们。

"我告诉你，你别以为跑到乡下，什么都可以撒手不管！人情世事，你们得回来应付，我可不管。"

"没有房租，我们拿什么应付这么复杂的事儿？"

"那不是我的事，我姓赵，不管你们陈家的破事！"

"我姓王，也不姓陈呀？不是管了这么多年，嫁入夫家……在香港那么民主的地方，嫁人后，不是把夫姓摆在自己姓名前面？"

"那是香港，可惜这里不是！"

小姨丈扯了扯小姨的衣袖，无奈地叹了口气。小姨完全蔫了：秀才遇到兵，有理说不清！

小姨、小姨丈选了个黄道吉日，隆重迁回锦村。小舅妈带领一家内外，母亲也带领全家，都去祝贺。小姨、小姨丈在自家院落里摆了十几桌宴请大伙，连同他们的亲戚、亲堂、邻居。当然，亦玮一家也去了，丽丽闹归闹、威胁归威胁，但也懂得自己是捡了大便宜，心底是偷着乐。再说这是大场合，自己哪能不出头露脸、刷存在感的？

蔡雯、蔡霜多多少少听说小姨、小姨丈的境况，非常同情他们，俩人背地里商量着包个大红包支助他们，蔡岚得知后，说自己也出一份。蔡雯说："你不用了吧，自己……"

"我怎么了？有一份不错的收入，一人吃饱全家不饿，为什么不能表示一下了？"

蔡霜赶快说："那当然好，我们知道你有料，巴不得你多出点，我们家大业大孩子多，属于落子坑，困难多着呢。"

蔡岚调侃道："是呀，有些人困难多着呢，所以一出手就是一套房子、一套房子的赠送。我可不行，我是工作人，账簿隔格（比喻收入有限）。"

"不会吧，哭穷了？听说红包拿到手软？"

"我可没有，我清清白白，对天发誓。"

蔡霜伸出手："好，你不爱钱，钱拿出来。"

于是仨姐妹商量后，一人出五万，悄悄塞给小姨，作为她再次创业的启动资金。

　　小姨安顿好后，和小姨丈马上深入家家户户去做实地调研，他们感到非常惊讶，这些父老乡亲，本来世代为农，如今不知从哪里得到灵感，从他们手上生产出来的各式各样的服饰配件居然销往全国各地。他们看到有的坐镇家里指挥生产，更多人奔波于广东、杭州、上海、成都、北京等城市，做市场推销。在珠三角、虎门等地，他们设立的服装辅料经销店就有两三百家。更让小姨丈、小姨感到不可思议的是，锦村货甚至销往欧美、中东、非洲、东南亚等国家和地区。真是不看不知道，一看吓一跳，小姨丈和小姨彻夜难眠，他们当初走出锦村，是走在他们的前面，很有超前意识，但长江后浪推前浪，不进则退，锦村人在大踏步前进，他们反而被远远地甩在后面，除了观念跟不上，经济实力也无法同日而语了。经过认真研究，他们决定顺应锦村的经济特色，搞服饰的小五金。小姨主内，搞生产，小姨丈过去搞过供销，经常出差，就由他主外，跑推销，打开市场。

九十一

　　许少斌回来了。来找亦璟他们母子。亦璟通过第一层的防盗门看到他，如见到外星人，陌生、恐慌。他已经脱胎换骨似的发生变化。亦璟吓得死死不敢开门，奈何他守在门外不离开，下午孩子放学回来，他硬是跟着孩子挤进家门。

　　两个儿子看到他，同样也是陌生、恐慌。他们应该认得这是父亲，又不敢认他为父亲。

任凭亦璟怎样赶、怎样拖，他就是不出去。亦璟没办法，只好开饭，她没有准备他的碗筷，他也不敢上桌，亦璟偷偷看他的眼神，知道他一定饿昏了，但硬下心来不理他。他坐在沙发上，不敢靠近餐桌。晚饭后，亦璟当着他的面把剩余饭菜全部倒进塑料袋里，扔进垃圾桶。他目不转睛地看着，喉结一上一下快速蠕动。

　　亦璟看到他像乞丐一样，心里升起的不是同情、怜悯，只有反感、恶心。

　　儿子晚饭后，做作业、洗澡，接下来就要睡觉了，咋办？亦璟对两个儿子说："你们和我一起，把他拖出门去。"

　　毕竟是自己的父亲，两个儿子虽不愿正眼看他，但听说要把他拖出去，还是站着不敢动手。

　　亦璟只好软下来，骗他："你回去吧，今天太突然，我们真的无法接受你，你先回你妈那里去，我们的事慢慢来。孩子要上学，明天得早起，该休息了。如果你不想让我更厌恶你，先回去吧，让我心里有个缓冲期。"

　　许少斌最后灰溜溜地离开了，但第二天，他又来了，仍然等到孩子放学，硬是闯进来。他也不忏悔，只是默默待在一旁，一副可怜兮兮的样子。亦璟知道要再次把他骗出去，一定不那么容易，只好打电话请父母来帮忙。

　　简直可以用"仇人相见分外眼红"来形容小姨的心情，看到不成人样的这个小女婿，本来发誓见到他就要碎尸万段的，如今，她懒得出手，怕脏了自己的手。她气得声音发抖："死查某儿鬼，眼睛真是伸进豆豉汁里，这个世界这么大，居然找这种人渣！"

　　亦璟一副任人宰割的模样。

　　小姨丈也是恨铁不成钢："你也三四十岁了，不是小孩，我们无法做主，自己拿主意吧，要合还是要离？"

"离。"亦璟简单利索一个字。

"反正你们已实际分居四年多，完全够得上判离婚的条件了，你坚决要离，我们就请一位厉害的律师来，把条件讲清楚，等法院判决。"

"不，我不离，离了我也天天来，这辈子你甭想甩掉我。"许少斌歇斯底里地说。

小姨丈气愤道："男子汉大丈夫，拿得起放得下，当初要离开他们的人是你，一走四年多，对他们不闻不问的人也是你，如今你说不离就不离？你以为自己是'老子天下第一'，可以为所欲为？"

"我叫我妈来。"

小姨也很生气，威胁道："你妈来也无济于事，只要我查某儿想离，这婚就离定了。"

一会儿，许少斌的母亲跟姐姐就赶来了。除了打出悲情牌，又能怎样？无非是自己可怜，守寡多年，溺爱儿子，把儿子宠坏了。最后就是想争夺孙子，她说："我守了一辈子，就守出这个儿子、两个孙子，儿子没出息，我也伤心透了，不管了。但这两个孙子是我们许家的香火，我们要孙子。"

这也是小姨、小姨丈最担心、最棘手的问题，听到这话，他们马上软了三分。

小姨丈到底是见过世面的人，他沉稳地说："按法律规定，孩子十六周岁之前，一般判给母亲，特别是父母双方经济能力悬殊，男方没有抚养能力的情况下，都会判给女方。"

许少斌的母亲一听，双膝一软，向亦璟跪下："培养了这么个不争气的儿子，我向你谢罪！但是，求你看在一个可怜的母亲的份上，不要离婚，我所有一切都可以给你，补偿你，我攒了一百多万，都给你。那座房子每年房租好几万，以后也让你收，你拿去培养两个孩子，只要你收留斌儿，给他一个家。求你可怜可怜他，他十三岁就没有父亲，也是可怜的人。"

他姐姐硬把母亲扶起来，也劝道："人道是一日夫妻百日恩，又说，人非圣贤孰能无过。只要你给他一个改过立新的机会，以后一旦他出什么差错，我们都站在你这边，打他给你看。你有什么困难，都推给我们，我们一定帮你解决。"

"不，你看他，像个人吗？也不知是得性病还是吸毒，我干吗接收一个人不人鬼不鬼的？"

许少斌母亲再次哀求道："只要你收留他，我们把你当菩萨供着。我们一起挽救他，有病治病，有毒戒毒。"

小姨气急了："你把我查某儿当爱心使者，还是救苦救难的菩萨？这些事，你们自己去处理。我们离定了，其他事，法庭上见。"

"亲家姆，看在我的分上，给他一次机会吧？子婿半子，你也可怜可怜他！"

"我可怜他？我查某儿守活寡四年多，拉扯两个孩子，这个没良心的，跑到哪里去了？你怎么不可怜我查某儿？"

"亲家姆，这点，你问亦璟，我亏待他们了吗？我和查某儿每周都来看望他们，我心疼钱了吗？吃的穿的，他们需要什么，我就赶快买来。我没丈夫，孩儿不在，所以我疼惜他们，把他们当自己的亲人。"

小姨忽然蔫了，她知道这些都是实情。小姨丈也不再那么强硬，只好说："婚姻是两个孩儿的事，他们决定吧。"

亦璟忽然也沉默了。

"阿璟，我知道你心地善良，有肚量，你再给他一次机会吧，如果他再不改，我绝不拦你，该离就离，让他自生自灭。现在，你就宽宏大量宽恕他一次，只要你同意，我马上把存折给你保管。"

"恣查某儿，这关系到你一生幸福，不要被猪油蒙了心。一百万说是钱，确实是钱，说不是钱也不是钱。我们可以赚，这辈子赚多少，还不知道呢。你看爸妈，六七十岁了，不是还能创业？"

亦璟"哇"地放声痛哭。

小姨、小姨丈彻底蔫了，他们知道这个查某儿一定又心软了。

九十二

两套房子装修完后，父母和蔡雷一家都进城了。他们分住上下楼，确实属于最佳状态与距离。既有独立的空间，又可互相照应，实现一碗汤的距离。

父亲当起孙经理，负责幼儿园的接送，奔波在家与幼儿园的路上。他只会骑自行车，学驾车、骑摩托，都太老了。而自行车没有后架，也太慢。大伙最后想了一个办法，让他包辆三轮车，但他舍不得，自己一个人时就走路，带着孙子就坐车。母亲负责一日三餐，从采购、烹调到清洗，还要搞卫生。年轻人一日三餐均到父母家蹭饭，轻轻松松上下班，晚饭后带孩子回自己小家，老人得以休息。

两位老人任劳任怨地付出，两位年轻人心安理得地接受，孩子健康快乐地成长，构成一幅和谐幸福的生活画面，好像无可挑剔的完美。其实，两位老人喜欢鳌村、留恋鳌村，但为了孩子，不来也得来。这是老人共同的担忧：现在你不为年轻人，将来需要年轻人时，年轻人不鸟你。

一到周末，他们就往鳌村跑，借口很多：给花草树木浇水、收拾房间、开门开窗让房子透透气、烧香拜佛、走朋访友……这些借口确实不假，但还有一个原因，他们不敢说，就是利用周末休息一下，喘口气，也到乡下透透气。两位老人打的算盘是：周末放手，让他们慢慢学会独立，也尝一尝当家的不易。结果两人不是带着孩子回外婆家，就是去短途旅游。

两位老人看了，敢怒不敢言。母亲有时会在背后对着女儿唠叨，没想到三个女儿均不站在她这边，反而开导道：年轻人有年轻人的生活方式与理念，一旦干涉就会产生矛盾，聪明的老人都要学会睁一眼闭一眼，等炯和上小学，你们就放手，回鳌村，过你们的日子，鳌村更适合养老。至于什么独立，鸭子落水身就浮，船到桥头自然直，你们是咸吃萝卜淡操心，你们放手他们会趴下？

母亲知道不仅他们夫妻宠蔡雷，这三个女儿其实也是非常疼爱这个弟弟，疼枝连叶疼，自然不想嫌弃悠然。更主要的是，不想拿柴添火，把矛盾扩大。

正当两位老人掐指算着日子，期盼早日回自己的窝时，一个晴天霹雳从天而降，所有人一时被劈懵了、呆了、傻了：父亲被查出得了胃癌，而且还是晚期。哭过、诅咒过、拷问过，但还是必须冷静地面对现实：咋办？动手术治疗，再搏一搏，能争取多少时间？有几分把握？还是保守治疗，尽一切办法减轻老人的疼痛？

这两个方案，大家商量又争议，没有人敢拍板定夺。蔡岚咨询了上海、北京几家大医院，两种意见几乎也是一比一。蔡岚认为患者的意志力、求生愿望至关重要，动手术至少还有一丝希望，而父亲毕竟也是医生，这些他都懂得，所以她决定不藏着掖着，把事儿坦诚告诉父亲，让他决定哪种方案。

父亲选择了动手术，他的决定让大伙颇为感触、感动，也看到曙光，于是赶快积极地行动起来。权衡再三，他们选择上海中山医院。为了全程配合、跟踪、协助，蔡岚请了长假，和母亲带着父亲，飞往上海。

　　一个月后，父亲已经面目全非，苍白、虚弱、衰老，走路蹒跚，身子像一张纸那样薄，还是旧纸张那样的脆。内外所有人不是到机场迎接，就是等在家里，看到老人回来，大伙都热泪盈眶、感慨万千。

　　父亲，顽强地战胜了病魔，凯旋回来了。回来后，为了照顾手术后的父亲，父母搬回鳌村居住。这时，蔡雷、悠然没有一起回鳌村了。一方面，觉得住城里上下班方便，另一方面，家里出现这么个重病号，他们也不好意思再揩老人的油。

　　母亲以为多年的心病终于迎刃而解，年轻人可以学走路了。直到蔡雷来向她要房子钥匙，她才知道，悠然请来已经退休的父母接替他们。她气得脸黑成包公，无可奈何地征求蔡雯的意见，蔡雯豁达地说："给他们吧，他们照顾自己的查某儿，不是连你的儿子、孙子也照顾了，何乐而不为？"

九十三

　　一天，亦玮来到锦村，磨蹭着不走，小姨心里喊苦，没有事儿，他不可能待这么久，哪一次不是例行公事般走过场，表表孝心就离开？果然，晚饭后他开口了："妈，如果你有一个孙子，你会高兴吗？"

　　小姨一听，心脏不规则乱跳，她慎重再三，摆出一副淡然的姿态："无所谓，我现在终于明白了，什么多子多福？那纯粹是骗人的。多子多业（磨难）啊，一个烦恼还没完，另一个又生出事来了。"

"你不想有一个孙子来传宗接代？"

"你说吧，别绕圈子了，浪费时间。你什么货色，我心知肚明。"

亦玮惊道："你是我肚子里的蛔虫？"

"你是从我肚子里爬出来的，你才是蛔虫，我还能不了解你？不了解你，我还是你老母？"

"秀菊有了，去检查，还是个打捕。"

"秀菊是谁？谁是秀菊？"小姨这一惊，还是不小，忙不迭地问。

"你们走后，雇来的小保姆。"

"哪里人？"

"安溪的。"

"天啊，你啥出息？居然搞到山区的小保姆身上了？你就这个熊样！气死我了！丽丽知道吗？"

"还不知道。我上周已借故让她辞职了。"

"回去了？"

"没有，我在泉州租了一间房子让她住下，等待生产。"

"你还懂得跑到泉州？真有出息呀！你们还想要这孩子？"

"这是打捕呀！"

"让她知道，没有一个人能活命。这不是吓唬你的话。赶快去打掉吧，不然谁也无法帮你兜着，这是玩火。她什么事情都干得出来。"

"妈，你是被她吓坏了，吓破胆了？那可是你的孙子呀！"

"我不管孙子不孙子的，命中无孙就无孙，我认了，我只想过几年太平日子。别人是母老虎，她是虎豹豺狼加狮子，我得罪不起。没有孙子，大不了死后到了阴间向列祖列宗请罪。"

"你怕她，我不怕。"

"你不怕？一旦她发飙，谁鞋底抹油溜得比兔子还快，扔下烂摊子让

300

我收拾？"

可能挖到他的短处，亦玮性子一下子硬起来："反正我就是要这个儿子，这事我自己负责。"

"你怎样负责？你有能力负责吗？居然敢说这么有骨气的话！"

"你给我钱就行，其他事我来处理。"

"天啊，态儿，这不是钱能解决的，钱不是万能的。生出来后就是活生生一个人，后悔也无法重新装进肚子里。你要为他负责一辈子，你负责不起，就不能要，不然会害了孩子一生的。"

"不，秀菊也想把这孩子生下来，我们会共同为孩子负责。"

"你们拿什么养活他？"

"有儿就有奔头，所以我打算开个店，专卖食品，店名我都想好了，就叫旺旺食品堂。"

"你有钱开店？"

"你们帮我吧，不然我跟你商量什么？"

"丽丽知道你开店，会不跟你要钱？你开的店是自己的？赚的钱能自己花？"

"我不会让她全部拿走。"

"玮儿，你执意要生，这是你的事，你要自己顶着，遇到什么事，不要哭着来找我们，我们老了，受不了这样折腾。我老了，不敢干涉你，我最多只能帮你十万，不够，你找朋友挪借一点，赚了再还。"

"十万？太少了吧？能不能多一点？"

"儿，敢字出头（闽南话，儿与敢谐音）呀！只能十万，算是上辈子欠你的。过去赚的，都投在那座房子上，已经被你媳妇抢走了。如今，我们白手起家，全部家当也就这些，不够你就另找出路，要记住，父母不是你的债主。即使是债主，也有还清的时候。至于孩子的事，就当你没说我也不知道，你要清楚，她是会让人露家散宅的，所以你要考虑后果！这个家再折腾，会散的。"

"好吧，那就十万吧！"

"玮儿，你该成熟了，我们不能帮你一辈子，你这样子，我就是死也死不瞑目呀！"

"呸呸呸，别死呀死的吓唬人，你还要等着抱亲孙子呢。"

"去吧，别口无遮拦的，不然早晚让她知道。要知道鸡蛋密密也有缝，天下没有不透风的墙。祸从口出，小心点。"

亦玮拿着存折，开着宝马走了。

小姨站在将晚未晚的苍穹下，看着这个独子开着车迅速离开，心里无比凄凉与无奈。这时的锦村已处处灯火，很多北仔工正挤在简陋的住处或随意搭盖的地方，热火朝天地煮饭炒菜，有的已陶醉地喝开了。浓烈呛人的辛辣味随风飘来，小姨不禁打了几个喷嚏。她一下子清醒了许多，觉得这事太大，自己无法包揽起来，赶紧回屋把这事告诉辉煌。他一听，跌坐在椅子上，久久无语。小姨急切地催道："你倒是想个办法呀。"

"天要下雨，娘要嫁人，他要生子，随他去吧。"

九十四

台湾传来一个噩耗，大姨丈去世了。因属于寿终正寝，再加上仅有两次短暂的接触，他更属于一个称谓，所以狮城这边的亲戚们听后，无关痛痒地议论了一番，没有太多感慨与悲伤。

随即，又一个坏消息传来：大姨中风，虽然抢救过来，但卧床不起。

追问原因：老伴过世，经不起打击。

母亲听后，异常感慨、伤心，她对周末回娘家看望自己的女儿们絮絮叨叨："你们大姨很可怜，外公脾气很爆，一生气就打人，她总是被外公打，打得半死、没地儿钻……"

蔡霜微笑着打断她："外公是反面人物呀！狼外公！"

母亲不满地横了她一眼："少年夫妻老来伴，说得很有道理，子女再孝顺，也不如身边一个知冷知热的。"

蔡霜吐了吐舌头，不敢再放肆了。大伙像听教育课，都不敢随意发言。

"我们去台湾后才知道，其实他们夫妻早就没有工作，没有收入，是依靠孩儿给予生活的，其实生活很节俭。但两次回来，他们那么慷慨大方，让我们以为他们很富有，恨不得多抠出一点来，其实，那是孩儿们给他们做面子的。那次我们去大姨家做客，一下子都呆住了，那房子可能是七八十年代的，也没有装修，只粉壁铺砖，家具也很简陋很旧，用了几十年的，要是你们，早就扔得无影无踪了。小姨从他们家出来，一下子就哭了，回酒店的路上还哭得很伤心，她不知道大姨原来过这样的日子。"

"大姨说，他们很惜福，一点东西都舍不得倒掉，发霉的东西，洗一洗、冲一冲，煮了还是吃。"

大伙听了互相交换一下眼神，谁也不敢讲卫生、健康等科学常识。

"你大姨说台湾没有计划生育，又很想家，回不来，于是一个接一个地生，巴不得热闹一点，把心填满。"

说到这点，大伙深有感触，两岸隔绝，回家无望，情有可原。

"他们刚开始也很穷，日子很苦，孩子小时候都是大的带小的，互相照顾，他们夫妻要赚钱养活全家。"

蔡霜建议道："你们再过去走一趟，去看望看望他们。"

"老了，受不了这样折腾。特别是坐船那一段路程，海上风浪大，船晃得太厉害了，我们躺在床铺上不敢起来，还是吐，吐得连苦胆都吐出来了，真的太艰难了！现在想一想都有点反胃、后怕。"

蔡岚不禁问道："大姨这么多子女，难道就没有经济特好的？"

"什么叫特好？听大姨说，第三查某儿做服装生意，还不错，经常跑日本拿货，最小的打捕做首饰生意，也不错。但孩儿都有自己的家庭，子女要栽培、成人，要建业，等等，人到中年万事忙啊！对父母已经很孝顺了。"

扪心自问，大伙都觉得确实如此，更感动于当年大姨的资助。

蔡雯突然换了一个思路："台湾那么小，商机自然少，这些年发展也慢，现在很多人跑来内地做生意，还享受台商的很多优惠政策，他们为什么不回来？"

母亲也恍然大悟似的："是呀，他们为什么不回来？至少下一代可以回来做生意呀？那里毕竟就那么一小块地盘，能折腾出什么来？"

蔡岚道："他们在台湾土生土长，不了解大陆，怎么会想到过来，又怎么敢过来？大姨、大舅是这边过去的，这里是他们的摇篮血迹，他们对这里有感情。他们走后，下一代就与大陆完全脱节了。妈，大姨卧病在床，你可以写信请大舅带年轻人过来走走，不然，我们这一代就完全是陌生人，永远隔着海峡了。"

其他俩姐妹也这样附和着："是呀，有道理，趁大舅还可以走动，请他们回来走走吧，有联系才是一家人。"

蔡岚忽然想起什么似的，问："小弟呢？他们男的，更应该去走走，他们下一代得创造条件走动、联系，这些亲缘才不会断。"

"嗨，他呀……两三个小家庭一起去游三清山。"

大伙一时面面相觑、哑口无言。

九十五

　　儿子出生后，亦玮请他父母过去看看，两位老人稍为踌躇，还是坐上他的车去了。看到粉嘟嘟的大胖孙子，小姨、小姨丈一下子喜欢得不得了：毕竟是自己的血脉呀，况且是唯一可延续香火的血脉！

　　小姨丈激动极了，很有力度地说："我有孙子了，她再怎样闹我也不怕。"

　　小姨也一时忘了那个四不像的儿媳，高兴得眉开眼笑，抱着孙子亲了又亲。这时，她才认真看了看这个为她生了孙子的女人：典型的农村姑娘，二十几岁，相貌、身材均为中等，大圆脸，红扑扑的，像熟透的苹果，很质朴、单纯的样子。她说不上特别喜欢，但也没有反感。

　　两个老夫妻看了看他们租住的房子，是老城区的低矮的老房子，都是杉木的，收掇得倒还整齐、干净，小姨丈有点不可思议地说："我孙子以后住这样的房子？"

　　亦玮马上换上一副愁容："没办法，各种开支很大，只能将就了。"

　　夫妻回来后，小姨以包水饺为借口，把亦珺、亦璟叫到锦村来，两个女儿一到家，她马上把她们拉到里间，关起门来，告诉她们这事儿，然后摊牌道："这是你们的亲侄儿，也是娘家的唯一香火，人道是：姑疼孙，同字写（姑疼孙，同姓氏也）。你们忍心让他居无定所，租住在破房子里？"

　　亦珺说："你说，要我们做什么？"

"你们自己决定吧！我目前落魄，只好让你们一起分担，不然什么事我都可以自己挑起来。"

"既然孩儿是陈家的骨肉，我们有饭吃，总不能让他没粥喝吧？我和亦璟一人出一半，泉州买套房子给他吧？"

"好，好，好！有房子，其他事就好办了。每月生活费，不成问题。"

亦璟拉下脸来，说："妈，你不能太宠亦玮了，不是我们姐妹嫉妒，你也该让亦玮担当点了，你这样袒护着亦玮，会害了他的。"

小姨有点受不了了："我何止宠亦玮，你们扪心自问，我还不够宠你们？我嘴里含一颗糖，你们谁想吃，我会自己吞下去？再说，我也没有说要替他负担生活费呀，我是说单纯生活费，亦玮可以处理了。我做错事，给他主意这条婚姻，害他过得水深火热的，现在这样做，是为了弥补他，求个心安。"

亦珺忙做和事佬："那好吧，你说我们是不是应该去走一趟？对亦玮也说得过去？"

"于情于理……管它呢……家庭是讲情不是讲理的地方，还是去看看吧，那孩儿毕竟流着我们陈家的血，是陈家的骨肉。但一定要做好保密工作，消息一定不能泄露，这事就我们内部几个人知道，对你们的老公也不要说，不是不信任他们，是担心哪一天喝多了酒说漏了嘴。"

就这样，小姨又带着亦珺、亦璟过去看望他们，顺路还去看房子。不久，她们就选中了市区一套二手房，生活、交通乃至将来孩子上学，各方面都很便利，最主要的是这套房子还有九成新，价格还算合理。最主要一点，他们认识的人中没有在这小区买房子的。中介说：房主全家准备移民新加坡，急于脱手。虽然不太相信中介的话，但眼见为实，这套房子的优点还是有目共睹的，于是很快签下合同，交钱、办手续，一切烦琐之事很快完成。

亦珺这几年生意做得顺，也赚得心花怒放，所以表现得很慷慨，大有好人做到底、送佛上西天的样子，便对亦玮说："我刚好打算重新装修房子，那些家具你需要什么，就去运过来将就用吧。"

亦玮知道这个大姐是个讲究之人，用的东西都很高档，便欢欢喜喜答应下来。很快，这个编外小家就偷偷建立起来了。

九十六

好像得了流行病，这种养小三的行为居然时髦、盛行起来，很多有点能耐的人都暗箱操作起来，搞起家外有家、婚外有婚的"性福"生活。亦玮之后，另一个效尤的人是子宁，或者，他比亦玮更早，只是保密工作做得比较好、没有暴露出来而已。最先察觉他不对劲的是他老婆纤雅，这个来自农村的自卑省事的女人，后来慢慢上道了，还学会跟踪、侦查，几番跟踪追击，她就在一个高档小区的单身公寓里逮了个正着。

子宁面不改色地狡辩："这是朋友一家皮包公司的办事处，她是秘书，我是过来找朋友喝茶聊天的。"

纤雅气急了，但还算口舌清晰："皮包公司不用办公桌，就需要床？你朋友皮包公司是卖人肉的？"

她看到那个查某坐在一只鸡蛋似的红彤彤的新型沙发上，低头摆弄着血红的指甲，镇定自若、处乱不惊，她猜想这一定是鸡，不然不可能这么不知廉耻。

"这是朋友的私人问题，我无权过问。"

"你还想要赖？我跟踪你几次了，不是人证物证，我有胆量闯进来？

上一次，我恨不得就一头撞墙，死在外面让你们收拾。"

"好了，误会、误会，我们回去吧。"

"不，今天你说清楚，有她没我，有我没她，你做个了断，不然我死在这里。"

"别死呀死的，不就是玩一玩，打捕嘛，总会犯错。"

"你说只是玩一玩，对吗？那你马上赶她走！你承认犯错了，是吗？你马上纠正错误，宣布和她一刀两断。"

"她租在这里，我凭什么赶她走？"

"你别骗我了，我已经到物业那里查得一清二楚，这是你买的，花了将近二十三万，门卫那里有整栋楼每个入口的监控头，你每周来两次，那里都可以看得明明白白，谁的隐私他们都知道，他们拿着你们的这些龌龊事下酒下饭呢！我给他们一点钱，他们还有什么不告诉我的？你还想骗我？三年多了，我蒙在鼓里，真是天下第一傻瓜！"

"好啊，你变厉害了，学会跟踪、调查了，你可以去公安局上班了，可以当私人侦探了，你有本事了，你到底还想怎样？"

"我只想维护自己的家，维护孩子的利益。"

"那就乖乖回去吧，什么都别说，也别闹，就当这事没有发生，你什么也不知道，我答应你，该你的一样都不会少，家里一切财产将来也都是两个儿子的。"

"那这里呢？"

"你总不能这么霸道，什么都想占有，连我这最后一点点乐趣也想剥夺？"

"乐趣？这叫乐趣？我让你乐趣？"纤雅发飙了，俯身抓起高跟鞋向着子宁和那个无动于衷的女人发起猛烈的攻击。

子宁赶紧架起她，把她往外拖，纤雅大喊大叫着仍想扑过去，奈何她拽不过人高马大的子宁，被他像拧小鸡似的拧出来，一路架到车上。她大哭大闹的，完全失控："放开我，我跟你们同归于尽。"

"告诉你，你再闹，一旦闹得满城风雨的，你就不要怪我不客气。"

"啊，你还想怎样？你还想怎样不客气？你干脆杀了我，你才算客气呢！"

"我说过了，只要你不闹，不让我爸妈知道，我们仍然好好过日子，家里一切由你安排、掌管。"

"说到底，你不打算断？"

子宁边开车边开导她："你呀，少见多怪，长头发短见识。其实这种事，普遍得像一日三餐，吃喝拉撒。这些单身公寓，十有八九就是租给这种查某的，很多人随便包一个，偶尔过来玩一玩，放松放松。你以为有那么多皮包公司、驻外办事处？告诉你，骗人的，掩人耳目的。但是你看看，有几个家庭出现问题了？几对夫妻离婚了？多少聪明的查某都是睁一眼闭一眼的？"

纤雅擦干眼泪，执拗地说："我不聪明，我一根筋。你不断，是吗？那你就等着收尸。"

"别威胁我，本少爷不是吃素的，告诉你，人的忍耐都是有限度的，别给脸不要脸，动不动拿死来威胁人，哼，就这么点能耐，一哭二闹三上吊。"

纤雅被他这么一激，反而平静下来，呆呆地看着他，好像不认识，蔫得像一潭死水。回家后，确实不哭不闹不告状，该干嘛就干嘛，到了晚上，义无反顾吞下一大把安眠药。

一切转入混沌……

醒来已是第三天，当她看到雪白的墙壁，只无助又无奈地重新闭上眼睛，眼泪纷纷坠落，渗入雪白的枕头上。

蔡岚是亲戚中第一个知道情况的，她没有声张，只是利用工作之便，给她安排个单人间。

小舅妈急得气不打一处来，捶胸顿足地："造孽呀，这风流基因还会遗传？"

蔡岚看到小舅为了息事宁人不敢多言，子宁垂头丧气躲在一旁，便递给她一杯热茶："舅妈，喝杯茶，消消气，别急，一切都会过去的。"

九十七

泰安大商场终于火爆起来，引来超市、百货、时装，还有餐饮、电影、家私、电器……几乎包罗生活各方面，成为狮城覆盖面最广、人流量最大的一个商场。简单一句话，就是说，这个理念超前、耗费巨资的庞然大物不再沉寂，终于活起来、热起来了。

人的心理就是这么奇妙，商场启动不了的时候，人们以为建聪会破产，那段时间他开发的房产不卖好，如今，他起死回生，前期卖的房子，如今噌噌噌一直涨价，资产无形中不断增值，人们对他的住宅更是信心百倍，每一次开盘都创下佳绩。建聪不禁对蔡霜感慨："这个世界真是助强不助弱，一旦你失败了，别人扔臭鸡蛋还踹上几脚，一旦你成功了，别人给你送金钱、名誉、掌声和鲜花。"

资金顺畅流通起来后，建聪第一件事就是去香港买了一套房子，比原来的还大、还好，然后让蔡霜带着双胞胎去香港读书。蔡霜十万个不愿意，一边是大儿子、丈夫，另一边是双胞胎，丢下哪一边她都不放心。她的观点是："干吗要分开？一大家子在一起过日子有什么不好？"

建聪劝道："双胞胎有香港户口，为什么不去享受那里优质的教育资源？"

"哪里不是念书？我教过书，才知道读书也就是那么一回事，没必要搞得那么隆重、那么紧张。"

"大陆的英语不行，以后英语比任何学科都重要，这些孩子从小就必须把英语学好。"

"干吗非学英语不可？现在多少外国人都来学中文呢？告诉你，英语就二十六个字母组成，变来变去，没啥难度？最难的是中文，中国的基础教育是全世界最好的。"

"学好英语才能走遍世界，孩子们必须接受精英教育，要让他们去国外镀金，我要让下一代成为真正的富二代。我这个人不知道自卑这个词怎样写，但在人们眼里，我充其量还是暴发户、泥土匠、土八路，我们的孩子要脱掉这层泥土，要洋起来。有人说，三代人才能培养一个贵族，我们要往这方面发展。别人不是笑话我们，说我们没文化，土富，穷得只剩下钱？我要让他们瞧瞧，咱们狮城有没有文化！"

"管他呢，阿北仔（外地人）的话，何必计较？大人有大量。"

"要计较，这是尊严的问题，大是大非的问题。"

"我不管那么多，我只管你们，我不放心你们。"

建聪开导她："有什么不放心的？我们可以自理，两个小的更需要你。"

蔡霜气急了："这双胞胎纯粹就是多余的，我当初就不要，你要，你去香港照顾他们。"

"公司呢？"

"公司我也有份呀，所以我也要留下来。"

"我占的股份多，所以我留下。红利一分不会少你的，放心吧。"

"我最不放心的就是你，你们打捕一旦有钱，猫腻就多，谁知道你们耍什么心眼，打什么如意算盘？把我遣送到香港，你这里演什么戏唱什么曲，我怎么知道？"

"我能有什么猫腻？我最大的猫腻就是赚钱，别人一个孩子，我三个，三座大山压着，我还敢动弹？我还有可能存什么歪心思？我的目标是争取早日一家子在香港会合。成和初中毕业，也去香港念书，我以后两地跑。这下子，你总该放心了？"

"让我一个人带两个孩子去香港，这日子咋过？我早上送走他们，守在家里，等他们放学？那不是关监狱一样？"

"你可以去逛逛街、美美容的。"

"整天逛街，我不成巡警了？"

"你不是爱看书？这些年太忙，你可能一本书都没看完整过，你买一些书过去，慢慢看。也可以列个书单，我当当网订购快递给你。"

"哦，让我成为文艺青年，思想比较单纯，你比较容易忽悠？"

"唯小人和女子难养也！忙，难办，闲，也不容易。"

"那这个家，是不是要请个临时的女主人？你心里是不是早有安排？"

"让我妈来帮忙看着不就得了？"

"你妈这么老，是否要请个小保姆？"蔡霜歪着头，坏坏地笑着，特意在"小保姆"这三个字上加重语音、语气。

"不用，不用，我请个六七十岁的，这样，你放心，我妈也有个伴。我妈来，你没有意见了吧？你不是说，婆婆利用好，就是管家加警察？"

"那好吧，既然你已经策划好了，我只好乖乖地躲得远远的，省得碍你的眼，讨你的嫌。"

小部队要转移，虽没有引起震动，但婆家、娘家两方面还是纷纷来看望、送行。母亲带着大部队来了，见到建聪的母亲锦绣，脸色仍是很不友善，可能当年房主与房客的关系，让她习惯于高姿态，也可能是女儿被她儿子拐骗一样地娶走，让她心底块垒难消，总之，她面对笑容可掬的锦绣，还是懒得搭理地摆出一副高高的冷冷的姿态。

蔡霜趁她走进厨房，跟着进去，调侃道："妈，你这是无事生事呀？人家又不欠你的！你照照镜子，什么脸色？"

母亲有点不好意思，微笑了一下，但还是强词夺理："反正看到她，就想起当初的事，我就一肚子气。你们年轻人不懂事，她居然不来和我商量，顺着你们胡闹，还不是图省钱？搞得我多没面子。"

"妈，又来了，你就不能忘了这些老皇历？你有时特别健忘，有时又记性特好，专捡不愉快的记，简直是怪人。所谓大人不计小人过。你就不能为我们的现在高兴？"

母亲受到启发，马上阳光灿烂，感慨地说："是呀，福气没滥散（福气不是随意可得），钱财注你们得。"

蔡霜知道母亲感慨的是小舅妈投资之事，她风轻云淡一笑了之，反正自己做得仁至义尽了，奈何得了谁？便说："小富靠俭，大富靠天，天注定的。"

母亲再次感叹："古人话，第三查某儿吃命（排行老三的女儿命好）。还真是的！你就有这福气。"

就这样，建聪带着他们母子三人浩浩荡荡去了香港，这里的浩浩荡荡，除了人，还有行李。蔡霜恨不得包一辆大卡车，把这里的好东西全部带走。更不可思议的是她居然连深沪水丸、衙口花生都装了一大袋一大包的。

建聪很不解："你又不是宋美龄，有专机，也不是去逃亡，干吗搞得这么夸张？"

"是这些亲戚朋友送的呀。"

"他们送的是心意，你心领就行了，何必带走？我们要蚂蚁搬家，一

313

点一滴慢慢来，化整为零，不是这样混乱地逃荒，香港寸土寸金，哪有地儿装你这些乞丐担？聪明的查某，搬家是搬金银财宝，不是地瓜干。"蔡霜被说得哈哈大笑，豁然开朗。

此后，他们的家以香港为主，开始逐步的战略转移。

九十八

子宁的事让小舅对人生有了更彻底的认识，他决定不再做保护伞，不让子宁躲在阴影下乘凉，于是宣布关店，从此退出商海。

其实，这一打算几年来已成雏形，只是担心引起"地震"，所以他一直苦撑着。但随着中心城市东移，老城区已经逐渐萧条、冷落下去，生意也变得非常惨淡，有时一天也没有几个客户光临，有时甚至没有开张。看惯了红红火火、络绎不绝的他，简直无法忍受这种门前冷落车马稀的冷清、凄凉，他心想：与其坐着浪费时间，不如痛痛快快地关门大吉。剩下的时间，好山好水逍遥去。

这一决定当然掀起狂风巨浪。首先是小舅妈，她的恐慌可想而知：人道是，吃到老赚到老。不赚，等着坐吃山空？这点钱，够几年抽拆？老了吃鸡屎干？

子宁也担忧、紧张，忙出谋献策："爸，店仍然开着，你没空就让纤雅去，现在孩子大了，她也闲出来了。至于开哪里，我们可以做个市场调查，重新选址，那些几十年的老客户养着就可以。"

"你们打算开，可以呀，至于怎样开、开哪里，这是你们的事，我只能提供这些客户资源，其他我要做个了断，账目我也要算个清楚，你们

314

重新开始吧。"

"你不知道万事开头难？"

"就是要让你们知道难，你们才会珍惜。疼儿不孝，荫儿没出息。"

子宁一听，脸一横，甩手出门。小舅看着他离去的背影，苦笑了一下，摇摇头，沉重地叹息着。

小舅妈深知小舅的脾气，知道劝也没有用，只好跟纤雅商量："没想到，时间这么快，轮到我走当年娘的老路了。纤雅，趁我现在腿脚还好，可以帮你打理这个家，你好好考虑一下，做个什么小生意，不然这个家我一个人撑不起来，也不知能帮你撑几年。"

"我做了这么多年家庭妇女，能干啥？还是用爸的资源，做牛仔服装批发吧？"

"那好，有目标就好办，你爸这些天去结账，你跟着去，认识一下，也把业务定下来，我们赶紧到步行街租个店面，把生意移出来，那些客源才不会断。"

纤雅只能诚惶诚恐地点头："步行街的店租，可能是全市最贵的，赚的钱都给房租，不是吃饱替人换饿？"

"有人才有市场，有市场才有商机，其他街道店面房租便宜，但没有客人，一整天坐着恁神等孝（傻傻地坐等好处），有什么意义？"

纤雅还是迷茫地点了点头。

"别怕，如果不是为了这个家，我也一定是个女强人，什么事吓得倒我？妇女半边天，在我们闽南，妇女不仅半边天。你看看，子安、子容不也是撑起一个家，她们的尪（丈夫）靠得住？你放心，我先帮你撑起来，再慢慢放手。"小舅妈知道儿媳身边没有多少钱，又道："今年房租我出，其他的，你和子宁商量。"

纤雅睁大眼睛："找他？"

"他会吃了你？这个家以后是你们的，你不要像烂土泥，强硬一点。你知道你爸为什么这么狠，撂手不管？就是看到子宁不能顶上来，太失望了，觉得不狠狠心放手，以后你们连吃饭都成问题，所以你现在必须给他压力，让他懂得担当。如果以后你们两个能共同赚钱养家，我们就无后顾之忧了。"

　　纤雅嚅嚅道："我试试吧。"纤雅对这个婆婆本来就很孝顺，后来婆婆出手解决那桩事，赶走那个女人，命令子宁卖掉那个安乐窝，维护了她的地位与利益，从此她对婆婆更是言听计从了。当然，她也懂得婆婆对她与对两个女儿没什么两样，甚至更好，因为婆婆懂得内外之别，自然手心向内。

　　"反正，向打捕要钱，就得像挤牙膏一样，拼命挤，就能挤出来。打捕身边钱太多，就会生事，没有钱就只能翻白眼，掀不起大风浪。很多闽南打捕，外面花钱很舍得花，内面苛刻某子。我告诉你，饲某饲子（养老婆孩子），天经地义，你不讨他就会致态（装傻），久而久之，习惯成自然。"说得纤雅频频点头。

　　很快，纤雅的牛仔服装店落户步行街，她蹒跚地从家庭走向社会。

九十九

　　父亲的病又复发了，而且已经扩散。这个消息再次把所有人都震傻了、懵了、呆了。原来所期待的三年五载是这么难以实现的愿望！蔡岚最先得到这个消息，她把自己关在宿舍的厕所里，捂住嘴，痛哭一场。稍微平静后，她第一个想到的是大姐蔡雯。

蔡雯听到这个消息时，正开车行驶在高速路上，她不由自主地踩大油门，让车狂飙起来，她正接女儿回家度周末，她才不管什么超速、罚款、警察呢，边开车边让泪水狂流。两个女儿也伤心地哭了，她们小时候大半时间寄养在外公外婆家，对外公感情很深。老大纾和边哭边哀求道："妈，不会的，你放心，一定是医生弄错了，误诊了，你开慢点。"老二好和也说："妈，我们有钱，我们请最好的医生给外公治疗。"蔡雯感慨于女儿的懂事，更为父亲感到心疼、悲伤、无助。

她直接把车开回娘家。在厨房里，她看到父亲伛偻着单薄、嶙峋的身子，皱着眉头，脸色蜡黄，呆呆地坐在餐桌旁，完全无力抗争病魔的羸弱。父亲显得很小很小，成为一小撮了。母亲正在煮饭，可能是过去太穷，吃不饱吃不好，所以现在的母亲有点偏执，只要儿女们要回家吃饭，她什么都可以忍着，暂且放一边，先弄吃的。这也是她对子女表达爱心的一种方式。看到这一画面，蔡雯眼泪簌簌而下，她轻轻走过去，扶住父亲："爸……"

父亲无力地抬起头，眼里满是痛苦、哀伤、绝望，蔡雯的心痉挛了一下，揪得生疼。她轻轻牵扶着轻飘飘的父亲，把他扶到客厅的沙发上，拿出一条薄毛毯给他垫着，轻声劝着："爸，我们去化疗吧？"

父亲无力地摇摇头："折腾不了了。"

"你是医生，也知道先生人主人福。或许我们可以找到更好的医生、找到更有效的药，我们去北京试一试吧？"

"我怕回不来了……"

蔡雯一听，把脸别向一边，眼泪来得更加凶猛。这时，蔡岚也赶回来了，眼睛桃核一样，她轻轻地坐到父亲的另一边："我们再搏一搏，去北京碰一碰运气？"

"生死由命，认命吧，生老病死是自然规律，在家等着比较安全。"

蔡岚一听，也完全崩溃了。

蔡雯轻轻碰了一下她的手臂，俩姐妹走进厕所，关在里面，蔡雯问："上海的主治医生怎么说？"

"恐怕不久了。"

"没有办法了？你再动用自己的关系找一找？有没有什么特效药？现在医学发展很快。无论什么药、什么方法都不要紧，求求你，想办法救救他。我告诉你，这几年向东的布行生意非常好，赚的钱已经超亿了。钱的事，别担心，我出。"

"没用，再多的钱也没用。"

蔡雯一听，抱着蔡岚痛哭失声。一会儿，她冷静了许多，擦着眼泪，说："告诉蔡霜吧，让她赶紧回来，听说香港有一种药，镇痛效果非常好，让她买点回来，无论多少钱都不要紧！"

蔡岚点了点头。

打电话告诉蔡霜这一切。刚好建聪回香港，蔡霜把双胞胎扔给保姆，让他看管，自己快速飞了回来。当她看到躺在床上因疼痛而完全丧失希望的父亲，一下子跪在地上，放声痛哭。她同样逼蔡岚想办法、找名医、买好药，但蔡岚除了摇头还是摇头。

一天下午，蔡岚守着父亲，父亲好像有所好转，他说："你妈以后要靠你们三个姐妹了。"

"放心吧，我们都会对她好的。"

"这是新厝，不能变成生厅，我不行时就移到公妈厅去……在那里办……"

"那里太破了，不行！"

"不要紧，打扫一下。电就从你六叔家牵过来，用完了，记得把电费给他们。"

"爸，别说了，求你，求你了……"

"要走了，我知道……寿衣，有空要先缝好……我知道你过得不愉快，你的事，随缘，千万别勉强。"

蔡岚知道这是回光返照，父亲这是在交代后事了，她接触太多太多的病痛、死亡，但她不能接受的是父亲这份冷静与平静。

"我不喜欢永久墓园，你们外面帮我找块地，风水好点的，我才能庇荫子孙。"

三天后，父亲走了，非常痛苦地走了。走在暮春时节，一个落英缤纷的时节。他临终前睁大眼睛挣扎着，死死盯着蔡岚。惊恐又不舍的表情，这一幕成为蔡岚永远无法抚平的伤痛。

这年深秋，台湾传来一个噩耗，大姨去世。因为父亲的病情，大伙当时的设想一直没有付诸行动。大姨这一走，她这一血脉就自然地、无声地断了。

一〇〇

父亲过世后，大家以为也希望母亲回到市区套房居住，回到她负责一日三餐的那种生活格局，但母亲不愿意来了，她宁愿一个人忍受孤独与冷清，也不上来。大家心里有点犯嘀咕：母亲与父亲夫妻关系并不好，他们吵吵闹闹一辈子，不见得父亲离开，她一下子深情起来，宁愿守着回忆、守着父亲的气息生活。但她不上来，大伙就不敢强求了。想到她一个人守着那么大一栋房子，大伙心里挺不落忍的，相约多挤出时间回家陪陪她，到最后，经常回家陪她的便是蔡岚。

一天晚上，两个人边看电视边聊天，蔡岚自然问到这个问题。母亲踌躇了一会儿，才说："我告诉你，你别告诉老大、老三，她们俩的性格，不像你，可以忍。"

　　"不说就不说，我知道分寸。"

　　"我算是看透了，等我老了，她不可能伺候我，所以我不想作践自己去给她当保姆。至于她父母愿意伺候她，那是他们的事，我乐得逍遥。"

　　蔡岚听了有点吃惊，她一直认为疼枝连叶疼，母亲不可能也不敢对悠然有任何怨言。如今，她的态度怎么突然来个一百八十度大转弯？她惊讶地看了看母亲："可是还有你儿子、孙子呀。"

　　"对呀，我儿子、孙子，有人帮我伺候，我还有什么不满足的？你不知道，你父亲生病那时，有一天上厕所，站不起来，他喊人帮忙，她从楼上下来，听到喊声了，居然头也不回就离开，回娘家去，把他撂在那里。等到我从菜市场回来，他已经瘫在坐盆上。你父亲说起这事，眼泪就流下来了。如果不是跑到城里去伺候他们，生活那么紧张、忙碌，你父亲可能不会那么快发病、那么快就走。可她，从进门到现在，过着大少奶奶的生活，从来没有为这个家干过一件事，哪怕一件家务，也没有让她花过一分钱，这些我都没有意见，但一想起她对待你父亲那样，我的心就凉飕飕的。她敢这样对待你父亲，将来还不敢这样对我？"

　　"我们仨姐妹有时背后偷偷谈论，看到你这样待她，都不敢吃醋，总以为只要你们合得来，我们绝对只高兴、不嫉妒。因为你们在一起的时间还很长。一家人在一起，不容易，要包容、宽容。"

　　"我还不够包容、宽容？我一直以为孤儿孤媳妇，将来要靠她，现在不疼她疼谁？没想到这个人这么狂妄，自以为了不起，难道嫁入我们蔡家委屈她了？父母教书先生有啥了不起了？过去还叫臭老九呢！我本就告诉建聪，这种人别捧她，一旦捧起来，尾巴还不翘上天？建聪不听，说什么关系、人情不用白不用，说什么权力现在不用过期作废，花那么大的劲把她调到电视台，还让她当个什么办公室副主任，你说动用多少人力、财力，结果呢？你看看，才一个副的，就山鸡变凤凰，飞上枝头了，打扮得比妖精还妖精！"

"她不是一直叫苦连天？说教师压力大，要评比、教研、备课、改作业，有多忙多累？大伙怎忍心让她吃苦？"

"你们三个姐妹这么有出息，蔡雷也升为科级干部了，她还敢如此狂妄自大，你说如果我们是普通人家，她还不踩在脚底下？这人，眼睛看上不看下，做猴就爬树了。哼，有什么资格唱高调？"

蔡岚沉思了一下，说："家家都有本难念的经。人无完人金无足赤，凡事都得宽容与包容。既然成为一家人了，在一起的时间还很长，更需要大事化小小事化了。有些事，不说，就没事；一说，就有裂缝，很难修复。比如，今晚的事，说了就过去，别放心上。以后，你好好爱惜自己，对自己好点，确实，爱谁都不如爱自己保险。"

"我现在出门，前推后搡，人人都拍背脊（人人都巴结），何必作践自己，自己掉价。年轻时那么艰苦，现在我也得过几天好日子，不然太亏了。想一想你父亲，一辈子遭了多少罪、吃了多少苦，好日子来了，却享不到福了，不值，不值！"

听到父亲，蔡岚马上被悲痛所包围，她轻轻说："你开心你就怎样过，我无条件支持你。"

"我打算把一楼搞成佛堂，我有几位善友，有空可以在一起念念经。"

"好呀，老有窝、有伴、有乐，三有了。"

"蔡雯前些天来，告诉我，她说她几次梦见你父亲，非常苍白、虚弱，褴褴褛褛的，非常可怜。每次她都是哭着哭着醒过来的。"

蔡岚一听，也禁不住泪流满面。

"他在世时，他不相信这些，他反对我出去念经，我过去要像做贼一样偷偷溜出去，回来他就生气，现在不用看他脸色，我想好好念经回向给他，让他早日摆脱地狱之苦，早日上西方极乐世界。"

"妈，如果你能帮爸摆脱这些痛苦，你就功德无量。"

母亲有点不好意思了："我也是太无聊、太寂寞，找事儿打发时间。当然，念经也是修身养性，找一种寄托、安慰。"

一〇一

向东大手笔地在鸳鸯池布料市场买了四个店面，七层的店面，搞成布行，有展馆、接待室、办公室、休息室、仓库、车库等配套设施，一看架势就不得了，他的生意已做到全国各地，非常稳固，不知不觉成为布业界的领军人物。各大银行都看准他，纷纷跑来动员他贷款，但他一一回绝。

一天，向东微笑地对农行前来洽谈业务的工作人员说："我不缺钱，干吗贷款？"

"可以做大做强呀，钱可以生钱。"

"知足常乐，我觉得可以了，钱是赚不完的，留些给别人赚。"

"你看看，很多大企业，几十亿资产，他们照样也贷款，而且贷的数目很惊人。这些钱，可以扩大再生产，也可以多项投资。比如天堂鸟集团，贷了几十亿，到东北投资矿产，听说开发六个矿呢。"

"他们是他们，我是我，我和老婆的原则都是不向银行贷款。他们那样搞，要死就快了。"

"为什么？"

"我们不投资不熟悉的行业。你说，一个行业你都不熟悉，你可以做好吗？"

"难道你们从来不需要钱？"

"如果需要了，民间挪借一下，有了钱马上还。"

"民间利息太高了。"

"但这样反而有节制、有规划，不会随意性贷款，贷出太多，用不完，只好乱投资。我的观点是，有多少力干多少事，理性赚钱。"

"很多企业家，特别是大企业家，都千方百计和市领导搞好关系，利用政策，没政策的，也要出台政策、拿政策，还不是为了贷款？利用别人的钱去生钱？"

"也许我已经落伍了，跟不上时代了，但我还是坚持我的观点。我的观点是商人就是商人，本分就是做好生意，赚钱。何必去巴结做官的，和当官的走那么近？什么官商勾结了，有一个好尾的？政策玩得溜溜转的，哪一个最后不是被玩栽了？贷那么多钱干嘛？存什么心理？你又不是不知道，有些当官的，雁过拔毛。多少企业就是被拔空的？"

"但事物总是一半一半，也有一些企业利用政策，用别人的钱来赚钱，结果赚成千万富翁、亿万富翁。"

"你们在银行，其实比我更清楚，这些几个亿、几十亿资产的，多少人已经资不抵债。为什么？刚开始，谁没有个厚实的家底？就是贷太多了，投资自己不熟悉的行业，结果亏了，折本了。你们银行的钱又不是不用还，还要利息。到期逼着还，还了再想办法借出来，结果赚的钱，一部分还利息，一部分投资失败，久而久之，家底不仅掏空，还负债累累。另一部分人，把银行的钱当成自己的钱，起厝买车嫁查某儿娶媳妇做大生日，大肆挥霍，结果还不起，欠了一身债，被你们追着跑。"

农行业务员被说得哑口无言，灰溜溜离开了。从此，不贷款，成为向东最大的特色、风格，慢慢传开了。

　　完成布行的投资建设后，向东便与蔡雯商量，准备把工厂搬到政府统一规划的工业区。

　　"那不是要买地、建设标准化工厂？"

　　"是呀。"

　　"我认为我们这个厂，还可以凑合好几年。"

　　"你现在选用的布料，都是国际高级面料，质量已经走在前列。这些硬件设施，也要上去。你想想，当时我们从西裤转型生产休闲裤，结果呢，走在前列，成为领头羊，几年后狮城成为"中国休闲服装名城"，我们走在前面，不是名声、好处都得到了？"

　　"但这要多少钱，没有大几千万，拿得下来？"

　　"钱我出，其他事，你去跑。我们不是有句老话：项项都要早，只有死不能早。这时刚刚规划，出台很多优惠政策，我们要懂得享受这些政策福利，利用时机把投入的资金尽快收回来。你现在不搬，将来成了气候，政府还是会强迫你搬，那时，不仅所有优惠措施享受不到，还会有很多关卡，也选不到好地点。"

　　蔡雯听后觉得有道理，但还是有点畏难情绪："这有多少事呀，让我跑，不是跑断腿？你去吧？"

　　"还是你去，其实你们查某更好办事。再说，你比我外向，会说话，你的公关、社交能力比我强，社会地位比我高，两届市政协委员的身份就是最好的证明。这是通行证，也是无形资产，要懂得利用。等到建设厂房时，那是打捕的事，我自然会接手处理。"

　　"我比你更活跃，更有名气，你不觉得有压力，心理会平衡？"

　　向东调侃道："别人会说，这是尫忟某翘头（丈夫厉害老婆更胜一筹），伊烷（她丈夫）一定更不得了。神龙见首不见尾。"

蔡雯被表扬得屁颠屁颠的，开始马不停蹄地进行运作。

一〇二

二〇〇八年的金融危机席卷全球。国内经济哀鸿遍野，波及多数的企业与商家，大家都艰难度日，想方设法采取各种手段努力地渡过难关，比如建聪开发的房地产也处于低迷状态，即使价格一再下调，各种优惠促销政策出台，成交量仍然不见起色。倒是向东与蔡雯虽然受到影响，但情况并不严重，因为他们不向银行贷款，不随意扩张，也不投资其他领域，生意稳打稳扎，所以在一片倒闭潮中，安然无恙地生存着。这时，爆出一个坏消息：悠然炒股损失了两百多万。母亲一听，跌坐在沙发上，眼睛都直了，久久缓不过气来，她死也不相信，反复地不解地问："她哪来这么多钱？亏也得有本呀！"

蔡雷说："家里的钱都投进去，借了点高利贷，她有个同学在建行，教她一个办法，拿房产证去贷款，刚开始，她炒得很好，不知走什么狗屎运，随便买随便赚，赚了很多钱，她爸爸妈妈也心动了，高兴得半死，说赚了一辈子死工资，不知道钱原来是这么好赚的，就把存在银行的钱都拿出来交给她，让她帮忙炒，他们还封她为股神，中国的巴菲特。"

"结果，钱呢？"

"剩下一点点，一个尾数。"

"其他的呢？"

"蒸发掉了。"

"骗鬼！乌吐白吐（胡说八道）！钱为什么会蒸发掉，钱是实实在在的东西，又不长脚。你跟她查一查，钱到底到哪里去了？有云无影的事情，你不要挈风来搓丸（捕风捉影）。我们做人要善，不能贪。一九八九年鳌村那场会儿，你说吃掉别人钱的那些会儿头，后来几个好尾了？"

"妈，真的，没骗你，悠然不是黑心眼，不是想吞掉那些钱。是钱进入股市，就变成一些虚拟的东西，最后泡沫破了，钱就没有了。"

"我不相信。钱一定藏在什么地方，传到什么人手里，不可能蒸发。比如，我买菜，卖菜的人拿钱去买米，卖米的人拿钱去买衣服，但无论怎样转，钱总是在一些人手上……"

"妈，我跟你越说越烦，你不懂。我现在也没有心情跟你讲这一套，总之，钱真的没有了。"

"那……那……你们准备怎样办？"

"不知道。首先，银行贷款是必须还的，不然……房子没有，怕连工作也没有。高利贷也必须还得，不然利滚利，像滚雪球一样……"

"雷儿，你们结婚这么多年，我没有给你们任何负担，什么事儿我都自己撑着，如今……出现这种事，不是我给你们压力造成的，与我无关，你们自己想办法吧。"

"妈，我哪有什么办法，有办法我就不会来求你了。现在，你总不能见死不救吧？"

"我怎样救？这把老骨头不值钱呀！"

"妈，当然不是让你来，你怎么不想一想她们，我的三个姐姐？"

"你打她们的主意？雷儿，咱们得鞴自己骨头生肉。所谓嫁出去的查某儿泼出去的水，她们是你姐姐，但赚的钱已经不姓蔡了。"

"我也是走投无路，亲人就是关键时刻互相帮扶的人，不然要亲人干嘛？妈，我知道你不愿意开口，但悠然是你孙子的母亲呀，你忍心让你的孙子这么小就失去母亲？这事，弄不好就是经济犯罪，不是坐监狱就是跑路。"

"是吗？……容我想想，你真无用，管不了老婆，让她无法无天了。你说，她一个查某儿，心也太大了？"

"妈，你不懂，一旦进入股市，没有几个人能冷静，你说一个涨停，资产就是增长百分之十，哪个人心跳不会加快？不想搏一搏？如果投入多，几个涨停，等于一年工资，谁的心不是撑大了？"

"但是，跌停呢？一年不吃饭？"

"哪有抱着跌停的心理进股市的？你说，有抱着输钱的心理进入赌场的？"

母亲惊讶道："原来炒股就是赌博？"

"差不多吧。"

母亲气得直打哆嗦："那你还怂恿她赌博？你是死人、废物呀？"

"妈，求你了，现在不是玩文字游戏的时候，十三亿中国人有好几亿炒股票当股民呢，这是合法的，政府允许的，不是赌博。我们现在该讨论的是如何堵窟窿的问题。"

"过去，我总舍不得说悠然一句不是，现在真的忍不住了。她呀，平时太不会做人，哉壁壁（高高在上）的，傲得像百万富翁，也不知是清高还是狂妄？好像看上不看下的。"

"妈，你误会她了，她就是这种个性，比较沉静、稳重。"

"遇到这种事，应该是她自己放下身段，自己出面，比较合适……"

"她说不出口。"

"哼，我就说得出口？"

"她们是你的查某儿呀！"

"她们又不是我的债主。蔡雯前天告诉我，他们还不错，很多企业都向银行贷了很多钱，把钱拿去炒股、开矿、借贷，结果现在亏得一塌糊涂，资不抵债，好在她与向东都求稳，结果稳中求胜。找她帮点忙，应该没问题；但霜儿呢，可能有麻烦，现在房子都卖不出去……"

"妈，瘦死的骆驼比马大，何至于就没有这点小钱……求求你了！"

"还有岚儿呢，身边是有点钱，但她自己的事还没解决……"

"妈，二姐更容易通融，不会拒绝的，她没有负担，很容易存钱。"

"我可丑话说在前头，她父母的钱，我不管。如果赚了，还不是给他们？他们乐，他们享受？赔了是他们的事，与我查某儿没关系，她们没义务做这种冤大头。她父母都是退休老师，退休金很多，用不完才会无事生事。向银行贷款的钱，还有外面借高利贷的，都逃不了，我可以让她们帮忙。其他的，我不管，你也不能得寸进尺，是就是，非就非。千家富袂（无法）荫得一家穷，帮了这次，以后你们得靠自己，不能做事情没节准，遇到麻烦，再叫我给你们擦屁股。"

"那好吧！"蔡雷无可奈何地说。

最后，母亲三个电话把这事搞定，帮悠然逃过一劫。

一〇三

母亲以为悠然的事已经够大了，当她回娘家吃她父亲的正忌时，才听说一条更严峻的事：亦珺一家逃往菲律宾了。母亲惊道："也是炒股？亏了多少？"

小姨小声道："两三千万。"

"怎样跌呀？要多久才能跌掉这么多？"

"她不是炒股。她大姑丈和几位朋友合开一家信贷典当行，刚开始利息很容易拿，钱出出进进的，流通得很顺畅。她大姑子就找上她，动员她把制衣厂盘掉，把钱投放到典当行，轻轻松松吃利息。那几年，她制衣厂转行做外贸生意，其实外贸生意很难做，要求高，质量稍有问题就卡住，有些新手都做不来，加上这几年溜走很多外地人，想留住一位熟练的工人都难，没有工人就交不了货。外贸还有一个利率问题，美元升升降降，利润也就跟着升降。订单来了，哪有不接的理？但有时接来后，人民币一贬值，就一点儿利润也没有，有时还得亏本，不做又不行，外国人更讲究诚信，还懂得维权。所以她大姑子一怂恿她，她二话不说就洗手不干，把厂子盘掉。都是人心不足呀，如果懂得适可而止，也还不至于搞得那么惨。本来忙忙碌碌的人，哪里坐得住？不久，她又想到一个赚钱的法子，向亲戚朋友拿钱，到手后再放到典当行里，赚个差值，也就是零点五。如今倒了，无论哪一方，认的人都是她。"

母亲急道："结果呢？怎样就把钱给借没了？"

"典当行的钱都是放给企业家，这些年生意不好做，很难赚钱，即使赚钱，利润也很薄，赚得太慢了。有几个企业家老老实实搞本行？很多人于是挂牛头卖狗肉，纷纷改行，贷款去投资，当然也想冒险，想一夜暴富。有的开矿，有的搞房地产，有的炒股，甚至有人去澳门赌博……你说，搞自己不熟悉的行业，几个能赚钱？不是说，想暴富，离穷就近了？"

"钱就没了？"

小姨无力地点点头。

"那她大姑子也太狠了，没有一点儿人情味，牵来放去都不会。至少应该提前提个醒，让她提前收回一点，或者给她留点生活费……"

"她本人呀，连别墅都卖掉了，更疯狂。哪里敢透露？透露不等于泄密，动摇军心，制造恐慌。"

"他们夫妻也跑路了？"

"不跑？十身不够死。早就被人剁成肉酱了。"

"都借给谁呀？倒得这么惨？"

"我只知道，其中有一家就是富华集团，这么大的集团公司，名声这么好，已经是全国驰名商标了，产品都销往世界各地，还不好好做生意，贷了很多钱去开矿，结果有的矿开采不出东西来，有的矿不知遇到什么麻烦，好像还是政治大问题，不能开采，前期投进去的几十亿都泡汤了。"

"害人呀！倒墙碰到壁。前些年亦珺不是投资不少房地产？难道卖掉还不够还？"

"他们得到消息，仓皇出逃，没有处理这些东西。这些东西要处理需要时间，再说现在经济这么不景气，大伙都拿钱去救急了，谁还会投钱到房地产？"

"去菲律宾白手起家？听说到那边创业也很不容易，要吃很多苦。"

"他们还好，亦珺当时最大爱好就是买房子、买黄金珠宝，所以就卷着那点儿家底跑了。当时，我还常骂她爱美，买那些首饰，存死钱。家底就是家底，如果没带这点东西出去，现在不流落街头了？到那里，她把那点东西卖掉，租房子、店面，夫妻俩开了一家小商品超市。辉煌、亦玮偷偷到义乌帮他们拿货、发货。"

"嗨，这是遭什么罪呀？那……这边的房子，没被查封？"

"等着政府解决吧。该拍卖再拍卖，能出也是好的，总比一辈子在外逃亡好吧？"

"是，是！那当然。在家日日好，出门步步难。哦，那两个孩子都跟他们走？"

"不走不行，也不知道形势会怎样发展，留在这里被抓去当人质，不是性命都成问题？"

"她大姑子、大姑丈呢？"

"不知躲到哪里去了，一个人害了一大家族，真是一粒老鼠屎坏了一锅粥。"

"其他人也跟着遭殃？"

"刚开始，利息那么高，谁舍得放过这赚钱机会，谁愿意把钱存银行，眼睁睁看钱贬值？听说整个家族都惨了。"

"这么说，你多少也扔进去一点？"

"我倾家敲伙（倾其所有）也就那么一点点，一二十万。也是赚钱心切呀，看到有点利息，就守不住钱。但无所谓，只是再一次回到解放前，大不了重新开始，我是越战越勇，没有痛觉了，到了这岁数，有钱就吃好点、穿好点，没钱混着也是过日子。就是亦珺太惨，足足超过两千万，想想这些年，也是够拼命的，如今不仅一无所有，还欠了一大堆债务，要想翻身谈何容易！"小姨说着说着就伤心地抹眼泪了。

母亲感慨道："嗨，赚点钱怎么这么难呀？这危机何时能过去，经济何时才能好转起来？我刚才经过大街，萧条冷清得我以为走错路了。这经济说坏就坏，太奇怪了，十几亿中国人不是照样吃饭照样穿衣照样消费，为什么突然萧条得这样恐怖？跑台湾货时，无论大街小巷，挤得走不动，人山人海，什么都抢似的买回去，现在街道都可以开车掉头了。"

小姨忽然换了一个话题："蔡雯、向东这些年发展得很不错呀？"

"是呀，搬过来新工业区这几年，发展挺顺的，规模一再扩大，已经成为名牌产品了。有人动员他们包装一下，去香港上市，但他们不愿意，觉得还是稳打稳赚才是根本。"

小姨羡慕又感慨道："吃到风水了！"

母亲微笑道:"三分天注定,七分靠打拼。这些年吃了很多苦,也积累了很多经验。"

这时,菜一碟一盘端上桌,母亲不禁问道:"人都跑哪里去了?怎么不喊一声,等会儿菜就凉了。"

小舅妈说:"就我们几个,吃吧,不用等了。"

母亲想到过去总是热热闹闹,有时还能凑成两桌,便问道:"子安、子容,还有她们的孩子呢?"

"她们都不来了。"

母亲诧异地张了张口,正打算追问原因,小舅妈对她眨眨眼,看了看小姨,欲语又止。母亲终于恍然大悟,忙缄默无语。

一顿饭,在极其沉闷中过去。

一〇四

时间如白驹过隙,日子翻日历一样,唰唰唰就是厚厚的一本,不禁折腾的,一晃就是几年过去。

作为医生的蔡岚最后不得不承认自己身体出问题了。之前,脸色苍白、虚弱乏力、多汗、月经过多,她都不在意,认为是累的,是由于生活过于凑合、营养不良引起的。这天,剧烈的头痛,伴随恶心、呕吐,导致她支撑不住,在工作岗位上趴下了。诊断后的结果,如她所料,她得了白血病。作为医生,她知道这病的后果,也知道有没有必要医治,所以她静静地把诊断书撕碎,没有告诉任何人,仍然坚持工作。她知道一旦躺下来,她走得更快。

一天，回家后，母亲关切地问她："你这段时间是不是身体不好？为什么这么苍白？消瘦得这么厉害？"

"忙的，累的，不要紧。"

"身体是革命的本钱，没有身体，就没有一切。不是说，身体是一，其他都是零。别那么拼命，这世界永远都有病人，治不完的。人道是：别人子死袂了（别人的孩子死不完，意为不要多管闲事）。"

"好的，我知道了，会注意的。妈，你有什么需要我帮你解决的？比如需要用钱处理的？"

"没有呀，你们给我的钱，用不完了，我在善友中是很富有的，他们都说我是钱银淹脚目（比喻钱非常多）。"

"妈，去市区套房住吧，至少可以天天看到他们，没有什么比天伦之乐更幸福。那件事过去了，就忘了吧。相信我爸如果还在，他也会选择原谅、遗忘的。"

"为什么？说这句有头无尾的话，你什么意思？"

"难道你不想和儿子、孙子在一起？去吧，爱才会使人幸福，宽容才会使人得到幸福。"

母亲听后颇有感触，稍为犹豫之后，她小心翼翼地问："恁查某儿，今晚就我们母女俩，你老实告诉我，你是不是心里爱着一个不该爱的人？瞒得曹丞相袂瞒得徐元直（当局者迷旁观者清）。"

蔡岚很坦然，不加掩饰地说："没有，我只是爱着自己朦胧的初恋。"

"这有什么不同？"

"有，这不是人，只是我个人一种剪不断的美好情愫。"

"我搞不懂你们这种书呆子。但是，为了这，你一辈子这样单着过，值吗？"

"我不知道。人生没办法算计，很多事无法用值不值来评判。反正，都这样走过来了，我想，这就是人生吧？"

"岚儿，我……我今晚实话告诉你，可能是你三岁那一年吧，有一天，你坐在后门口玩耍，一位和尚路过，看了看你，说了一句无头无尾的话，他说这查某儿尼姑命，就走了。我当时太忙，听了没反应过来，后来想一想，越想越觉得别扭，也不敢相信，一直放在心里，没想到一语成谶。不然，你有空跟我念念经吧？心里舒服点。"

"妈，我尊老爱幼，宽容慈悲，救死扶伤，这就是行动上在念经了。我心里很坦然，过得很充实，你放心！我心里有一本圣经。"

母亲一下子紧张又气愤起来："你信基督教？"

"妈，你也太神经质了。我只信我的心。不能叫圣经，那就叫经文吧，这下你总该满足了？"

母亲无语。

"妈，你还没答应我呢，去吧？"

"我还是喜欢这里，更轻松、自由。住套房里，像关监狱，他们白天上班，我一个人关在家里，连个说话的人都没有，即使晚上回来了，吃完擦擦嘴，不还是上楼去？我担心，久而久之，自己患失语症。在这里，白天几个善友，今天五仙庵、明天慈航庙，有时去赞佛，有时去听课，有时值班，节目很多，晚上三集连续剧看完就去睡觉。你说这日子有什么不好？你知道吗，我念经有作用、有功德了，蔡雯告诉我，她梦见你父亲了，这次他红光满面，精神抖擞，比活着的时候更健康、更年轻，你父亲还告诉她，他现在在城隍爷身边当个什么文官呢。"

"真的？爸为什么总是让蔡雯梦到他，为什么不让我也梦一梦？是不是他生前，我做错什么事，他生我的气了？"

"不会的，有的人轻八字，有的人重八字，轻八字的人容易看到、梦到这些灵异的事。"

"那按大姐的梦境，爸还没上西方极乐世界？"

"还没，所以我还要努力，多念经，法力才够。"

蔡岚不禁认真地问："西方极乐世界在哪儿？去西方极乐世界很难吗？"

"在天上吧。只有所有业障都消除、脱离轮回了，不用下地狱也不用转世了，才能上去。哦，好像这还不够，还要有很大的功德，不是那么容易的。"

"那里没有生老病死、痛苦、烦恼等？"

"那是极乐世界，当然没有这一切，只有快乐、幸福、平等、和平，住的是琉璃世界，用八宝装饰，反正一切都非常美好，人是永生的。"

蔡岚笑了："妈，你怎么知道得这么多？是不是安慰人的？给人寄托的？"

"我们去听课呀，有师父给我们上课、讲解。有时，福气的话，还能听到高僧布道。哇，听那种课，很舒心。我前半生那么苦，没想到晚年皈依三宝后，这么殊胜！"

蔡岚点点头，很释怀："好，有寄托也是好的，至少对将来不会恐惧，抱着去好地方享乐，能坦然地向死而生。哦，妈，我还有一件事一直想弄个明白，外婆临走之前，为什么吩咐不要把她葬在外公旁边？"

母亲有点警惕又有点不情愿地问："你怎么忽然想起打听这个问题？"

"好奇，这是不解之谜。"

母亲踌躇了一会，才说道："你外婆怕他们，在他们面前没地位。外公的第一任老婆，我应该叫大娘的，有钱人家出身，是大小姐，很精明很厉害，听说也长得很漂亮，跟我父亲，也就是你外公感情很好，你外婆原来只是她的佣人，被她打得半死。还好，她死得早，不然你外婆被折磨死，就没有我们，后来也就不会有你们。她死后，外婆继续伺候她的男人，可能没有什么仪式，就直接为他生儿育女，那个时候，也不像

335

现在有结婚证什么的，所以外婆的地位有没有得到承认，她心里一直弄不明白，也很纠结。她死后，就不想跟他们在一起了，免得仍然去伺候他们。"

蔡岚惊讶道："生不平等，难道死后还不平等？"

母亲想了想，反问道："应该还是不平等吧？死查某儿鬼，今晚为什么问这些了，你不是无神论者？也不喜欢听我唠叨这些？当时你爸反对我，你不是总站在他那边？"

"此一时彼一时，那时是希望你多陪陪我爸，现在我是关心你。再说，我们俩总不至于讲国际形势？妈，有一点，我认为众生生不平等，但死……应该让一切都平等了。"

"你怎么知道？"

"我猜的，也这样希望。妈，既然开了一个头了，我们俩今晚做个闺蜜，谈最深的话题，也是最后一次……我再打听一个问题，放在心底很多很多年的问题，好吗？"

母亲有些悲伤，也有点紧张、警惕起来，颤着音问："什么问题？"

"那一年，我们住在医院宿舍里，你为什么一走就是一两年，还很坚决地打算和爸离婚？"

"这……这……过去这么多年了，何必挖老底呢？"

"放在心里太多年了，总是一个坎，过去你们经常吵，我们害怕但也习以为常，我记得没有一次这么严重过。"

"你发誓，不告诉任何人！"

蔡岚郑重其事地说："我发誓。"

"他和医院一位女医生好上了。"

蔡岚好像并不是特别吃惊，她问："真的？"

"真的。"

"你何以如此确定？"

"有人告诉我。"

"妈，你别激动，我也告诉你一件不可思议的事。有一天，爸告诉我，你和小姨丈好过，是真的吗？"

母亲气得直着嗓门说："他侮辱我，我是白布都被他染黑了，把我的胸刨开看看，我的心任何时候都是红的。"

"妈，我相信你们都没有这回事。一个是爸，一个是妈，你们给我们生命，我知道你们都是好人，非常好的人，我爱你们，但我又怨你们，你们仇敌一样过了一生，不给我们一个安宁的生活环境。我想这世界最遥远的距离就是你们，生活在同一个屋檐下，却从没有想过要了解对方、理解对方、走近对方。你们吵了一辈子，恨了一辈子，也让我们在这环境里生活了大半辈子。妈，你说，人生还有比这更悲哀的事吗？"

母亲愣愣地呆了一会儿，轻轻哭泣起来。

这时，母亲雷打不动的三集电视连续剧结束了，母女俩静静地坐在客厅里，一时无语。

"妈，别伤心了，去休息吧，明天你们还要去赞佛呢。我感到很可怕，也很不可思议，死亡，使恩怨扯平了，也使爱恨抹平了。"

母亲摇摇晃晃地站起身，蔡岚也起身，她紧紧地拥抱了母亲："妈，你让我理解母亲的含义，你太不容易了，谢谢！"走进自己卧室时，她的眼泪悄然下来。

一〇五

　　小姨一直抱着一铺养三代的传统观念，认为什么都会变，都有可能失去，但房子万年久远，可以代代子孙传下去，所以她当年攒够了钱就盖房子，后来石头房子成为危房，她又颇有气魄地推倒重建，建钢筋水泥的，赫赫然一栋庞然大物：第一层规划为商场，东西相对，共有十二个店面，第二层搞成八小套单身公寓，同样出租，三四层自家居住，老人和年轻人各占一层。这规划简直无可挑剔的合理和完美，不成想，计划跟不上变化，她千辛万苦建成的大厦，房租才欢天喜地收了两年，就被儿媳闹得无法安生，拱手相让，自己兵败如山倒地逃亡，无可奈何退居锦村。

　　同样的，小姨的儿媳赵丽丽也永远不可能预测到，居然有人会让她收不到房租，断了她的财路。刚开始听说建服装城，她嗤之以鼻地冷笑，完全不放在心上：那个鸟不拉屎的地方，那是我们村农民种地瓜、蔬菜、花生的田地，我们那时叫去山上，服装城建到那里，鬼才会去买衣服呢！我们房子在市中心、车站旁，有比这更好的风水宝地？

　　不成想，这个据说是女人裙摆造型的怪模怪样的建筑物建成后，政府采取赶鸭子的方式，把街区所有批发商都赶到那里去，强制执行，政府还给出很多优惠政策：三年不用交税收、不用交水电费、不用交管理费、车站移到那里……

　　赵丽丽一下子黑了，动用肚子里所有的粗话脏话，骂完之后，不得不接受人去楼空的现实，只好降低再降低房租，收些卖老人、小孩服饰的零售商进场，单身公寓更是来者不拒，管她鸡还是鸭，能交房租就是房客。后来，生意太过惨淡，这些零售商也支撑不住，有的搬走了，不得已，小摊小贩进去了，商场更杂乱、更没档次。即使这样，也是今天一主进来，明天一主离开。丽丽整天跟这些小商小贩较劲，整天在贴出租广告，心情当然更加暴躁，如今遭殃的首当其冲是亦玮，接着是两个女儿。

亦玮只好劝她："不然，你想一想，改装一下，看是否有其他用途？"

丽丽一下子火了："街都成死街了，市中区都成鸟不拉屎的地方，还怎样改？现在抱狗儿过门槛都得钱，动一动得多少钱，钱扔进去如果回收不来，谁赔？"

"那好，那好，不改，不改！"

"不改，行呀，没收入，生活费你负责？"

"我只能负责一部分，你身边攒那么多钱，也负责一半。"

"啊！嫁怃吃怃，你没有能力，当初敢娶什么某？亏你裤裆里还带把。"

"家是共同的，就该共同负责，其实，房租不是多少收一点儿？这厝是我父母建的，房租不是等于他们给的？只要你不存私房钱，哪有可能不够花？"

丽丽还不甘心："你父母现在又会赚钱了，听说小五金利润很高，这莎莎、娜娜是他们的查某孙，饲查某孙天经地义，要不你去找他们要点？"

"求求你，不要再得寸进尺了，他们几十年的血汗全部投在这座厝上，这厝实际上已经由你打理，你该知足了。他们回锦村时的处境你也知道，如果不是二姨家三个表姐资助他们，连东山再起的资金都没有，现在如果能赚点儿，你也让他们留着养老吧！不然，孤子孤媳妇，他们晚年不是要我们养？肥水没流过别人田。"

在事实面前，丽丽终于缄默了。

一〇六

　　蔡岚没有想到自己的病情会如此迅速地恶化，不可遏制地恶化。她请假去了一趟上海，确认到了晚期，干脆打道回府，她想起父亲当时说的话：待在家里比较安全。

　　这下子，病情再也压不住，全家上下都知道了。母亲来到她市区的套房，见到她就昏厥过去了。醒来后，她抓住这个自己最不疼爱的女儿，哭道："你这是什么命呀？蔡雯、蔡霜命多好啊！为什么你们三个姐妹，会出现这状况？"

　　蔡岚很想告诉她，这命是你给的，我有什么办法，该问你呢。但她忍住了，只凄然苦笑了一下。

　　"天啊，这是什么命呀？为什么会这么不公平？"

　　蔡岚摇摇头，无奈地说："我不知道。"

　　"我们去治吧，我让蔡雯、蔡霜帮你治，她们有能力。"

　　"不要浪费了，她们虽然经济条件好，但得来不容易，再说都有三个孩子要培养，花这钱不值。如果能治，我何必揣着钱，对我而言，钱真的是身外之物。只是……人财两空，是我们经常说的，也是我们有时不得不劝病人家属理性的话。"

　　母亲哭泣起来："难道就这样等死？"

　　蔡岚情绪受到感染，一时也哽咽不语，她喝了喝茶，平复了心情，才说道："最早听说这种病，那时我才几岁？五六岁吧？是三姆，那时我就知道这种病很可怕。那时她可能只有四十几岁吧？人到中年，丢下一大家子就走了，五个子女都还没成年。那时多可悲呀！一大堆的牵挂，她一走，一了百了，活着的人多痛苦？一下子成为没妈的孩子，生活在痛失亲人的阴影中。这是我最早接触家里亲戚过世，印象特别特别深刻。读初一时，我们班上一位同学的姐姐，结婚不久，也得了这种病，去世时，两家闹得挺厉害，还出家伙打架呢。我们上学路过，都跑去看，吓坏了。那个男的，家里很穷，好不容易娶了这门亲，借的债还没还清，结果出了这事，就认为是女方骗婚，害了他们人财两空，女方骗他，无非是想给生病的女儿找个木主位；女方也不甘示弱，责怪男方害了她，不给她治疗，没有人性。双方都出了很多人，大打出手，那场面很吓人。"

"我知道这些，这是风俗，特别是年轻的死了，不吵不打，后头（娘家）会衰。如果是错死，后头一般要出家私来吃人命。"

"那时看了很害怕。那时虽然我们也穷，但看到男方家，我才知道什么是家徒四壁。死者躺在公妈厅旁，这边亲家变仇家，女方来了很多人，把男方家打得稀巴烂。死了还不安宁。"

"不要说了，我明白你的意思。你没有牵挂，你没有害人，但你不牵挂我？不是害了我？"

"妈，这非我所愿，是我不孝！但老天这样安排，我只好认命！你这段时间拜佛念经，学了很多佛教知识，对生死一定有了新的理解，知道死是去另外一个世界。再说，你还有他们，好多好多亲人。人生无法完美，不如意是多数。"

"我现在终于相信你外婆过去爱唠叨的一句话了，她总是说，十分甜配十分苦。既然这是命，那我们花钱消灾，钱不要了，我们把钱花光，治好了过穷日子。"

"没用，人的岁数有长短，听天由命吧。"

母亲一下子放声痛哭："为什么会这样惨？我这辈子造什么孽了？"

蔡岚反过来安慰她："妈，你不是说，有的人可以摆脱地狱之灾、轮回之苦，去西方极乐世界？我虽然医术不高，但从医这些年，毕竟也救过很多人，也许我可以直接去西方极乐世界呢！那还有什么可以悲伤、可以遗憾的？妈，我无法阻止蔡雯他们来看我，但请你告诉他们，不必悲伤，不然影响我的情绪，只会加快……"

母亲望着女儿，忍悲含痛，不敢再让情绪泛滥了："你回家去吧？那也是你的家。"

"不用了，那是你的，也是大伙的。这里是我自己的，住这里方便、合适。老实说，我更喜欢这里。搬进这套房子，是我一生中最快乐的一天，我当时想：我终于有个窝了，有个可以笑可以哭可以为所欲为的场所。那天，我都舍不得睡觉，这看看、那摸摸，看一会儿书、听一会儿音乐，一会儿吃水果……反正自己一个人用各种方式高兴着。我才知道为什么有人把家叫作归宿，就是能放置身体、心灵的地方。现在时间不多了，我想在这里过好每一天，珍惜每一天。"

母亲听后，黯然神伤。终于明白为什么这个女儿与自己总是隔着一层什么似的，无法亲密无间。她只好接受女儿的固执、孤僻与清冷。

"妈，我攒了一些钱，我想寄存在蔡雯那里，将来送亦玮的两个查某儿出国留学去。"

"你疯了？她母亲是什么人？谁愿意去招惹她，遇到她还要绕道呢。她又不是没钱，你这些钱扔进粪坑里还砰的一声响呢，帮助她不值，她什么德行！你还把她当人看待。"

"就因为她这种人导致三代人痛苦，也因为她把钱看得太重，将来一定舍不得培养，如果这两个查某儿没有培养好，将来跟她一样，又得一大堆人遭殃。不是有人说一个好查某，幸福三代人？所以我想用自己微薄之力帮助她们，也算做件有功德的事吧。"

"钱是你的，你有权支配，但可以建寺庙、捐公益、做善事……"

"这就是做善事，人就是佛，度人就是敬佛。"

母亲听后，完全无语，自己烧香拜佛念经这么多年，还不如蔡岚四两拨千斤，一下子就点到最高境界的修行，她明白为何自己一直无法理解这个女儿，这悲哀使她的痛苦又加深一层。

蔡雷一家来看望她，蔡岚有言在先："我们谈点开心的，其他的不能说。"所以整个过程并不沉重，送他们离开时，蔡岚抱了抱这个小弟，直言不讳地说："对不起，以后不能在妈面前尽孝了，你们以后有空多回家看看，陪陪老人，做官是一时，做人是一世。"蔡雷流着泪直点头。"炯和是我们蔡家的独苗，要培养好，将来和哥哥姐姐们一样，出去留学，为我们蔡家增光。"蔡雷含着泪不停地点头。

随即，蔡雯一家都来了，蔡雯一进门就死死抱住蔡岚，哭得掏心掏肺的，她的三个儿女也一下子哇地哭开了。蔡岚强忍着悲伤，反过来安慰他们，努力开玩笑地说："拜托，我不是还在吗，看病人有这样放任自己情绪的？"蔡雯还是不管不顾继续痛哭着，蔡岚只好叫着："姐夫，你管管自己的老婆呀！"

向东这才开口："让蔡雯带你去治吧，多少钱都不要紧，我们帮你出。中国不行，去美国，或者其他国家，我们咨询一下，哪个国家能治这种病，我们就去哪里，一定可以治好的。现在医学很先进了，只要把病情控制住，不久的将来，一定会发明出特效药来，你就得救了。"

"谢谢姐夫，我有钱，但现在的医学还是无能为力，我咨询过很多专家了，不是我愿意放弃，而是不得不放弃。"

三个由她命名的外甥、外甥女也哭着表示，愿意拿出所有的私房钱一起帮她治病。

"亲，你们把二姨看成是可怜虫了，二姨是潇洒走一趟，来世间旅游。你们说，向苍天再借五百年又如何，最后不是还得走？"

好不容易安抚了蔡雯一家，蔡霜就从香港飞来了。同样，一见到蔡岚就哭得一塌糊涂，眼泪还没干，拉起蔡岚就往外走，蔡岚扯住她："霜儿，冷静点，你这是干吗？让人看笑话？还是把这事搞得人人皆知？让周围邻居把我当垂死之人？"

"我们马上去香港，香港不行，飞美国，我就不相信，这点小病，美国就治不了。如果治不了，还叫什么破美国！"

蔡岚苦笑道："霜儿，如果可以救命，花点钱算什么？在病魔面前，你该懂得什么叫钱不是万能的。"

"不，我不能接受这个事实，没有到最后一步，我们为什么要坐以待毙？我们赚钱为了什么？命都没了，这些钱又有何用？你一定跟我走一趟，不然我不死心，我会一辈子活在愧疚、遗憾之中。建聪带着三个孩子，没办法过来，但他让我转告你，我们的钱就是你的钱，砸锅卖铁都不要紧，大不了他重新做土师。钱如果能挽救生命，才是发挥它的最大作用。"

"霜儿，谢谢你们！我知道你们的情义。但……不要折腾了，爸当时也说过，待在家里最安全。让我把该做的事儿一件件处理，不是比躺在医院里插着那些管，一步步衰竭，更有意义？请你让我有尊严地……"

蔡霜一听，哭得喘不过气来："为什么？为什么？老天为什么这么不公平？他妈的，这钱有什么鸟用？"

一〇七

一天，蔡岚回鳌村，直奔主题地问："妈，我过去那辆脚踏车呢？"

"你不开小车，要那辆老古董干吗？"

"丢了？"

"没有，放在储藏间里，你们没说不要，我哪敢随意处理。"

蔡岚把那辆车牵出来后，母亲不解地问："生锈六里烂（生锈又破烂），还能骑吗？"

"试一试吧。"她用抹布把那厚厚的灰尘擦拭掉，拍一拍坐垫，就往外拉。

"你这又是哪一出？你这身体……"

"不要紧，我是医生，把握得住进展的大概，很多病人不是病死而是吓死的，我接触太多这种例子了，所以不到万不得已别躺在床上等死，那只会加快速度。"

她看到母亲听到那个字眼马上噙满眼泪，便微笑着安慰道："你放心，我出去绕一圈就回来。"说时，人已经跨上去了。

略带咸涩的海风迎面吹来，清新自然而且阳光，她贪婪地深情地呼吸着，这是故乡的味道。她又想起"孔雀东南飞，五里一徘徊"这诗句来，骑着骑着，不觉满是凄凉与惆怅，于是她赶紧用父亲的例子劝慰自己：弱不禁风的父亲如此豁达、刚毅，死之前，连金银礼请谁来帮忙登记都考虑好了，我为什么不能参透生死？

她又来到了渔村，如今到处都在搞新农村建设。过去弯弯曲曲的泥土小路，如今变成又宽又平的水泥大道，低矮破旧的红砖古厝如今消失殆尽，很多都翻建成三层小楼房，石条平屋已成危房，多数租给外地渔工。他家仍是荒草萋萋，房子显得更为低矮、颓败。她很不解：按闽南人的风俗、信仰，发达了哪有不光宗耀祖、衣锦还乡的？他为何让故乡这座房子如此破败颓废下去？从风水学角度来说，也不合逻辑呀！闽南人那么讲究风水，做生意的人更甚，他为何不在乎呢？

她骑着车慢悠悠地绕着，生怕别人投来疑惑的眼光，绕第三圈时，走来一位老头，他好奇又戒备地问："喂，看你这身穿插（打扮），你是外地人吧？"他用浓郁的地瓜腔普通话询问。

蔡岚赶快用标准的普通话回答："对，对，对，我来乡村一日游，寻找素材。"

"你绕这房子游什么？找什么柴？"

"我想租个地方做画室，觉得这个地方特有感觉。你能告诉我，该到哪里去找这房子的主人？"

"这户都去香港了，这是废弃的房子，他们在西边别墅区建了一座很水的大厝。你找不到人的。你要这种破厝？我们村还有，很多，我带你去。"

"不用，不用，谢谢大爷！我自己找。"蔡岚说完加大力气让车子狂奔起来，她的眼泪终于流了下来，再也抑制不住。透过泪眼，她发现自己又来到海边。上高中时，回家的周末她总喜欢来这渔村，找一位很要好的女同学，两人再一起到这海边玩耍。虽然见老同学是真，但她并不否认这里面有醉翁之意。如今，这沙滩正在筹建游艇码头，各种机器声搅在一起，她只好稍作停留，便骑上车往回走。回家路上，她慢吞吞踩着，让风把眼泪吹干。

第二天，她把自行车放在轿车后箱里，开到锦村路口，再把车停在路边，自己骑着单车，晃晃悠悠地去寻找记忆中的锦村，童年时代的世外桃源。

一〇八

锦村已经不是记忆中的锦村，甚至比鳌村改变得更厉害。鳌村毕竟是古卫城，慢悠悠地在时间长河里爬行，没有发展，也就没有破坏：那条明清老街还在，那些古大厝还在，那些番仔楼还在，甚至城墙还有一些断垣残壁。十公里的距离，让城区的触须无力碰触得到，锦村就不一样了，它是临近市区的一个小小的乡村，哪有保留下去的可能？那一望无际的绿色田野不见了，那一排排阳伞般的龙眼树不见了，那一架架瓜棚藤蔓不见了，那一畦畦蔬菜不见了，那一座座掩映在树阴下的茅舍不见了，甚至，那条清澈欢快的小溪不见了……

前几次，蔡岚总是开车过来，直接就开到小姨家门口，也就没有特意去关注周围的风景，如今，她骑着自行车，一路慢悠悠地过来，这才猛然甚至是惊悚地发现：记忆中的一切景致全没有了。如今，锦村更像一个小镇，富庶的小镇，繁华的小镇。宽阔的水泥大道四通八达，景观绿化修剪得整整齐齐，一座座崭新气派的房子井然有序地排列着……除了名字，锦村不存在了。

小姨、小姨丈对于蔡岚的到来表现出一副又惊又喜、既悲又叹的神情，蔡岚想，他们应该知道自己的病情了，但她努力摆出一副风轻云淡的样子。因为提前约好，所以亦玮的女儿莎莎、娜娜也已经来了。一阵寒暄之后，小姨、小姨丈悄悄退了出去。

蔡岚认真打量起这两个姑娘，她觉得这两个姑娘与纾和、妤和完全不同，纾和、妤和非常的自信、阳光，举止优雅、大方，还有一股骨子里渗透出来的贵气与傲气，但莎莎、娜娜明显的萎缩、自卑，眼里还有一种她们这个年龄段不该有的防卫与敌意。

蔡岚故作随意地问："常来这里吗？"她们互相交换了一下眼神，茫然地摇摇头。

"以后有空多来陪陪爷爷奶奶，他们老了，会想你们的。有些干不动的，帮帮他们，他们不知多高兴呢。"她们听话地点了点头。

"我听你们爷爷奶奶说，你们都很懂事，也很喜欢念书，学习成绩都很不错，娜娜更是经常名列年级前茅，是吗？"蔡岚发现两个姑娘眼睛一下子发光发亮了。

"你们打算将来出国留学吗？"两个姑娘一下子诚惶诚恐起来，忙不迭地摇头。

"别怕，这不是遥不可及的梦想，你们学习成绩这么好，要有自信、目标，我打算资助你们出去留学，你们有信心吗？"莎莎、娜娜完全呆了，难以置信地面面相觑。

"从现在开始，你们要学好英语，英语学好了，难度就不大。走出去，你们就会发现世界很广阔、很美好，走出去，摆脱这些牵绊、阴影，走到阳光下，自由地呼吸，要自信乐观起来。"

一直沉默的两个姑娘终于控制不住，抽泣起来。

"怎么了？别哭，别哭。"

"表姑，你为什么要对我们这么好？"

蔡岚微笑着问："我为什么不能对你们好？你们为什么认为我会对你们不好？"

莎莎终于在喉咙底下喃喃道："因为大家都讨厌我妈，不屑与我们来往。"

"你妈是你妈，你们是你们，你们是全新的生命个体，有你们的尊严与价值。难道你们不想做个受大伙欢迎的人？"两人忙不迭地点头。

"那你们就必须离开这里，出去接受好的教育，提高自己的素质与修养，培养自己的人格魅力。那时，你们就会觉得做个受人欢迎、热爱的人，是非常幸福的。"两人听着听着，脸上舒展开了。

"以后，你们还要恋爱、结婚，所以要身心健康。一个女孩，会影响一个家庭，影响这个家庭上、中、下三代人的幸福，甚至影响周边的很多人。所以，你们要立志改变现状，改变命运，将来你们幸福了，很多人也会跟着幸福。"两人都乖乖地点头。

"心中要有爱，爱可以化解仇恨、敌意，心中有爱，就会变得宽广、豁达。你们查某儿，更应该懂得爱，爱会使你们变得美丽、可爱。"俩姐妹频频点头。

蔡岚怜爱地摸了摸她们的头："目前，你们的任务就是专心读书、发愤读书，将来走出去。我会把钱寄存在你们的阿雯表姑那里，到时候，她会帮你们处理的。她是个大能人，会办事，她过去不爱念书，很早就出来赚钱，现在终于后悔，知道知识的重要，所以她现在很重视教育，花再多的钱也要培养子女，她现在正在为纾和、好和办理留学手续，将来更有经验。我会交代她，让她帮助你们处理这些事务。她一样疼你们，是个很豁达大气的人，会关注这件事的。"

一〇九

母亲突然去世了。这个消息犹如一颗惊雷，把所有人都震得灵魂出窍。蔡雯用手机通知蔡岚："阿岚，咱老妈没了。"

蔡岚一时没反应过来："什么，你说什么？"

蔡雯终于哭出声来："咱老妈没了。"

"你神经病呀，胡说八道。她昨天不是说要停海了，悠然寄给她一千块钱，让她帮忙买鱼，要放冰箱里慢慢吃？"

"是的，就是提那些鱼到楼上，一口气喘不过来，就过去了……"

"谁说的？"

"悠然。"

"不不不，赶快送医院。不不不，她在哪里？我让医院的车马上过去。我懂得怎样救她。"

"我们现在就是在医院里，我们本不敢告诉你……医生让我们回去了。"手机里传来蔡雯失控的哭声。

"不，不，你们等等我，不能走，我是医生。"

蔡岚发疯似的跑下楼，浑身抖个不停，像酒驾一样开着车。到医院后，她亲自把母亲检查了一遍，顿时眼前一黑，失去知觉。一会儿，她苏醒过来，抓住正俯下身子关切地望着自己的主任医师："主任，你是全医院最厉害的医生，求求你，救救我妈，她还有救，她不能走……"

德高望重的王主任温和地劝道："蔡医生，我理解你的心情，但你冷静点，你是女儿，更是医生，你要有医生的理智与镇定，赶快回去吧。"

蔡雯抱着蔡岚号啕大哭。除了哭，俩姐妹没有其他意识。

王主任沉痛地说："赶快回去吧，为了老人。"又加重语气说了一遍，为了老人！

只好踏上回家之路了。俩姐妹强忍着悲痛，但眼泪还是不听使唤地哗哗直下。

母亲几位极好的善友也第一时间赶来了，都捶胸顿足，放声大哭。其中一位说："怎么可能？她昨天还和我们一起去拜佛念经，吃斋后她还帮忙洗碗筷、打扫卫生，收拾得干干净净才回家！"

于是，其他人也责怪起来了："你们是怎样照顾老人的，好好的一个人，能让她说没就没？"

另一位说："干吗让她一人去送什么鱼？你们年轻人会开车，要吃鱼，为什么不能自己来拿？"

还有一个善友很直接地责问道："她这段时间情绪很低落，心事很重，是不是你们惹她伤心、生气了？"

……

姐弟仨唯有痛哭，无颜向善友们交代。至此，悠然还没有出现，大家都不知道原因，也没有人问起她来。蔡岚深知，母亲是他们四姐弟的，也是大伙的。她们这些善友天天在一起拜佛念经，这么多年下来，已经比亲姐妹还亲，不是亲人胜似亲人了。她们说什么、骂什么，都应该低眉顺眼地接受，深深地忏悔。

一下子成为孝子，还是这么悲催的孝子，他们还能怎样？唯有边流泪边念经。

蔡霜赶到时，已是深夜，她跪在母亲身边，呼天抢地，手脚不停地痉挛。众人有的按人中，有的灌元秘-D，几次反复。但任凭他们怎样哭喊，母亲再也睁不开眼睛了。

按照母亲生前的交代，他们全程用佛教的方式为母亲操办丧事。居丧的七天里，各寺庙、佛堂的师父、善友们纷纷自发组织前来念经赞佛，各组轮流交替着进行，俨然纪律严明的组织。看到这些师父、善友这么真诚、虔诚，有的走路蹒跚，有的腰弯成一把弓，有的挂着雨伞当拐杖……他们既感动、感恩又惭愧，同时也深深理解为何母亲会这么痴迷于念经，为何母亲哪里也不去？因为他们给予她最最真挚、纯正的关怀与温暖，母亲确实离不开他们！师父、善友们离开的时间段里，他们跟着录音机念南无阿弥陀佛。一天只能睡两个小时，凌晨那段时间，轮流睡两个小时。

悠然直到送草才出现，她的理由是，他们电视台正在拍摄一部申遗的什么剧，准备送去参赛，时间紧、人手少，一旦错过机会，损失惨重。反正，大家没有心思细细品味她的解释，忙着哭泣、忙着念经。送草之后，悠然脱下孝服，换上连衣裙，背起坤包，扭着纤细的水蛇腰，走了。

每天，仍然分三场念经赞佛。一切在悲痛中有条不紊地进行着。仍然没有人提到悠然，虽然她是逝者唯一的儿媳。好在闽南办丧事有个规矩，孝男只需要哭，所谓便孝男，其他所有事务均有亲堂、朋友、邻居来帮忙。

出殡的前夜，悠然再次妖娆地出现，蔡氏三姐妹把她当空气处理，她也坦然自在，毫无悲戚之色。其他帮忙之人更是非常自觉，各干各的事，把她当普通亲戚或外客。其实，他们，至少蔡氏三姐妹都知道，外面早已传得沸沸扬扬。这也难怪，淳朴的百姓什么都可以包容，就是不能包容不孝之人。悠然这种行径在鳌村百姓眼里，就是极端不孝的行为。

出殡仪式极为隆重，这是他们尽孝心的另一方式。但他们发现，来送葬的人多数还是冲着母亲来的，是母亲生前为人处世结缘来的，是被母亲的人品、人格吸引来的。

蔡岚忽然想起母亲生前曾多次担忧地对她说：不知以后你们会怎样把我送出去。原来，不是有钱丧事就能隆重，人们就会自觉地来帮忙。做人才是关键，人情是相互给予的。

母亲的骨灰按她生前的遗愿，放置在五仙庵里。她生前常念叨，她一生唯一的爱好就是念经、听经，死后要在庵里长长久久地听经。他们唯有按母亲的愿意行事，才能减轻内心的痛苦与遗憾。

母亲丧事完毕之后，蔡岚悄悄到五仙庵，拜访为母亲主持整场丧事的陈师父，交代自己的后事，并交付一切费用。她留下简洁的话：不操办，尸体直接火化，骨灰放母亲身边。

　　纾和、妤和终于收到英国埃克塞斯大学的录取通知书，要出国留学了。其实纾和早一年就高中毕业，但向东、蔡雯不放心她一人出去外面，他们认为纾和较温顺、听话、单纯，妤和更聪明、大胆、有主见、有思想、有魄力，有她做伴，他们夫妻才放心，所以就让纾和复读一年，和妹妹同班学习，然后一起申请留学。如今，姐妹俩双双获取留学资格，这是双喜临门，全家欣喜若狂。

　　这个消息对于江村，同样是爆炸性的大新闻，虽然江村已不再闭塞，经济发展很快，但毕竟还是渔村，对于村民而言，英国还是遥远的发达的资本主义国家，所以邱家一下子培养出两个英国留学生，简直就是天方夜谭一样，或发射原子弹一般。人们遇到向东或蔡雯，除了祝福、恭喜，就是叫嚷着让他们请客。

　　向东觉得脸上闪闪发光，很有必要庆祝、热闹一番，回家和蔡雯一说，居然不费什么口舌，蔡雯也爽快地同意了："张扬、高调一回又有何妨？他妈的，人生苦短，及时行乐，钱花掉才是自己的。不然，人在天堂钱在银行，又有什么意思？我不做守财奴。"说到这里，眼泪簌簌而下，她抽出纸张，狠狠地擦拭着，随即换上一副轻松的语气，又道："请客也是促内销！等手续弄好，各项准备工作处理了，选个好日子，请大伙搓一顿。"

　　夫妻商议后，最后决定：把酒店大厨邀请出来，在"罗裳"厂区大埕上搭帐篷设宴请客。江村的父老乡亲、制衣厂员工、布行人员、亲戚朋友……各路人马、林林总总，全部请来。夫妻对大厨只有一个要求：把菜做好做精。

宴请之后，启程的时间就到了，纾和、妤和最不舍的就是二姨，其实，从接到录取通知，她们晚上就住在蔡岚家，争取在有限的时间里多陪伴陪伴蔡岚。

这天晚上，蔡岚拿出两张银行卡，给她们一人一张："这里面都是二十万，当作二姨的贺礼，密码是你们农历的生日，年月日。"俩姐妹吓了一跳似的，死命拒绝。

蔡岚喘着气说："这是二姨的一点心意，二姨那个时代，没遇上这么好的时光与机会，也没这条件，你们走出去，我很高兴，你们有出息，比什么都值得欣慰，你们忍心拒绝我？这点钱帮不上什么忙，所以不用让你们父母知道，他们会负责你们的一切开支，听说英国是所有留学国家中费用最贵的，有的需要两三百万。这点钱你们自己放在身边，补贴不急之需。要珍惜这机会，好好学习，将来没有知识、本领，更难以生存了。过去有句老话，富不过三代。外面的人笑我们狮城人，说我们富不过两代。为什么？没有知识，就没有视野、没有眼光，不懂得规划。你们走出去学点真本领。"

两个姐妹嘤嘤哭了起来："二姨，你一定要等我们回来。"

"好的，我会一直在这里等你们。告诉你们父母，汸和是独子，不能太宠，高中毕业后，也要让他出去锻炼，学会独立，开拓视野，增长见识。"

"他打算去意大利，都有点等不及长大了。"

蔡岚一手搂着一个外甥女："姨妈，姨妈，是姨也是妈。你们从小在外婆家长大，我们在一起的时间那么长，这就是缘分。别哭了，我本来好好的，心都被你们哭乱了。本来，我们家一下子出现两个留学生，这是多么荣耀的事，但……蔡岚哽咽了，她努力让自己平静下来：我总想，外公外婆地下有知，也一定非常骄傲、非常欣慰的。"

俩姐妹睁着婆婆的泪眼，惊道："外公外婆在地下？"

"我说错了，他们都去西方极乐世界了。他们在天上看着我们，天上有两颗星星就是他们，他们一定会看到你们出国留学的。"

"二姨，你还有什么话……不是……我不是那意思……"

蔡岚微微一笑："不要紧，死是另一种生，是永生，所以没有什么可怕的。纾和、好和，你们都长大了，要飞了，我本不想说教，但还是说一次吧。人来这世间只有一次，要珍惜，好好活着，掌握一技之长，才能立足社会，你外公过去再难也让我们读书，他总是说，查某儿要有一份工作，有经济地位才有社会地位，这是生存之本。你们呀，这么优秀，好好爱惜自己，将来好好谈一场恋爱，无论回来还是留在外面，和自己心爱的人白头偕老。"

好和说："我们会回来。我爸妈说，中国人最多，商机也最多，不久的将来会是全球最大的经济体，有的是机会。"

纾和忽然坦率地问："二姨，你有什么遗憾吗？"

"我呢？"蔡岚停顿了几秒，接着说："能按自己的愿意活着，还有什么遗憾？我很感激你们的外公外婆成全了我！只要活过、爱过、努力过、奋斗过，人生就没有遗憾。如果一定要说遗憾，就是外公外婆走了，特别是外婆，走得太仓促了，外公生病，这是无可奈何的事。外婆好好的……"蔡岚平静地说着，坦然而祥和。两个外甥女出神地望着二姨，觉得她脸上有种圣洁的光芒。

出发的日子终于到了。这天，纾和、好和先飞北京，再从北京转机飞英国。向东、蔡雯、沪和送她们到北京，亲眼看着铁鸟在蓝天上消失。

俩姐妹登上飞往英国的飞机时，蔡岚在自己的套房里悄然离世。身上放着那套1982年人民文学出版社出版的《红楼梦》。

二〇一七年一月一日—六月三十日

《海风拂面》让我的人生春风拂面

　　写一部反映石狮建市前后风貌、风情的小说，是很多人寄予我的希望，也是埋在我心底的一个心愿，但这些年忙于编纂《石狮市志》，我没有比较完整、宽松的时间，所以一直不敢付之行动。去年年初，《石狮市志》送往北京"中指组"参评中国精品名志，我心头这块大石终于落地，写这个小说的愿望终于浮上心头，但如何下笔？我久久不敢想象，无论在时间、精力、体力，这都是一大挑战。有一个周末早上，我赖在床上，忽然想起外婆家，石狮观音亭附近的南洋式骑楼，我记忆中最可爱温馨的家园。它已经在旧城改造中消失，遗憾的同时，我一激灵，头脑一下子清晰起来，终于找到灵感，知道如何安放人物与故事，这就是"养浩楼"的来历。有了"养浩楼"，于是整个小说框架慢慢成型、人物从四面八方汇聚而来，具体、鲜活而生动，他们在我脑海里来来往往。就这样，我坚持每天完成三四千字，整个过程没有任何障碍，四个月完成，两个月修改。由于多年搞志书，在写作上，我变得很抠，或者说，有语言洁癖，一句话能说清的决不用两句话。说好听叫惜墨如金，说难听，叫不会浓墨重彩。当然，我也考虑到现在读者的耐心，能静下心来看大部头作品的人少了，语言精炼简约，或许还有几个读者愿意捧场。就这样，这么庞杂的人与事，我用二十一万字就完成，确实可惜，浪费素材，但我好像言尽了、力也尽了。另一方面，我不敢太久沉浸在这些故事里，我渴望早日解脱出来，所以小说结尾，我干净利索地让蔡岚去世，见证者走了，预示着一个时代、家族的结束，暗示着新的启程与飞翔。她身上压着沉重的家族故事、秘密，压着对家的眷念，压着她的美好情感与情怀，悄悄走了。这是一个令人潸然泪下的圆满结局，我自己一直感动于这个寓意深长、简约有力的结尾。

我一直认同一个观点：国是千万家，家是最小的国。写社会、写时代，就写家庭，写家庭的动荡变迁，写人物跌宕起伏的命运，这就是缩影，这也是我喜欢选择家庭作为社会元素安排故事的原因。我一辈子痴迷《红楼梦》（当然两者不能相提并论），所以跳不出它的影响。我小说里的家族，就是我的"宁荣二府"，我的"大观园"，是故事的归属、人物的舞台。而定格在闽南，是因为我认可另一个创作理论：地域的就是民族的，民族的就是世界的。我努力构建自己创作的文学根据地、文学地标。所以后来创作小说，基本上把小说背景安排在闽南狮城、鳌村（鳌城）。作品中大量闽南对话的使用、风俗民情元素的介入，是为了形成自己独特的风格与韵味，把原汁原味的生活呈现出来，把闽南乡土文化写进文学，成为文学元素。当然，这摆脱不了我的感情因素，我浓烈的乡愁。

曾经很多人给我提建议：用闽南话写小说。我认为完全用闽南话写作，语言上存在很大困难，有的难以表述；读者存在阅读障碍，受众群体自然受到限制。所以我特意做了尝试：用普通话叙述故事，人物对话用闽南话。因为这就是闽南人的表达方式。

我还认同一个观点：当"有时间"的传统生活世界退场，中国故乡被消灭，传统便成为我们难以企及的彼岸，成为理想中的黄金时代。所以我特别喜欢书写传统，我想用笔留住传统，留住历史细节、时代画面，告诉后来者，生活原来如此，苦涩也美好。

其实，千言万语都在作品中，我的思想、理念、追求、情感也在字里行间，我掏尽所有似的完成这篇作品。作为小说，我不能在文本里阐明自己的思想，这太突兀，但文字就是思想，语言就是思想，这见仁见智的灵光，需要读者去捕捉、体会、感悟。文学就是人学，这也是我一贯的文学主张，人物命运的走向就是历史的脉络。人物的性格、精神，就是文学的追求、力量。

我感谢上苍恩赐我这点智慧，让我有能力把这庞杂丰富的故事付诸美丽的汉字，形成独特的语句，构成这篇小说。我感谢"福建省长篇小说精品工程"活动组的评委和《福建文学》的编委们，是他们的赏识，让这 21 万字得以如此神速地与大家见面。我感谢石狮这片土地，慷慨无私地滋养我，让我有澎湃的激情去描绘它。当然，我更感谢文学女神的眷顾，让我有能力使用手中这支笔。

特别要提一点小花絮，这部小说的标题是《福建文学》的编辑老师们赠送给我的。我有"家"的情结，"欣荣府""大洋楼"……所以刚开始我想起名为"养浩楼"，但后来觉得不妥，因为故事已经远远超过"养浩楼"的范围，便定为"闽南家园"，这是闽南大地上生生不息的人，这是闽南大地上波澜壮阔的事。《福建文学》的编辑老师们觉得太土，也太实，一番探讨后，石华鹏副主编送我这个诗意的"海风拂面"。令我莞尔的是，这篇小说的责编林东涵在我绞尽脑汁还是想不出好标题时，"恨铁不成钢"地说：我们来想吧，不指望你了。每每想起这句幽默、坦诚的话，我就为林东涵的率真、可爱、质朴微笑不已。

我热爱写作，因为写作，我的生活充满百味、百态，我的生命变得丰满、厚重。我的写作始终跟我的生活、生命发生关系，我把生活中的人、事、物通过艺术虚构写进作品，我一直努力拉近写作的真实与生活的真实，但它们并不等同，艺术源于生活但已经高于生活。有读者喜欢对号入座，我总是很无奈，只能安慰自己：说明我写得太贴近生活，生活气息太浓，也许这也是一种成功。当然，我认同一句话：有价值的小说都有作者的影子。所以我欢迎读者继续对号入座，这是对作品感兴趣、真正读进去的一种表现。一千个读者，就有一千个哈姆雷特。不同的解读，可以使一部作品异彩纷呈、摇曳生姿。作品拿出来，它属于作者，更属于所有读者了。

写作总让我激情燃烧、灵光乍现，所以我觉得写作过程是我最幸福、最充实的时光，也是抵挡孤独寂寞的最好方式。我渴望文学女神继续眷顾我，恩赐我继续写下去的能力与激情！

高寒

二〇一八年三月三日